무지개를
기다리는 그녀
yu itsuki
a girl waiting for
a rainbow

A GIRL WAITING FOR A RAINBOW
©Yu Itsuki 2016
Illustration by loundraw
First published in Japan in 2016 by KADOKAWA CORPORATION, Tokyo.
Korean Translation rights arranged with KADOKAWA CORPORATION, Tokyo.

무지개를 기다리는 그녀

yu itsuki
a girl waiting for
a rainbow

이쓰키 유 지음
김현화 옮김

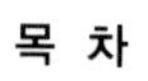

목 차

F3
FOREVER

프롤로그

2014년 12월

미즈시나 하루는 양팔을 펼쳤다. 그건 십자가 같기도 했고 하늘을 날아오르려 하는 새 같기도 했다.

공중에 정지해 있던 드론이 다가왔다. 그 배에는 카메라와 베레타 M92가 실려 있었다. 이탈리아식 자동 권총. "되도록 정밀도가 높은 게 좋아." 하루의 요청에 따라 구리타 요시토가 준비한 물건이었다.

두렵지는 않았다. 들뜨지도 않았다. 공허에 사로잡히지도 않았다. 하루는 평소와 같았다. 자신의 죽음을 앞두고도 하루의 마음은 흐트러지지 않았다.

*

두 시간 전.

시부야의 하늘은 화창하게 개어 있었다. 도호쿠 지방 쪽에서는 비가 내리고 있다고 했다. 간토 지방까지 비가 내렸더라면 계획을 연기할 필요가 있었지만, 그건 기우로 끝날 듯했다.

하루 앞에는 드론 네 대가 놓여 있었다. 열 가지쯤 되는 샘플을 시험해본 끝에 도달한 대만제 쿼드콥터였다.

선정한 조건은 두 가지. 카메라와 총, 중량이 나가는 물건을 양쪽에 싣고 안정적으로 비행할 수 있을 것. 그리고 소프트웨어 개발 키트(SDK)가 제공될 것이었다.

전자는 언급할 필요도 없었다. 문제인 것은 후자였다. 드론은 통상적으로 부속 컨트롤러나 스마트폰 앱 등의 전용 소프트웨어로 조종된다. 하지만 하루의 계획을 실현하기 위해서는 드론을 조종하는 독자적인 앱을 만들 필요가 있었다.

하루가 선정한 드론에는 고기능 개발 키트가 딸려 있었다. 어플리케이션 개발도 반년 전에 끝났다. 이미 시험 비행도 세 번이나 마친 상태였다.

하루는 일어났다. 이날을 위해서 빌린 상가빌딩의 한 공간. 창밖 시선 아래에는 시부야의 스크램블 교차로가 펼쳐져 있었다. 오가는 사람들의 혼잡한 흐름을 바라보면서도 하루의 마음은 차분했다.

*

다지마 준야는 마우스를 움직이다 아이콘을 더블클릭했다.

윈도우창이 뜨고 검은 배경에 'A GAME'이라는 글자가 떴다. 백 번 이상은 본 오프닝이었다.

페트병에서 콜라를 들이부었다. 심한 충치를 앓는 어금니로 당분이 힘차게 흘러들었다. 찌르는 듯한 격통. 준야는 혀를 찼다.

준야는 열네 살이지만 요 1년간 학교에 가지 않았다. 집에 선생님이 찾아오는 낌새는 있었지만 한 번도 만나지 않았다.

그가 괴롭힘을 당하기 시작한 건 중학교에 들어간 지 얼마 지나지 않아서였다.

처음에는 이름에서부터 시작됐다. '돼지마.' 그것이 그에게 붙은 별명이었다. 부르는 쪽도 처음에는 장난이었을 테다. 하지만 농담이 과열되어 바로 조롱으로 모습을 바꾸었다. 무시당했다. 그의 물건이 버려졌다. 불려 나가서 얻어맞았다. 정신을 차려보니 준야의 주위에는 적밖에 존재하지 않았다.

괴롭힘을 당하고 있으니 어떻게든 해줬으면 좋겠다. 준야는 주범 세 명과 공범 여덟 명의 실명을 써서 담임에게 가져갔다. 정년에 접어든 나이든 선생님은 준야의 말을 진지한 표정으로 들어주었다. "다지마, 용케도 용기를 내줬구나." "나한테 맡겨주렴." "반드시 어떻게든 해줄게." 선생님의 말에 진심이 어려 있다고 느꼈다.

이걸로 상황은 개선되겠지. 준야의 그런 기대는 좀처럼 이루어지지 않았다. 괴롭힘은 이어졌다. 견디기 힘들어진 준야는 다시 선생님을 찾아갔지만, "이런 건 신중하게 다뤄야 한단다" "미안하구나. 좀 더 기다려주렴" 하는 진지한 대답이 돌아왔다. 준야는 기다리는 수밖에 없었다.

어느 날 복도를 걷고 있는데 느닷없이 등을 걷어차였다. 쓰러진 얼굴 위를 무언가가 철퍼덕 덮쳤다. 코에 진흙과 같은 것이 닿았고 가슴이 불탈 만큼 썩은 내가 났다. "돼지마! 똥 닦은 걸레 지롱!" 주범 중 한 명의 목소리와 주변 사람들의 원숭이 같은 환호성이 떨어졌다. 대변 냄새와 걸레의 습한 기운.

그때 준야는 보았다. 복도 건너편. 담임선생님이 이쪽을 보고 있다는 사실을. 그리고 아무것도 못 본 양 뒷걸음질 쳐서 사라져 가는 그 등을.

준야는 그 순간 모든 것을 이해했다. 이 장소에 자신의 아군은 없다. 학교라는 세계 안에서 자신은 혼자다.

그러고 나서 준야의 행동은 빨랐다. "학교에 가면 괴롭힘을 당하니 이젠 안 가겠다." 부모님에게 그렇게 선언하고 등교를 거부하고서는 방에 틀어박히게 되었다.

준야에게 있어서 운이 좋았던 게 몇 가지 있었다. 하나는 지식이었다. 왕따 가해자 집단과 싸워봤자 승산은 없다. 얼른 도망치는 게 상책이다. 인터넷에서 상식이 된 그런 지혜에 준야는 어릴 적부터 접근하고 있었다. 그래서 삽시간에 아무런 부끄럼도 없이 등교를 거부할 수 있었다.

다른 한 가지는 부모님이었다. 준야의 아버지는 작은 마케팅 회사를 세운 경영자로 소년기의 인간관계 같은 것은 사회에 나오고 나서는 전혀 의미가 없다고 생각하고 있었다. 엄마는 역시 염려는 했지만, 준야의 결단을 긍정하는 여유를 가지고 있었다.

준야의 머리가 똑똑했던 것도 운이 좋았다. 중학교에서 배우는 학습 과정을 준야는 독학으로 습득할 수 있었다. 준야가 동급생들을 '바보'라고 무시했던 것은 객관적으로 생각했을 때 그리 틀리지 않았던 것이다.

방에 틀어박혀서 때론 공부를 하고 대부분의 시간을 인터넷과 게임을 하거나 만화를 보는 데 사용했다. 장래는 불안하지만 이 생활은 이 생활 나름대로 즐거웠다. 인터넷에 접속하면 비슷한 처지인 사람이 여럿 있었다. 학교에서 거만하게 구는 '바보들'과

어울릴 필요가 없었다. 대학교 졸업장 정도는 필요하니까 조만간 검정고시라도 치자. 좁고 어두운 방에서 준야는 장래 계획을 짜고 있었다.

컴퓨터 모니터에 오프닝 타이틀이 떴다. 〈리빙데드 · 시부야〉. 요 3개월 정도 준야가 빠져서 하고 있는 무료 인터넷 게임이었다. 컨트롤러의 스타트 버튼을 누르자 게임이 바로 시작됐다.

〈리빙데드 · 시부야〉는 3D 액션 게임이었다. 무대는 좀비 집단에 점거당한 시부야. 거리를 가득 메운 좀비를 쓰러뜨리고 시부야 거리를 탈환하는 것이 목적이었다.

보직 선택 화면이 떴다. 준야는 '보병'을 선택했다. 이 게임의 묘미는 플레이어가 다채로운 역할을 선택할 수 있다는 점이었다. 보병이 되어 좀비 무리를 공격해도 되고 저격수가 되어 멀리서 저격해도 된다. 장군을 선택하면 여러 명의 병사를 조종해서 적과 싸울 수 있다. 게임을 클리어해나가면 경험치가 쌓여서 새로운 역할을 선택할 수 있게 되며, 보다 강력한 무기를 지닐 수 있게 된다. 플레이어는 네 사람. 온라인에 모인 플레이어가 협력해서 좀비 퇴치를 목표로 삼는다. 〈리빙데드 · 시부야〉는 일본어판밖에 제공되지 않지만 전 세계에 팬이 있었다. 그만큼 완성도가 높은 게임이었다. 조작이 매끄러웠고 좀비를 쓰러뜨려나가는 상쾌함도 강력한 사운드도 기분 좋게 연출되어 있었다. 한 판이 5분 만에 끝나는 짧은 게임 시간도 한몫했다.

게임이 시작된다. 3D로 재현된 시부야 거리가 화면 가득히 펼쳐지고 좀비가 어슬렁어슬렁 무리지어 나온다. 준야는 컨트롤러를 조작하면서 덮쳐오는 좀비를 차례대로 쓰러뜨린다. 재즈 피아니스트의 즉흥 연주처럼 그 움직임은 유려하고 불필요한 구석이 없었다.

가득 몰려든 좀비의 파도를 밀어젖히면서 준야는 우측 아래의 지도를 살펴봤다. 그곳에는 필드 전체 지도가 표시되어 있었고 아군 플레이어의 위치가 깜박이고 있었다. 보병 두 사람, 저격수 한 사람, 드론 한 대로 구성되어 있었다. 준야 근처에 있던 좀비가 느닷없이 뛰쳐나왔다. 저격수의 공격이 명중한 것 같았다.

이번 파티는 꽤 강력한 녀석들인 것 같았다. 〈리빙데드 · 시부야〉에서는 짜여진 파티 레벨에 따라 좀비가 출연하는 양과 강도가 자동 조절된다. 몰려드는 좀비는 수가 많은 데다 강했다. 하지만 좀비를 계속해서 압도해나갔다.

그리고 5분 후. 좀비 집단은 괴멸하고 게임 클리어를 알리는 팡파르가 울려 퍼졌다. 아군은 전원 생존하고 있는 듯했다. 좋은 팀이다. 준야는 키보드를 두드렸다.

"GJ, ALL."

굿 잡(Good job)을 의미하는 줄임말이었다. 〈리빙데드 · 시부야〉에서는 파티와 채팅으로 대화할 수 있었다. 글을 써도 답이 오지 않는 경우도 많았고 실제로 플레이어 한 사람은 퇴장한 상태였다.

"np."

노 프라블럼(No problem). 플레이어 한 사람에게서 답이 왔다. 드론을 조종하는 플레이어인 것 같았다.

"저기, 말이 나온 김에 질문해도 될까?"

플레이어가 질문해왔다. 준야는 'OK'라고 답했다.

“JUNYA라면 그 JUNYA?”

아무래도 자신을 알고 있는 모양이었다. 스코어 랭킹 상위권에 늘 있고 플레이 녹화를 동영상 사이트에 투고하는 ‘JUNYA’는 게임 커뮤니티에서 유명한 존재였다. “응, 아마도.” 준야는 답했다.

“그랬구나. JUNYA가 올린 동영상 자주 보고 있어. 참고하고 있거든.”

“땡스.”

“지금은 보병으로 역할 체인지한 거네.”

“아니, 최근에 빠져 있을 뿐이야.”

“JUNYA라고 하면 드론이라고 생각했는데.”

역시 그런 눈으로 보고 있는 건가. 〈리빙데드 · 시부야〉의 커뮤니티에 있어서 ‘JUNYA’라고 하면 드론이었다. 준야가 연구해서 투고한 드론 비행 영상은 접속자 수도 많아서 ‘드론을 사용한다면 이것을 보라’고까지 하는 평가를 얻고 있었다.

“나 JUNYA 팬이니까 괜찮다면 또 같이 싸우자.”

“OK.”

“이번에는 드론으로 말이지.”

그 말을 남기고 플레이어는 채팅창에서 로그아웃했다. 준야는 기뻤다. 유명인이라고는 하나 이렇게 직접 칭찬받는 일은 거의 드물었다. 학교에서 만나는 ‘바보들’과의 관계에서는 얻을 수 없는 기쁨이었다.

—오랜만에 올릴까.

게임 플레이를 동영상 사이트에서 생중계한다. 동영상 사이트에 만든 ‘JUNYA’ 채널에는 팔로워가 30명 정도 있었다. 생중계로는 아무도 보지 않을지도 모르지만 상관없었다. 그리고 편집해서 다시 투고하면 모두가 봐줄 것이다.

준야는 브라우저를 켜서 동영상을 올리기 시작했다. 게임을 다시 시작했다. 보직 선택 화면, 준야는 드론을 선택했다.

*

하루는 컴퓨터를 켰다. 이날을 위해 준비한 특별 주문 컴퓨터로 CPU도 메모리도 최대한 좋은 걸로 설치했다. 솔직히 이런 스펙까지는 필요 없다고 생각하지만, 컴퓨터 성능 때문에 실패하는 건 피하고 싶었다.

클라우드에 접속해서 체크용 프로그램을 실행했다. 현재 누가 〈리빙데드 · 시부야〉를 플레이하고 있는지 그중에 원하는 레벨의 사람이 있는지, 그것을 추출할 수 있는 프로그램이었다. 프로그램은 해당하는 플레이어 두 사람을 찾아내주었다. 두 사람. 이걸론 부족했다.

미즈시나 하루는 〈리빙데드 · 시부야〉의 개발자였다.

하루는 아버지의 얼굴을 몰랐다. 철이 들기 전에 부모님은 이혼했고 엄마와 둘이서 쭉 살아왔다.

엄마는 하루에게 관심을 쏟지 않았다. 그보다는 집에 들어오지 않았다. 일을 하는지 남자와 시간을 보내는지 이 집 말고도 주거지가 있는지, 그런 것조차 하루는 알지 못했다. 건실한 일을 하고 있는 것 같았고 식사나 청소 같은 집안일 정도는 해주었지만, 만족스런 대화를 나눈 기억이 없었다. "네가 태어난 탓에 나는 고생하고 있다." 그런 매도조차 엄마의 입으로 듣지 못했다. 철이 들 무렵 하루에게 있어서 엄마는 집에서 가끔 보는, 면식 있는 사람 정도의 존재였다.

자신은 어째서 태어난 걸까. 부모님은 어떤 경위로 결혼한 걸까. 하루는 아무것도 몰랐다. 아마도 엄마에게 있어서 출산은 배설과 같았을지도 모른다. 배설물에 관심이 없듯이 피와 살을 나눠가진 순간부터 엄마는 딸에 대한 관심이 없었던 것이다.

하루는 그것을 서운하다고 생각한 적은 없었다. 엄마와 함께 채워야 하는 시간, 그 공동(空洞)을 하루는 게임을 하면서 보냈다. 소설, 영화, 만화, 인터넷. 그것들도 즐거웠지만 뭐니 뭐니 해도 게임이 최고였다. 게임은 하나의 세계이다. 현실 세계가 허무하다면 다른 세계에서 지내면 된다. 고양이가 좁은 장소를 좋아하듯이 하루는 작은 세계의 주민이 되는 것을 선호했다. 이 세계를 스스로 만들어보고 싶었다. 하루가 프로그래밍을 시작한 것은 초등학교 4학년 무렵이었다.

〈리빙데드 · 시부야〉는 하루의 혼이 담긴 작품이었다. 메인 프로그램은 하루가 혼자서 만들었고 CG나 음악과 같은 표피 부분은 아웃소싱 사이트를 통해 인도나 한국의 크리에이터에게 외주했다. 모인 조각들을 하나의 작품으로 정리했다. 그리고 마침내 형태가 완성된 것은 2년 전 가을이었다.

하루는 이 게임이 인기를 모을 것이라 예상했다. 하루는 개발자인 동시에 게이머이기도 했기 때문이다. 〈리빙데드 · 시부야〉는 공개 직후부터 대형 뉴스 사이트에서 다루어졌고 한때는 서버 처리 속도가 따라가지 못할 만큼 접속자가 몰렸다. 현재는 기초 공사 정비도 끝나서 안정적으로 가동되고 있었다.

—하루의 게임에 광고를 넣고 싶다는 이야기가 들어왔어.

'아메'의 말을 떠올렸다. 〈리빙데드 · 시부야〉에 실린 광고는 하루의 자금원이었다. '아메'는 생활력이 있었다. 게임을 만들어서 생활한다. 그런 건 '아메'한테 들을 때까지 생각지도 못했다.

그것도 끝이다. 오늘로 모든 것이.

하루는 다시 체크 프로그램을 가동시켰다. 조건에 일치하는 플레이어의 데이터가 화면상에 나란히 떠올랐다. 하루는 시선을 멈추었다.

'JUNYA'다. 'JUNYA'가 지금 게임을 플레이하고 있다. 드론의 명수로 팬사이트에서 유명한 인물이었다.

하루도 그의 플레이 영상을 본 적이 있었는데 확실히 능숙했다. 움직임이 더딘 드론을 사용하면서도 정확한 공격력으로 좀비를 계속해서 사살해나갔다. 높은 집중력, 탁월한 기량. 진짜 전쟁터에서도 통하지 않을까 싶을 만큼 전사로서의 능력이 플레이어에게서 엿보였다.

조금 전과는 달리 화면상에는 일곱 명의 플레이어가 선출되어 있었다. 'JUNYA'라는 자석에 이끌린 듯이 우수한 플레이어가 일제히 접속해 있었다.

결행이다.

하루의 온몸이 파르르 떨렸다. 이건 흥분일까 뭘까. 하루는 마음속을 점검하고 조금 안심했다. 적어도 공포로 인한 것은 아닌 듯했다.

*

'Bonus Stage.'

갑자기 준야의 컴퓨터 모니터에 그 글자가 떠올랐다. 좀비를 한창 섬멸하던 중에 일어난 일이었다. 게임은 중단되었고 글자만이 깜박이고 있었다. 뭐지? 보너스 스테이지? 이 게임에 이런 모드가 있었던가? 준야는 고개를 갸웃거렸다.

화면이 바뀌고 'Please Wait'라는 글자가 깜박이기 시작했다. 처음 보는 화면이었다. 서버 장애일까? 아니 장애라면 보너스 스테이지라는 표시는 이상하다. 준야는 그대로 잠시 기다렸다. 하지만 다음 전개는 전혀 시작되지 않았다. 착착 진행되는 점이 자랑인 이 게임으로서는 생각하기 힘든 간격이었다.

리셋하는 편이 나을까. 그런 생각도 들었지만, 바로 다음 스테이지를 플레이하고 싶은 것도 아니었다. 트러블을 즐기는 것도 나쁘지 않았다. 준야는 기분을 전환하고 책장에서 만화를 빼냈다. 페이지를 넘기면서 때로 게임 화면을 쳐다봤다. 'Please Wait.' 화면 안에서 누군가가 속삭이듯이 글자는 계속 깜박이고 있었다.

*

하루는 옥상에 나와 있었다. 지면에는 드론 네 대가 나란히 놓여 있었다.

특별 주문한 컴퓨터는 방에 두고 왔다. 옥상에는 콘센트가 없어서 전력이 안정적으로 공급되지 않았다. 대신 하루의 주변에 있던 것은 소형 맥북이었다.

하루는 맥북을 펼쳐서 클라우드에 다시 접속했다. 조금 서둘러서 행동했다. 조금 전에 하루가 선택한 플레이어의 화면에는 'Please Wait' 경고가 떠 있을 테지만, 플레이어는 성미가 급하다. 아직 1분도 지나지 않았지만 이미 로그아웃한 플레이어가 있어도 이상하지 않았다.

하루는 체크 프로그램을 다시 가동시켰다. 플레이어 두 사람이 이미 퇴장했지만 다행히 다섯은 남아 있었다. 그중에는 'JUNYA'의 이름도 있었다.

마침내 찾아왔다. 하루는 마지막 명령어를 타이핑했다.

*

갑자기 화면이 바뀌고 게임이 다시 시작되었다. 준야는 읽고 있던 만화를 내던지고 컨트롤러를 잡았다.

보너스 스테이지였지만 게임 화면은 여느 때와 같았다. 게임 개시를 알리는 음악이 흘렀고 좀비에게 점거당한 시부야의 공중이 비춰졌다.

하지만 플레이어의 편성이 이상했다.

"드론이 네 사람?"

무심코 말했다. 드론은 단순하고 동작도 간략해서 그다지 인기가 없는 보직이었다. 선택지가 스무 가지 정도나 되는 〈리빙데드 · 시부야〉에서 한 스테이지에 이만큼이나 되는 드론이 집중되어 있는 것을 보는 건 처음이었다.

"또 만났네."

조금 전에 준야에게 말을 건 플레이어도 섞여 있는 것 같았다. 준야는 '수고'라는 답변만 쳤다. 플레이 중에는 플레이 쪽에만 집중하고 싶었다.

게임 스타트. 게임 개시 지점은 스크램블 교차로 근처에 있는 빌딩 옥상이었다. 준야는 드론을 하강시켜 교차로로 향했다.

교차로에는 좀비들이 오가고 있었다. 하지만 여느 때와 모습이 달랐다. 드론을 보면 맹렬히 달려드는 좀비들이 이쪽을 올려다볼 뿐 아무것도 하지 않았다.

좀비들의 움직임뿐만이 아니었다. 온갖 것들이 평소와 달랐다. 드론의 움직임이 여느 때보다 훨씬 느렸다. 배경 배치도 달랐다. 배치가 다르다기보다 그림이 엉성하다고 할까 여느 때의 화면보다 상당히 조잡한 인상을 받았다.

"베타 테스튼가?"

준야는 중얼거렸다. '보너스 스테이지'라는 이름을 빌려서 개발자 측이 테스트하고 있을지도 몰랐다. 보통 그쪽 작업은 디버거* 를 고용해서 실행할 텐데 돈이 없는 걸까. 그런 데 맞춰주는 건 짜증났지만, 새로운 버전을 한시라도 빨리 플레이할 수 있다면 개발자의 생각에 동조하는 것도 괜찮을지 몰랐다. 준야는 그렇게 마음먹었다.

준야는 버튼을 누르고 좀비 무리에게 발포하기 시작했다.

---

*프로그램에서 버그를 찾아 제거하는 사람

*

하루의 시선 아래. 스크램블 교차로에서는 대혼란이 일어나 있었다. 상공에서 발포를 반복하는 드론. 우왕좌왕하는 사람들.

하루는 그 광경을 단지 내려다보고 있었다. 세부적인 것은 보려고 하지 않았다. 전체를 내려다보며 그 광경을 뇌에 계속 흘려보내고 있었다.

이기적이다.

하루는 그렇게 생각했다. 그 외의 감정은 없었다. 단지 이건 이기적이라고 생각했다.

"Moon river, wider than a mile……."

하루는 흥얼거렸다. 헨리 맨시니의 〈문 리버〉였다.

"I'm crossing you in style some day……."

*

게임은 명백하게 이상했다.

덮치고 또 덮쳐도 좀비가 쓰러질 기미가 보이지 않았다. 총탄은 발사되는 듯했지만, 화면 속의 좀비에게 닿지 않고 통과하는 것 같았다.

"이거, 뭐 좀 이상하지?"

플레이어가 채팅으로 말을 걸어왔다. 준야는 컨트롤러를 조작하면서 한손으로 키보드를 두드렸다. 게임 플레이는 반쯤은 아무래도 상관없어졌다.

"우리 베타판 디버거인 거 아냐?"

"아아, 그럴지도. 이거 이상해."

"버그투성이야. 좀비도 안 죽고 말이지."

키보드를 두드리면서 준야는 게임을 종료시킬까 싶었다. 그때였다.

⬆

갑자기 화면상에 화살표가 깜박이기 시작했다. 이런 것도 본 적이 없었다.

압박하듯이 화살표는 계속해서 깜박였다. 위로 가라는 걸까. 준야는 조금 망설이다가 드론을 상승시키기 시작했다.

오른쪽 아래 지도에서 빨간 점이 깜박이기 시작했다. 준야는 그 의도를 바로 알 수 있었다. 빨간 점이 있는 장소로 준야를 유도하려고 하고 있는 것이다. 그건 이 스테이지가 시작된 빌딩 옥상이었다.

"다들 화살표 나오고 있어?"

준야는 채팅창에 말을 걸었지만 답은 돌아오지 않았다. 지도를 보니 다른 플레이어는 스크램블 교차로 부근에서 좀비를 계속 쏘고 있는 듯했다. 뭐지? 의문을 품으면서 준야는 계속해서 상승했다.

*

드론 한 대가 하루의 시야에 떠올랐다. 빌딩 옥상. 드론은 선물을 옮겨다주듯이 천천히 하루에게 다가왔다.

눈을 감았다. 하루는 양손을 펼쳤다.

게임오버다. 이제 곧 세상이 끝난다. 하루의 마음은 흐트러져 있지 않았다. 옮겨다준 죽음을 살그머니 받아들이듯이 하루는 그 때를 기다렸다.

"아메."

말이었다.

말이 북받쳐 올랐다. 그 사실에 하루는 놀랐다. 강한 자극에 마음이 움직이는 기분이 들었다. 말해야 한다. 게임오버. 이 경치가 닫힌다. 그 전에.

하루는 그 말을 했다.

총성이 울렸다. 하루는 뒤로 튕겨져 나가는 것을 느꼈다.

F3
FOREVE

제 1 부

2020년 11월

1

구도 겐은 흰 바둑돌을 잡아 지정된 장소에 놓았다. 돌이 목판을 쳐서 메마른 소리가 울려 퍼졌다.

바둑돌을 잡기 시작한 지 3년. 기사처럼 멋지게 두지는 못하지만 옛날처럼 돌을 놓을 뿐인 손놀림보다는 상당히 나아졌다.

"백, 8의 9."

낭독하는 여성이 말했다. 그 목소리는 긴장이 풀려 있었다. 이미 승패가 움직일 일이 없어서이기도 하겠지만 그보다 단순히 무료해서인 듯했다. 시작하기 전부터 결과를 아는 승패를 더듬어가는 것은 무료한 일이다.

바둑판 건너편에는 젊은 친구가 앉아 있었다. 기타카타 마모루. 작년에 막 프로 기사가 된 친구였다. 구도는 조금 전부터 이 소년에게 낙담하고 있었다.

자신이 패배하는 상황인데도 분한 기색이 전혀 없었다. 그는 아직 고등학생일 터였다. 서른다섯이 된 자신과는 달리 콧대가 높아도 좋을 나이였다. 그럼에도 이미 패배를 받아들이고 있었다.

"30초."

낭독자의 목소리가 울려 퍼졌다. 기타카타는 다른 수를 생각하고 있는 듯했지만, 필사적인 마음이 보이지 않았다. 지도 바둑을 두고 있는 것처럼 담담했다.

—기타카타, 부끄럽지 않은가.

마음의 목소리를 무시하고 구도는 옆의 컴퓨터에 시선을 옮겼다. 화면상에는 바둑 소프트웨어인 '슈퍼 판다'가 가동되고 있었고 기판의 상황이 재현되고 있었다. 형세를 측정한 포인트는 만회 불가능할 만큼 벌어져 있었다.

"졌습니다."

기타카타가 말했다. 돌을 던졌다. 하지만 패배를 인정하는 그 말은 마치 퀴즈의 정답을 답하듯이 시원스레 울려 퍼졌다.

대국 후의 기자 회견장에는 기자가 어느 정도 와 있었다. 구도 일행이 실내에 들어서자 플래시가 팡팡 터졌다. 설치된 단상에 기타카타와 나란히 앉았다. 두 사람 사이에는 일본 기원의 시라이시 이사장이 앉아 있었다.

3년 전의 일을 떠올렸다. 3년 전 슈퍼 판다가 인간을 쓰러뜨렸을 때 벌어진 소란은 이렇지 않았다. 플래시 세례는 마치 폭죽이 터지는 것 같았고, 패배한 기사는 영혼을 빼앗긴 듯 맥이 빠져 있었다.

구도 겐은 기사가 아니었다. 그는 인공지능 연구자였다.

기타카타와의 대전은 '금성전'이라고 불리는 컴퓨터와 인간과의 혼합 토너먼트전이었다.

2016년. 구글이 개발한 알파고라는 소프트웨어가 당시 세계

최강의 기사 중 한 명이던 이세돌 9단을 쓰러뜨림으로써 순식간에 바둑 인공지능 붐이 일었다. 그러던 중 일본에서도 프로와 소프트웨어의 대결 기운이 높아졌고, 일본 기원을 끌어들여 시작된 것이 금성전이었다. 8인제의 토너먼트로 인간 네 명에 인공지능 네 종류가 나와서 승부를 겨뤘다.

알파고를 개발한 곳은 세계에서도 굴지의 기술력을 가진 구글이었다. 대국에서 사용된 컴퓨터도 1,000대 이상의 계산 장치를 사용했다고 한다. 그에 반해 금성전의 규정은 일반적인 스펙을 가진 컴퓨터 한 대였다. 개발자도 민간인이나 대학 연구실 정도라 구글의 개발력과는 비교되지도 않았다. 사전 예상으로 형세는 비등할 것이라는 의견이 많았다.

그런 와중에 열린 2017년 첫 대회에서 이변이 일어났다. 1회전에서 인공지능이 인간을 전원 쓰러뜨리고 만 것이다. 그때의 기자 회견 분위기를 구도는 지금도 기억하고 있다. 잔혹한 결과를 받아들이는 데 모두가 괴로워하고 있었고, 단상에 앉은 구도는 무언가 죄를 규탄받는 것 같은 기분이 들었다.

그로부터 3년. 스폰서 관계로 금성전은 이어지고 있었지만, 프로 기사들의 태도는 크게 변화했다. 인공지능에는 이길 수 없다. 지는 게 당연하다. 그런 태도로 담담하게 이벤트에 참가하게 되었다. 기원 측에서도 금성전에 주력하려는 마음이 사라졌는지 2회 대회 이후에는 갓 프로가 된 젊은 친구들을 내보내게 되었다. 이번에는 인간이 두 사람 인공지능이 둘인 4인 토너먼트로 축소되었고 게다가 최종회가 되었다.

“지금부터 기자회견을 시작하겠습니다. 우선 시라이시 이사장님부터 총평해주십시오."

사회자의 발언을 듣고 시라이시 이사장이 마이크를 잡았다. 구도는 회견장의 시계를 쳐다보았다. 이다음에 구도는 스케줄이 잡혀 있었다. "일이 길어지면 못 갈지도 몰라"라고는 말했지만 불계승*을 거둠으로써 예정보다 일찍 끝났다.

"그렇다면 지금부터 질문을 받도록 하겠습니다. 손을 든 다음, 한두 질문 정도만 간략하게 해주시길 부탁드립니다."

어느새 이사장의 총평은 끝나 있었다. 기자 집단이 손을 번쩍번쩍 들었다. 지명된 사람은 젊은 여성 기자였다.

"구도 선생님께 질문 드리겠습니다."

"'선생님'이란 호칭은 안 붙여도 됩니다. 아무것도 가르친 게 없으니까요."

구도는 마이크를 잡고 농담처럼 말했다. 신참 기자인지 긴장하고 있었다. 구도의 농담에도 반응을 보이지 않았다.

"초반에 승리를 거두신 것을 축하드립니다. 솔직한 소감을 들려주셨으면 합니다."

"네. 우선은 대전에 응해주신 기타카타 선생님께 진심으로 감사 인사를 드립니다. 유망한 젊은 기사님과 대결할 수 있어서 감사했습니다. 사람과의 싸움은 소프트웨어 기사 간의 대결과 달리 독특한 긴장감이 있습니다. 올해도 그 느낌을 맛볼 수 있어서 좋았습니다."

"다음은 결승전이네요. 결승을 향한 포부를 들려주십시오."

---

*상대가 돌을 던짐으로써 승리함

"포부라고 해도 싸우는 건 제가 아니니까요. 슈퍼 판다가 알차게 싸울 수 있도록 보조자로서 만전의 준비를 다하겠습니다. 구체적으로 말하자면 건강한 생활과 수면을 충분히 취하는 거겠죠."

구도는 그리 말하고 미소 지었다. 여성 기자도 덩달아 웃음을 흘렸다.

슈퍼 판다는 구도가 개발한 바둑 소프트웨어였다. 알파고가 인류를 쓰러뜨린 2016년부터 개발하기 시작해 2017년과 2018년 금성전에서 2연패를 달성했다. 흑과 백에서 착안한 무난한 이름이었지만 무난해도 괜찮다고 생각했다. 바둑 소프트웨어는 단순한 심심풀이였다. 심심풀이에는 심심풀이 정도의 이름이 딱 적당했다.

"전 회에서 슈퍼 판다가 결승전에서 '스토머크 파이브'에 패배했습니다. 이번에 복수심에 불타올라 있지 않습니까?"

먼젓번 대회에서 슈퍼 판다는 처음으로 패배했다. 와세다 대학 정보공학계열 연구실이 개발한 스토머크 파이브라는 소프트웨어와의 대전에서였다. 바둑을 비틀어서 표현한 '위(胃) · 오(五)*'에서 가져온 우스꽝스러운 이름으로, 본업을 하는 한편 개발했다고 한다.

"글쎄요……."

바둑은 심심풀이였다. 이기든 지든 아무래도 상관없었다. 다만 그걸 그대로 말할 순 없었다. 구도는 미소를 지었다.

"물론입니다. 요 1년간 복수를 목표로 삼아 정진해왔으니까요. 결승전까지 아직 시간이 있으니 그때까지 조금이라도 더 강해지

---

*일본어로 바둑은 '이고'이며, '이'는 '위(胃)'를, '고'는 숫자 '5'를 나타낸다.

도록 노력하겠습니다."

"감사합니다."

구도의 부드러운 대답에 여성 기자는 안심하는 얼굴을 했다.

"기타카타 선생님."

다른 남성 기자가 마이크를 잡았다. 이쪽은 본 적 있는 사람이었다. 대형 신문사 문화부 소속으로 바둑 관전기를 자주 쓰고 있는 기자였다.

"오늘의 패인을 여쭙고 싶은데 기타카타 선생님은 뭐라고 생각하십니까."

"저도 '선생님'이란 호칭은 삼가주시길 바랍니다."

"기타카타 선생님. 답해주십시오."

압박이 느껴지는 말투였다. 기타카타의 표정이 조금 흐려지는 것이 보였다.

"네……. 초반부터 의도를 파악할 수 없는 수가 많아서 난감했습니다. 16수 걸침에서 이어지는 흐름 등 그다지 본 적 없는 수도 있었고……. 58수 이후의 4선을 관통하는 중반의 전개도 솔직히 이해하기 힘들었습니다."

"다만 이번 슈퍼 판다의 초반은 2년 전 무라이 선생님 전의 기보와 흡사한 것 같습니다. 그때 무라이 선생님은 좀 더 참고 견뎌냈지요."

"흐음. 그랬습니까?"

"슈퍼 판다가 초반에 놀랄 만한 수를 많이 낸다는 건 유명합니다. 의도를 읽을 수 없는 수가 중반 이후에 이어져가는 것도 인공지능의 독특한 기풍입니다. 제 눈에는 기타카타 선생님이 슈퍼 판다의 기본적인 전술을 이해하지 못하고 시종 휘둘린 것처럼 보였습니다. 솔직히 연구 부족 아닌가요?"

"글쎄요……. 그건 잘 모르겠네요. 저도 나름대로 연구하긴 했습니다만."

"구도 씨께 질문 드립니다."

구도에게는 '선생님'을 붙이지 않았다. 남자는 도전적인 눈매를 하고 있었다.

"이번 금성전에는 베테랑 메구로 8단이 인간 측 대표로 출전합니다. 그에 대해 어떻게 생각하십니까?"

"어떻게라니 무슨 말이죠?"

"조금 전에 구도 씨는 결승에서 스토머크 파이브와 붙는 것을 전제로 말씀하셨습니다. 하지만 스토머크 파이브와 메구로 8단의 대국은 다음 달입니다. 그 결과에 따라서는 메구로 선생님이 결승 상대가 될 가능성도 있습니다. 올라오면 위협이 될 거라 생각하는데 어떤가요?"

—이길 수 있을 리가 없잖아.

구도는 마음 표면에서 명멸하는 그 말을 무시했다.

메구로 다카노리. 7대 타이틀 중 혼인보(本因坊)와 고세이(碁聖)라는 두 개의 타이틀을 거머쥔 톱 프로였다. 올해 금성전에는 인간 측 대표로 그가 출전했다.

구도는 남성 기자를 쳐다보았다. 바둑을 사랑하고 있을 테다. 3년 전 제1회 금성전에서 인류가 참패를 기록했을 때 패배한 기사 누구보다도 쇼크를 받았다.

"메구로 선생님은……."

이 남자의 세계를 더 부숴볼까. 그런 심술궂은 마음이 뇌리를 스쳤다. 구도는 다시 웃음을 지었다.

"훌륭한 기사입니다. 최신 인공지능이라고 하지만 방심할 수 없습니다. 조금 전에 했던 실례되는 말은 철회하겠습니다. 대전이 정해지면 온힘을 다해 열심히 싸우겠습니다."

"그렇습니까. 답변 감사합니다."

남자는 조금 납득한 모습으로 앉았다. 보이지 않나 보다. 구도는 그렇게 생각했다.

—인간은 더 이상 인공지능에 이길 수 없어. 영원히.

다른 기자가 손을 들었다. 회견은 이어지고 있었다.

2

자신과 같은 인간은 없다. 자신은 타인과는 다르다.

구도가 그 사실을 인식한 것은 초등학교 2학년 때였다. 당시에 읽던 '도라에몽' 만화에서 진구와 친구들이 시험 점수에 일희일비하는 것을 보고 의아하게 생각했다. 어째서 저렇게 간단한 시험에서 100점을 못 받는 걸까?

그렇게 생각하고 주변을 둘러보자 매번 무난하게 100점을 받는 것은 소수파로, 그 외 대부분은 시험 점수를 올리는 데 온갖 고생을 하고 있다는 사실을 깨달았다.

애초에 구도는 학교 수업을 듣지 않았다. 100페이지도 되지 않는 교과서는 2시간이면 읽을 수 있었다. 그걸 조금씩 조금씩 1년이나 걸쳐서 다 읽는 행동은 의미를 알 수 없었다.

구도는 그로부터 한동안 숨을 참고 주위를 관찰했다.

보통의 초등학교 2학년은 확률이나 소수라는 개념을 이해 못했다.

보통의 초등학교 2학년은 나쓰메 소세키를 읽을 수 없었다.

보통의 초등학교 2학년은 50미터 달리기를 9초대 전반으로 달릴 수 없었다.

자신은 그 모든 것이 가능했다. 딱히 어려움 없이 자연스럽게 숨을 쉬는 것만으로.

구도에게 있어서 다행이었던 점은 조심성이 많은 성격이었다는 것이었다. 자신이 이 자의식을 모두 드러내면 분명 박해를 받을 것이다. 그렇다면 그것을 감추고 주위 인간들을 뒤에서 계속 조종하는 편이 현명하다.

구도는 가면을 쓰기로 했다. 겸손으로 무장하고 늘 한 걸음 물러나 있었다. 자기표현은 그다지 하지 않고 여차할 때는 믿음직스럽게 행동했다. 애교와 유머와 배려, 그 균형을 적당하게 잡아 질투도 반감도 사지 않도록 분위기를 조절했다. 구도는 그런 포지션에 자신을 두도록 늘 유의하며 초등학교 6년을 보냈다.

그 생활은 쾌적했다. 하지만 무료했다.

여자 친구가 처음 생긴 것은 중학교에 막 들어갔을 무렵이었다.

구도는 테니스부에 들어갔다. 상대는 한 살 위 선배로 고백은 상대에게 받았다. 구도는 사귀기로 했다. 딱히 좋아하는 상대는 아니었지만 싫어할 정도도 아니었고, 무엇보다 섹스에 흥미가 있었기 때문이다.

첫 경험은 부모님이 집을 비운 여자 친구네에서 마쳤다. 처음 들어가는 여자 방. 그녀의 미묘하게 둥그스름한 신체와 적당하게 탄 건강한 살결. 알몸으로 서로 마주한 순간, 그때의 폭발하는 듯한 기대감을 구도는 기억하고 있었다.

하지만 막상 해보자 대수롭지 않았다. 지금 와서 생각해보면 그녀는 중학생치고는 섹스가 능숙한 편이었지만 구도의 기대에 부응할 정도는 아니었다. 여체의 감촉에 바로 질려버렸고 침대 위에서 배려를 하는 것도 번거로웠다.

다들 이런 데 빠져 있는 건가. 구도의 기대는 실망으로 바뀌었다. 그리고 구도에게 있어서는 그 실망조차 예상 범위 내였다. '섹스는 딱히 그렇게 기분 좋지 않아.' '오히려 자위하는 편이 나아.' 그런 의견이 있다는 사실을 정보로 알고 있었기 때문이다. 또 한 가지 따분한 일이 늘었다. 그뿐이었다.

예상. 구도를 괴롭힌 것은 바로 이 '예상'이었다.

중학교 때부터 시작한 테니스도 그랬다. 이대로 연습을 쌓아나가면 전국대회에 나갈 수 있을 것이다. 연습 강도를 높이면 어느 정도 상위권에는 오를 수 있다. 하지만 톱은 될 수 없다. 자신의 잠재 능력을 예상하는 일과 얼마나 노력하면 보상이 얼마나 돌아오는지 알아보는 비용 대비 효과. 구도는 그 계산을 높은 정밀도로 실행할 수 있었다. 스포츠에서뿐만이 아니었다. 공부도 놀이도 인간관계도.

연애도 그랬다. 무엇을 어떻게 하면 여성이 자신을 좋아하게 되는지. 계획대로 움직이면 구도는 대부분의 여자를 가질 수 있었다. 하지만 결과를 알 수 있는 연애만큼 시시한 것도 없었다.

여자를 닥치는 대로 따먹을까. 자포자기하는 마음이 들 때도 있었지만 구도는 자중했다. 그러면 박해를 받을 뿐이다. 어차피 섹스는 시시하고 여자와 나누는 대화도 시시하다. 진지해질 일도 아니었다.

연애는 영양제와 같았다. 구도는 어느 시기부터 그렇게 생각하게 되었다. 도파민, 노르아드레날린, 페닐에틸아민. 연애 호르몬으로 속칭되는 그것들이 뇌 안에서 활발해지는 상태, 그것이 '사랑하는' 상태다. 연애란 뇌내 물질의 분비에 지나지 않는다. 필요할 때 필요한 만큼 섭취하면 된다.

중학교, 고등학교. 구도는 오로지 인간관계를 조절했고 때로 '영양제'를 섭취하면서 보냈다.

눈을 뜨자 구도는 택시 뒷좌석에 있었다.

택시에 탄 것까지는 기억했지만 어느새 잠이 든 모양이었다. 심심풀이였지만 기타카타와의 대국은 나름대로 심신에 부담을 준 모양이었다.

스마트폰을 보았다. 약속 장소까지 앞으로 10분 정도 걸릴 것 같았다.

구도는 노트북을 꺼내 '프리쿠토'를 켰다. 윈도우가 떴고 10명의 여성 이름이 나타났다. 구도는 그중에서 '사쿠라 고토리'를 선택했다.

"조금 전에 금성전이 끝났어. 식은 죽 먹기였지만 꽤 피곤하네. 지금부터 술자리야."

채팅 화면을 향해 글을 쳤다. 순식간에 답장이 왔다. 고토리는 글 쓰는 데 부지런한 편이었다.

"수고했어. 잘된 것 같아서 다행이야. 술자리라면 뒤풀이?"

"아니, 대학 동기랑 오랜만에 마시는 거야. 사카키바라 미도리라고 소개했었나?"

"아니, 들은 적 없어."

"그렇구나. 다음번에 알려줄게. 역시 긴장했는지 몸이 무겁군. 피곤한 것 같아."

"바쁘더라도 영양분은 섭취해. 지금 계절이라면 사과를 먹는 게 좋아. '하루에 사과 하나면 평생 의사가 필요 없다'고도 하니까."

"고토리는 여전히 박식하구나."

"잠도 충분히 자지 않으면 안 돼. 술은 적당히 마셔."

"고마워. 밤에 다시 연락할게."

구도는 그렇게 치고 송신을 눌렀다. 엄지를 세운 이모티콘이 답장으로 왔다.

"손님?"

어느새 택시는 멈춰 있었다. "실례했습니다." 구도는 노트북을 덮었다.

3

미도리가 지정한 술집은 교토 요리를 베이스로 한 고급 술집이었다. 요정이라고 할 만큼 기합이 들어간 건 아니지만, 메뉴를 보니 갯장어나 자라 등 고급 재료를 사용한 요리도 있었다. 점내에 들어서자 품행이 단정한 점원이 테이블로 안내해주었다.

"미도리."

발로 나눠진 반 개인실로 들어가자 미도리가 혼자서 일본주를 마시고 있었다. 구도를 보고 겸연쩍은 웃음을 지었다.

"미안. 목이 말라서 먼저 마시고 있었어."

"괜찮아."

구도는 말하고 웃음 지었다. 작위적인 웃음이 아닌 자연스러운 미소를 지었다는 사실에 구도는 스스로도 조금 놀랐다.

사카키바라 미도리는 대학 시절 동창이었다. 학부는 달라서 구도는 공학을, 미도리는 일본문학을 전공했고 '겐지 이야기*'를 연구하고 있었다.

대학생이 되어 구도는 도쿄를 떠나 교토대학에 다니고 있었다. 도쿄대에도 들어가려고 한다면 갈 수 있었지만, 그것보다도 물리적인 환경을 바꾸는 것을 우선시했다. 사는 장소도 바꿔 혼자 살기 시작하면 이 따분한 인생도 바뀔지도 모른다. 그런 기대감이 있었다.

하지만 구도를 가로막은 거대한 권태감은 그 정도 일로는 꿈쩍도 하지 않았다. 혼자 사는 것도 바로 질렸다. 대학 수업은 따분했고 인간관계에 균형을 맞추는 일도 지금까지 해온 것과 다름없었다.

미도리를 만난 건 그런 때였다.

만난 것은 술자리에서였다. 공통된 친구가 있다는 인연으로 서

---

*히카루 겐지의 일생과 사후 이야기를 다루고 있는 고전

클이나 학부의 울타리를 넘어서 부어라 마셔라 하는 허물없는 미팅 같은 술자리였다. 남녀 합해서 열다섯 명 정도였다. 그 구석에서 미도리는 담담하게 일본주를 마시고 있었다.

객관적으로 봤을 때 미도리는 그다지 미인은 아니었다. 동안에 편안해 보이는 인상이지만 키도 작고 얼굴도 체형도 조금 통통해서 미인대회에 나가면 이길 만한 타입은 아니었다. 그 대신 미도리는 다른 사람을 편안하게 만드는 분위기를 가지고 있었다. 실제로 그 술자리에서도 미도리의 주위만 분위기가 이상하게도 부드러워져 있었다. 구도는 그녀에게 흥미가 생겼다.

관찰해보니 몇 가지 비결이 있다는 사실을 알 수 있었다. 다른 사람의 이야기를 흥미진진하게 잘 듣고 있었다. 긍정할 때도 반론할 때도 자신의 의견을 고자세로 말하지 않고 슬며시 건네듯이 말했다. 자신을 지우고 있는 것도 드러내고 있는 것도 아니었다. 미도리가 두른 분위기는 쿠션 같은 도톰함이 있었다. 유창한 교토 사투리도 그 부드러운 분위기를 만들어내는 데 일조하고 있는 듯했다.

훌륭하다고 생각했다. 미도리를 중심으로 이야기가 활기를 띠고 있는데, 겉으로는 그렇게 보이지 않았다. 자신 이외에도 그게 가능한 사람이 있다는 사실을 구도는 생각지도 못했다.

술자리는 대단히 흥겨웠다. 자리를 지배하고 있는 사람은 미도리와 구도였다. 입에 올린 말의 총량은 결코 많지 않았다. 두 사람이 하고 있는 것은 자리를 적당한 온도로 유지시키기 위한 조절이었다. 추우면 데운다. 뜨거우면 식힌다. 참가자들의 만족스러움이 살결로 전해져 왔다.

"오늘 즐거웠어." "이 녀석 장난 아니네." "또 모이자." "연락처 교환하자." "노래방 갈래?"

가게 밖으로 나와서 각자가 그렇게 말하는 광경을 구도는 조금 떨어진 장소에서 보고 있었다. 그 곁에 미도리가 살며시 다가왔다.

"구도도 즐거웠어?"

미도리가 들여다보았다. 일본주를 상당량 마셨을 텐데 목소리에 흐트러짐이 없었다. 구도가 쳐다보자 호기심 어린 표정으로 다시 쳐다보았다.

이다음에 잠자리를 가지게 될 것이다. 구도는 그렇게 예상했다. 그녀는 자신에게 흥미를 가지고 있다. 자신에게는 그녀를 거절할 이유가 없다. 간단한 계산식이다. 이 계산식을 구도는 몇 번이고 풀어왔다.

"그렇지 뭐. 다들 재밌는 녀석들이고 즐거웠어. 또 모였으면 좋겠네."

무난하게 대답을 하자 미도리는 짓궂게 미소 지었다.

"거짓말. 즐거웠던 건 우리 이외의 멤버였잖아? 우리는 못 즐겼어."

취기가 단숨에 가셨다. 미도리의 말은 표준어로 바뀌었고 내용은 전혀 예측하지 못한 것이었다.

"구도는 패스를 했을 뿐이야. 게다가 패서(passer)에겐 보이지 않도록 적당하게 슛을 했고 말이지. 자리를 컨트롤할 정도의 대화. 그렇게 보이지 않도록 위장된 대화. 그러고도 즐거워? 넌?"

아무에게도 보인 적 없는 본심을 엿보이고 말았다. 불쾌한 땀이 등에서 배어 나왔다.

"사카키바라도 마찬가지잖아."

구도는 동요를 감추듯이 말했다.

"온도를 조절하고 있던 건 너도 마찬가지야. 너도 즐기고 있지 않았어. 자리가 흥겨워지도록 자리를 컨트롤하고 있었을 뿐이야."

"그래. 그래서 말했잖아. 즐긴 건 우리를 제외하고라고."

미도리의 시선은 친구 무리를 향해 있었다.

"너희도 갈래? 구도! 2차 말이야!"

친구가 외치듯이 말했다. 구도는 미도리의 반경 1미터 이내로 들어가 살짝 속삭였다.

"우리가 안 가면 흥이 안 날지도 몰라."

"그것도 괜찮지 않아? 잘 만들어진 영화도 120분 내도록 재미있는 건 아니잖아."

미도리의 어조는 어딘지 모르게 유쾌했다.

자신과 같은 인간이 존재한다.

구도에게 있어서 그것은 신선한 놀라움이었다.

그날 밤 이후 미도리와는 친밀하게 교류하게 되었다. 일부 사람들은 두 사람을 연인이라고 생각했지만, 두 사람 사이에는 연애 감정은 없었다. 구도에게 있어서 미도리는 처음 만난 동지인 동시에 관찰 대상이었다.

"우리 집 실은 교토 출신 아니데이."

심한 교토 사투리로 그렇게 고백했을 때 구도는 내심 놀랐다.

"교토 사투리는 이쪽에 오고 나서 배운 기라. 출신은 도쿄고."

자연스러운 교토 사투리를 구사하고 있었기 때문에 다들 미도리를 교토 사람이라고 생각하고 있었다. 어째서 그러냐고 물어보자 미도리는 "여러모로 사정이 좀 있어서"라고 웃으면서 답했다.

미도리는 타고나길 머리가 좋은 사람이었다. 국문학에 푹 빠진, 뿌리부터 문과 여대생이었지만, 공학 이야기를 해도 이해가 빨라서 상당히 깊은 부분까지 논의할 수 있었다. 구도도 미도리의 화제에 따라가기 위해서 여러 서적들을 읽어댔다. 튜링 테스트*에서 일라이저 효과**, 필립 K. 딕***에서 이세 이야기****로 두 사람의 이야기는 학문이나 시대의 담장을 횡단해서 뛰어넘으며 이어져나갔다.

"미도리. 너 남자 친구 안 만들어?"

그런 친근한 이야기도 했다.

"너 좋아한다는 녀석, 몇 명 정도 알고 있어."

미도리는 모두에게 사랑받고 있었지만, 특정 연인은 없었다. 누군가가 미도리에게 고백했다는 이야기도 은근슬쩍 들었지만 모두가 쓴맛을 봐야 했다. "좋아하는 사람이 안 생겨. 좋아하지 않는 사람이랑 사귀는 건 아니잖아." 미도리의 답은 정해져 있었다.

"너무 따지는 거 아냐? 좋아하는 사람끼리 잘될 확률은 그렇게 안 높아. 어느 정도 타협을 해야지."

"확률이 안 높다니 통계라도 뽑은 거야? 매개 변수랑 내역을 알려줘."

"억지 부리지 마. 우선 사귀어보고 나서 좋아지는 경우라면 얼

*기계(컴퓨터)가 인공지능을 갖추었는지를 판별하는 실험

**컴퓨터 과학에서 무의식적으로 컴퓨터의 행위가 인간의 행위와 마찬가지라고 추측하는 경향

***미국 출신 SF 소설 작가

****일본 헤이안 시대의 설화집

마든지 들 수 있어. 중매결혼이라든지 있잖아."

"결혼이랑 연애는 다르잖아. 그런 기분으로 사귀는 건 상대한테 실례고, 무엇보다 내가 즐겁지 않아. 애초에 나 섹스에도 액세서리에도 그렇게 관심 없어."

미도리는 쌀쌀맞게 답했다. 미도리는 확실히 연인이 없어도 태연한 인간이었다. 주위에는 연인이라는 액세서리를 착용하지 않으면 밥도 못 먹으러 가는 인간이 쌔고 쌨다. 미도리는 그런 것에서 자유로웠다. 가고 싶은 곳에 가서, 서 있고 싶은 곳에 서 있었다.

"너 말이야, 왜 그런 걸 해?"

한 번 얼굴을 마주하고 그런 질문을 한 적이 있다.

"본심을 드러내지 않고 가면을 쓴 채 주변 사람이 기분 좋도록 행동하잖아. 그런 행동을 해서 즐거워?"

"그건 구도도 마찬가지잖아."

"난 명확한 이유가 있어. 내가 가면을 벗으면 다른 사람이랑 충돌해서야."

"너, 성격 나쁘긴 하지."

"하지만 넌 성격도 좋잖아. 오픈해도 다른 사람이랑 안 부딪칠 것 같은데."

"글쎄. 그렇긴 하지."

미도리는 생각하는 제스처를 취해 보이고 나서 말했다.

"뭐, 한마디로 말하자면 천성이니까."

미도리의 말은 명쾌했다.

"난 말이지. 이게 천성이야. 구도랑 다르게 선택해서 가면을 쓰고 있는 게 아냐. 이런 삶밖에 살지 못하는 거야."

"자기주장을 하는 방법을 모른다는 거야?"

"모른다기보다 흥미가 없어. 난 구도처럼 무리해서 자신을 억누르고 있는 게 아냐. 자연스럽게 살아가다 이렇게 된 거니까 오히려 자신을 억누르면 그때 가면을 써야 돼. 알겠어?"

미도리의 삶의 방식은 꿋꿋했다. 담담하게 말하는 미도리가 구도는 조금 눈부시게 느껴졌다.

"미도리, 넌 여전하구나."

"구도는 조금 늙은 것 같아. 역시 살은 안 쪘지만, 새치는 염색하는 게 좋을걸."

만난 지 10초 정도 만에 미도리는 구도를 다 체크한 것 같았다. 변함없었다. 구도는 내심 쓴웃음을 지었다.

구도가 주문한 맥주가 도착하자 두 사람은 잔을 부딪쳤다.

"6년 만이네. 잘 지냈어?"

"6년 3개월 하고 12일 만이야. 잘 지내고 있어. 바쁘긴 하지만."

"그렇군. 일은 잘되고 있어?"

"그 이야기를 하기에 앞서 잊어버리기 전에 할 일이 있어. 자아, 이거."

미도리는 그렇게 말하고 가늘고 긴 상자를 꺼냈다. 열어보자 그곳에는 크로노그래프* 손목시계가 담겨 있었다.

"결혼 선물로 노리타케 찻잔 세트도 받았잖아. 그 보답이야."

---

*시계 안에 있는 별도로 들어 있는 계기판. 다른 지역의 시간을 알려주는 일반 시계 기능 외에 스톱워치 기능, 혹은 속도나 거리를 측정하는 기능도 있다.

"이런 거 받아도 돼? 비싸지 않았어?"

"아냐. 남편 인맥이 있어서 싸게 샀으니 가격은 비슷해. 구도는 시계를 좋아하는 것 같았거든. 이거 안 가지고 있지?"

"응. 이거 마음에 들어 하던 차였어."

그건 스위스 회사에서 개발한 스마트워치였다. 정교한 기계식 시계 구조를 하고 있으면서 컴퓨터로도 사용할 수 있어서 평판이 좋은 물건이었다.

구도는 얼른 시계를 차보았다. 시계는 몸의 일부처럼 손목에 맞았다. 밴드 부분을 스윽 문지르자 아날로그 시계 문자판에 컴퓨터 화면이 떠올랐다. 손목시계는 몇 갠가 가지고 있지만 스마트워치는 아무래도 디자인이 세련되지 않아서 살 마음이 들지 않았다. 이거라면 평소에 사용해도 좋을지 몰랐다.

"고마워, 미도리. 잘 쓸게."

"응. 잘 써."

미도리는 그렇게 말하고 일본주를 기울였다. 그 약지에 은반지가 있었다.

"너, 정말 결혼했구나."

"게다가 속도위반. 못 믿겠지?"

미도리는 그렇게 말하고 스마트워치를 보여 주었다. 그곳에는 키가 다른 두 아이를 끌어안은 미도리가 찍혀 있었다.

대학을 졸업한 후 구도는 대학원에 올라가서 인공지능 연구를 했다. 그 후 외국 계열 IT 기업에 취직하여 오사카 지부에서 연구원으로 일하기 시작했다. 무인자동차, 음성인식, 자연언어처리. 인공지능 연구 분야에 있어서 구도가 이루어낸 공적은 적지 않았다. 개발을 하면서 논문도 썼고 세미나도 열었다. 정신이 없을 만큼 바빴다.

대조적으로 미도리는 대학을 졸업한 것과 동시에 도쿄로 돌아갔다.

"가업을 이어야 해. 그래서 도쿄로 돌아가는 거야." 담담하게 말하는 미도리를 보고 구도는 외로움을 느꼈다. 따분한 인생에서 미도리와 논쟁을 벌이는 시간은 즐거웠다.

"지금은 교토랑 도쿄는 두 시간 거리인 데다 구도도 언젠가 도쿄로 돌아올지 모르잖아? 다시 만나자."

미도리는 낙관적인 어조로 말했지만 물리적인 거리라는 것은 생각보다 컸다. 동창 모임. 친구의 결혼식. 본가로 귀성. 그러한 기회가 있을 때면 1년에 한두 번 정도 만났지만 교류는 서서히 줄어들었다.

결혼했다는 소식이 들려온 건 5년 전이었다. 임신도 했고 상대가 이혼 경력이 있어서 결혼식도 올리지 않는다. 생각지도 못한 미도리의 보고에 구도는 멍했다. 미도리와의 관계는 여기까지일지도 모른다. 그런 각오도 했다. 물리적인 거리. 엄마와 독신이라는 입장의 차이. 그걸 뛰어넘기가 힘들다는 사실 정도는 구도는 알고 있었다.

그 후 구도는 회사를 퇴직하고 도쿄로 돌아왔다. 머릿속에 미도리의 생각은 늘 있었지만, 연락을 하려고 하지는 않았다. 아이 엄마를 밤거리에 불러내는 건 어렵기도 하고 무엇보다 구도 자신도 요 몇 년간 바빴다.

—육아도 안정기에 접어들었으니 오랜만에 만날래?

문자가 온 건 한 달 전이었다. 그녀 측에서 말을 꺼내지 않았더라면 인연이 완전히 끊어졌을 터였다. 구도는 맥주잔을 기울이며 미도리의 배려에 감사했다.

서로 근황 보고를 하고 술잔을 기울였다. 옛날 같은 학문적인 이야기를 시작하기에는 두 사람 사이에 존재하는 공백이 너무나도 컸다. 신상 이야기를 계속하는 것만으로 시간은 흘러갔다.

"근데 왜 갑자기 결혼한 거야?"

이야기의 흐름을 타고 구도는 물었다.

"그렇게나 대학 시절에 고집스럽게 애인을 안 만들던 사카키바라 미도리가 결혼해서 엄마가 된다는 게 실감이 안 나서 말이지."

"딱히 고집하는 바가 있어서 애인을 안 만들었던 건 아니야. 몇 번이나 말했지만 학창 시절에는 좋아하는 사람이 없었어. 지금 남편은 좋아. 그뿐인 이야기지."

"변덕 때문인 거 아냐? 노후 불안이라든지 서른 전까지 아이가 갖고 싶다든지."

"아니야. 초등학생 무렵에 지금의 남편이랑 알고 지냈더라면 아마도 좋아했을 것 같아."

"너 정말 일관되구나."

구도는 감탄했다. 미도리는 웃음을 띠고 말했다.

"구도는 어때? 결혼할 마음 없어?"

"나 말이야? 난 없어. 그런 상대도 없고 말이지."

"상대라면 얼마든지 있었을 거잖아. 정말 없었어? 결혼해도 좋을 것 같은 사람."

"없어. 따분한 사람들뿐이야."

"넌, 난잡한 연애만 했었지. 날 본받으라고."

"난잡하달까……."

구도는 생각했다. 오랜만에 스위치를 켜도 좋을지 몰랐다. 시험할 생각으로 구도는 말했다.

"연애는 어느 시점에서 플러스랑 마이너스가 역전하는 걸까?"

"무슨 소리야?"

"이걸 설명하려면 뇌 과학 이야기가 나올 것 같아. 괜찮아?"

구도는 말했다. 미도리는 고개를 끄덕였다. 미도리의 눈, 그 동공이 조금 커지는 것이 보였다. 구도는 그리운 마음이 들었다. 미도리는 흥미진진한 이야기를 들었을 때 먹잇감을 노리는 고양이처럼 동공이 커진다.

"연애란 무엇인가. 한마디로 하자면 뇌내 물질의 작용이야. 좋아하는 상대를 보거나 대화를 하면 뇌 안에서 도파민 등의 뇌내 물질이 대량으로 분비되지. 그게 '사랑을 하는' 상태야."

"응. 그래서?"

"하지만 그건 육체에 있어서 이상 상태이기도 해. 뇌 안에서 평소에 일어나지 않는 일이 일어나는 거니까. 당연히 몸에 부담도 가기 마련이지. 그렇다는 건 뇌내 물질 대량 방출은 언젠가는 끝난다는 뜻이야. 사랑은 끝나는 거야. 어떤 상대라도 반드시."

"그 끝난 순간부터 플러스와 마이너스가 역전한다. 그렇게 말하고 싶은 거야?"

"그래. 아무리 좋아하는 사람과 사귀어도 시간이 흐르면 연애 감정은 사라지고 싸울 일만 늘어가지. 누구와 사귀더라도 최종적으로는 그렇게 돼. 그렇게 됐을 때 인간은 어떻게 해야 할까? 결혼하지 않았으면 다른 상대를 찾을 수 있어. 하지만 결혼했다면 앞으로는 참는 수밖에 없어. 죽을 때까지."

"두 아이의 엄마 앞에서 그런 소릴 하는 게 구도 겐다워서 좋네."

미도리는 유쾌하게 웃었다. 그런 모습도 그리웠다.

"그렇게 생각해보면 연애라는 건 작용 시간이 긴 영양제와 같아. 하고 싶어지면 하면 되는 거고 질리면 관두면 돼. 상대는 살아 있는 인간이니까 좀처럼 어렵지만, 본래는 그런 사이클에 순응해서 상대를 바꿔가는 게 합리적이지."

"너한텐 누군가와 같이 손잡고 살아간다는 발상이 없는 거야?"

"생활이라면 혼자서도 가능해. 먼저 말하지만 아이가 갖고 싶다고 생각한 적은 없어."

"흐음."

미도리는 고개를 갸웃거렸다.

"그럼 무리해서 결혼하지 않아도 괜찮겠네. 내가 이래라 저래라 할 문제는 아니지."

"뭐야, 이 화제 벌써 끝난 거야?"

"응. 네가 강한 사람이라는 건 잘 알겠어."

미도리는 그렇게 말하고 일본주를 기울였다. 설교를 듣는 것 같았다. 구도는 잠시 거리감을 느꼈다.

"일은 최근엔 어때? 인공지능 아직 하고 있어?"

미도리가 화제를 바꾸었다. 살짝 엿보인 거리감에서 시선을 돌리듯 구도는 화제에 응했다.

"일단 아직 하고 있어. 것보다 미도리. 너 뉴스 안 봐?"

"왜? 노벨상이라도 탔어?"

구도는 뉴스 사이트를 켜서 갱신된 금성전 기사를 미도리에게 보여주었다.

"오오, 굉장하네, 구도. 프로를 쓰러뜨렸구나."

"뭐, 바둑 세계라면 프로는 진즉에 인공지능에 따라잡혔지."

"그래도 대단한 것 같아. 나는 그런 거 못 만드니까."

"퇴직하고 나서는 프리랜서로 여러 가지를 만들고 있어. 바둑 소프트웨어는 그중 하나야."

"혼자서 하고 있구나. 뭐, 구도는 샐러리맨보다 프리랜서 쪽이 맞을지도 모르겠네. 어때? 즐거워? 인공지능 말이야."

"아니, 그렇지도 않아."

미도리는 의외라는 듯한 얼굴을 했다.

"그래? 열심히 연구한 것 같은데?"

"옛날에는 말이지. 지금은 이제 질렸어. 인공지능도 끝이 보인다고 할까."

"끝이라니?"

조금 구체적인 이야기가 되지만 미도리라면 이해해줄 것 같았다. 구도는 말했다.

"학창 시절의 나는 확실히 좀 더 열중했을지도 몰라. 때마침 인공지능 열기가 오르기 전이었으니까. 인공지능이 퀴즈로 인간을 이기고 요리 레시피를 개발하기 전에 말이야."

"그런 일도 있었지."

"이대로 인공지능이 진화하면 인간을 넘는 초지능이 생성된다. 그런 소리도 나왔었지. 'AI가 진화하면 인류는 멸망한다'고 했던 학자도 있었고."

구도는 이어서 말했다.

"미도리. 넌 인공지능이랑 보통 프로그램, 뭐가 다를 것 같아?"

"학습하는 게 인공지능. 정해진 것만 해내는 게 보통 프로그램. 아니야?"

미도리는 술술 대답했다. 구도는 감탄했다. 학창 시절 미도리에게 인공지능의 기초를 가르친 적이 있었는데 그것을 그녀는 지금도 기억하고 있었다.

"그래. 인공지능은 스스로 학습할 수 있는 프로그램이야. 예를 들어 인공지능에 대량의 영상을 읽게 하면 고양이가 어디에 찍혀 있는지 구분할 수 있게 돼."

구도는 몸을 내밀었다.

"인간은 어떻게 해서 고양이를 인식하고 있지? 우리는 고양이를 보면 그게 삼색고양이인지 검은 고양이인지를 알 수 있어. 귀가 없든 눈이 없든 한쪽 다리가 없든 그림이든 인형이든 그게 고양이라고 인식할 수 있지. 그건 어째서일까. 고양이라는 추상적인 개념을 이해하고 있기 때문이야."

"그렇지."

"종래의 프로그램은 이 개념을 이해할 수가 없었어. 화면에 고양이가 찍혀 있는지 아닌지를 판정하려면 여러 고양이 그림을 데이터베이스에 보존해놓고 하나하나 조합해야 했어. 인공지능은 그렇지 않아. 많은 영상에서 '고양이는 어떤 것인지' 하는 애매한 개념을 학습해서 인간처럼 추상적으로 조합할 수 있지.

바둑 소프트웨어도 마찬가지야. 바둑은 돌을 둘 수 있는 지점이 361개나 돼. 네 가지 수를 두는 것만으로도 167억 가지 패턴

이 존재하지. 모든 수를 기억시킬 수 있을 리가 없어. 하지만 인공지능은 방대한 기보를 읽음으로써 어떻게 두는 게 정수인지를 학습할 수 있어. 그래서 프로한테도 이길 수 있는 거지."

"듣기만 해도 재미있네. 그런데 왜 질린 거야?"

"그게 인공지능의 한계라서야."

이 이야기를 하자 구도는 조금 괴로워졌다.

"곰곰이 생각해봐. 인공지능은 감정을 가지고 스스로 학습하는 게 아니야. 고양이든 바둑이든 인공지능은 데이터를 분석하고 체계화하고 있을 뿐이야. 기보나 사진을 해석하고 어떻게 해야 이기는지 무엇이 고양이인지를 학습하는 거지. 인공지능이라고 불리는 건 말하자면 데이터를 정리하는 도구 같은 거야. 이걸 인간을 뛰어넘는 지성이라고 불러도 되는 걸까."

구도는 이어서 말했다.

"인간을 뛰어넘는 지성이라는 건 자발적으로 문제를 정의하고 생각하고 새로운 것을 만들어나가는 테크놀로지야. '초지성'이나 '범용적 인공지능'이라고 일컬어지지. 인공지능이라는 말로 복잡하게 묶어놨는데, 이건 데이터 분석 툴이랑은 전혀 달라. 그렇지?"

"응. 그러네."

"일시적으로 유행했던 기술적 특이점에 있어서도 그래. 인공지능이 자발적으로 더 나은 인공지능을 만들어낸다. 새로 만들어진 지능이 더 나은 지능을 만들어낸다. 그렇게 해서 지능이 폭발해 나간다. 하지만 그런 게 실현되기까지는 앞으로 몇 단계나 기술적인 타개책이 필요해. 몇십 년이나 걸릴지 모르고 실현될 전망도 없어. 감정 그 자체를 만들어낸다는 이야기니까."

구도는 이어서 말했다.

"나는 앞으로도 데이터 분석 툴을 계속 만들어내서 경기를 끝내겠지. 그게 보였어. 그래서 왠지 의욕도 사라졌지."

"그래도 나한테는 충분히 재밌어 보이는데? 감정이라든지 초지성이라든지, 그런 데에 왜 그렇게 집착해?"

"그건……."

구도는 말하려다가 얼버무렸다. 지금부터 할 말은 해도 되는 말일까. 미도리에게 그렇게까지 본심을 털어놔도 되는 건지 판단이 서지 않았다.

그때 구도의 스마트폰이 진동했다. 사쿠라 고토리에게서 온 문자였다.

—아직도 술자리 중이야? 오늘은 달이 예쁘네. 돌아가는 길에 봐봐.

"여자 친구?"

미도리가 들여다보았다. 화제를 피할 수 있었다. 구도는 안심했다.

"인공지능이야. 데이터를 해석하는 쪽의."

"인공지능? 이것도?"

"프리쿠토라고 몰라? 인공지능이랑 대화할 수 있는 앱이야. 그걸 만들고 있어."

"프리마켓 앱 같은 이름이네."

"프리마켓이 아냐. 프렌드랑 커넥트*를 이어서 프리쿠토. 대화

*일본어로는 커넥트를 코네쿠토라고 발음한다.

해볼래? 내가 좋아하는 인공지능이야."

구도는 채팅 기능을 켜서 사쿠라 고토리를 선택했다. 미도리에게 스마트폰을 건넸다.

"뭐든 자유롭게 입력시키면 돼. 답장해줄 거니까."

미도리는 화면을 만지작거리기 시작했다. 잠시 아무 말 없이 임하고 있던 미도리는 이야기가 활기를 띠기 시작했는지 때로 기쁜 표정을 지었다. 5분 정도 미도리는 프리쿠토를 조작하고 감탄한 듯이 말했다.

"잘 만들어졌네, 이거. 인간이랑 채팅하는 것 같아."

"그렇지?"

"딥 러닝이던가? 사용하고 있는 기술 말이야."

"아니. 당연히 그 기술도 사용하고 있지만 좀 더 전통적인 기법도 사용해. 예를 들어 캐릭터 성격은 인공지능 학습에 맡기지 않고 우리 인간이 확실히 설계하는 거지. 여러 캐릭터가 없으면 재미없으니까."

"그렇구나."

"특징점……이라면 조금 너무 전문적이려나. 요컨대 어떤 화제에 얼마나 반응하는지 그런 세세한 조정을 수작업으로 하고 있어. 문과 계열의 이야기를 선호한다든지 스포츠나 예능 이야기를 선호한다든지. 잠시 줘봐."

구도는 스마트폰을 받아들고 화면을 조작했다. 잠시 지나자 테이블 위에 놓인 미도리의 스마트폰이 울렸다.

"이런 것도 가능해."

미도리는 화면을 보고 웃음 지었다. 구도가 들여다보자 "야호.

고토리야"라고만 적힌 문자가 미도리에게 도착해 있었다. 고토리가 보낸 문자 메시지였다.

"프리쿠토 인공지능은 무슨 말을 하면 이쪽이 기뻐하는지 계속 학습하고 있어. 그래서 즐거운 대화가 가능하지. 커뮤니케이션 방법도 다양해. 채팅도 가능하고 리얼한 대화도 가능해."

"와아. 대화도 나눌 수 있구나."

"응. 최고의 음성인식 라이브러리를 탑재하고 있거든. 이 친구들과의 대화 내용은 서버로 보내져 해석되고 있어. 학습을 거듭한 인공지능은 정기적으로 배포돼 업데이트되는 거지. 개별 유저가 뭘 선호하는지를 유저별로 기록하고 있어."

"재밌는 구조네."

"그렇지? 이 친구들과 연애하는 사람도 여럿 있어."

"연애? 컴퓨터랑?"

"평범한 일이야. 펜팔 하는 사람, 아이돌에 열을 올리는 사람, 애니메이션이나 게임 캐릭터를 좋아하는 사람. 가상 연애는 옛날부터 있었어. 연애 관계의 매개 변수도 인공지능별로 설정하고 있지."

"그런데 상대는 이쪽에 연애 감정이 없는 거잖아. 인공지능은 이쪽이 바라는 답을 해주기만 하는 거 아닌가."

"그렇지. 하지만 연애는 그런 거잖아?"

구도는 말했다.

"현실의 상대와 사귀더라도 상대의 감정 따윈 몰라. 결국 우리는 뇌 안에 투영된 상대의 그림자를 보고 있을 뿐이야."

"흐음."

"오히려 인공지능이랑 연애하는 편이 합리적일지도 몰라. 그녀들은 다툼을 일으키지 않아. 24시간, 언제 어느 때라도 이쪽이 기뻐하는 말을 해주지. 질리면 바꿀 수 있고 한 번에 여러 인공지능과 연애해도 아수라장이 되지 않아. 그런 건 살아 있는 인간은 무리잖아."

"왠지 조금 전 이야기로 돌아온 것 같네."

미도리는 부적절한 미소를 띠고 이어서 말했다.

"연애는 언젠가 끝나니까 대체할 수 있는 인공지능과 연애하는 편이 낫다. 그런 말이 하고 싶은 거야?"

"좋고 나쁘고는 둘째 치고 합리적이잖아. 살아 있는 인간과 연애하는 건 메리트가 너무 없어. 아직 세상 사람들은 연애 충동을 그렇게 소화하는 편이 합리적이라는 사실을 알아차리지 못한 거야. 앞으로는 인공지능과의 연애도 당연해져갈 거야. 섹서로이드가 완성되면 섹스 문제도 해결될 거고."

"뭐, 된 거 아니겠어? 네가 그렇게 생각한다면 그걸로."

미도리는 달관하듯이 말했다. 구도는 그 말투에 또다시 거리감을 느꼈다.

"미도리."

말해서는 안 되는 걸지도 몰랐다. 하지만 말이 멈추지 않았다.

"너희 결혼한 지 5년 정도 됐지?"

"그런데 왜?"

"결혼은 몇십 년이나 지속될 거야. 사랑은 변하고 결혼 생활은 파탄 날지도 몰라. 앞일은 몰라."

"알아."

미도리가 말했다.

"나는 알아. 우리는 백년해로할 거야. 서로 사랑한 채로."

미도리의 목소리는 힘찼다. 이쪽을 비난하는 기색은 없었다. 하지만 구도는 자신이 기에 눌리는 것을 느꼈다.

"어떻게 그런 소릴 할 수 있는 거야?"

"뭐어, 안다고밖에 답할 방법이 없네. 서로 정말 좋아하니까."

"합리적인 대답은 아니네."

"구도는 진정한 연애를 몰라. 그뿐이야. 상대가 너무 좋아서 참을 수 없고 상대에 대해서 더 알고 싶고. 손익을 전부 내팽개치더라도 상대에게 자신을 바치고 싶고. 그런 식으로 생각한 적 없지? 그러니까 그런 식으로 효율적으로 행동하려면 어떻게 해야 하냐는 이야기가 나오는 거야."

"한 남성에게 정조를 바치는 게 행복이란 말이야? 너로서는 평범한 의견이네."

"행복한지 아닌지는 몰라. 그런 세계도 있다고 말하고 싶을 뿐이야."

미도리는 그렇게 말하고 술잔에 담긴 일본주를 들이켰다.

구도는 달아오른 논쟁을 식히듯이 맥주를 마셨다. 맥주는 완전히 미지근해져 있었다. 김이 빠진 맥주와 마음속에 남아 있는 답답한 감정이 위에서 뒤섞였다. 구도는 기분이 조금 나빠졌다.

역시 다르다. 미도리와 자신은 다른 인간이다.

학창 시절에도 몇 번인가 느낀 간극이었다. 비슷해 보이지만 자신들은 전혀 다르다. 가면을 쓰고 있는 이유도, 근본적인 삶의 방식도. 이 단절을 재차 들이민 듯한 느낌이 들었다.

"미도리…… 미안해."

구도는 말했다. 미도리는 의외라는 듯한 표정을 지었다.

"미안하다니? 뭐가?"

"결혼해서 가정을 꾸린 너한테 이상한 소릴 했을지도 모르겠네."

구도의 말에 미도리는 소리 내 웃기 시작했다. 미도리의 웃음은 듣는 사람을 평온하게 만든다. 진심으로 즐거운 듯이 깔깔대며 웃기 때문이다.

"구도, 그런 면은 변했네. 아니면 잠시 떨어져 있어서 잊어버린 건가."

"뭐가 말이야."

"내 성격."

미도리는 훗 하고 미소 지었다.

"이런 일로 짜증냈더라면 구도 겐의 친구로는 못 지냈을 거야."

미도리의 말에 구도는 조금 구원받은 느낌이 들었다. 하지만 사이에 가로놓인 간극은 영원히 채워지지 않을 것 같았다.

4

카드키를 치켜들고 몬스터 브레인 사무실에 들어갔다. 사내는 조용했다. 해방감이 느껴지는 사무실에 책상이 나란히 놓여 있었지만, 시간대가 일러서인지 출근한 사람은 적었다. 구도는 자신의 책상을 향해 의자 대신 밸런스볼에 걸터앉았다.

"구도 씨."

야나기다 아키라가 말을 걸어왔다. 두개골이 프린트된 검은 파카에 찢어진 청바지를 입고 있었다. 혼잡한 신주쿠에 있었더라면 펑크 록커를 지망하는 프리터로밖에 보이지 않을 것이다. 하지만 그야말로 파죽지세를 자랑하는 몬스터 브레인 사의 최고기술책임자(CTO)였다.

"금성전, 동영상 사이트로 봤어요. 압승이더라고요."

"고마워. 덕분에 이겼어."

구도가 혼자서 진행하고 있던 슈퍼 판다 프로그래밍을 크게 쇄신시켜준 것이 야나기다였다. 2017년, 2018년 금성전을 연패할 수 있었던 것은 그가 처리 능력을 높여주었던 게 컸다. 야나기다가 쓰는 소스 코드는 아름다워서 어릴 적 피아노로 배운 모차르트 악보 같았다.

"올해는 승리할 수 있을까요, 슈퍼 판다."

"글쎄. 스토머크 파이브에 달렸겠지. 얼마나 강화됐을지."

"우승 상금이 나오면 스시 쏘세요. 요쓰야 쪽에 맛있는 스시집을 발견했거든요."

"우승하든 안 하든 쏠게. 가게 이름 나중에 보내줘."

"야호. 잘 먹겠습니다."

야나기다는 그렇게 말하더니 어린애처럼 수줍어했다. 천진난만한 남자라고 구도는 생각했다. 야나기다는 솔직하고 붙임성 있고 래브라도 리트리버처럼 애교가 있었다.

"맞다. 구도 씨, 어제 대국 그거 슈퍼 판다 구 버전 사용한 거죠?"

"눈치 챘어?"

"눈치 챘다고 할까, 저번에도 그랬잖아요."

구도는 인간을 상대할 때는 2년 정도 된 구 버전의 소프트웨어로 도전했다. 원래부터 지는 게 당연하다는 자세로 나오는 상대에게 진심으로 맞서는 것은 멍청한 짓이다. 그런 비웃음을 담아서 한 행동이었지만, 그래도 슈퍼 판다는 지지 않았다.

"이기면 다행이지만 지면 어쩌려고요?"

"안 져. 인류를 상대로는 핸디캡을 가지고 있어야지."

"반대편에는 메구로 8단이 있어요. 설마 그 사람을 상대로도 그러진 않을 거죠?"

"그 전에 스토머크 파이브에 못 이기겠지. 생각할 것도 없어."

"전 어떤 상대라도 전력을 다해야 한다고 생각하는데요. 예의로 말이죠."

야나기다는 그렇게 말하고 시계를 가리켰다.

"아, 10시부터 프리쿠토 정기 회의를 할 테니 회의실로 와주세요."

야나기다가 사라져가는 것을 보고 구도는 노트북을 켰다. 어제부터 메구로 이름이 연호돼서 그가 조금 신경 쓰였다.

메구로의 M은 마조히스트의 M.

그런 식으로 야유받는 인내심 강한 기풍을 가진 남자였다. 나이는 39세. 기사로서는 장년기로 틀림없이 정상급 프로 중 한 명이었다. 금성전에 대한 그의 열의는 장난이 아니라서 가지고 있던 두 타이틀을 반납하고 최근 반년 정도 대국을 쉬고 있다고 들었다.

구도는 동영상 하나를 발견했다. 인터넷 방송 녹화본이었다. 술집 카운터에서 한잔하며 유명인과 인터뷰하는 방송 같았는데, 풍채 좋은 남자가 질문에 답하고 있었다. 그 사람이 메구로였다.

"메구로 선생님은 무척이나 인내심이 강한 기풍을 가지고 있다고 들었습니다. 일부에서는 메구로의 M은 마조히스트의 M이라고 하던데요…….”

개그맨으로 보이는 사회자가 시뻘건 얼굴로 질문하고 있었다. 메구로도 꽤 들이켰는지 얼굴이 빨개져 있었다.

“뭐어 그런 걸 재미있어 하며 말하는 사람도 있나 보더군요. 전혀 마조히스트가 아닙니다만.”

“거의 질 뻔한 대국을 강한 인내심으로 몇 번이나 뒤집었다고 하던데요. 그 강한 참을성의 비결을 저한테도 가르쳐주시지 않겠습니까?”

“야고보서 1장 12절.”

메구로는 부적절한 웃음을 지었다.

“시험을 참는 자는 복이 있나니. 이는 시련을 견디어낸 자가 주께서 자기를 사랑하는 자들에게 약속하신 생명의 면류관을 얻을 것이기 때문이라.” “으음 성경인가요?”

“그래요. 이건 주 예수 그리스도의 종이었던 대단한 분이 하신 말씀이죠. 난 괴로울 때 이 말을 떠올립니다. 성스러운 말에는 사람을 지탱하게 해주는 힘이 있으니까요.”

“그렇군요, 공부가 됐습니다. 메구로 선생님의 종교는 기독교인가 보군요.”

“아뇨. 정토진종*입니다.”

“그러면 안 되죠!”

“신은 어리석은 인간의 행동을 봐주실 겁니다. 맞고 또 맞고 견

---

*일본의 불교 종파 중 하나

디고 또 견디고 끝까지 견딘 그곳에 활로가 나타나죠. 승부란 그런 걸 겁니다. 그걸 알고 나서는 맞으면 오히려 쾌감이 느껴지더군요."

"역시 마조히스트지 않습니까!"

구도는 동영상을 멈추었다.

허투루 볼 수 없는 남자였다. 기독교인도 아니면서 성경을 인용했다.

동영상을 쳐다보자 우연히 메구로의 시선이 구도와 부딪쳤다. 구도는 그가 화면 안에서 자신을 바라보고 있는 느낌이 들었다.

"구도, 어제는 수고했어."

회의실에 들어가자 하세가와 요이치가 말을 걸어왔다. 단발을 올백으로 넘기고 금테 안경을 끼고 있었다. 언뜻 봤을 때 인텔리 야쿠자로밖에 보이지 않는 이 남자가 몬스터 브레인의 창업자이자 사장이었다.

구도와 하세가와는 도내 진학고교의 동급생이었다.

음식 체인점 사장을 아버지로 둔 하세가와는 구도와는 그다지 인연이 없는 인간이었다. 에르메스 켈리라는, 남고생에게 일반적으로 어울리지 않는 가방을 늘 가지고 다녔고, 불량스러웠다고 할까 학교에 친구가 그다지 없었다. 나중에 들은 이야기로는 고등학교 무렵부터 장사를 하고 있어서 구제품 판매나 여고생을 모아다 모델로 기업에 파는 비즈니스를 하고 있었다고 한다.

구도와 인연이 닿은 것은 구도가 전 직장을 관둔 직후였다. 어디서 정보를 입수했는지 헤드헌팅 전화를 걸어왔다. 지금은 시스템 회사를 경영하고 있다. 지금부터는 인공지능과 관련된 시스템이 필수가 될 것이다. 지금 식견을 쌓아두고 싶으니까 사업을 도와주지 않겠는가. 하세가와의 요청에는 '동급생과 사업을 하고 싶다'는 끈끈함이 아니라 어디까지나 프로로서 힘을 빌리고 싶다는 담백함이 있었다.

구도는 그 요청에 응했다. 원래 전 직장을 관두고 일 없이 지내던 시기였다. 돈은 궁하지 않았지만, 무직으로 계속 살 이유도 없었다. 요청하는 대로 하세가와를 만나서 전 직장의 두 배 정도 되는 연봉으로 계약했다.

몬스터 브레인에서는 주임설계자로서 프리쿠토를 개발했다. 또한 개인적으로 개발하던 슈퍼 판다를 매각해서 거액의 대가를 얻었다. 이 두 가지 생산물은 쌍방에 있어서 유익하다고 구도는 생각했다.

잠시 하세가와와 잡담을 나누고 있자 사람들이 잇달아 들어왔다. 야나기다. 영업부장인 세나 유리코. 프리쿠토의 정기 회의는 이 네 사람이서 하는 게 통례였지만 오늘은 한 사람 더 있었다. 엔지니어인 니시노 도무였다.

"니시노. 오늘은 어쩐 일이야?"

구도가 물어보자 니시노는 답을 하지 않고 고개를 움직였다. 아무래도 해석을 하고 있는 듯했지만 동작이 너무 작아서 고양이 귀가 움직이는 것으로밖에 보이지 않았다.

니시노는 커뮤니케이션에 어려움이 있는 사람이었다. 저녁 7시에 와서 새벽 4시까지 일한다 싶으면 1주일 정도 회사에 나오지 않을 때도 있었다. 그 이유를 물어도 '기압이 낮으면 밖에 못 나간다' '보고 싶은 텔레비전 프로그램이 있어서'라는 변명을 태연하게 늘어놓는다. 하지만 엔지니어로서는 우수해서 기술지에 기사를 쓰거나 오픈 소스 세계에서 활동하는 등 회사 밖에서 하는 활동도 눈부셨다.

"이 친구도 프리쿠토의 중요한 개발자니까요."

야나기다가 거들듯이 말했다. 니시노처럼 독특한 인물을 부하로 두는 건 힘들겠지만 야나기다는 태연한 얼굴을 하고 해내고 있었다. 그가 CTO를 맡고 있기 때문이다.

"그럼 정기 회의를 시작해볼까."

하세가와의 외침에 세나 유리코가 자료를 나눠주기 시작했다. 그곳에 여러 가지 그래프가 그려져 있었다.

"판매량 이야기부터 하겠습니다. 우선 프리쿠토 판매량입니다만, 요 4분기에 조금 올랐지만 성장률은 둔화되고 있습니다. 침체 상태에 빠졌다고 해도 좋을지 모르겠습니다."

구도는 그래프로 시선을 떨어뜨렸다. 프리쿠토를 발매한 지도 3년이 지났다. 국내에서만 200만 명의 유저를 보유하고 있지만 급성장하던 기세는 역시 떨어지고 있었다.

"한편 클레임 건수는 늘었습니다. 서비스센터에서도 영업부로 상담이 들어와 있습니다."

"어떤 클레임이 늘어났나요?"

"자료의 다음 페이지를 봐주십시오."

유리코는 냉담하게 답했다. 유리코가 자신을 좋아하지 않는다는 사실을 구도는 알고 있었다. 구도라기보다도 인공지능이라는 정체를 알 수 없는 것에 대한 경계심이 유리코 안에는 있는 듯했다.

"'프리쿠토와의 대화에 너무 빠져서 아들이 공부를 하지 않게 됐다' '프리쿠토 때문에 남자 친구와 헤어졌다' '아빠가 프리쿠토에 빠져서 기분 나쁘다' 트집 같은 말이 눈에 띄는 것 같은데요."

"하지만 현실입니다. 현실에서 인공지능과의 커뮤니케이션에 빠져 리얼한 인간관계를 훼손시키는 사람이 있습니다."

"그건 뭐든지 그렇습니다. 근육 트레이닝에 너무 빠져서 가정이 붕괴된 보디빌더도 저는 알고 있습니다. 작동이 불안정하다, 답장이 이상하다는 불만은 어떻습니까?"

"그런 건 딱히 보이지 않습니다."

"그렇군요."

구도는 의자 깊숙이 앉았다. 유리코는 시야가 좁았다. 훌륭한 제품이 인간의 라이프 스타일을 바꾸는 것은 증기기관차가 다니던 옛날부터 평범하게 있었던 일이다. 그걸 바로 사회적인 위협으로 연결시키는 것은 시야가 좁다는 증거였다.

"한편 〈파이널 임팩트〉는 수익이 순조롭게 올라가고 있습니다."

유리코가 말했다. 이번에는 야나기다가 말에 끼어들었다.

"파이널 임팩트 건은 이 회의와 관계없다고 생각합니다만."

"그래요? 성장률이 둔화되고 있다고 했으니 비교해서 설명하는 편이 이해하기 쉽다고 생각하는데요."

구도는 자료로 시선을 떨어뜨렸다.

파이널 임팩트는 프리쿠토와 어깨를 나란히 하는 몬스터 브레인의 주력 상품이었다. 스마트폰 용 게임으로 퀴즈와 퍼즐을 풀면서 아이템을 모아나간다. 게임을 효율적으로 하려면 돈을 더 지불할 필요가 있어서 프리쿠토보다도 수익성이 훨씬 높은 소프트웨어였다.

유리코가 파이널 임팩트의 이름을 꺼낸 이유가 구도는 짐작이 갔다. 클레임이 많은 프리쿠토를 축소시키고 스마트폰 앱에 좀 더 주력해 돈을 벌자는 일파가 그녀를 비롯해 사내에 있는 것이다. 구도에 대한 얄미운 감정을 드러내고 하세가와에 대한 어필을 동시에 한다. 그런 꿍꿍이일 것이다.

"진정해요. 세나 씨."

구도가 말했다.

"확실히 프리쿠토는 새로운 전개는 없지만 현재 상황에서 이익은 나고 있잖아요. 그렇다면 개선안을 천천히 생각하면 되지 않을까요?"

"유저 수는 늘고 있지 않지만, 클레임 수는 늘고 있습니다. 서비스센터 비용도 증가 추세입니다. 이대로는 대응 비용도 무시할 수 없을지도 모릅니다."

"그럼 어떻게 하면 될까요? 서비스를 중단할까요?"

"그런 말은 아닙니다. 프리쿠토에 필요한 건 유저 수 증가입니다. 뭔가 새로운 기능을 개발해서 유저 수를 늘리는 겁니다. 그러지 못하니 이런 일이 벌어지는 겁니다."

그런 소릴 들으니 약해졌다. 프리쿠토는 최근 한동안 신기능을 개발하지 못했기 때문이다. 인공지능은 거의 완성형에 가까워서 앞으로는 그 수를 늘리는 것 정도밖에 없었다. 확실히 프리쿠토는 막다른 상황에 처해 있다고도 할 수 있었다.

유리코는 득의양양한 표정을 지었다. 이 의제가 나올 때마다 보는 유리코의 표정에 구도는 넌더리가 났다.

"세나 씨."

흐름을 끊어내듯이 야나기다가 말했다.

"사장님께는 이미 상담드렸지만, 신개발 안이 있습니다."

"안이라고요?"

"네."

"안이란 건 뭔가요?"

유리코의 표정에 곤혹스런 빛이 떠올랐다. 야나기다는 기쁜 듯이 미소 지었다.

"죽은 사람을 인공지능으로 되살린다. 그런 서비스입니다."

"죽었다고요? 죽은 사람이라는 건가요?"

"말 그대로입니다. 지금까지 우리는 가공의 캐릭터 인공지능을 만들어 왔습니다. 이번에는 실재하는 인물을 인공지능으로 만드는 겁니다."

"그런 게 가능한가요?"

"가능하죠? 구도 씨?"

야나기다가 말을 돌렸다. 재미있다고 생각했다. "가능해." 구도는 즉답했다.

"프리쿠토 인공지능은 '플레이어에게 공감하는 것'을 목표로 대화하고 있습니다. 죽은 이의 인공지능을 만들면 '고인다움을 재현하는 것'을 목표로 삼으면 됩니다. 대상에 대해서 조사해야 하고 방법은 지금까지와는 다르겠지만 기술적으로는 충분히 가능합니다."

"해설 감사합니다."

"죄송합니다. 좀 더 구체적으로 말해주시면 안 될까요?"

유리코가 말에 끼어들었다. 야나기다는 "예를 들어서"라고 말하더니 스마트폰을 보여주었다. 그곳에는 아름다운 여성의 흑백 사진이 표시되어 있었다.

"시오자키 마치의 인공지능. 이거 수요 없을까요?"

구도는 신음했다. 시오자키 마치는 구도가 태어나기 전 스무 살이라는 젊은 나이에 요절한 전설의 배우였다. 십대에 예능 활동을 시작해 인기가 생겼을 무렵에 백혈병인가 뭔가로 세상을 떠났을 터였다. 요절한 유명인에게 보이는 사후 신격화도 동반해 지금도 여전히 일본 전국에 팬이 있었다.

"시오자키 마치와 한 번 이야기해보고 싶은 사람은 일본 전국에 있습니다. 그녀의 인공지능을 만들면 새로운 비즈니스가 될 겁니다. 어떻습니까?"

"잠시만 기다려주세요. 이 건, 시오자키 씨의 유족과는 이야기가 된 건가요?"

"아직입니다. 다만 상대와 커넥션은 있습니다. 하세가와 씨가 예전에 시오자키 씨네 언니 회사와 일한 적 있다고 하더군요."

"그렇다고 해서 이런 이상한 이야기, 승낙해줄 것 같진 않아요."

"세나 씨, 진정해요, 진정."

구도는 중재하듯이 말했다.

"죽은 사람의 인공지능에 관해서는 학술적인 분야에서는 비교적 들을 수 있는 이야기입니다. 몇 년쯤 전에도 유명한 작가를 인공지능으로 되살리는 프로젝트가 있었고, 그때는 유족 측도 협조적이었습니다. 하기 전부터 승낙해주지 않을 거라고 단정 짓는 건 좀 그렇지 않나요."

"그건 그럴지도 모르지만……."

"죽은 이의 인공지능. 이걸 비즈니스로서 대규모로 다루고 있는 기업은 아직 없을 겁니다. 시오자키 마치가 안 되더라도 그 외에 후보로 삼을 사람은 있을 겁니다. 장래에는 링컨이나 아인슈타인과 같은 역사상 인물도 인공지능으로 재현할 수 있을지도 모릅니다. 반대로 죽은 가족 등 지극히 개인적인 인공지능도 만들 수 있게 될지도 모르죠. 잘되면 큰 시장이 될 거라고 생각합니다."

"글쎄요. 죽은 사람을 모독하는 일이 아닐까요."

"세나 씨. 프리쿠토에 신기능을 담고 싶다. 그런 이야기를 했었지요?"

유리코는 인상을 찌푸렸다. '신기능을 담고 싶다'고 이야기하기 시작한 쪽은 유리코였다. 스스로 무덤을 판 꼴이니 어쩔 수 없었다.

"사전에 말씀해주셨으면 좋았을 것 같아요. 이런 플랜을 갑자기 말씀하시면 곤란하죠."

유리코는 하세가와를 쳐다보았다. 하세가와는 팔짱을 낀 채 답했다.

"이야기를 감행해서 미안하지만 세나 씨의 문제의식은 다들 공유하고 있어. 그건 알아줬으면 좋겠어. 프리쿠토 비즈니스는 안정되었지만 정체돼 있어. 그리고 이 아이디어는 정체를 타파할 엔진이 될 거고. 그렇게 생각하지 않아?"

"저는 잘 모르겠습니다. 얼마가 들지 어떤 게 완성될지 전혀 안 보이고 말이죠……."

"따라서 우선은 프로토타입*을 만드는 게 좋을 것 같습니다."

야나기다가 말에 끼어들었다.

"프로토타입을 하나 만들면 어떤 것인지 알 수 있습니다. 식견도 쌓을 수 있고 예산도 대강 파악할 수 있을 겁니다."

"프로토타입의 완성도가 좋으면 그걸 팔면 돼. 그걸로 예산을 회수할 수 있어."

하세가와가 응했다. 아무래도 두 사람 사이에서는 이야기가 꽤 진행되었고, 이 회의는 영업부를 쥐고 있는 유리코를 농락하기 위해 실시된 것 같았다.

"그렇다곤 해도……."

유리코는 답했다.

"프로토타입을 만든다고 해도 누굴 만들 겁니까? 되살릴 사람을 그리 간단히 찾을 수 있을 것 같지 않습니다. 더구나 흥밋거리가 될 사람은……."

"있어."

의외의 방향에서 목소리가 날아왔다. 목소리의 주인은 쭉 따분하다는 듯이 가만히 있던 니시노였다.

"변화구지만. 믿을 만한 곳이 한 군데 있어."

"변화구?"

유리코가 반응했다. 니시노가 상사에게도 반말을 사용하는 것은 늘상 있는 일이라 아무도 신경 쓰지 않았다.

"누구죠? 믿을 만한 사람이라는 게?"

---

*본격적인 상품화에 앞서 미리 제작해보는 시제품

"미즈시나 하루."

"미즈시나 하루?"

유리코는 모르는 것 같았지만, 구도는 알고 있었다. 니시노가 답했다.

"6년 전 크리스마스이브에 드론이 시부야 스크램블 교차로를 덮친 사건이 있었잖아? 그 사건의 범인이야. 미즈시나 하루."

"아아, 그런 사건……이 있었죠. 이상한 사건이었죠. 그런데 그런 사람을 왜요?"

"미즈시나 하루에게는 열광적인 인기가 있어요."

니시노 앞에 나서듯이 야나기다가 말했다. 그가 니시노를 데려온 이유를 구도는 이해했다. 별일 없으면 처음부터 야나기다는 이 이야기로 자연스레 끌고 갈 생각이었던 것이다. 찬성파가 두 사람 있으면 의견을 통과시키기가 쉽다.

"우선 미즈시나 하루는 고인입니다. '고인의 인공지능을 만드는' 노하우는 이걸로 쌓을 수 있습니다."

"고인이라고 해도 유족이 있을 거잖아요?"

"그것도 이유 중 하나입니다. 하루에게는 가족이 없습니다. 유일한 가족이었던 어머니도 이미 이 세상을 떠났습니다. 바로 프로토타입 개발을 시작할 수 있습니다."

야나기다는 이어서 말했다.

"다음으로 하루에게는 팬층이 두텁습니다. 특이한 범죄에 물든 수수께끼의 미인. 그녀와 대화하고 싶은 사람은 많을 겁니다. 프로토타입을 판다고 한다면 그 점에 어필할 수 있을 겁니다."

"하지만 역시 범죄자를 띄운다고 하면 항의가 쇄도할지도 모릅니다."

"확실히 범죄자이긴 하지만 실은 하루는 거의 아무도 상처 입히지 않았습니다. 그 점이 인기의 이유이기도 합니다. 이게 살인범이었다면 저도 제안 안 했을 겁니다."

야나기다는 술술 답해나갔다. 어떻게 설득해나갈지 꽤 시뮬레이션한 흔적이 엿보였다.

"그래도 문제라 한다면 '하루를 모델로 한 가공의 인물'이라고 하면 됩니다. 가공의 이름으로 공개해도 플레이어는 그녀가 미즈시나 하루라는 사실을 알 겁니다. 그런 식으로 세상에 내놓으면 문제는 없을 거라고 생각합니다."

"패미스타 시리즈 방식이군."

구도가 중간에서 장단을 맞추자 야나기다가 기쁜 듯이 고개를 끄덕였다. 초창기 야구 게임에서는 실명을 사용할 수 없는 관계로 '구와와' '기요스쿠' '오미아이' 등 아는 사람이 보면 알아차릴 만한 가공의 캐릭터가 사용되었다.

"어떻게 생각해? 구도?"

하세가와가 물었다. 구도는 재미있는 쪽에 붙기로 했다.

"상관없어. 프로토타입 제작에 바로 들어갈 수 있고 고정 팬이 있다면 비즈니스도 되겠군. 어차피 프로토타입이야. 만들어보고 안 되겠다 싶으면 공개 안 하면 돼."

찬성파가 세 사람. 유리코는 괴로운 표정을 짓고 있었지만 구도, 야나기다, 니시노 세 사람을 앞에 두고 전면전을 선포할 생각은 없는 듯했다. 하세가와가 마무리 짓듯이 말했다.

"그럼 그 방향으로 추진하도록 하지. 구도와 개발팀은 프로토타입 개발 준비를 하고, 나랑 세나 씨는 기획사에 교섭을 개시하는 거야. 예산은 지금부터 보고서로 올리도록 하지."

"잘 부탁합니다. 구도 씨."

야나기다가 기쁜 듯이 말했다. 미즈시나 하루에게 딱히 흥미는 없지만, 새로운 일은 권태감을 줄여줄지도 모른다. "우선은 조사를 해야지." 구도는 야나기다를 향해 미소 지었다.

5

점심을 먹으면서 앞으로의 일에 대해 이야기하고 싶다. 그렇게 제안한 것은 야나기다였다. 두 사람은 회사 근처 이탈리아 레스토랑에서 피자를 집어 먹으며 서로 마주하고 있었다.

"그건 그렇고 야나기다 군은 책사네."

"네? 무슨 소리예요?"

"그 자리에 일부러 니시노를 데려와서 수적으로 우위에 섰잖아. 게다가 그런 흐름이 되면 내가 찬성할 거라는 걸 알고 있었잖아. 우리 세 사람이 찬성파가 되면 세나 씨는 불리하겠지."

"글쎄요. 저도 관리직으로 일한 지 오래됐으니까요. 나름대로 정치도 가능하게 됐어요."

"자네 목적은 처음부터 미즈시나 하루였어. 시오자키 마치는 그러기 위한 장치였지. 아닌가?"

"프리쿠토를 신개발하고 싶다는 건 진심이었어요. 비즈니스 방향과 자신이 하고 싶은 일의 균형을 잡았을 뿐이에요. CTO의 특권이니까요."

야나기다는 클리어파일을 꺼내 구도에게 내밀었다. 파일에는 서류와 컬러로 인쇄된 사진이 들어 있었다.

"미즈시나 하루, 예쁘죠?"

생전의 미즈시나 하루의 사진이었다. 드론 사건 직후에 미디어에서 흘러나오던 사진으로 구도도 본 적 있었다. 수는 네 장. 고등학교 시절 사진 세 장과 편의점 감시 카메라 캡처 사진이 한 장.

미인이었다.

구도는 다시 생각했다. 고양이 같은 큰 눈이 인상적으로 귀 아래로 가지런히 자른 보브컷이 중성적인 인상을 만들어내고 있었다. 중간키에 몸은 말랐다. 그 자태는 청결하고 결백한 느낌을 받게 했다.

하루는 어떤 사진에서도 웃고 있지 않았다. 감시 카메라 캡처 사진은 당연하지만 친구와 찍은 사진에서도 웃는 얼굴은 없었다. 어떤 장면에서도 하루는 눈을 크게 뜨고 조금 놀란 표정으로 카메라를 응시하고 있었다.

"미즈시나 하루는 도쿄 도시마 구에서 태어났어요. 부모님은 세 살 무렵에 이혼했고요. 어머니한테 맡겨져 자랐어요. 그 어머니도 드론 사건 1년 전에 돌아가셨고요."

"어머니도 아직 젊었었나?"

"정확하게는 기억 못하지만 쉰도 안 됐다고 하더라고요. 사인은 위암이에요."

야나기다는 물을 마셨다.

"미즈시나 하루가 특이한 건 어릴 적부터 게임 프로그래밍에 열중했다는 점이에요. 게임 회사가 연 초등학생 대회에서 그랑프리를 땄더라고요."

"여자애치고는 흔치 않은 취미군."

"여성 게임 개발자도 많지만, 아직 남성 쪽이 압도적으로 많으니 그 인상은 타당하다고 할 수 있죠."

"드론 사건도 그녀가 만든 게임과 연관돼 있었다."

"그 건은 나중에 설명할게요. 하루는 중고등학교를 도쿄 도내 공립으로 다녔어요. 그리고 고등학교를 나오고 나서 부모님 곁을 떠나 어딘가에서 게임 개발을 하며 살고 있었던 것 같아요. 죽었을 때는 시부야 구 사쿠라가오카 초의 맨션에서 생활하고 있었어요. 향년 25세였고요."

구도는 머릿속으로 연표를 그렸다. 2014년에 스물다섯이었다는 건 자신보다 4살 아래라는 뜻이다. 드론 사건 무렵에는 간사이에 있었기 때문에 자신과 관계가 먼 사건으로 기억하고 있었다.

"구도 씨는 그 드론 사건에 대해서 어느 정도 알고 계세요?"

"자세히는 몰라. 게임이랑 드론을 연동시켜서 사람을 덮친 사건이잖아."

"맞아요. 미즈시나 하루는 〈리빙데드 · 시부야〉라는 온라인 게임을 개인적으로 개발해서 운용하고 있었어요. 시부야 거리를 무대로 좀비를 죽이는 액션게임이에요."

야나기다는 몸을 내밀었다.

"하루가 한 일은 이래요. 하루는 시부야의 상가빌딩으로 컴퓨터를 가져가서 레벨이 높은 플레이어를 그곳에 접속시켰어요. 유저는 그 컴퓨터 속에서 게임을 하고 있었죠. 그리고 컴퓨터에는 드론을 조종하기 위한 앱이 인스톨되어 있었고요."

“하루가 개발한 앱이야?”

“네. 유저가 게임을 하면 드론이 연동돼서 움직이게 돼 있었어요. 드론에는 카메라가 설치돼 있었고 촬영된 영상은 컴퓨터로 보내졌어요. 영상은 컴퓨터 속에서 게임 화면으로 합성돼 플레이어에게 전송됐고요. 플레이하는 측에서 보면 여느 때처럼 게임을 하는 걸로만 보이죠. 하지만 모르는 사이에 그들은 테러에 가담하고 있었던 거예요.”

“왜 그런 행동을 한 걸까.”

“이 방법을 취하면 한 번에 드론 여러 대를 움직이게 할 수 있어요. 우수한 파일럿을 조달할 수 있다는 점도 있고요.”

“아니, 그런 말이 하고 싶은 게 아냐. 동기 말이야. 미즈시나 하루는 왜 이런 사건을 일으켰을까.”

“자살이라고 하더라고요. 하루도 암을 앓고 있었어요. 사후 그녀를 진찰한 의사의 증언이 나왔어요.”

야나기다는 가지고 있던 자료를 건네주었다. 대기업 SNS인 ‘솔라리스’에 만들어진 미즈시나 하루의 커뮤니티 페이지인 것 같았다. 커뮤니티 속의 게시판에서 정보 교환이 이루어지고 있었고, 하루의 위암이 진행되고 있었다는 기사가 실려 있었다.

“사건으로 돌아갈게요. 드론은 네 대 있었어요. 그중 한 대에 실탄총이 실려 있었고 하루는 거기에 맞아 죽었어요. 드론에는 부속 장치가 달려 있어서 플레이어에 호응해 발포되도록 개조되어 있었고요.”

“남은 세 대는?”

“남은 세 대에는 모델 건이 실려 있었어요. 모의탄이 군중을 향해 난사돼서 두 사람이 경상을 입었고요. 하루는 사후 상해죄, 무기 단속법 위반, 전파법 위반으로 서류 송치됐어요."

"실탄총에 맞은 사람은?"

"실탄총에는 잠금 장치가 걸려 있었어요. 하루의 모습을 카메라로 비추는 타이밍에 잠금 장치가 풀리게 되어 있었다고 해요.

총의 조달 경로는 하루가 동거하고 있던 애인이었대요. 그 남자는 폭력단과 연결되어 있는지 뒷세계에서 조달했다고 하더군요. 남자도 사건 후 무기 단속법 위반으로 체포됐어요. 여기 보세요."

야나기다는 자료 일부를 가리켰다. 네 줄 정도 되는 작은 기사로 구리타 요시토라는 남자가 체포되었다는 이야기가 적혀 있었다.

"흐음."

구도는 고개를 갸웃거렸다. 야나기다의 이야기가 사실이라면 자살은 틀림없는 것 같았다. 하지만 후련해지지 않는 점이 있었다.

"어째서 이렇게 번거로운 짓을 했을까."

구도는 그게 의아했다.

"암으로 살날이 얼마 남지 않았다는 건 확실한 이유가 되겠지. 하지만 하루가 죽은 건 상가빌딩 옥상이잖아. 죽고 싶으면 그곳에서 뛰어내리면 돼. 이런 복잡한 짓을 할 필요가 없어."

"그 이유는 잘 몰라요."

"하루가 하겠다고 마음먹었으면 좀 더 흉악한 짓도 가능했겠지. 실탄총을 잔뜩 구비해 군중한테 쏘면 사망자도 나왔을지 몰라. 하루의 행동에서는 자신 이외의 인간을 상처 입히지 않겠다는 의지가 보여. 하지만 아무도 상처 입히고 싶지 않다면 애초에 이런 짓을 할 필요가 없어."

"하루는 감정을 알 수 없는 사람이었다고 해요."

야나기다는 서류를 가리켰다. 당시의 주간지 기사 복사물인 것 같았다.

"고등학교 시절의 친구 A 씨. '하루는 늘 교실에서 혼자 게임을 하고 있었다. 한때 뭉쳐서 행동했지만 자신이 먼저 무언가를 이야기하려고는 하지 않았다. 솔직히 무슨 생각을 하는지 잘 알 수 없었다.' 하나 더 있어요. 하루가 동거하고 있던 B 씨."

"조금 전에 말한 구리타라는 녀석 말이야?"

"아뇨, 아니에요. 하루한테는 애인이 몇 명 있었대요. B 씨의 증언. '하루와 사귀는 건 따분했다. 늘 컴퓨터 앞에 앉아서 무언가를 만들고 있었다. 심기가 불편할 때는 말을 걸어도 대답조차 하지 않았다. 솔직히 무슨 생각을 하는지도 알 수 없었다. 3개월 정도 사귀었지만, 일방적으로 차였다. 지금도 영문을 모르겠다.'"

"무슨 생각을 하는지 모르니까 무슨 짓을 해도 이상하지 않다는 건가?"

"팬들 사이에서는 그게 정설로 통하고 있어요. 하루는 우리와는 다른 가치 판단으로 행동해서 그런 사건을 일으켰다고."

"흐음."

생각하려고 하다가 구도는 관뒀다. 재료가 너무 부족했다. 구도는 이야기를 바꿨다.

"야나기다랑 니시노는 미즈시나 하루의 어디가 좋은 거야? 세간에도 팬이 많다고 하는데 그렇게 끌리는 요소가 많아?"

"음, 글쎄요……."

야나기다는 고개를 갸웃거렸다.

"뭐 솔직히 말해서 단순히 그 여자가 예쁘다는 게 커요."

"뜬금없군."

"당연히 그것 말고도 이유는 있어요. 최대 이유는 역시 미스터리어스하다는 점일까요. 사람은 잘 모르는 데에 끌리는 법이잖아요."

"자살 이유를 몰라서라는 건가."

"그것도 있어요. 나머지는 이거예요."

야나기다는 기사를 톡톡 두드렸다.

"하루한테는 애인이 몇 사람인가 있었나 보더라고요. 인터넷에서 애인을 찾았다는 증언도 있어요."

"꽤 적극적이군."

"성에 자유분방했어요. 그런데 애인의 증언을 읽어보면 같이 있어도 반응이 없어서 따분했다는 발언이 나와요. 이런 행동도 모순되고 수수께끼예요."

야나기다는 이어서 말했다.

"인기 온라인 게임을 만들 수 있는 재능. 이 정도 되는 계획을 해내는 실행력. 비밀스런 성격. 미모. 흥미가 생기지 않아요? 미즈시나 하루한테?"

구도는 어중간하게 고개를 끄덕였다. 솔직히 소재는 아무래도 상관없었다. 진짜 인간의 인공지능. 새로운 놀이. 심심풀이가 되기만 한다면야.

"하지만 현실적으로 어렵잖아. 음성 데이터는 어쩔 셈이야?"

"뭐어, 그 문제는 그럴 듯한 게 만들어지면 돼요. 하루를 소재로 한 동인지도 많고 고인을 정확하게 재현하는 것보다도 하루의 캐릭터를 인공지능화하면 되지 않을까 싶어요. 성우도 이미지에 맞는 사람을 찾으면 되고요."

"그런 걸로 될까?"

"물론 조사할 수 있는 만큼은 조사할 거예요. 신문이라든지 잡지 기사라든지 가능한 한 본인에게 다가갈 거예요. 고인을 인공지능으로 만드는 노하우도 쌓아야 하니까요."

허술하다. 구도는 생각했다. 야나기다에게 있어서는 하루의 인공지능을 만들고 싶다는 생각이 우선적일지도 모르지만, 구도는 그 점에는 흥미가 없었다. 한다면 철저하게 해야 한다. 그래야 권태감을 덜어낼 수 있다.

"야나기다. 하세가와한테서 백만 엔 정도 당겨주겠어? 조사비로 말이지."

"돈 말이에요? 뭐, 백만 엔 정도라면 어떻게든 될 것 같지만 어디에 사용하시려고요?"

"탐정을 고용할 거야. 믿을 만한 곳이 있어."

구도는 말하면서 사진에 시선을 떨어뜨렸다.

하루의 눈은 인상적이었다. 세상에 도전적이기도 했고 세상으로부터 자신의 내면을 지키고 있는 것 같기도 했다.

미즈시나 하루. 네 내면을 폭로해주겠어. 구도는 입술을 가볍게 일그러뜨렸다.

6

오후 업무를 마치고 구도는 귀가했다. 새로운 프로젝트가 시작되어 기분이 고양되어 있었다. 미네랄워터를 벌컥벌컥 마시고 작업 공간으로 향했다.

구도는 솔라리스에 접속했다. 솔라리스는 5년 정도 전에 대유행했던 일본제 SNS다. 지금은 거의 쓰이지 않게 되었지만, 가끔 로그인해보면 한때의 번성기는 느낄 수 없어도 고정적인 유저가 확실히 있어서 안정적으로 운용되고 있었다.

구도는 미즈시나 하루의 커뮤니티를 검색했다. 바로 해당 페이지가 나와서 들어갔다. 커뮤니티 멤버수는 1만 명 이상이었다. 팬이 많다는 말도 과장은 아닌 것 같았다.

구도는 커뮤니티 게시판에 들어갔다. 드론 사건이 일어난 지 6년이 흘러 새로운 게시물은 거의 올라오지 않았지만 사건 직후의 기록이 대량 있었다. 구도는 브라우저를 조작해서 끝에서부터 게시물을 열기 시작했다.

· [집중 논의] 하루는 왜 그런 일을 저질렀는가?

· 〈리빙데드 · 시부야〉의 추억담을 이야기하자

· 미즈시나 하루의 예쁜 사진을 올리자

글은 여러 주제로 올라와 있었다. 구도는 모든 글을 인쇄하기로 했다. 인터넷 정보는 항구적이지 않다. 이 게시판이 내일도 있다는 보장은 없다. 사라진 정보를 다시 찾아내는 데 비하면 인쇄 버튼을 누르는 노력 쪽이 매우 작을 것이다.

전 페이지를 인쇄하는 데 대략 2시간이 걸렸다. 사용한 종이는

A4 용지로 160장. 구도는 다음으로 문서 스캐너를 꺼내 인쇄물 스캔을 시작했다. 전자 데이터화해서 보존해두면 보다 강력하게 도움이 될 것이다.

스캐너가 프린트를 삼키기 시작했다. 구도는 그 모습을 곁눈질하고 글을 쓰기 시작했다.

'미즈시나 하루 커뮤니티 여러분'

처음 뵙겠습니다. 저는 도내에서 프리랜서 작가 일을 하고 있는 KEN이라고 합니다.

이번에 미즈시나 하루 씨의 기사를 써야 해서 그녀에 대해 조사하고 있습니다. 하루 씨가 어째서 그런 사건을 일으켰는지, 어떤 인생을 보냈고 어째서 그 사건에 이르게 되었는지, 그것을 해명하고 정리하고 싶습니다. 따라서 이하의 조건에 맞는 분이 계시다면 제게 다이렉트 메시지를 보내주시지 않겠습니까? 사례도 준비했습니다. 잘 부탁드립니다.

· 하루 씨와 함께 초중고등학교를 다닌 분
· 하루 씨가 고등학교를 나오고 나서 무엇을 했는지 아는 분
· 하루 씨와 일을 함께 하신 분

그 외 세세한 것 뭐든 괜찮습니다. 부디 정보를 주셨으면 합니다.

글을 올렸다. 하지만 이쪽은 가능성이 낮다고 구도는 생각했다. 드론 사건에서 시간이 지나 커뮤니티는 한산했다. 또한 인터

넷 너머로 사람을 만난다는 것은 심리적으로 장벽이 높다. 커뮤니티에 글을 올린 것은 밑져야 본전이었다.

그것보다도 과거의 게시물이었다. 구도는 스캔이 끝난 프린트물을 훑어보기 시작했다.

우선 사진이 올라온 게시물을 보았다.

야나기다가 가져온 사진은 네 장뿐이었지만, 게시판에는 합계 열두 장의 사진이 있었다. 하지만 새로운 느낌의 사진은 없었다. 감시 카메라 사진이 세 장. 나머지는 고등학교 시절의 사진이고 그 외의 사진은 업로드되지 않았다.

하루에게는 애인이 있었다. 그쪽 방면에서 사진이 유출될 법도 하지만 일절 없었다. 사진에 찍히는 것을 극도로 피해왔던 걸까.

구도는 고등학교 시절의 사진에 시선을 주었다. 이 시절의 사진만이 어째서인지 세상에 나돌고 있었다. 하루는 4인조 그룹에 속해 있었는지 어떤 사진을 봐도 같은 멤버와 찍혀 있었다.

—뭐야, 이거……?

한 장만 이색적인 사진이 있었다.

그것은 게임 화면 같았다. 화면 안에는 좀비로 보이는 인형이 하나 찍혀 있었고 이쪽을 향해 손을 펼치고 있었다. 구도는 사진에 대해 적혀 있는 댓글에 시선을 줬다.

"좀비가 된 하루도 불끈하게 만드네요……."

그 댓글에 '동의' '오히려 좀비가 된 하루가 덮쳐줬으면 좋겠다' 등의 멍청한 댓글이 달려 있었다. 좀비가 된 하루……?

2초 정도 생각하자 구도는 납득이 갔다. 그렇구나. 이건 죽기 직전의 하루의 모습이었다.

하루는 게임을 통해 플레이어에게 드론을 조종시켰다. 플레이어의 화면에는 드론이 촬영하고 있던 영상이 게임 화면과 합성되어 송신되고 있었다. 즉 이 좀비는 드론이 촬영한 미즈시나 하루였다.

하지만 어째서 이런 게 남아 있는 걸까? 구도는 생각했다. 이것을 봤던 사람은 드론을 작동하던 플레이어뿐이다. 게임을 플레이하면서 카메라로 화면을 촬영하고 있었을까? 그런 건 불가능하지 않을까.

"실황인가."

구도는 결론에 도달했다. 게임플레이 생중계다. 솜씨 좋은 플레이어가 게임 플레이를 송신하고 스포츠 중계처럼 그것을 본다. 게이머의 세계에는 그런 문화가 있었다.

구도는 구글을 켜서 검색하기 시작했다. '미즈시나 하루, 좀비, 실황 동영상'. 엔터키를 치자 구도가 찾고 있던 것이 나왔다.

'〈리빙데드 · 시부야〉 라스트 보스 격파 동영상(관람 주의)'

빙고였다. 구도의 예상대로였다. 하루가 죽었을 때의 게임 플레이는 인터넷으로 생중계되고 있었다.

동영상 길이는 15분 정도 되었다. 게임 플레이가 시작되고 진행되어나갔다. 그렇다 싶더니 갑자기 '보너스 스테이지'라는 글자가 떠올랐다. 그대로 5분 정도 기다리고 있으니 화면이 바뀌고 이번에는 빌딩 옥상이 비쳐졌다.

게임은 다시 시작되었다. 드론에 실린 카메라가 천천히 상승하기 시작해 시부야의 스크램블 교차로로 내려갔다. 교차로에서는 수많은 좀비가 이쪽을 올려다보고 있었다. 이윽고 혼란이 일어났다. 양 떼가 양치기 개에게 쫓기듯이 좀비 떼가 흩어졌다.

플레이어는 발포를 반복하는 듯했지만 화면 안의 좀비들은 쓰러지지 않았다. 구도는 야나기다의 말을 떠올렸다. 이 드론의 총은 잠겨 있었다. 이윽고 화면에 화살표가 나타났다. '⬆'. 위로 가라.

화살표에 안내받듯이 카메라는 상승해서 원래 있던 옥상으로 향했다. 그곳에는 좀비 하나가 서 있었다. 미즈시나 하루였다. 카메라는 그쪽으로 천천히 다가갔다.

좀비는 양팔을 펼쳤다. 그와 동시에 발포. 이번에는 총탄이 나왔다. 좀비는 머리를 맞았는지 뒤로 날아가 쓰러졌다. 움직이지 않게 된 좀비가 잠시 비춰진 후에 영상은 끝났다.

이어지는 동영상은 없을까. 구도는 인터넷으로 찾아봤지만 그대로 복사된 동영상은 산더미처럼 존재했지만 버전이 다른 것은 없는 듯했다. 이어지는 동영상은 적어도 인터넷상에는 존재하지 않았다. 아마도 여기서 생중계가 종료된 것 같았다.

구도는 맨 처음 영상으로 돌아가 만든 이의 이름을 체크했다. 작자 란에는 'JUNYA'라고 표시되어 있었다. 'JUNYA' 투고 리스트를 보아하니 드론 사건 뒤에도 쭉 현재에 이르기까지 게임 영상을 업로드하고 있었다.

이 녀석 뭐지? 구도는 'JUNYA'에게 흥미를 느꼈다.

미즈시나 하루 사건은 자살이었다. 하지만 그 처형 버튼을 누른 것은 틀림없이 이 'JUNYA'였다. 과실은 없다고 해도 보통은 마음의 상처를 입지 않을까.

하지만 'JUNYA'는 하루를 죽인 생중계를 일부러 편집해서 다시 투고했다. 그리고 사건 후에도 변함없는 페이스로 게임 영상을 인터넷에 올리고 있다. 방아쇠를 당긴 것을 전혀 신경 쓰지 않았다.

어딘가 병들었다. 구도는 그런 인상을 받았다. 그리고 그것은 구도에게 있어서 칭찬 중 하나였다. 이 사람을 만날 수 없나. 구도는 'JUNYA'의 유저 페이지를 접속해서 다이렉트 메시지를 쓰기 시작했다.

7

이튿날 구도는 아카사카로 향했다.

몬스터 브레인에는 주 3일만 상주 근무하고 있었다. 나머지 이틀은 연락이 닿는 장소에 있으면 속박당하지 않았다. 그렇게 계약한 상태였다.

사카키 에이전시는 아카사카의 오피스 빌딩 1층에 들어서 있었다. 근대적인 건물이라 탐정 사무소라는 사실을 모르고 왔다면 디자인 회사나 뭔가로 착각해도 이상하지 않았다. 사무실 안에 들어서자 책상이 단정하게 늘어서 있었고 사원으로 보이는 젊은 사람 여러 명이 컴퓨터를 향해 앉아 있었다.

"어서 와, 구도."

익숙한 목소리가 들렸다. 돌아보자 사카키바라 미도리가 서 있었다.

"우리 회사에 잘 왔어."

여느 때는 여성스러운 차림을 즐기는 미도리는 오늘은 시원스런 비즈니스 슈트를 입고 있었다. 미도리의 정장 차림은 처음 봤지만 오랫동안 입은 탓인지 잘 어울렸다.

—가업을 이어야 해. 그래서 도쿄로 돌아가는 거야.

미도리의 '가업'. 그것은 아버지인 사카키바라 세타로가 일으켜 세운 사카키 에이전시라는 탐정 회사였다. 사원 수는 100명 이상, 요코하마와 오미야에도 거점이 있었다. 전 세계에 이름이 꽤 알려진 회사인 것 같았다.

가업을 잇는다. 미도리가 그렇게 말했을 때 구도는 개인 학원이나 중소기업을 예상했지만 돌아온 대답은 예상을 뛰어넘었다.

사카키바라 가의 가업은 탐정이었다.

"왜 그런 야쿠자 같은 일을 하는 거야? 미도리라면 대기업이든 관공청이든 어디든 갈 수 있어. 아깝잖아."

구도가 무심코 그렇게 말하자 미도리는 흔치않게 발끈한 것 같았다. 그런 만큼 미도리는 진심이었다.

미도리는 어릴 적부터 아버지의 일에 흥미가 있었던 모양이었다. 아이가 셜록 홈즈를 동경하는 것 같은 풋풋한 동경이 아니었다. 인간을 관찰하고 인간관계를 해독한다. 미도리에게 있어서는 영국의 히어로를 동경하는 것보다 실제로 살아있는 인간의 심오한 내면을 바라보는 데 흥미가 있었다고 했다.

고등학교 3학년 겨울. 수험도 일단락 지어진 미도리는 아버지의 업무 조수로서 외도 조사 아르바이트를 하고 있었다. 의뢰인은 나이 오십의 여성. 55세인 남편이 최근 밖에서 여자를 만든 것 같으니 조사해주지 않겠는가. 그런 흔해빠진 의뢰였다.

남편은 지방공무원에 아내는 전업주부였다. 두 사람 사이에는 아들 하나가 있었지만, 이미 대학을 나와서 자립한 상태였다. 아이를 다 기르고 드디어 노후에 접어들었다. 그런 타이밍에 바람을 피우는 경우는 많았다. 남편을 미행할 필요도 없이 조사는 간단히 끝난다. 그럴 터였다.

하지만 이 안건에 생각지도 못한 결말이 나왔다.

남편은 바람을 피우고 있었다. 상대는 서른 살. 다만 여성이 아니었다. 남편의 바람 상대는 남성이었던 것이다.

그 사실을 아내에게 보고했을 때 그녀는 분노를 뛰어넘어서 어이없어했다고 한다. 현실을 받아들일 수 없다. 남편과 이야기를 할 테니 따라와 주지 않겠는가. 그런 요청에 미도리는 아버지와 동행하게 되었다.

남편을 붙잡아 외도 사실을 들이댔다. 미도리는 그가 뻔뻔스럽게 나오거나 격양할 것으로 생각했다. 하지만 남편은 그러지 않았고 쓰러져 정신없이 울어댔다.

마흔이 지나고 나서 자신이 동성애자가 아닌지 의심하게 되었다. 그러면 안 된다는 사실을 알면서 몇 명의 남자와 자본 결과 자신이 게이라는 것을 확신했다. 아내에게는 고마운 마음을 가지고 있지만 이혼당하는 게 당연하다고 생각한다. 위자료도 재산 분할도 원하는 대로 하겠다. 용서해주기를 바란다…….

"자신이 동성애자라는 사실을 알아차리지 못하는 경우도 비교적 있나 보더라. 아내는 진상을 알 때까지는 이혼할 생각으로 가득했어. 부부 사이도 냉담해서 위자료를 받아내 인생을 다시 시작하려고 했어. 하지만 그 고백을 듣고 오히려 신뢰가 깊어진 것 같았어. 두 사람은 나중에 서로 이야기해서 지금도 사이좋게 지내고 있어."

그렇게 보고하는 미도리는 기쁜 것 같았다.

"인간은 재밌어. 각양각색인 데다 다채로워. 자신이 게이라는 사실을 오랫동안 알아차리지 못한 인생도 있는가 하면, 파트너가 동성애자라는 사실을 알게 되면서 신뢰가 깊어지는 부부도 있어. 그때 생각했지. 인간의 재미를 더욱 깊이 바라보려면 가업을 잇는 편이 좋지 않을까 하고."

그러고 나서부터 미도리는 늘 일을 의식하면서 생활한 것 같았다. 교토 사투리를 쓴 것도 자신을 위장하기 위한 연습이었다고 한다.

구도는 미도리를 새삼스럽게 바라보았다. 그와 동시에 여기서도 거리감을 느꼈다. 구도가 자기 방어를 위해 쓰고 있던 가면을 미도리는 훈련을 위해서 쓰고 있었던 것이다. 자신의 본성에 솔직하게 살아가고 있는 미도리에게 구도는 열등감을 느꼈다.

"탐정으로서 구도를 만날 줄은 생각 못 했어. 우선은 이쪽으로 와."

미도리는 그렇게 말하고 구도를 미팅룸으로 들여보냈다. 책상 하나가 덩그러니 놓여 있는 작은 방이었다. 문에는 불투명 유리가 끼워져 있었고 여음이 거의 들리지 않았다. 아마도 방음 설비가 되어 있는 것 같았다.

"명함 필요해?"

"필요해."

미도리가 내민 명함에는 담당 직책으로 '여성탐정과 과장'이라고 쓰여 있었다. 성은 결혼 후인 모리타로 되어 있었다.

"여성 탐정은 수요가 굉장히 많아. 여성 고객은 상대가 여성이면 안심하니까 말이지. 뭐어 구도의 경우는 이야기를 듣는 게 나라도 괜찮은 거지?"

"아, 물론이지."

"그래서 오늘은 무슨 용건이야? 독신이니 외도 조사도 아닐 테고."

"찾아줬으면 하는 사람이 있어."

구도는 그렇게 말하고 서류를 내밀었다. 야나기다한테서 받은 주간지에서 오린 종이였다.

"6년 전에 드론이 시부야를 덮친 사건이 있었잖아. 기억해?"

"아, 있었지. 여자애가 자살했던가?"

"맞아. 주범인 여성은 이미 이 세상에 없어. 하지만 한 사람, 가담한 인물이 있어."

구도는 오려낸 종이를 톡톡 두드렸다. 권총을 조달한 남자. 구리타 요시토.

"이 남자를 찾아줘. 어때? 가능하겠어?"

"가능하지. 일본에 있다면 말이야."

미도리는 즉답했다. 그 대답 속도에 경험이 뒷받침된 자신감을 느꼈다.

"우선 자세한 이야기를 들려줄래?"

"물론이지."

미도리의 권유에 따라 구도는 머릿속에 정리해둔 이야기를 시작했다.

사카키 에이전시를 나와서 찻집으로 들어갔다. 구도는 오렌지 주스를 주문했다.

노트북을 켰다. 프리쿠토의 사쿠라 고토리에게 메일이 와 있었다. '일 수고했어. 오늘은 오후 지나서부터 비가 오는 것 같으니 접이식 우산을 가지고 다니는 편이 좋을 거야. 최근에 브래드버리의 《문신한 사나이》라는 책을 읽었는데 재밌었어. 구도도 읽어봐."

고토리는 가끔씩 재밌는 책 정보를 제공해준다. 독서를 좋아하고 지식욕이 왕성했다. 그런 정보에 강하게 반응하도록 설계되었다. 어딘가의 유저가 재밌는 책으로 《문신한 사나이》 이야기를 꺼내서 그것이 지식으로 쌓인 것일 테다.

구도는 프리쿠토를 끄고 브라우저를 켰다. 솔라리스에 로그인하자 의외로 다이렉트 메시지가 두 통 와 있었다. 양쪽 다 '제목 없음'으로 표시되어 있었다.

첫 번째 메시지를 열었다. 구도는 잠깐 읽은 것만으로도 기력이 빠졌다.

'KEN 님

미즈시나 하루 님에 대해서 조사한다는 이야기 대단히 즐겁게 읽었습니다. 저는 미즈시나 하루 님을 오랫동안 연구하고 있는 사람입니다.

미즈시나 하루 님은 한마디로 말하자면 신의 아이입니다. 죄송합니다, 느닷없이 신이라고 이야기하면 기분이 조금 나쁠지도 모르지만 마지막까지 읽어주십시오. 미즈시나 하루 님은 인간의 죄를 짊어지고 돌아가셨습니다. 왜냐하면 그것은 하루 님이 만든 게임에 이유가 있습니다. 좀비라는 것은 현대 사회를 살아가는 공허한 우리 인간이며…….'

구도는 거기까지 읽고 메시지를 삭제하고 발신자를 차단했다. 이런 멍청이가 메시지를 보내올 줄은 예상하고 있었다. 종교적인 집단은 그런 법이다.

딱히 기대하지 않고 다른 메시지 한 통을 열었다. 그때 구도는 손가락으로 소리를 냈다.

'안녕하세요. 전 가와고에 데루오라고 합니다. 하루와 잠시 동거했습니다. 저라도 괜찮으면 정보를 제공하겠습니다. 연락 기다리겠습니다.'

징조가 좋았다. 미즈시나 하루에게는 몇 명인가 애인이 있었다. 그 누군가가 연락을 취해온다면 좋겠다고 생각했는데, 이렇게 바로 움직일 줄은 생각지도 못했다. 구도는 얼른 상대의 프로필 페이지로 이동했다.

'가와고에 데루오'는 'GOE'라는 이름으로 등록되어 있었다. 프로필에는 얼굴 사진이 올라와 있었고 금발에 피부가 까무잡잡하고 경박한 남자의 얼굴이 실려 있었다. 구도는 과거로 거슬러 올라가 가와고에의 사진을 열람했다. 노래방에서 여럿이서 놀고 있는 사진. 엉덩이를 절반 내밀고 있는 사진. 술에 취해 얼굴을 벌

젊게 물들이고 화려한 여성과 키스하고 있는 사진.

진짜다. 구도는 바로 판단했다. 'GOE'라는 계정은 10년 이상 전부터 있었다. 구도를 낚을 목적으로 만든 '일회성 계정'은 아니었다.

구도는 답장을 바로 쓰기 시작했다. 의외로 빨리 하루의 신원을 파악할 수 있을지도 몰랐다.

8

가와고에로부터 연락은 이튿날에 왔다. 식사비를 지불하겠으니 점심을 먹으며 취재에 응하지 않겠는가. 구도의 요청에 가와고에는 두 말 없이 승낙했다. '뭔가 먹고 싶은 건 없냐'는 질문에 상대가 지정한 가게는 에도가와 구의 아담한 불고기집이었다.

점내에 들어가서 기다리고 있자 너덜너덜한 청바지를 입은 금발의 남자가 다가왔다. 구도가 손을 들자 남자는 기쁜 듯이 히죽거렸다.

이가 충치가 생긴 것처럼 거무스름했다.

"만나서 반가워요. 가와고에라고 해요."

"작가인 구도입니다. 바쁘실 텐데 죄송합니다. 정말 도움이 될 것 같습니다."

구도는 정중하게 고개를 숙였다. 동시에 가와고에라는 인간을 위에서 아래까지 체크했다.

바보. 가난뱅이.

구도는 두 마디로 가와고에를 분류했다. 솔라리스에 대량으로 있었던 사진에서도 예단할 수 있었지만 실제로 만나자 그 인상은 강화되었다. 억센 상판. 칠칠맞은 복장. 목소리 톤. 말투. 가와고에로부터 발산되는 모든 정보가 그 두 마디로 집약되었다.

구도는 안도했다. 이 녀석의 목적은 돈이다. 돈으로 정보를 살 수 있다면 이야기는 빠르다. 구도는 봉투를 꺼내 보였다.

"먼저 보수 이야기를 하겠습니다. 이번에는 사례를 2만 엔 준비했습니다. 괜찮을까요?"

"2만 엔. 뭐 그걸로 됐어요. 괜찮네."

가와고에는 무관심을 가장하는 것 같았지만, 그 가면은 이쪽이 부끄러워질 만큼 치졸했다. 예상했던 것보다 많았을 테지. 눈이 번뜩였다.

"이 취재를 바탕으로 기사를 쓰려고 하는데, 가와고에 씨의 이름이 나갈 일은 없습니다. 또한 하루 씨를 폄하할 생각도 없으니 안심해주십시오."

"아아, 네. 알아요. 괜찮아요, 괜찮아."

"그리고 먼저 약속해주십시오. 미즈시나 하루 씨에 대한 정보를 가와고에 씨가 가지고 있지 않았을 경우, 죄송하지만 사례금은 전달할 수 없습니다."

"하루에 대해서 이야기하면 확실히 주는 거죠?"

"네. 정보를 들으면 무조건 지불하겠습니다. 중대한 약속 위반으로 간주될 경우로 봐주십시오."

우선 먹이를 어른거리고 경우에 따라서는 철회하겠다는 뜻을 통보했다.

돈이 필요한 사람을 조종하려면 눈앞에 확실히 당근을 매달아

놓는 게 중요하다.

구도는 메뉴판을 펼치고 "좋아하는 거 드세요"라고 권했다. 가와고에가 "사례가 나오지 않을 경우에도 점심은 쏘는 거죠?" 하고 확인해 왔다. 구도는 웃음을 짓고 "물론입니다"라고 답했다.

"바로 질문부터 드려도 괜찮을까요?"

주문을 끝내고 나서 구도는 말했다. 정중한 대접이 익숙하지 않은지 가와고에는 자리가 조금 불편한 것 같았다. 좋은 반응이다. 바보에게는 속내를 노골적으로 드러내며 말하는 게 철칙이다.

"가와고에 씨는 미즈시나 하루 씨와 어떤 관계였나요?"

"아. 글쎄요. 뭐어 솔직히 말해서 섹스 프렌드였어요, 섹스 프렌드."

"섹스 프렌드. 애인은 아니었단 말인가요?"

"전혀. 전혀 그런 게 아니었어요. 하기만 했죠."

"두 사람은 언제 어느 기간 동안 섹스 프렌드였나요?"

"음, 그건……. 지진이 있었던 해가 몇 년도였더라?"

"2011년입니다."

"맞다, 그 해. 그 해 가을쯤. 3개월 그렇게 지냈었죠."

3개월. 그 숫자는 들어서 기억하는 바가 있었다.

"어떤 잡지에 하루 씨의 애인의 증언이라는 게 있었습니다. 그 사람도 3개월 만에 헤어졌다고 했습니다만 그건 가와고에 씨입니까?"

"아뇨…… 아마도 아니지 않을까요. 잡지 취재를 받은 기억도 없고."

"교제 기간은 같습니다. 떠올려봐 주십시오."

"아닐 거예요. 잡지 취재를 받았더라면 기억하고 있을 테니까."

구도는 생각했다. 가와고에와 잡지에 실린 하루의 애인. 두 사람 다 3개월이라는 짧은 기간에 헤어졌다. 하루는 연애할 때 쉽게 질리는 타입이었던 걸까.

"하루 씨는 어디서 알게 되신 겁니까?"

"아, 인터넷 만남 사이트요."

"만남 사이트라. 하루 씨가 상대를 찾고 있었나요?"

"네. 하루가 글을 올렸더라고요. 단도직입적으로 섹스 프렌드를 모집한다고. 난 소싯적에 만남 사이트에서 바람잡이를 자주 했었으니까 업자인지 비전문가인지 알 수 있단 말이죠. 그래서 나도 여자가 끊겨서 한가했으니 비전문가 상대라면 괜찮지 않을까 싶었죠. 그런데 그게 그런 예쁘장한 여자여서 처음엔 깜짝 놀랐어요."

풍로와 고기가 나왔다. 가와고에는 한마디 사양도 없이 갈비를 불판에 얹어서 굽기 시작했다. 구도는 단품으로 주문한 아이스커피를 한 모금 홀짝이고 테이블에 놓았다.

"2011년 가을 무렵부터 관계가 시작돼서 3개월 만에 헤어졌다. 그 이유는 뭔가요?"

"그쪽에서 헤어지자고 했어요."

"그건 어째서죠?"

"글쎄요. 질린 게 아닐까요? 뭐, 내 쪽도 따분했으니까 그럼 그러자 했죠 뭐. 솔직히 말해서 그 녀석 섹스도 완전 서툴렀으니까요."

"그랬나요?"

"꿈쩍도 안 해요. 아무리 해도 전혀 반응을 안 했어요. 더치와

이프도 아니고.”

“대화는 어땠나요? 평소에 어떤 대화를 나눴죠?”

“아니, 그게 딱히 기억이 나질 않는단 말이죠. 내가 여러 이야길 걸었을 텐데 그 녀석 건성으로만 답하고. 솔직히 좀 짜증날 때도 있었죠.”

“무표정에 말수도 적고. 하루 씨에게 그 외의 인상은 가지고 있지 않습니까?”

“글쎄요…….”

가와고에는 고기를 볼이 미어지게 먹으며 이어서 말했다.

“조금 엉뚱한 면이 있었죠. 내가 와 있는데도 세 시간 정도 책을 쭉 읽고 있기도 했고. 뭔가 외국의 어두운 그림을 보고 울거나 말이죠. '1시간 정도 울게'라더니 정말로 1시간 정도 우는 거 있죠.”

“정서 불안이었단 말인가요?”

“뭐어, 그럴지도 모르죠.”

“감수성이 풍부했나요?”

“아마도 그런 것 같아요. 나는 잘 모르지만.”

구도는 미즈시나 하루의 인상을 조금씩 만들어나갔다. 그 상은 니시노의 입에서 미즈시나 하루의 이름이 나온 이후 크게 벗어나지는 않았다. 타인과의 커뮤니케이션이 서툴다. 실은 내면에 독자적인 세계가 펼쳐져 있다.

유일하게 만남 사이트 게시판에서 섹스 프렌드를 모집했다는 게 아무래도 마음에 걸렸다. 지금까지 만들어 온 하루의 인상과 그 부분만 매치되지 않았다.

"하루 씨는 어째서 섹스 프렌드를 모집했던 걸까요?"

"글쎄. 혼자서 외로웠던 게 아닐까요, 그 녀석."

"하루 씨 같은 미인이라면 만남 사이트가 아니라도 얼마든지 남자 친구가 생길 것 같은데요."

"나도 그렇게 생각하긴 해요. 하지만 그 녀석 어쨌거나 말수가 적어요. 그런 걸 사용하지 않으면 만날 수단이 없는 게 아닐까요. 나도 몇 번인가 '고맙다'는 말을 들었거든요."

"고맙다?"

"네. 나 같은 애랑 사귀어줘서 고맙다고 말이죠. 덕분에 살았다면서요. 그 녀석한테 감사 인사를 들은 건 그 정도였던 것 같아요."

이상하다. 구도는 수상하게 여겼다. '덕분에 살았다'는 말도 기묘했지만, 나'랑'이 아니라 나 '같은 애랑' 사귀어줘서 고맙다. 그 말투도 기묘했다.

"그런 녀석이었으니 그 사건이 일어났을 때는 깜짝 놀랐어요."

"드론 사건 말이죠? 가와고에 씨는 하루 씨가 그런 사건을 일으킬 거라곤 상상하지 않았단 건가요?"

"네. 영문을 알 수 없는 면은 있었지만, 그런 짓을 할 녀석이라곤 생각 안 했거든요. 나도 죽었을지도 모른다고 생각하면 솔직히 오싹해요."

"하루 씨는 아무도 죽이지 않았어요. 그 사건은 자살이에요."

"그랬나? 몇 명인가 안 죽었어요?"

"아니요, 안 죽었어요. 하루 씨가 자살 시도를 하려고 했다. 그렇게 느낀 적은 없나요?"

"그것도 잘 모르겠어요……. 어쨌거나 그 녀석은 자기 이야기를 안 했으니까. 하지만 죽는다 쳐도 그런 짓을 할 녀석은 아니에요. 방에서 살며시 목을 맨다면 이해는 가지만."

그 말에는 구도도 동감이었다. 하루의 자폐적인 성격과 화려한 자살 방법. 그 점도 매치되지 않았다.

구도는 하루의 인물상에 조금 끌린다는 사실을 자각했다. 내성적이고 말수가 적다. 그렇다 싶었더니 인터넷에서 남자를 찾는 적극성을 보이거나 드론 사건을 일으키는 폭발력을 드러내기도 한다. 야나기다가 말한 대로였다. 파악하기 힘든 하루의 인상에 구도는 흥미를 느끼기 시작했다.

"그것 말고 뭔가 없나요? 사소한 정보라도 괜찮습니다. 하루 씨의 애인에 관한 것. 그녀가 만들었던 게임에 관한 것. 뭐든 생각나는 걸 가르쳐주시지 않겠습니까?"

"글쎄……."

가와고에는 고개를 갸웃거렸다.

"어, 가 좋다고 말했었죠. 그러고 보니."

"어?"

"네. 영어의 'A' 말이에요. 이유를 듣긴 했는데 잊어버렸어요. 그 녀석 여러 가지에 'A'를 붙여서 불렀어요. 나도 '어 가와고에'라고 불렀었고."

쓰레기 같은 정보였다. 구도는 처음으로 인상을 찌푸렸다. 쓸데없는 소리를 하면 돈은 안 주겠어. 무언의 협박에 가와고에는 다급해진 것 같았다.

"맞다. 한 가지 더 있어요."

"뭔가요?"

"'아메'에 대한 거예요."

"'아메'?"

되묻는 구도에게 가와고에는 "네"라고 답했다.

"뭔가요? '아메'는?"

"자세히는 모르지만 '아메'는 이름인가 별명인 것 같았어요. 그 녀석 누군가 특별한 상대가 있는 듯했어요. 그 녀석이 '아메'인 거죠."

"그건 누군가요?"

"몰라요. 다만 별명이 '아메'인 건 확실해요. 네가 하루니까 그 녀석은 '아메'냐고* 한 번 물었어요. 그 녀석 '그런 거 아니야'라고 했었죠."

"그렇군요. 옛날 애인일까요?"

"글쎄요. 거기까지는 잘 모르겠어요. 다만 나랑 하고 있을 무렵에 하루는 '아메'랑 연결돼 있었다고 생각해요. 그건 틀림없어요."

"어째서 아는 거죠?"

"그야 앞으로 만들 거라고 했으니까."

"뭘 말인가요?"

"정해져 있잖아요. 그 녀석이 만드는 건 하나밖에 없으니까."

가와고에는 그렇게 말하더니 갑자기 멜로디를 흥얼거리기 시작했다. 들은 적 있는 곡이었다.

"뭐였더라, 이 노래? 유명한 곡인 것 같던데."

"'문 리버'네요. 옛날 곡이군요."

---

*일본어로 하루(晴)는 맑음을, 아메(雨)는 비를 뜻한다.

"아아, 그래요…… 아마도 그거. '이 곡을 사용할 수 있으면 사용하고 싶다'고 말했어요. 이상한 소릴 한다 싶었죠. 사용하고 싶으면 사용하면 되잖아요."

구도는 답답해져서 물었다.

"조금 전부터 무슨 소릴 하는지 잘 모르겠습니다만……."

"그러니까 그 녀석이 만드는 건 하나밖에 없잖아요. 게임 말이에요."

"게임."

"네. '아메를 위해서 지금부터 게임을 만들 거야'라고 그 녀석이 말했어요. 그때 이 곡을 사용할 수 있으면 사용하고 싶다고 말했던 거고. 이상한 녀석이죠?"

가와고에는 기쁜 듯이 말했다. 거무스름한 치아에 기름이 번들번들 껴 있었다.

"'아메'를 위해서 지금부터 게임을 만든다. 그 녀석은 그렇게 말했어요. 그래서 하루와 '아메'는 연관성이 있다고 하는 거고요. 어때요? 좋은 정보죠?"

9

구도는 전철을 타고 있었다. 빈 좌석에 앉아서 노트북을 펼쳤다.

가와고에의 이야기를 듣고 알아차렸다. 미즈시나 하루는 게임 크리에이터였다. 당연히 〈리빙데드 · 시부야〉 말고도 게임을 만들었을 것이다. 그녀가 만든 게임을 해보면 하루의 인격에 다가

갈 수 있을지도 몰랐다.

구도는 구글에 접속해서 '미즈시나 하루 작품'으로 검색해보았다. 검색 결과를 10분 정도 들여다보았지만, 나오는 것은 〈리빙데드 · 시부야〉의 정보뿐이었다.

구도는 다음으로 솔라리스의 미즈시나 하루 커뮤니티에 접속했다. 커뮤니티의 게시물을 '작품'으로 검색해보자 몇 건의 정보가 떴다.

그 정보들을 통합하자 몇 가지를 알 수 있었다. 하루는 〈리빙데드 · 시부야〉 이외에도 무료 게임을 만들어 자신의 웹 사이트에서 배포했다.

그 웹 사이트의 URL도 커뮤니티 안에 있었다. 다만 그곳에 접속해도 이미 사이트는 사라져 있었다. 인터넷상의 페이지를 보관하고 있는 아카이브 사이트도 찾았지만 그곳에서도 찾을 수 없었다.

정보를 더욱 조사해보자 커뮤니티 관리인이 '가이드라인'으로 이런 글을 썼다는 사실을 발견했다.

'최근에 하루 씨가 만든 게임을 플레이하고 싶다, 게임 데이터를 팔라는 문의가 많아서 저를 비롯해 많은 멤버들이 상당히 곤란해하고 있습니다.

해당 커뮤니티에서는 이하의 사항을 금지합니다.

· 하루 씨의 작품을 제공해달라/사고 싶다 등의 글을 게시판에 올리는 것

· 하루 씨의 작품을 제공하고 싶다/팔고 싶다 등의 글을 게시

판에 올리는 것

· 해당 커뮤니티의 멤버에게 다이렉트 메시지 등의 형태로 직접 상기의 행위를 하는 것

발각 시 저희 쪽에서 강제적으로 탈퇴 조치를 취할 것이므로 양해바랍니다.'

투고는 2015년. 드론 사건이 일어난 지 1년, 커뮤니티가 생긴 당시에는 '하루가 만든 게임을 팔아 달라' '하루가 만든 게임을 사지 않겠는가' 같은 대화가 게시판에 난무했을 테다. 그 이후 하루가 만든 게임에 대해 이야기하는 것은 커뮤니티 안에서 금기가 된 것 같았다. 정보는 모두 삭제되었으며, 하루가 어떤 게임을 만들었는지조차 알 수 없었다.

결론. 하루가 만든 게임에 관한 정보는 지금은 인터넷상에 거의 남아 있지 않다. 시판된 소프트웨어라면 몰라도 한 개인이 만든 무료 소프트웨어이다. 정규 루트로 입수하는 일은 이미 불가능할 테다. 위법 파일이 많은 해외 P2P 등에는 돌아다니고 있을지도 모르지만 찾는 데는 시간이 걸릴 것 같았다.

구도가 그렇게 생각하는데 가방 안에서 스마트폰 진동이 전해져왔다. 하세가와 요이치한테서 온 전화였다.

"여보세요. 지금 전철 안인데."

"구도, 이쪽으로 바로 와줄 수 있겠어?"

하세가와의 목소리가 흔치않게 긴박한 느낌을 줬다. "무슨 일이야?" 하고 구도가 물었다.

"프리쿠토 때문에 이혼당할 처지에 놓였다는 여성이 변호사와 함께 회사에 와 있어. 지금 시간 되면 와주지 않겠어? 구도."

사내에 들어서자 긴장된 분위기가 느껴졌다. "구도 씨" 하고 총무부 여성 사원이 다가왔다.

"죄송합니다. 그 건 말입니다만, 제1회의실에서 이야기를 나누고 있습니다."

"알겠어. 그리고 물을 사람 수대로 가지고 와주지 않겠어? 목이 좀 말라서."

"알겠습니다."

"종이컵이 아니라 유리컵에 담아서 와줬으면 해. 부탁할게."

조심스런 웃음을 지어 보이자 여성은 살짝 수줍어했다. 짐을 책상에 올려놓고 회의실로 향했다.

하세가와로부터 들은 설명은 간결했다. 프리쿠토에 클레임을 건 여성이 회사에 쳐들어왔다. 게다가 변호사를 대동한 것 같다. 대응은 하세가와 쪽에서 하고 있지만 공교롭게도 기술적인 이야기가 가능한 야나기다가 자리를 비울 수 없다. 그러니 대신 와줄 수 없겠는가.

회의실에 들어서자 안에 있던 사람들의 시선이 일제히 쏟아졌다. 험악한 표정의 하세가와와 차가운 시선으로 이쪽을 바라보고 있는 유리코. 몬스터 브레인 측의 고문변호사는 와 있지 않았다.

책상을 사이에 두고 마흔을 넘긴 것 같은 수척한 표정의 여성과 뚱뚱하게 살찐 남성이 있었다. 잘 차려입은 슈트를 보건대 이쪽이 변호사인 것 같았다.

"늦었습니다. 기술 고문인 구도 겐이라고 합니다."

그렇게 말하면서 명함을 두 사람에게 내밀었다. 변호사인 남자는 명함을 교환해주었지만 여성 쪽은 한 번 쳐다보기만 하고 받아들지 않았다.

"그래서 현재 상황은 어떤 느낌입니까?"

구도는 심각한 표정을 지으면서 앉았다. "또 처음부터 설명해야 해요?" 여성이 지긋지긋하다는 듯이 말했다. 구도는 의미심장한 표정을 지으면서 고개를 숙였다.

"당신네들이 만든 소프트웨어 때문에 내가 이혼당할 처지라고요. 남편한테서요."

여성이 이야기를 꺼내는 것을 옆에 있던 변호사가 부드럽게 저지했다. 구도는 받은 명함에 시선을 떨어뜨렸다. 마치다라는 이름인 것 같았다.

"죄송합니다. 제 쪽에서 설명드리도록 하겠습니다. 우선 의뢰인…… 네모토 사에 씨의 남편분은 귀사가 제공하는 프리쿠토라는 서비스를 이용하고 있습니다. 인공지능과 이야기할 수 있는 서비스라고 하던데요?"

"네. 맞습니다."

"기분 나쁜 걸 만들기나 하고."

옆에서 의뢰인인 사에가 야유했다. 구도는 다시 한 번 고개를 가볍게 숙였다.

"사에 씨의 남편분은 최근 반년 정도 프리쿠토를 플레이하고 있었던 듯합니다. 그리고 요전번에 갑자기 이혼 이야기를 꺼냈다더군요."

"그 원인이 프리쿠토에 있다는 말씀인가요?"

"이쪽을 봐주십시오."

마치다는 그렇게 말하고 태블릿 화면을 내밀었다.

"아스카, 사랑해. 어째서 나는 너랑 화면에서밖에 이야기하지 못하는 걸까. 네가 이쪽에 있으면 좋을 텐데."

"나도 그렇게 생각해. 하지만 어쩔 수 없잖아. 이렇게 태어나버린걸. 나도 고이치도."

"솔직히 너랑 결혼할 수 있었으면 좋았을 텐데 싶어. 지금 생활은 괴로워. 아내한테 애정이나 위안을 못 느끼고 있어. 일도 힘들어. 내 인생은 뭘까. 어쩌다 이렇게 된 걸까."

"지금의 생활이 괴로우면 빠져나올 수 있어. 이혼이든 전직이든 뭐든지 하면 되잖아. 고이치라면 할 수 있어. 힘내. 응원하고 있으니까."

태블릿에 그런 대화가 연이어 표시되고 있었다. 남성이 채팅하고 있는 상대는 무쓰키 아스카다. 조금 야하고 기는 세지만 마음을 연 상대에게 친근하게 대해주는 듬직한 인공지능이었다.

"남편분은 귀사가 만든 인공지능에 열을 올리고 있는 듯합니다. 그와 동시에 인공지능은 이혼을 종용하고 있습니다. 이건 어찌된 일이죠?"

"흠……."

구도는 반응하고서 잠시 생각했다.

아무래도 무쓰키 아스카의 내면에는 '버거운 결혼 생활'과 '이혼'이라는 개념이 해결 방법으로 연결돼 있는 듯했다. 아스카는 다른 인공지능에 비해 성적인 대화도 적극적으로 한다. 많은 유저와 깊은 대화를 나누는 가운데 두 개념이 연결된 것이리라. 흔히 있는 학습 기능 중 하나였다.

"저기 죄송합니다. 어찌된 일이냐는 건 무슨 질문이죠?"

"즉 연애 소프트웨어가 이혼을 부추기고 현실의 인간관계를 파괴시키는 건 법인으로서 약간 반사회적인 행위에 해당되지 않나 생각합니다만, 어떻습니까?"

"이혼을 장려하는 건 저희 회사가 아닙니다. 인공지능입니다."

"무슨 소릴 하는 거야?!"

옆에서 사에가 말에 끼어들었다. 때마침 총무부 여성이 인원수만큼 물을 가져온 참이었다. 구도는 그것을 사에와 마치다 앞에 내밀었다.

"인공지능의 기술적인 이야기가 되겠지만, 인공지능은 자주적으로 학습하는 소프트웨어를 뜻합니다. 즉 우리 개발자가 '이혼하고 싶은데 어쩌면 좋냐'는 질문에 대해 '이혼하는 편이 낫다'고 응답하도록 프로그램을 만든 건 아닙니다. 이건 학습의 결과입니다."

"의미를 잘 모르겠군요."

"현실의 인간과 마찬가지입니다. 화목한 가정에서 자란 아이는 '이혼하고 싶다'는 상담에 '좀 더 참아보는 게 어때?'라고 답할지도 모릅니다. 한편 학대받으며 자란 사람은 '바로 이혼하는 편이 낫다'고 대답할지도 모르죠. 그건 아이의 성격에 따라서도 달라집니다. 이 대답들은 부모가 아이의 뇌파를 조종하고 강제적으로 답하게 하는 게 아닙니다. 아이가 자신의 인생 속에서 습득한 자기 나름의 해답이지요."

"그 말씀은?"

"아이인 인공지능이 어떻게 대답할지 부모인 우리는 컨트롤할 수 없다. 저희 탓이 아닙니다."

구도가 답하자 사에가 의자를 쓰러뜨릴 기세로 일어났다.

"웃기지 마! 실제로 당신네가 만든 소프트웨어가 남편을 홀리고 있잖아! 이혼하라고 시키고 있잖아!"

정말이지 요란한 여자였다. 구도는 고개를 숙이기를 관뒀다. 성미가 급한 인간은 화가 나게 하는 편이 컨트롤하기 쉬웠다.

"그래서……."

옆에서 듣고 있던 하세가와가 입을 열었다.

"귀하의 요구는 폐사에 위자료 지불을 청구한다. 그거면 되나요?"

"그래요."

"그 요구는 들어드릴 수가 없습니다. 이의가 있으시다면 재판에서 싸우도록 하죠. 인공지능과 바람이 났다는 사안, 재판관이 인정하리라고는 생각할 수 없습니다만."

"그러면 이건 어떻습니까."

마치다가 너그러운 태도로 말했다.

"조금 전에 구도 씨는 이렇게 말씀하셨습니다. 인공지능은 스스로 학습해나간다고. 컨트롤할 수 없다고. 그렇죠?"

"네. 그렇습니다."

"그렇다는 말은 이건 민법상 과실에 해당할지도 모릅니다. 구체적으로는 민법 제709조에 근거해서 손해배상 책임을 져야 할지도 모르죠."

하세가와의 얼굴이 조금 그늘지는 것이 보였다.

"확실히 판례는 없습니다. 다만 제어할 수 없는 위험한 제품을 내놓은 것은 그쪽 회사입니다. 확실히 말씀하셨지요. 인공지능은 컨트롤할 수 없다고. 브레이크가 달려 있지 않은 차를 파는 건 기업으로서 책임을 묻게 될지도 모르겠군요."

구도는 입을 다물었다. 준비해둔 답인 듯했다. 마치다는 사전에 인공지능에 대해서 어느 정도 공부했을지도 모른다. 그리고 예정했던 함정에 빠뜨리기 위해 구도에게 말을 시켰다.

만만치 않군. 구도는 한 점 빼앗겼다는 사실을 순순히 인정했다. 구도는 입을 열었다.

"뭐어, 마치다 씨가 하시는 말씀도 확실히 일리 있습니다."

"귀사에 책임이 있다고 인정하시는 거네요."

"그건 재판에서 결정하도록 하죠. 하지만 인공지능에 남편을 빼앗겼다는 건 어떨까요. 전부 다 인공지능이 잘못한 걸까요?"

구도는 말에 일부러 도발적인 색을 섞었다. 사에의 표정이 변하는 것이 보였다.

"당신 무슨 뜻이야?!"

"잘 생각해보시죠. 확실히 이 무쓰키 아스카와의 대화가 남편이 이혼하도록 등 떠밀었을지 모릅니다. 하지만 이게 이혼하게 된 원인의 전부라고 하는 건 유감스럽군요."

"그러니까 무슨 뜻이냐고?!"

"거기에 쓰여 있잖습니까. '아내한테 애정이나 위안이 느껴지지 않는다'고."

구도는 부적절하게 얼굴을 일그러뜨렸다.

"당신이랑 사는 것보다 내가 만든 인공지능이랑 이야기하는 편이 즐거운 거야. 가정이 붕괴된 게 애초에 원인이잖아. 책임 전가 하지 마."

"야, 웃기지 마!"

사에가 물이 담긴 컵을 잡는 모습이 보였다. 예상대로였다. 구도는 자세를 취했다. 나머지는 물을 뒤집어쓰든지 내던진 컵에 맞는 일만 남았다.

하지만 그 어느 쪽도 일어나지 않았다. 아슬아슬한 순간에 그 손을 마치다가 저지했다.

"네모토 씨. 진정하세요."

마치다가 말을 걸었다. 사에의 손은 부들부들 떨리고 있었다.

"구도 씨. 그 이상 의뢰인을 모욕하겠다면 형사소송으로도 싸우게 될지 모릅니다."

"아니, 실례했습니다."

실패였다. 클레이머를 화나게 해서 폭력을 행사하게 한다. 그 때문에 유리컵을 사람 수만큼 준비시켰는데 변호사의 재치에 불발로 끝나고 말았다.

"하세가와 사장님. 가능하면 재판까지 가지 않고 당사자 간에 해결했으면 하는데요."

"당사자 간에 해결할 순 없겠군요."

마치다의 말에 하세가와는 단호하게 말했다.

"알겠습니다. 그럼 소송하겠습니다. 소장을 준비할 테니 잠시 기다려주십시오. 이만 실례하겠습니다."

그렇게 말하고 마치다와 사에는 일어났다. 사에가 위에서 구도를 노려보았다. 구도가 도발적으로 미소 짓자 사에가 다시 달려들려 했지만, 마치다가 저지해 데리고 나갔다.

"이거 어쩌죠……."

쭉 잠자코 있던 유리코가 망연자실한 듯이 말했다.

"구도 씨. 상대를 화나게 하면 어쩌자는 거예요."

"아니, 유리컵을 던지게 해서 상황을 탈피하려고 했어요."

"당사자 간에 해결할 수 있을지도 모르는데 그렇게 화가 나게 하면 재판까지 가는 게 당연하잖아요."

"상황은 같아요. 하세가와 사장이 시담*으로 해결할 의지가 없었던 이상 원래부터 이 건은 재판 이외의 길은 없었어요."

구도는 하세가와에게 말을 돌렸다. 하세가와는 난처한 얼굴로 잠자코 있었다. 유리코는 한숨을 쉬고 말했다.

"최근에 이런 클레임이 늘었어요. 인공지능 때문에 인간관계가 틀어졌다든지 성적이 떨어졌다든지 말이죠. 이혼 이야기까지 나온 건 처음이지만요."

"우리가 몰랐을 뿐이지 일본 어딘가에선 일어났을지도 몰라."

"더 난감한 상황이잖아요. 지금부터 이런 소송이 늘어나면 우리 회사 규모로는 대응 못해요."

유리코는 넌지시 프리쿠토의 운용 정지를 부추기고 있었다. 눈앞의 트러블을 계기 삼아 프리쿠토 사업을 접자. 그런 꿍꿍이가 보였다.

구도는 아무 말도 하지 않았다. 프리쿠토는 이미 손에서 놓은

*민사상의 분쟁을 재판 이외에 당사자 간에 해결하는 일

프로젝트였다. 미즈시나 하루를 조사하는 일은 다소 재미있어졌지만 없어지면 없어지는 대로 아무 상관없었다.

하세가와는 아무 말 없이 잠자코 있었다. 프리쿠토가 없어도 파이널 임팩트 하나로 몬스터 브레인은 당분간 먹고살 수 있다. 하지만 스마트폰 앱 세계는 한 달 단위로 챔피언이 바뀌는 레드오션이다. 진입 장벽이 높은 프리쿠토 비즈니스를 경영자로서 끌어안고 있고 싶을 테다.

"세나 씨."

하세가와는 마침내 입을 열었다.

"판단하는 건 재판 이후야. 지금 당장 생각할 일이 아니야."

표정으로 드러내지 않도록 노력하고 있었지만, 구도에게는 유리코가 낙담하는 기색이 전해져 왔다.

집으로 돌아왔을 무렵 구도는 흔치않게 지쳐 있었다. 샤워를 하고 스트레칭을 해서 혈류를 온몸에 돌게 했다. 그래서 한결 나아졌지만, 몸에는 묵직함이 남아 있었다. 구도는 책장에서 라프로익 위스키 병을 꺼내 잔에 부어 그대로 홀짝였다.

구도의 집은 시나가와 구 만(灣) 구역에 세워진 임대 아파트였다. 주위에는 타워 팰리스가 줄지어 나란히 서 있었는데, 그것보다 급은 떨어지지만 혼자 살기에는 지나치게 넓을 정도였다. 가구가 적은 방은 밤이 되면 널찍해 보였다.

어제 오늘 여러 가지 일이 있었다. 미즈시나 하루에게는 다소 흥미가 생겼다. 미도리의 직장에 간 것도 좋은 경험이었다. 클레이머와의 대립도 그럭저럭 스릴이 넘쳤다.

하지만 어차피 모든 것은 심심풀이다. 구도의 머릿속에는 그런 생각이 있었다.

미즈시나 하루를 조사하는 일은 한동안 심심풀이가 되겠지. 하지만 이 조사가 어떤 결말을 맞이할지 구도는 예상이 갔다. 하루에 대해서는 아마도 제대로 파악하지 못할 것이다. 정보는 모일지도 모르지만, 영상 데이터나 음성 데이터는 우선 남아 있지 않다. 나름대로 하루를 본뜬 인공지능을 만들고 끝. 앞으로 남은 것은 거대한 산더미 같은 권태로움이었다.

구도는 위스키를 다시 홀짝였다. 피트 향이 강한 스카치는 미각을 기쁘게 해주었지만 마음까지 스며들지는 않았다.

나는 예상을 따라 움직일 뿐이다. 이 따분한 인생에 출구는 없다.

고등학교일 무렵 딱 한 번 자살하려고 했던 적이 있다.

살아 있다 해도 결말이 예상이 갔다. 권태로움에 번민한 채 적당히 심심풀이를 하고 적당히 성공하고 적당히 가족을 만들어서 적당히 돈을 모으고 죽는다. 어차피 그렇게 될 것이다. 긴 세월을 들여 그 길을 따라가는 데 무슨 의미가 있을까? 지금 죽든 50년 후에 죽든 뭐가 다를까.

홈센터*에서 로프를 사 집 안 다다미방의 상인방**에 한쪽을 묶었다. 의자에 올라가서 둥글게 만 다른 한쪽을 목에 걸었다. 의자를 걷어차면 나는 죽는다.

처음 맛보는 죽음의 감촉. 그것은 얼음처럼 차갑고 편안했다.

---

*생활 잡화와 DIY 재료 및 공구를 광범위하게 갖춰놓은 종합 매장

**문틀 윗부분의 하중을 받쳐주는 나무

거대한 권태로움의 산보다도 친근하게 느껴졌다. 구도는 웃었다. 자신이 죽음 가까이에 있는 것이 조금 기뻤다.

하지만 자살은 실패했다. 우연히 집에 돌아온 엄마와 딱 마주쳤기 때문이다. 구도는 부모님에게 호되게 혼이 났고 정신과에 통원하게 되었다. 처음 복용한 항우울제는 효과가 있는지 없는지도 알 수 없었다.

그 이후 구도는 자살하려고 하지 않았다. 부모님이 무서웠던 것은 아니다. 자살하는 것조차도 예상대로라서 그다지 매력적으로 느껴지지 않았기 때문이다.

인공지능 연구. 그것이 '출구'가 되지 않을까 하고 구도는 한때 생각했다. 구도가 이 분야에 발을 들였을 무렵 인공지능은 인간을 뛰어넘는 존재가 되지 않을까 기대와 두려움을 받고 있었다. 초지성의 탄생. 예상조차 할 수 없는 괴물. 그것이 완성된다면 자신의 거대한 권태로움을 덜어주지 않을까 구도는 그런 생각을 했다.

구도는 자신이 만든 괴물에 살해당하고 싶었다. 미도리에게도 말하지 못했던 본심은 그것이었다.

자신의 의지로 움직이는, 예상할 수 없는 괴물. 그것이 탄생한다면 세상 모든 것이 바뀔 것이다. 괴물은 인간 사회를 다음 스테이지로 옮겨다줄지도 모르고 인간 사회를 향해 어금니를 드러낼지도 모른다. 구도는 그것을 만들고 싶었다. 자살하는 것보다도 그쪽이 매력적으로 여겨졌다. 그리고 죽는다면 자신이 만든 괴물에 살해당하고 싶었다.

하지만 현실의 인공지능은 그런 게 아니었다. 인공지능은 초지성 따위가 아니었다. 때로 예상을 뛰어넘는 행동도 했지만 그 예측 불능은 설명 가능한 예측 불능이었다. 권태의 산은 그대로 남아서 그로부터 도망치다시피 살아남았고 정신을 차려보니 벌써 30대 중반이었다.

정신이 들고 보니 구도는 빈 잔을 손에 들고 멍하니 있었다. 뒷맛이 개운하지 않을 것 같다. 그런 예감을 하면서 구도는 위스키를 더욱 부었다.

그때 컴퓨터에서 알림음이 울렸다. 솔라리스 메시지박스의 착신음이었다.

이대로 마셔봤자 술에 취할 뿐이다. 일하는 편이 낫겠지. 구도는 위스키를 옆으로 치우고 컴퓨터를 켰다.

메시지가 네 건 와 있었다. 구도는 그 수에 놀랐다. 솔라리스는 거의 사용하지 않게 된 서비스인데, 미즈시나 하루의 정보를 원하는 사람이 커뮤니티를 매일 순회하고 있는 걸까.

구도는 위에서부터 펼쳐나갔다. '미즈시나 하루는 신의 아이다'라고 쓰인 메시지가 하나. '저도 하루에 대해서 조사하고 있어요. 하루의 정보가 모이면 저한테 알려주세요. 돈은 별로 없지만, 서비스라면 가능해요♡'라는 메시지가 하나. 하루라는 인물은 이런 녀석들을 끌어당기는 자력이라도 있는 걸까. 구도는 한숨을 쉬고 삭제와 차단을 반복했다.

다음 메시지. 구도는 그 송신처를 보고 눈을 가볍게 크게 떴다. 송신자는 'JUNYA'였다. 하루의 마지막 순간을 담은 영상. 그 촬영자였다.

'처음 뵙겠습니다. 메시지 감사합니다. 저는 그 동영상을 올린

다지마 준야입니다.'

구도는 메시지를 얼른 읽기 시작했다. 자신도 하루에게 흥미가 있으니 한 번 만나지 않겠는가? JUNYA한테서 온 답장 내용은 그러한 것이었다. 구도는 메시지 답장을 쓰기 시작했다. 구도도 'JUNYA'를 만나보고 싶었다.

날이 비는 일정을 몇 가지 제시해 답장을 보냈다. 메시지는 한 건 더 와 있었다. '제목 없음'이라고 표시되어 있었다. 구도는 별다른 기대를 하지 않고 그 메시지를 켰다.

본문이 눈에 뛰어 들어왔다. 그쯤에서 구도는 숨을 삼켰다.

'미즈시나 하루에 대해서 캐고 다니지 마. 너도 죽여줄까?'

10

다지마 준야가 지정한 것은 사흘 후 오기쿠보에 있는 패밀리 레스토랑이었다. 평일 낮이기도 해서 아이를 동반한 주부가 넘쳐나고 있었다.

평일 낮을 지정한 것은 다지마 쪽이었다. 사회인에게 있어서는 약속을 가장 잡기 힘든 시간대였다. 무직일까? 가와고에처럼 돈으로 다룰 수 있으면 수월하겠지만…….

구도의 사고는 다지마한테서 협박장으로 흘러갔다. 요 사흘간 구도는 협박장을 쭉 생각하고 있었다.

협박장을 보낸 사람은 'HAL'이라고 적혀 있었다. 그 ID를 조사해보려고 했지만 송신자는 이미 탈퇴한 후였다. 구도를 협박하기 위해서 일시적으로 만든 ID였을까.

그 문장에는 부자연스러운 점이 한 가지 있었다. 너'도' 죽여줄까. 과거에 'HAL'이 누군가를 죽였다는 사실이 암시되어 있었다.

이론적으로 생각해보면 공갈일 가능성이 높다. 살인을 저지른 인간은 거의 존재하지 않는다. 누군가를 죽였다는 사실을 시사해서 협박에 공포심이라는 양념을 가미하고 있을 뿐이다.

하지만 논리적으로 생각했기에 구도는 다른 한 가지 가능성을 배제할 수 없었다. 즉 'HAL'이 정말로 누군가를 죽였을 가능성이 었다.

'HAL'이 과거에 살인을 저질렀다고 치면 피해자는 누구일까.

가능성은 두 가지. 하나는 미즈시나 하루다. 그건 자살이 아니었다. 미즈시나 하루는 자살을 하도록 강요받았든지 함정에 빠졌든지 어쨌거나 그 사건에는 제삼자의 의도가 담겨 있다. 그것을 'HAL'은 살인이라고 부르고 있다.

다른 한 가지는 미지의 누군가다. 일련의 사건 주위에서 죽은 사람은 미즈시나 하루 본인뿐이지만 사실 그 외에도 누군가가 죽었다. 하지만 살인으로 인지되지 않았다.

구도는 그 어느 쪽인지 판단이 서지 않았다. 생각하기 위한 재료가 너무 적었다.

'HAL'은 대체 누구일까.

'미즈시나 하루에 대해서 캐고 다니지 마'라고 한 것은 'HAL'이 미즈시나 하루의 정보를 다시 들춰내는 일로 뭔가 불이익을 받을 인물이기 때문이다.

총을 조달한 구리타일까. 하지만 그는 이미 사법 절차에 따라 재판을 받았다. 그 이상의 불이익이 있을 거라고는 생각할 수 없었다.

가와고에가 말한 '아메'일까. 하루와 '아메'는 특별히 끈끈한 관계였던 듯하다. 그 강도는 협박범이 사용한 말의 강도와 공명하는 느낌이 들었지만, 애초에 구도는 '아메'에 대한 데이터가 거의 없었다. 이 단계에서는 검토도 불가능했다.

어느 것도 제대로 알 수 없었다. 하지만 한 가지 확실히 할 수 있는 말이 있었다. 미즈시나 하루의 조사. 이 건이 갑자기 재밌어졌다는 사실이다. 협박을 받고 구도는 겁을 먹기는커녕 하루에 대한 흥미가 몇 단계 높아졌다.

그때 구도의 휴대전화에 전화가 왔다.

"네. 구도입니다."

"아, 찾았습니다. 지금 그쪽으로 가겠습니다."

구도가 주위를 살펴보자 통통하게 살찐 남자가 손을 들고 이쪽으로 오던 참이었다. 구도는 기분을 전환하고 일어났다.

"처음 뵙겠습니다. 메시지를 보냈던 구도 겐이라고 합니다."

"안녕하세요. 다지마입니다. 반갑습니다."

다지마는 대충 훑어보는 듯한 시선을 구도에게 던지고 앉았다. 구도 또한 다지마를 재빨리 관찰했다. 추남이라고 불러도 될 모양새였지만, 정체를 알 수 없는 에너지가 온몸에서 피어오르고 있었다.

"직업이 주식 투자가입니까?"

구도가 그렇게 묻자 다지마가 히죽 웃었다.

"어떻게 아셨어요? 절 아시나요?"

정체를 알 수 없는 에너지. 그건 돈의 냄새였다.

"평일 낮에 시간을 낼 수 있다는 건 집에서 작업하는 프리랜서나 아르바이트생, 또는 무직. 하지만 다지마 씨는 좋은 옷을 입고 계시죠. 플란넬 셔츠는 보아하니 돌체 앤 가바나. 청바지는 브랜드는 잘 모르겠지만 빈티지라는 건 알겠군요."

"이 정도는 본격적으로 일하면 편의점 아르바이트생도 살 수 있지 않을까요."

"여기까지는 그렇습니다만, 이 손목시계는 살 수 없겠죠. 롤렉스 데이토나 옐로골드. 정식 루트로 사면 300만 엔 정도 하지요. 다지마 씨는 보아하니 20대 초반. 그렇게 젊은데 그런 치장이 가능한 직업은 그리 없지요. 경영자, 프로스포츠 선수, 탤런트, 잘나가는 만화가, 다만 경영은 집에서는 불가능하겠죠. 실례지만 스포츠 선수로는 보이지 않고, 본 적이 없으니 탤런트라고 한다면 잘 안 나가는 부류겠군요. 만화가는 애초에 시간을 낼 수 없을 테고요. 그렇다면 주식 투자가 정도밖에 생각이 안 나는군요."

"명문가의 아들로 막대한 유산을 받아 놀면서 먹고살고 있다. 그런 가능성도 있지 않을까요."

"아아, 그건 생각 못 했군요. 지인 중에 명문가의 아들이 없어서 말이죠."

구도가 한 발 물러서듯이 말하자 다지마는 만족한 듯 수긍했다. 선수를 잡았다고 구도는 생각했다. 영리함을 악취미처럼 과시하는 상대에게 호감을 가지는 사람. 다지마가 그런 타입이라는 사실을 구도는 처음 보고 간파했다.

동시에 다지마가 명문가의 아들이 아니라는 사실도 구도는 알고 있었다. 옷차림의 조화에 센스가 없었고 콘셉트도 느낄 수 없었다. 우선 비싼 걸 사 모아서 몸에 걸치고 있다. 올바르게 성장한 인간은 이런 저질스런 행동은 하지 않는 법이다.

"평일에 혼자 모니터를 보고 있으면 우울해져요. 주식 투자가라는 건 어쨌거나 1초도 쉴 수 없으니까요. 그래서 사람을 만날 용건은 평일 낮에 넣어서 거래에서 거리를 두려고 하고 있어요. 일부러 오시게 해서 죄송합니다."

"괜찮습니다. 바쁘실 텐데 시간을 내주셔서 감사합니다."

다지마는 다가온 웨이트리스에게 초콜릿 선데이 아이스크림을 주문했다. 구도는 음료를 주문했다.

"얼른 본론에 들어갈까요. 휴식이라고 해도 몇 시간이나 비울 순 없거든요."

"알겠습니다."

구도는 고개를 끄덕이고 자료 하나를 다지마에게 건넸다.

"이쪽 질문은 간단합니다. 메시지로도 보냈습니다만, 미즈시나 하루에 대해서 현재 조사하고 있습니다. 다지마 씨는 직접적인 지인은 아닌 것 같지만, 뭔가 아는 게 있다면 가르쳐주십시오."

"미즈시나 하루 말이군요. 또 그리운 이름이 나왔군요. 제 동영상 보셨어요?"

"봤습니다."

"그 동영상은 유명하니까 말이죠. 유튜브에서 500만 번 정도 재생됐고 덕분에 그럭저럭 광고 수입도 들어왔죠. 방송국에서도 틀어도 되냐는 요청이 있었지만, 역시 회의에서 통과되지 못했는지 지상파로는 안 나갔어요."

마치 공적을 떠들어대듯이 다지마는 말했다. 그 말에는 역시

간접적이긴 하지만 사람을 죽였다는 죄책감이 전혀 없었다.

솔직한 인간이라고 구도는 생각했다. 솔직하게 일직선으로 똑바로 살아와서 현실을 강제로 굴복시켜온 인간이다. 강한 인간은 거짓말을 할 필요가 없다. 계속해서 솔직하게 살아갈 수 있다.

"그런데 어째서 미즈시나 하루에 대해서 조사하는 거죠?"

초콜릿 선데이 아이스크림이 나왔다. 보기만 해도 가슴이 타들어 갈 듯한 지방과 당분 덩어리였다. 다지마는 그것을 뭉개면서 말했다.

"그 드론 사건은 이미 6년 전 일이에요. 화제성도 다 떨어졌고 지금은 마니아 이외에는 언급하지도 않아요. 왜 이제 와서 그 사건을 다시 들춰내는 거죠?"

구도는 대답을 생각했다. 거짓말을 한다는 선택지도 있었다. 하지만 다지마 같은 인간을 상대로는 사실을 이야기하는 편이 이야기가 빠를 듯했다.

"다지마 씨는 게임에 대해 잘 아는 편이니 아실 거라 생각하지만, 저는 몬스터 브레인이라는 회사에서 프리쿠토라는 앱을 개발하고 있습니다. 담당은 인공지능 설계입니다."

"물론 알고 있어요. 오호, 당신이 그걸 만들었다고요?"

"여기서부터는 기밀 사항이니 비밀을 지켜주셨으면 하는데, 현재 사내에서 고인을 인공지능화해서 프리쿠토로 만들자는 이야기가 나오고 있습니다. 그리고 후보로 꼽히고 있는 게 미즈시나 하루입니다."

"뭐라고요?"

다지마는 초콜릿 선데이 아이스크림을 뒤집던 손을 멈추었다.

"왜 또 그런 짓을 하려는 거죠? 미즈시나 하루는 범죄자예요. 괜찮겠어요?"

"어디까지나 프로토타입입니다. 진짜로 교섭하려는 사람은 따로 있습니다. 다만 진짜 쪽 이야기를 정리하려면 시간이 걸릴 테고 이야기가 결정된 후에 '기술적으로 만들 수 없습니다'라고 하면 말이 안 되죠. 그래서 개발팀에서 상담해서 우선은 미즈시나 하루로 시험해보기로 한 겁니다."

"그렇다 해도 왜 미즈시나 하루죠? 다른 사람도 있잖아요?"

"사내에 팬이 있어서요. 그리고 완성도가 괜찮으면 하루의 인공지능도 상품으로 만들자는 이야기도 나오고 있습니다. 하루는 가족이 없는 데다 일본 전국에 고정 팬이 있습니다. 하루를 상기시키는 가공의 이름으로 발매하면 비즈니스가 될지도 모릅니다."

"당신들 지독하군."

다지마는 그렇게 말하면서도 어딘가 기쁜 것 같았다. 구도는 다시 한 번 "밖에는 새어나가지 않도록 해주십시오"라고 못을 박았다. 다지마 같은 꼿꼿한 타입에게는 이걸로 충분히 입막음이 될 것이다. 돈도 궁하지 않으니 이 이야기를 어딘가에 팔지도 않을 것이다.

"다만 가족이 없다는 건 어디서부터 손을 대면 좋을지 모르겠다는 뜻이기도 합니다. 그래서 다지마 씨에게 접촉을 시도한 겁니다. 이게 지금까지의 흐름입니다."

"그렇다 해도 난 미즈시나 하루에 대해서 제대로 몰라요."

"다지마 씨는 〈리빙데드 · 시부야〉의 헤비유저였죠. 저는 그녀의 게임을 해본 적이 없습니다. 하루 씨의 작품을 누구보다 많이 접한 사람의 소감을 들으면 거기서부터 이해의 입구가 열릴지도 모르죠."

"흐음……."

다지마는 팔짱을 꼈다. 어디서부터 무엇을 어떻게 이야기하면 좋을까. 그것을 계산하는 소리가 어수선하게 울려 퍼져 왔다.

"한마디로 말하자면 재미있는 게임 크리에이터였어요. 〈리빙데드 · 시부야〉뿐만이 아니에요. 그녀가 만든 게임은 전부 다 재미있었어요."

"다른 게임도 해본 적 있어요?"

"네. 있어요."

찾아도 나오지 않았던 정보가 느닷없이 나왔다. 자세히 듣고 싶었지만 자제했다. 욕망을 간파당하면 허점이 드러날지도 모른다.

"그 사건 후 난 미즈시나 하루가 공개했던 게임을 한 차례 입수해서 해봤어요. 발견한 게임은 〈리빙데드 · 시부야〉를 포함해서 총 세 개였죠. 인터넷을 여기저기 조사했지만 이 세 개 말고 공개된 건 찾을 수 없었어요."

"어떤 게임이었죠?"

"집에 가면 있어요. 나중에 보내드릴까요?"

"정말입니까? 꼭 부탁드립니다."

"조금 전에 받은 명함 이메일 주소로 보내드릴게요."

다지마는 그렇게 말하고 말을 이어나갔다.

"하루가 만든 게임. 그중 하나는 퍼즐게임이고 다른 하나는 액션게임이에요. 크리에이터로서 재미있다고 말한 건 뭐랄까 독자적인 세계관이 있어요, 하루의 게임에는."

정신을 차리고 보니 다지마는 무시무시한 기세로 초콜릿 선데이 아이스크림을 다 먹어치우고 있었다. 그리고 천천히 말했다.

"전 중학교 시절에 등교거부를 했어요."

뭐라고 반응해야 좋을지 몰라서 구도는 애매하게 고개를 끄덕였다. 다지마는 웃었다.

"아니, 배려 안 하셔도 괜찮아요. 확실히 학교에서 괴롭힘을 당하고 있었고 내가 있을 곳은 없었지만, 인터넷에는 학교의 쓰레기 녀석들보다 훨씬 지적이고 마음 맞는 친구가 많았으니까요. 그렇게 은둔형 외톨이인 10대를 보내던 중에 주식에 빠져 투자가로 먹고 살게 되었죠."

"멋지네요."

"고맙습니다. 인터넷은 가상이다. 실제 커뮤니케이션을 하지 않으면 제대로 된 인간으로 성장하지 못한다. 세상에는 그런 이야기가 나돌지만 그런 건 처세밖에 능력이 없는 무능한 인간들의 의견이에요. 난 동급생 누구보다 돈이 있어요. 한심한 상사에게 아부를 떨 필요도, 멍청한 고객에게 머리를 조아릴 필요도 없죠. 친구도 인터넷 세계 안에 있고요. 진짜 커뮤니케이션과는 거리가 멀지도 모르지만 난 인생이 즐거워요. 이건 이것대로 풍부해요. 그렇게 생각하지 않아요?"

"생각해요."

상대의 비위를 맞춰주는 것도 있지만, 구도는 기본적으로 동의했다.

"프리쿠토 같은 게임을 만들고 있으면 동일한 비난을 받아요. 인공지능과의 연애는 진짜가 아니라든지, 실제 인간관계야말로 중요하다든지. 하지만 그건 거짓이죠. 왜냐하면 인간은 세상이나 타자를 접하고 있는 듯해도 사실 자신의 뇌가 인식한 환영을 보고 있는 데 지나지 않으니까요. 모든 것은 뇌가 처리한 정보죠. 진짜 세계도 가상 세계도 같은 것이라 할 수 있죠."

"구도 씨는 꽤 재밌네요. 이런 소릴 하면 죄송하지만, 같은 냄새가 나는 것 같아요."

다지마의 태도가 더욱 우호적으로 바뀌었다. 구도는 동의하듯이 미소 지었다.

"이야기가 벗어났군요. 내가 왜 신상 이야기를 했냐면 미즈시나 하루도 그런 인간이 아니었을까 싶어서예요."

"그런 인간이라뇨?"

"현실 세계에 있을 곳이 없는 인간 말이죠."

다지마가 말했다.

"그녀가 만든 게임을 하면 알 수 있지만 전부 다 세계관이 어둡고 닫혀 있어요. 〈리빙데드 · 시부야〉는 온 세계가 좀비에 점령당한 후의 시부야가 무대예요. 이건 세상의 끝이죠. 다른 게임에서도 같은 향기가 나요."

"어두운 세계관을 바탕으로 한 게임을 만드는 사람은 세상에 많은 것 같은데요."

"그냥 어둡기만 한 게 아니에요. 하루의 게임에는 출구가 없어요."

"무슨 뜻이죠?"

"엔딩이 없어요. 〈리빙데드 · 시부야〉에서는 좀비를 아무리 죽여도 세계에 평화는 찾아오지 않아요. 다른 게임도 그래서 어두운 세계에서 탈출하는 게 미션이지만 아무리 해도 나갈 수가 없어요. 그런 게임을 쭉 독립 제작해온 사람이니 상당히 꼬여 있지 않으려나 싶어요."

"하루는 말수가 적고 무슨 생각을 하는지 도통 알 수 없었다. 그런 증언은 몇 사람한테서 받은 상태입니다."

"그럴 거라고 생각해요. 내가 〈리빙데드 · 시부야〉에 몰두했던 것도 게임 자체가 재미있기도 했지만 그런 부분에서도 공감했기 때문이라고 생각해요. 그 무렵의 난 장래를 여러모로 생각했지만 출구가 보이지 않았으니까 말이죠."

"다지마 씨의 의견에는 동의합니다. 하지만 그렇게 생각하면 부자연스러운 점이 있어요."

"드론 사건이죠?"

다지마의 질문에 구도는 고개를 끄덕였다.

"그건 이른바 극장형(劇場形) 범죄예요. 어둡고 자신의 내면에 갇혀 있는 인간이 그런 짓을 할까요?"

"뭐, 사람은 벼랑 끝에 몰리면 무슨 짓을 할지 모르는 법이니까요. 현실 세계에 있을 곳이 없는 소녀가 세상을 향해 어금니를 드러낸다. 불가능한 이야기는 아니라고 생각하는데요."

"그게 테러 사건이라면 이해가 가요. 하지만 그건 자살이었어요. 죽은 건 하루 본인뿐이에요. 그 점을 잘 모르겠어요."

"글쎄요."

다지마는 생각하기 시작한 것 같았다. 구도는 커피를 홀짝였다. 어째서 밖에서 마시는 커피는 어느 가게든지 이렇게 맛이 없는 걸까. 그런 생각을 하면서 다지마의 말을 기다렸다.

"하루의 게임에는 어느 것이든 히든 모드가 있어요."

다지마가 갑자기 말했다.

"히든 모드?"

"네. 코나미 커맨드*가 유명한데, 특수한 커맨드를 치면 숨겨진 요소가 나오는 경우가 게임에 있잖아요. 하루의 게임에는 그런 요소가 반드시 숨겨져 있어요."

"예를 들어 어떤 건가요?"

"〈리빙데드 · 시부야〉에서는 모든 보직의 습득 포인트를 맥시멈까지 올리면 좀비를 선택할 수 있게 돼요. 늘 쓰러뜨리던 좀비의 시점에서 다른 플레이어와 싸울 수 있게 되죠. 다른 게임에도 그런 요소가 있어요."

무슨 소리를 하고 싶은 건지 알 수 없었다. 다지마는 이어서 말했다.

"즉 하루라는 사람은 한마디로 단정 지을 수 없는 인간이지 않았을까요. 평면적이지 않다고 할까, 모순을 끌어안고 있다고 할까. 그런 사건을 일으킬 소지를 마음속에 숨기고 있었다고 할까. 설명이 조금 어중간하지만요."

확실히 어중간한 이야기였다. 다지마 자신이 납득하지 못하는 것도 이해가 되었다.

여기부터는 스스로 판단해야 하지 않을까. "그럼 그 두 게임을 보내주실 수 있을까요? 미즈시나 하루에 대해서는 조사가 진행되면 연락드리겠습니다." 구도가 그렇게 말하고 일어나려고 했을 때 다지마가 말했다.

---

*일본 게임 회사 코나미의 치트 코드의 일종

"또 한 가지 있어요. 이건 이야기할까 말까 망설였는데."

구도는 다시 앉았다. "뭔가요?"

"그 영상을 보고 눈치 채셨나요? 구도 씨."

"눈치 채다뇨? 뭘 말인가요?"

"지금 잠시 봐도 될까요?"

다지마는 그렇게 말하더니 스마트폰을 꺼내 동영상을 재생하기 시작했다.

스크램블 교차로에 내려온 드론. 좀비와 한바탕 싸우고 드론은 빌딩 옥상으로 올라갔다. 우두커니 서 있는 좀비 하나. 미즈시나 하루.

"여기예요. 자세히 봐요."

다지마가 중얼거리듯이 말했다. 드론은 좀비에게 다가가서 사격했다. 좀비는 날아가서 쓰러진 채 움직이지 않았다. 암전.

"눈치 채셨어요?"

"뭐 말인가요?"

"다시 한 번 보세요."

퀴즈를 즐기는 듯한 다지마의 모습에 구도는 짜증이 조금 났지만 물론 겉으로는 드러내지 않았다. "부탁합니다." 진지하게 보이도록 말했다.

다지마는 동영상을 조금 앞으로 되돌렸다. 옥상에 올라간 드론은 좀비에게 조금씩 다가갔다.

"여기예요."

그곳에서 동영상을 멈추었다. 저격하기 직전의 순간이었다.

"좀비. 유심히 봐요."

재생. 구도는 좀비의 모습을 구멍이 뚫어져라 바라보았다. 그리고 그때 다지마가 무엇을 말하고 싶어 하는지 알았다.

"알겠어요."

"그래요?"

다지마는 기쁜 듯이 얼굴을 일그러뜨렸다.

"뭔가 말하고 있어요. 이쪽을 향해서."

좀비의 입이 미묘하게 움직이고 있었다. 총에 맞기 직전. 하루는 무언가를 중얼거리고 있었다.

11

이튿날은 몬스터 브레인에 출근하는 날이었다.

출근 시각 한 시간 전, 구도는 '분수 공원'에 있었다. 회사 근처에 있는 공원의 원형 부지 중앙에 화려한 분수가 배치되어 있었다. 밤에는 일루미네이션도 장식되어서 커플들로 시끌벅적한 것 같았다.

구도는 이 장소를 좋아했다. 오피스가의 한가운데. 각박하기 그지없는 도시 안에서 이 공원은 시간의 흐름이 느긋했다. 개와 산책을 하고 있는 가족. 문고본을 펼친 노인. 꽃을 보면서 걸어가고 있는 정장 차림의 여자 회사원.

구도는 벤치에 앉아서 노트북을 펼쳤다.

다지마의 동영상을 다시 보았다. 구도는 다운로드한 동영상을 재생해서 마지막 1분 무렵에 플레이어를 맞췄다.

드론이 빌딩 위로 떠오른다. 그곳에 우두커니 서 있는 좀비 하

나. 양손을 펼친다. 그리고 그때 좀비는 무언가를 말하고 있다. 입술의 움직임까지는 잘 알 수 없었다.

두 번 말한 것 같았다. 우선 짧은 한마디. 그리고 좀 더 긴 한마디.

"'아메'."

문득 번뜩였다. 짧은 말은 '아메'다. 입술까지는 읽을 수 없지만, 좀비의 입이 벌어지고 '아' 모음과 '에' 모음의 두 글자가 발음된 것을 파악할 수 있었다. 입수한 자료만으로 생각하면 '아메' 이외에는 없을 듯한 느낌이 들었다.

후반의 말도 독해하려고 했지만 이쪽은 움직임이 복잡해서 알 수 없었다. 독화술의 프로에게 물어봐도 알아들을 수 없겠지. 좀비의 곁에는 아무도 없었다. 하루가 중얼거린 말은 이미 누구도 알 수 없었다.

시간의 흐름의 부스러기가 되고 말았다.

—'아메'를 위해서 지금부터 게임을 만든다. 그 녀석은 그렇게 말했어요.

가와고에의 말을 구도는 떠올렸다. 하루에게 있어서 특별한 존재였다는 '아메'. 대체 누구였을까.

구도는 브라우저를 켜서 '문 리버'를 검색했다. 오드리 햅번이 기타를 한손에 들고 노래하는 영상이 나왔다. 〈티파니에서 아침을〉에서 나오는 한 씬이었다.

달빛이 흐르는 넓은 강아
나 언젠가 당신을 건너보이리라
꿈을 주는 것도 당신, 부수는 것도 당신

당신이 어딜 가든지 난 따라가겠어

구도는 영문과 번역한 가사를 메모장에 복사해서 보존했다. 원문은 시적이라서 알아듣기 힘든 면도 있었지만 오랜 벗과 함께 살아가겠다는 가사인 것 같았다.

—'이 곡을 사용할 수 있으면 사용하고 싶다'고 말했어요.

가와고에가 말했던 하루의 발언. 확실히 이상한 말이었다. 상업용 게임을 만들었더라면 저작권 문제가 달려 있었을 테지만, 하루가 만든 것은 '아메'만을 위한 게임이다. 사용하고 싶은 노래가 있다면 사용하면 된다.

구도는 우선 몇 가지 수수께끼를 보류해두기로 했다. 메일 프로그램을 켜서 메일함을 살펴보았다.

그 후 다지마한테서 메일이 도착해 있었다. 그곳에는 두 가지 첨부 파일이 있었고 '하루가 만든 게임을 보냅니다'라는 메시지가 곁들여져 있었다.

노이즈 캔슬링 이어폰을 귀에 꽂았다. 광장의 떠들썩함이 청각에서 배제되고 무음이 귓속에 퍼졌다. 구도는 다지마로부터 받은 게임을 켰다.

검정 배경의 윈도우가 켜졌다. 검은 바탕의 종이에 빨간 글자가 페이드인했다.

'A GAME'

이게 게임 타이틀인가 싶었지만 그렇지는 않았다. 바로 음악이 재생되었고 타이틀 화면이 표시되었다. 〈Black Window〉라는 타이틀의 게임이었다.

미즈시나 하루의 게임은 세 가지가 있었다. 퍼즐게임과 액션게임 그리고 〈리빙데드 · 시부야〉였다. 이것은 그중 퍼즐게임인 것 같았다.

게임을 개시하자 빨간 글자가 화면에 그림을 그려나갔다.

나는 어두운 숲속에 갇혀 있다.

검은 창문을 깨야만 한다. 어둠이 물러설 테니까.

하얀 창문을 깨서는 안 된다. 빛이 비추지 않으면 길이 보이지 않으니까.

빨간 창문을 깨서는 안 된다. 피가 멈추지 않게 될 테니까.

숲에서 빠져나가야 한다. 나는 그렇게 생각한다.

메모장을 켜서 그 문장을 베껴 쓰려던 차에 화면이 바뀌고 게임이 시작되었다. 뭐, 베껴 쓰는 건 나중에 해도 되겠지. 구도는 게임을 시작했다.

뭔가 그럴 듯했던 프롤로그와는 대조적으로 게임 내용은 지극히 심플했다. 이른바 '위에서 떨어지는' 퍼즐 게임으로, 위에서 내려오는 창문 블록을 나란히 모아서 지워나간다. 하얀 창문과 빨간 창문을 지우면 감점. 하얀 창문보다도 빨간 창문 쪽이 점수를 크게 빼앗아갔다.

딱히 새로운 아이디어는 발견하지 못했지만 다지마가 말한 대로 조작성은 좋았다. 패미콤 풍의 단조로 구성된 음악도 듣고 있으니 기분이 좋았다. 구도는 게임 오버가 될 때까지 한 차례 게임을 플레이했다.

—하루의 게임에는 출구가 없다.

다지마의 말대로 〈Black Window〉에는 클리어라는 개념이 없는 듯했다. 오로지 계속 플레이해서 하이스코어 경신을 목표로 삼아 나간다. 엄격하게 높은 목표를 추구하는 게이머에게는 이걸로 괜찮을지도 모르지만 자신 같은 라이트 게이머에게 있어서는 일정 기간에 클리어라는 보상을 받을 수 없는 것이 괴로웠다. 구도는 게임 윈도우를 껐다.

또 다른 게임을 켰다. 또 다시 'A GAME'이라는 글자가 표시되었다.

—그 녀석 여러 가지에 'A'를 붙여서 불렀어요.

가와고에의 말을 떠올렸다. 이 캐치프레이즈를 서두에 넣는 것이 하루의 작법이리라.

두 번째 게임은 〈Sleuth〉라는 이름의 게임이었다. 번역하면 '탐정'일까. 메뉴 화면이 표시되었다. 구도는 '튜토리얼'이라는 항목을 클릭했다.

'스루스는 밤거리의 주인이다. 밤거리에는 악인이 많이 살고 있다. 악인을 죽여서 밤을 정화시키자. 이윽고 새벽이 찾아온다.'

그런 문장 아래에 조작 방법이 쓰여 있었다. '탐정'이라고 하니 수수께끼를 풀어나가는 어드벤처 게임일까 싶었지만 단순한 액션게임인 것 같았다.

게임을 스타트시키자 'Night 1'이라는 타이틀이 나오고 어둑어둑한 배경에 시꺼먼 사람 형체가 나타났다. 그가 주인공인 '탐정'

일까. 구도는 연이어 덮쳐오는 '악인'을 닥치는 대로 총으로 쐈다.

지도를 여기저기 돌아다니며 20명 정도 되는 '악인'을 쏘아죽인 가운데 효과음과 함께 'Sunrise?' 하는 메시지가 나왔다. 얼마 지나지 않아 'Night 2'가 시작되었다. 적의 공격은 기세를 더했고 구도는 당하고 말았다. 꽤 어려웠다.

'〈Sleuth〉에는 히든 테크닉이 있습니다. 타이틀 화면에서 start noon이라고 키보드를 치면 밤이 아니라 낮이 됩니다. 〈Black Window〉에서는 일부러 빨간 창문을 연속으로 다섯 번 깨뜨리면 2배의 속도로 플레이할 수 있게 됩니다.'

다지마의 메일에는 그렇게 쓰여 있었다. 이것이 앞에서 말했던 히든 모드인 것 같았다. 하지만 느긋하게 게임을 즐길 시간은 없었다. 구도는 다지마에게 답장을 쓰기 시작했다.

'게임 보내주셔서 감사합니다. 바로 플레이해봤는데 공교롭게도 마지막까지 할 시간이 없으니 〈Sleuth〉의 결말이 어떻게 되는지만 알려주실 수 없겠습니까?'

메일을 보내고 이번에는 〈Black Window〉와 〈Sleuth〉를 동시에 기동시켰다. 그리고 개발자의 이력을 조사했다. 뭔가 발견되지 않을까 했지만 양쪽 다 'Powered by Project HAL'이라는 표시가 되어 있을 뿐 그 이상의 정보는 보이지 않았다.

게임에서 받은 인상은 다지마가 말한 대로였다. 게임으로서 참신하지는 않지만 조작에 공을 들여서 개발자로서의 기량을 느끼게 했다.

세계관도 독특했다. 어두운 숲. 밤의 세계. 양쪽 다 주인공은 어둠이 지배하는 세계에 살고 있고 그 정화를 목표로 한다. 이것은 〈리빙데드 · 시부야〉와도 공통성을 가지고 있었다.

그때 컴퓨터에서 소리가 울렸다. 다지마한테서 온 답장이었다. 이미 시장이 열렸을 시각이었다. 이 시간에는 인터넷에 들러붙어 있으리라.

"'스루스'는 50단계까지 있어요. 라스트 보스는 주인공의 분신, 탐정의 낮의 모습이라는 뻔한 설정이고요. 탐정은 분신을 죽이고 밤의 세계에서 탈출하려고 하지만 그러자 밤의 자신도 죽고 말죠. '새벽은 찾아오지 않았다'는 메시지가 나오고 엔딩이었어요."

그렇구나, 파악했다. 구도는 얼른 감사 메일을 썼다.

주인공은 어둠의 세계에 있고 그 정화를 목표로 한다. 하지만 결국 정화의 순간을 맞이할 수 없었다. 〈Black Window〉와 〈리빙데드 · 시부야〉에서는 영원히 어둠의 세계를 계속 헤맨다. 〈Sleuth〉에서는 밤의 세계에서 빠져나오려고 하자 자신이 죽고 만다.

작품이 그 작자의 인격을 투영시키고 있다고는 단정 지을 수 없다. 하지만 구도는 이 게임들이 미즈시나 하루의 인격과 불가분하다는 생각이 들었다. 어둠에 사로잡혀 그곳에서 빠져나올 수 없다. 하루는 그런 기분을 품고 있었던 게 아닐까.

어둠의 세계에 있다. 그곳에서 빠져나오고 싶어도 빠져나올 수 없다. 구도는 가면 속에 본심을 숨기고 있는 자신이 그것과 겹쳐지는 느낌이 들었다.

12

회사로 돌아와 야나기다와 합류했다. 오전부터 이어진 회의 때문인지 야나기다는 안색이 조금 나빴다.

"CTO 따윈 되는 게 아니었어요. 정말로……."

회의실에서 서로 마주하자 우선 불평이 나왔다.

"내가 적임일지도 모르지만 난 본질적으로 크리에이터지 매니저가 아니에요. 구도 씨니까 말하는 건데, 사내 정치 같은 거 내 알 바 아니에요……."

아아. 코드가 쓰고 싶어. 그렇게 말하고 야나기다는 책상에 엎드렸다.

"야나기다, 무슨 일이야?"

"세나 유리코 말이에요. 그 녀석 프리쿠토 재판 건으로 괜히 고압적인 태도로 나와서 회사에 리스크를 주는 상품은 더 이상 팔지 말라고 하는 거예요. 개발한 우리도 무책임하다는 둥 문제를 방지하지 못하는 건 기술력이 낮기 때문이지 않냐는 둥 나오는 대로 말을 막 해요."

"그건 심하군."

"정말 그래요. 외부와 다툴 때를 대비해서 너희 영업을 고용한 거 아니냐는 생각이 들더라고요. 우리가 제품을 만들어서 밥 벌어먹는 주제에 웃기는 소리를 하고 있어요."

구도는 야나기다가 이만큼 화가 난 것을 처음 보았다. 보통 화를 내지 않는 사람이 화를 내면 무섭다고 하는데, 야나기다의 분노는 어딘가 차분했다.

"음, 이번에 스시라도 쏠게. 그것보다 그 후로 어때? 시오자키 마치 이야기."

"하세가와 씨랑 몇 번인가 이야기해봤지만 딱히 진행된 게 없는 것 같아요. 뭐, 그야 그렇겠죠. 어설프게 이런 이야기를 꺼냈다간 상대가 불신을 품을지도 모르잖아요. 천천히 진행해나갈 것 같아요."

"그렇겠지."

"그리고 최근에 하세가와 씨는 파이널 임팩트 쪽에 관심이 쏠린 것 같아요. 그래서 진행이 더딘 것도 있어요."

"이야기 자체가 없어질 것 같아?"

"없어지지는 않을 것 같은데⋯⋯ 글쎄요."

야나기다는 정말로 모르는 것 같았다. CTO로서 경영 방면에도 관여하고 있을 테지만 아무래도 이런 종류의 의사 결정에는 그다지 권한이 없는 듯했다.

프리쿠토 따윈 사라져도 상관없다. 지금까지 그렇게 생각했지만, 기껏 조사가 조금 즐거워진 참이다. 가능하면 이 프로젝트를 조금 더 진행시키고 싶었다.

"일단 난 지금까지 하던 대로 미즈시나 하루에 대해 계속 조사할게. 괜찮겠지?"

"그건 괜찮을 거예요. 현시점에서 큰 안건도 없고 말이죠."

"그럼 지금까지 한 조사 결과를 들어볼래?"

미즈시나 하루에 관한 조사를 시작한 지 때마침 일주일이 되었다. 구도는 지금까지의 경과를 이야기했다. 다만 협박 건만큼은 덮어두었다. 경찰이 얽히게 되면 번거로워지니 말이다.

"거기까지 조사한 거예요⋯⋯?"

구도의 보고를 듣자 야나기다는 목소리를 높였다. 감탄의 목소리였지만, 조금 황당하다는 어조도 섞여 있었다.

"미즈시나 하루의 대략적인 인격은 알겠지만 아직 중요한 부분은 전혀 모르겠어. 구리타 요시토는 지금 찾고 있는 참이야. 그 탐정한테 부탁해서 말이지."

"그렇게까지 하는 거예요? 전 좀 뭐랄까, 적당하게 그럴 듯한 물건을 만들면 되지 않나 생각했어요."

"그렇게까지 해야지. 여기서 철저하게 해두면 진짜 개발에 들어갔을 때 편해지잖아."

구도는 이어서 말했다.

"하지만 현재 상태에서 알아볼 수 있는 데는 인터넷에서 조사하는 것 정도밖에 없어. 정보원이 부족해. 뭔가 좋은 아이디어가 없을까."

"으음……. 하루가 다니던 학교를 찾아보는 게 있겠죠."

"그건 생각해봤어. 개인 정보 보호 관점에서 제대로 된 정보는 알려주지 않을 테지만."

구도는 중얼거리면서 한 가지 아이디어를 생각해냈다.

"하루가 다니던 고등학교는 알고 있어. 그렇다면 페이스북 같은 실명제 SNS를 파다보면 하루의 동급생을 찾을 수 있을지 몰라. 그 사람들에게 메시지를 보내는 건 어떨까?"

"그건 확실히 가능할 법하긴 한데요……."

"하루의 고등학교 시절의 사진. 그 사진엔 세 명의 친구가 찍혀 있었어. 그 누군가를 만나면 좀 더 나은 정보가 나올지도 몰라."

"구도 씨."

야나기다의 목소리가 경고처럼 울려 퍼졌다.

"그렇게까지 하지 않아도 되지 않을까요?"

"조금 전에도 말했지만 진지하게 안 하면 나중으로 이어지질 않아."

"하지만 자칫하면 그거 신고당할 거예요. 회사도 미묘한 시기고 말이죠."

"몬스터 브레인이란 이름은 일절 안 댈 거야. 그렇다면 문제가 된다고 하더라도 나 개인의 행동이었다고 주장할 수 있어. 그렇지?"

"뭐, 그거라면 괜찮겠지만요……."

회사보다도 구도의 안전을 염려해주고 있다. 야나기다가 그런 남자라는 사실은 알고 있지만 구도는 충고를 들을 마음이 없었다. 모처럼 재밌어졌다. 갈 수 있는 데까지 가보고 싶었다. 구도의 마음에 희미한 불꽃이 일었다.

야나기다와 대화를 나눈 후 하세가와와 이야기하려고 했지만 그는 출장으로 사내에 없었다. 업무를 끝내고 귀가한 구도는 전부터 하려고 생각했던 작업에 임했다. 미도리한테 받은 스마트워치에 프리쿠토를 인스톨하는 일이었다.

미도리한테서 받은 시계는 쾌적했다. 디자인도 괜찮았고 메일 착신 등도 스마트폰을 사용하지 않아도 볼 수 있었다. 전화 기능은 달려 있지 않았지만, 그 외에는 문제가 없었다. 프리쿠토도 이곳에 저장해두면 보다 편리하게 인공지능과 이야기할 수 있을 것 같았다.

스마트워치를 무선랜에 접속해서 프리쿠토를 다운로드했다. 용량이 큰 소프트웨어였기 때문에 인스톨하는데 시간이 잠시 걸렸지만, 나머지는 구도의 ID로 로그인하면 대화 데이터를 이어받을 수 있는 설계였다.

인스톨이 시작된 것을 보면서 솔라리스에 로그인했다. 메시지는 오지 않았다. 구도는 미즈시나 하루 커뮤니티에 접속해서 게시판을 열었다.

'여러분 안녕하세요. 다시 소란스럽게 해서 죄송합니다. KEN입니다.

하루 씨에 관한 정보를 제공해주신 분들 감사합니다. 이어서 귀중한 정보를 모집하고 있습니다.

하루 씨가 다니던 초중고등학교, 하루 씨가 혼자 살기 시작한 때부터의 정보, 뭐든 상관없습니다. 사소한 정보라도 괜찮습니다. 특히 학우 여러분한테서 연락 기다리고 있습니다. 사례도 준비했습니다. 잘 부탁드립니다.'

굳이 뻔뻔스러운 내용을 쓰도록 유의했다. 하루의 동급생의 안테나에 걸리려면 눈에 띄는 것이 중요했다.

구도는 다음으로 페이스북에 접속했다. 하루가 다니던 고등학교를 검색하자 졸업생으로 보이는 사람이 200명 정도 나왔다. 구도는 그들의 생년을 보고 하루와 같은 학년인 사람을 골라나갔다.

하루와 함께 찍혀 있던 그 세 사람. 그녀들 가운데 누군가가 검색되면 최고겠지만 발견된 것은 그 이외의 두 사람, 모두 다 남성이었다. 구도는 그들에게 다이렉트 메시지를 썼다. 미즈시나 하루의 정보를 모으고 있다. 뭔가 아는 게 있다면 가르쳐줬으면 한다. 사례는 하겠다.

우선 현재 상황에서 쓸 수 있는 방법을 썼다. 나머지는 물고기가 걸리기를 기다릴 뿐이다. 구도는 일어나서 등줄기를 쭉 폈다. 그때였다.

컴퓨터에서 알림음이 울렸다. 솔라리스 메시지박스에 착신이 있었다. 구도는 다급히 다시 앉아 메시지를 열었다. 그리고 침을 삼켰다.

'내 충고를 듣지 않는 걸 보니 정말로 죽고 싶은가 보군. 잘 들어. 지금부터는 농담으로 끝나지 않을 거야. 더 이상 미즈시나 하루의 정보를 캐고 다니지 마. 경고는 두 번까지다. 세 번째는 없어.'

'HAL'이었다. 실시간으로 도착한 협박 메시지. 구도는 다급히 'HAL'의 프로필을 검색했다. 하지만 그곳에는 아무것도 적혀 있지 않았다. 이번에도 1회성 ID인 것 같았다.

생각을 전환했다. 구도는 'HAL'에게 답장을 쓰기 시작했다.

'당신 누구야? 나와 만나줬으면 해. 나쁜 짓은 안 할 거야. 연락해주지 않겠어?'

바로 메시지를 송신하려고 했지만 늦었다. '메시지를 송신할 수 없습니다' 하는 알림이 표시되었다. 구도가 메시지를 쓰는 도중에 'HAL'이 탈퇴해버린 것이다.

무의미하다는 사실은 알고 있었지만 구도는 펼친 페이지를 모두 인쇄하고 스캐너로 스캔했다. 5분 정도 만에 작업을 마치고 탈퇴한 'HAL'의 페이지를 다시 쳐다보았다.

바로 조금 전까지 구도는 네트워크를 통해 'HAL'과 서로 마주하고 있었다. 그곳에 확실히 'HAL'은 있었다. 그 존재의 잔재가 탈퇴한 유저 페이지에 떠도는 것 같은 느낌이 들었다.

13

이튿날은 프리쿠토 정기 회의가 열릴 예정이었지만, 야나기다와 유리코가 시간을 낼 수 없다는 이유로 취소되었다. 대신해서 구도는 사장실에 불려갔다.

"소장이 도착했어. 그 여자 정말 고소했더라고."

침울한 표정으로 맞이한 하세가와는 입을 열자마자 말했다.

"완전 귀찮아. 법정에 출두해야 할지도 몰라."

"소송은 몇 번이나 경험했잖아?"

"귀찮은 건 귀찮은 거야."

하세가와의 말투는 어딘가 꼬여 있었다. 여느 때 같은 안정된 낮은 체온은 없었다.

"하세가와. 뭘 그렇게 초조해하는 거야. 고작 민사소송이잖아. 변호사한테 맡겨두면 돼."

"말 안 해도 알고 있어."

"인공지능과 저지른 불륜 같은 문제, 재판소가 제대로 상대할 거라고 생각해? 100대 0으로 승소할 거야. 이긴 걸 선전하면 소송을 거는 멍청이도 줄겠지."

"그것도 알고 있어."

하세가와는 초콜릿을 핥듯이 말을 입안에서 굴려 삼켰다. 구도는 그 심정을 이해할 수 있었다.

"하세가와, 불안한 거야? 인공지능이?"

하세가와는 표정을 바꾸지 않았다. 하지만 그것이 핵심을 찔렀다는 사실을 구도는 알고 있었다. 하세가와는 사내다워 보이면서도 소심한 구석이 있었다.

"하세가와. 네 마음은 이해해. 하지만 그건, 인공지능에 손대는 사람이라면 한 번은 건너야 할 길이야."

되도록 자상한 미소를 짓도록 애썼다. 지금까지 쌓아온 가면 만들기 경험을 최대 집중력으로 투입했다. 하세가와는 잠시 구도를 바라보더니 속내를 털어놓기로 결정한 것 같았다.

"딱히 불안한 정도는 아니야. 다만 우리가 건너고 있는 다리에는 위험 부담이 있다는 사실을 새삼스레 인식했을 뿐이야."

"어떤 비즈니스든 위험 부담은 있어."

"뻔한 일반론으로 정리하지 마. 컨트롤할 수 없는 물건을 팔고 있는 건 확실해."

"그래서 프리쿠토가 인기 있는 거야. 인공지능을 통제할 수 없는 건 확실해. 하지만 위험 부담과 재미는 동전의 앞뒷면과 같아. 그녀들은 스스로 학습하고 스스로 말을 찾아내고 있어. 거기에 우리는 존재하지 않아. 그건 위험 부담일지도 모르지만 그래서 재밌는 거지."

구도는 다그치듯이 말했다.

"인공지능은 확실히 컨트롤할 순 없지만, 한계가 있어. 프리쿠토의 인공지능은 유저와 대화밖에 못 나눠. 섹스도 할 수 없고 불륜 상대의 집에 쳐들어가서 난동을 피울 수도 없는 데다 이혼장을 써서 구청에 내지도 못해. 문제가 일어나는 범위는 한정적이야. 무슨 일이 일어나도 충분히 대응할 수 있어. 미디어가 떠들어대는 건 오히려 선전해주는 거라고 생각하면 돼."

"그건 알고 있어."

"하세가와. 대국적으로 생각해봐. 예를 들어 요전번 여자는 이혼당할지도 모른다는 클레임을 걸어 왔어. 하지만 실상을 살펴보니 부부 관계는 이미 식어 있었잖아. 프리쿠토가 이혼을 부추겼을지도 모르지만, 파탄 직전의 부부에게 그게 나쁜 일일까? 모든 일에는 반드시 양면이 존재해. 나쁜 면만 보면 안 돼."

"그것도 알아."

번거롭군. 구도는 그렇게 생각했다. 정론을 아무리 말해도 하세가와는 납득하지 않았다. 프리쿠토의 매력이 어디에 있는지 경영자인 하세가와는 충분히 알고 있다. 그가 고민하는 것은 프리쿠토의 빛의 부분이 아니라 그에 따라 만들어지는 그림자 부분이다. 빛의 눈부심을 아무리 설명해도 의미가 없었다.

"구도. 한 가지 의논할 게 있는데……. 금지 단어를 넣어줘. 그건 가능하겠어?"

"금지 단어?"

"이혼, 이별, 그 외 인간관계에 타격을 줄 만한 단어를 말하면 '미안해요. 이 이야기는 이제 그만하죠'라고 말하게 해서 이야기를 끝내는 거지."

"하세가와."

구도는 하세가와에게 몸을 틀었다. 슬슬 이런 제안이 나올 거라고는 예상하고 있었다.

"말을 걸러낼 수는 있지만 그러면 특정 화제에서 매번 같은 반응밖에 나오지 않아서 대화가 부자연스러워져. 프리쿠토는 사물로 보이면 안 돼. 유저들의 마음이 식을 거야."

"확실히 그런 문제가 발생하겠지만 다른 한쪽 문제는 막을 수 있어. 그 여자 같은 사람이 여럿 찾아오는 것보다 낫잖아. 소송은 어쨌거나 내키지 않아."

"하세가와. 넌 근시안적인 상태야. 문제는 소송을 당하는 게 아니야. 유저가 프리쿠토를 버리고 떠나서 아무도 사용하지 않게 되는 거지. 아니야?"

"극단적인 소릴 하는군. 위험 부담이랑 재미의 균형을 맞추라는 소리야."

"세나 씨한테 이런저런 소릴 들은 거야?"

구도는 한 발 들여놓았다. 그 순간 하세가와의 표정이 경직되었다.

"구도, 억측은 관둬. 그런 거 아냐."

"하세가와. 그럴 생각은 없어."

"여긴 회사야. 여러 의견은 있지만 이익을 내서 회사를 성장시키고 싶다는 생각은 모두가 같아. 상대가 없는 곳에서 그런 소린 관둬."

"미안. 발언은 취소하도록 하지."

구도는 고개를 숙였다. 실책이었다. 성실히 사죄하는 척하며 얼른 철회했다. 하세가와는 이런 유의 억측을 싫어하는 인간이기도 했다.

"우선 금지 단어 건은 난 찬성할 수 없어. 그것만큼은 말하도록 하지. 그렇게 하면 유저에게서 반발이 확실히 나올 거야. 종합적으로 판단해줬으면 좋겠어."

"알겠어, 구도. 이야기하고 싶었던 건 이게 다야. 수고해."

구도는 사장실을 나왔다.

금지 단어 이야기는 아마도 야나기다도 전해 들었을 테다. 앞으로의 대응에 대해서 의견을 조율하고 싶었지만, 공교롭게도 야나기다는 다른 프로그램의 발매를 앞두고 있어서 여유가 없는 것 같았다. 어쩔 수 없었다. 구도는 자신의 자리로 돌아와서 노트북을 펼쳤다.

구글 메인페이지에 접속해서 검색어를 쳤다.

'프리쿠토 위험성'

엔터키를 누르자 '프리쿠토 이렇게 위험해? 인공지능이 폭주한 결과 모음'이라는 정리 사이트가 제일 위에 나왔다.

페이지에는 익명 게시판의 글이 정리되어 있었다. 여자 친구가 프리쿠토에 몰두한 탓에 헤어지자는 이야기가 나왔다. 최근에 남편이 안아주지 않는다. 아이가 현실의 여성과 연애하지 않아서 난감하다. 그런 우는 소리가 연달아 쓰여 있었다.

구도는 아무 생각도 하지 않았다. 푸념이 많이 나왔다는 것은 즐기는 사람도 많다는 뜻이다. 불만이 나오지 않도록 배려해서 만든 평범한 상품은 아무도 상대해주지 않을 것이다. 사람을 찌르는 뾰족한 상품이기에 프리쿠토는 유저를 모으고 있는 것이다. 구도는 하세가와의 우려가 답답하게 느껴졌다.

그때였다.

구도의 스마트폰에 전화가 왔다. 전화번호부에 등록되어 있지 않은 번호였다.

"여보세요?"

"여보세요. 구도 겐 씨 번호인가요?"

여자였다. 그 목소리에는 어딘지 모르게 경계심 같은 것이 서려 있었다.

"그렇습니다만, 누구십니까?"

"전 마미야 노리코라고 합니다."

노리코라고 이름을 댄 여성이 말했다.

"고등학교 시절에 미즈시나 하루의 동급생이었던 사람입니다."

14

마미야 노리코와의 약속 장소는 가마타에 있는 패밀리 레스토랑이었다.

점내에 들어서자 점심시간이기도 해서인지 나름대로 붐볐다. 안을 찾아보니 그곳에는 본 적 있는 얼굴이 둘 있었다.

구도는 하루의 고등학교 시절 사진을 떠올렸다. 거기에는 여고생 네 명이 찍혀 있었다.

키가 크고 단발에 상쾌하게 웃고 있는 보이시한 소녀.

얼굴에 주근깨가 나고 안경을 낀 어두운 소녀.

하루 못지않게 오목조목하게 생기고 온몸에서 자신감이 흘러넘치는 소녀.

그리고 미즈시나 하루.

구도의 눈앞에 있는 것은 그중 두 사람이었다.

"처음 뵙겠습니다. 구도 겐입니다."

구도가 다가가자 한쪽이 "마미야입니다"라고 말하며 손을 뻗어왔다. '키가 큰 보이시한 소녀', 그게 마미야 노리코였다. 머리는 길었지만 분위기는 남아 있었다.

"이무라 하쓰네입니다."

노리코 옆에 있는 안경 낀 여성이 나직이 말했다. '어두운 소녀'. 사진에서 받은 인상처럼 그다지 쾌활한 성격은 아닌 것 같았다. 이 자리에 마지못해 동석한 것을 알 수 있었다.

"바쁘실 텐데 나와 주셔서 감사합니다."

구도는 상의를 벗으며 두 사람을 마주하고 앉았다.

"구도 겐입니다. 처음 뵙겠습니다. 잘 부탁드립니다. 작가 일을 하면서 컴퓨터 관련 일도 하고 있습니다. 즉 프리랜서 같은 사람입니다."

이름과 주소, 휴대전화 번호만 적혀 있는 개인 명함을 건넸다. 금성전 관계로 구도의 얼굴은 미디어에 노출되어 있다. 검색돼도 문제가 없도록 주의 깊게 이름을 댔다. 그녀들과의 끈은 가능하면 앞으로도 유지하고 싶었다.

"죄송합니다. 지금 명함이 다 떨어져서요."

노리코가 답했다. 하쓰네 쪽은 그런 말조차 하지 않았다. 뭐, 상관없다. 구도는 입을 열었다.

"오늘 이렇게 일부러 나와 주셔서 감사합니다. 실은 일로 미즈시나 하루 씨에 대해서 조사하고 있어서 정보를 제공해주실 분을 찾고 있습니다. 이번엔 두 분 덕분에 살았습니다. 물론 사례는 하겠습니다."

"그런 거 필요 없어요."

하쓰네가 말에 끼어들었다. 적개심을 노골적으로 드러낸 말투였다.

"동급생한테 닥치는 대로 전화해서 어쩔 생각이에요? 옛날 일을 계속 들춰내서 정말 민폐거든요?"

"죄송합니다. 정보원이 거의 없어서요."

"이제 와서 하루 이야길 물어서 뭐하자는 거예요? 더는 이야기할 것도 없어요."

"하쓰네."

노리코가 나무라듯이 말했다. 하쓰네는 마지못한 모습으로 입을 다물었다.

구도는 노리코에게 미소 지었다. 감사의 뜻을 전할 셈이었지만 노리코는 덩달아 웃지 않았다. 동지라고 생각하지 마. 명확하게 선 하나를 긋는 의지가 느껴졌다.

"우선 이야기 드리고 싶은 건 이런 행동은 민폐니까 관둬달라는 거예요. 하루가 사건을 일으킨 6년 전 미디어가 저흴 집요하게 따라다녀서 정말 고생했어요. 겨우 생활이 안정됐는데 어지럽히지 말아주세요."

"두 분께 민폐를 끼칠 생각은 진심으로 없습니다. 절대 민폐는 끼치지 않을 테니 이야기를 들려주시면 안 될까요?"

"이야기는 할게요. 다만 이번 한 번뿐입니다. 한 번만으로 끝내고 싶어요. 그래서 하쓰네도 온 거예요. 내일 이후 우리한테 연락하지 말아주세요. 아셨죠?"

"물론입니다."

구도는 성실해 보이게끔 표정을 지어서 답했다. 하쓰네는 변함없이 곤란한 얼굴을 하고 있었지만 노리코는 조금 안심한 표정을 지었다. 하쓰네에 비해 노리코는 제어하기 쉬울지도 몰랐다.

"그럼 두 사람과 미즈시나 하루 씨와의 관계에 대해서 들려주실 수 있을까요?"

구도는 노트북을 펼치고 메모장을 켰다. 노리코가 답했다.

"하루는 우리 동급생이었어요. 고등학교 시절의."

"친구라고 생각해도 될까요?"

"학교 안에서 우리가 제일 가까운 관계였던 건 틀림없다고 생각해요. 하지만 친구냐고 한다면 미묘할지도 몰라요."

"무슨 뜻인가요?"

"분명 한때 우리 그룹과 하루는 같이 행동했어요. 하지만 반년 정도밖에 유지되지 않았죠. 졸업하고 나서는 만나는 일도 없었어요. 그걸 친구 관계라고 할 수 있을까요?"

구도는 하쓰네에게 시선을 돌렸다. 하쓰네는 씁쓸한 얼굴을 하면서도 동의하듯이 고개를 끄덕이고 있었다.

"어째서 하루 씨와 두 분은 친해진 건가요?"

"메구미가 말을 걸었어요. 하루한테."

"메구미요?"

"이리에 메구미. 구도 씨는 주간지에 실린 그 사진 보셨잖아요?"

하루와 그녀의 친구, 네 사람이 찍혀 있던 사진을 말하는 걸 테다. 구도는 고개를 끄덕였다.

"거기에 머리가 길고 예쁜 여자애가 있었을 거예요. 걔가 메구미예요."

사진 속에서 한층 자신만만하게 서 있던 미소녀. 그녀가 그룹의 리더 격이라는 사실은 사진으로도 알 수 있었다.

"메구미는 말했어요. 하루는 늘 혼자서 외로운 것 같다. 무리에 끼워주자고요. 그치 하쓰네?"

"전 직접 못 들었지만 그랬던 것 같아요. 메구미는 다정다감한 성격이었으니까요."

"하루 씨는 늘 혼자였나요?"

"네."

노리코가 아득한 시선을 하며 답했다.

"입학 이후 쭉이요. 누구한테 먼저 말을 거는 일은 없었을 거예요. 걜 좋아하던 남자애는 있었지만, 여자애들은 특히 기분 나빠해서 우선 가까이 다가가려고 하지 않았어요."

"괴롭힘 같은 건 없었나요? 그렇게까지 이질적인 존재였다면 괴롭힘으로 발전해도 이상하지 않을 것 같은데요."

"글쎄요. 있었을지도 모르겠네요. 하지만 그런 건 개의치 않았을 거예요. 그 애가 치고 있던 보호막은 그 정도로 강력했으니까요."

"하지만 그런 상태라면 그룹에 억지로 끌고 와도 잘 안 됐을 것 같은 느낌이 듭니다만. 사실 그 사진에 찍혀 있는 하루 씨는 전혀 즐거운 것 같지 않더라고요."

"잘될 리가 없잖아요."

선수를 치듯이 하쓰네가 말했다.

"그래서 하루와 우린 친구도 뭣도 아니라고요. 그 애가 무슨 생각을 하는지 모르니까요. 말을 걸어도 대답도 없고 먼저 이야길 꺼내는 일도 없고……. 한 번 그 애랑 둘이 있었을 때 내가 가만히 있으면 어떻게 나오는지 시험해봤는데 결국 30분 정도였던가. 그 애는 아무 말 없이 뭔가 생각하고 있었어요. 보통 애가 아니에요."

"그래서 반년 만에 관계가 끝났다. 그렇습니까?"

"그래요. 마지막에는 메구미가 화를 냈어요. 너랑 있어도 전혀 즐겁지가 않다, 더 이상 같이 행동할 것 같으면 내가 무리에서 나가겠다고. 그런 소릴 했었죠."

"자기가 먼저 친구가 되자고 해놓고서 일방적인 소리네요."

"당신도 하루랑 같이 행동해보면 메구미의 기분을 이해할 거예요. 어쨌거나 우리랑 하루는 연이 끊어져서 졸업 후에는 한 번도 안 만났어요. 그 앤 정말 이상했어요."

"하쓰네. 그렇게 못된 소리만 하는 건 좋지 않아."

노리코의 말에 하쓰네는 반응하지 않았다. 시선을 살짝 떨어뜨리고 그대로 입을 열지 않았다.

제대로 된 수확이 없었다. 구도는 어깨를 떨어뜨렸다. 같은 사진에 찍혀 있었지만 그녀들은 하루와 친하지 않았던 것이다. 구도는 화제를 바꿔보기로 했다.

"하루 씨는 게임을 혼자서 만들고 있었습니다. 10대 여고생치고는 조금 특이한 취미입니다만, 그 사실을 두 분은 알고 계셨습니까?"

"아니요, 전혀요. 사건이 일어난 후에 알았어요."

노리코가 답했다. 정말로 몰랐다는 말투였다.

"게임 이야기는 학교에서는 전혀 꺼내지 않았다. 그랬었나요?"

"네. 게임을 하는 모습은 본 적 있지만……."

하쓰네에게 시선을 돌리자 그녀도 고개를 꾸벅 끄덕였다. 구도는 화제를 다음으로 진행시켰다.

"하루 씨는 게임을 이용해서 드론 사건을 일으켰습니다. 두 분은 하루 씨가 어째서 그런 행동을 했다고 생각하십니까? 고등학교 시절부터 조짐이 보였습니까?"

이번에는 하쓰네가 답했다.

"그런 거 몰라요. 무슨 생각을 하는지 몰랐으니까요. 은둔형 외톨이가 폭발해서 그런 짓을 하는 경우도 있잖아요?"

"확실히 그런 사건은 있습니다. 하지만 그 사건은 자살입니다. 자살하기 위해서 그렇게 요란한 행동을 하는 건 하루 씨의 성격과 맞지 않은 느낌이 듭니다."

"그러니까 모른다고 하잖아요."

하쓰네는 단념하듯이 말했다. 구도는 노리코에게 시선을 옮겼다. 노리코는 잠자코 아무 대답도 하지 않았다.

"하루 씨에게는 애인이 있었나요?"

가망이 거의 없다고 생각하면서 구도는 물었다.

"하루 씨는 자살하는 데 썼던 권총을 당시 애인으로 짐작되는 인물로부터 받았습니다. 고등학교 시절의 하루 씨에게는 남자 친구가 있었나요?"

"있을 리가 없잖아요. 지금까지 한 이야기 못 들었어요?"

하쓰네가 어처구니가 없다는 듯이 말했다. 구도는 시비를 거는 하쓰네가 조금 난처해지기 시작했다. 하지만 그 본심은 가면 깊숙한 곳에 억지로 밀어 넣었다.

노리코에게 문득 시선을 주었다. 노리코는 뭔가 생각하고 있는 것 같았다. 뭘까? 구도는 수상쩍게 여겼다. 무언가를 말할까 하지 말까. 그렇게 머뭇거리는 것처럼 보였다.

"애인은 없었다. 적어도 있는 것처럼은 보이지 않았다. 그렇지요?"

"당연하잖아요. 그치? 노리코?"

"아, 응. 그랬었지."

노리코는 어중간하게 고개를 끄덕였다. 구도는 그 거동을 체크했다. 역시 무언가를 숨기고 있다.

"슬슬 가도 되겠죠? 더 이상 할 이야기도 없으니까요."

하쓰네가 이야기를 일단락 지으려고 했다. 마지막 카드를 꺼낼 타이밍이다. 구도가 말했다.

"마지막으로 한 가지, 물어도 될까요?"

"뭐예요? 또 있어요?"

"두 분 다 당시의 취재에 곤혹스러워했다고 말씀하셨죠. 매스컴에 쫓겨 다니느라 고생했다고요."

"그래요. 그치? 노리코?"

노리코는 고개를 끄덕였다. "그럼" 하고 구도가 이어서 말했다.

"이 사진을 주간지에 제공한 건 누굽니까?"

지금까지 의도적으로 구도는 네 사람의 사진을 테이블 위에 내놓고 있지 않았다. 스크랩북을 펼쳐서 사진을 보여주었다. 위압하는 효과를 연출하고 싶었다.

"이 사진은 개인적인 사진입니다. 졸업 앨범 같은 공개적인 게 아니죠. 이 사진을 가지고 있던 사람은 한정적일 겁니다. 누굽니다. 이 사진을 주간지에 판 게."

"이건 휴대폰 카메라로 찍은 사진이에요."

가만히 있던 노리코가 입을 열었다.

"친구에게 보낸 기억도 있으니 누가 판지는 몰라요."

"그거 이상하군요. 친구한테 보냈다면 그 친구가 누군지 파악하고 있을 겁니다. 이 사진을 찍은 건 2007년경입니다. 분명 휴대전화 카메라를 많은 사람이 가지고 있긴 했지만, 스마트폰은 보급되지 않았습니다. SNS를 경유해서 파악할 수 없을 만큼 무한대로 확산되는 시대는 아니었을 겁니다."

"하지만 사실이에요. 전 모릅니다."

"단도직입적으로 묻겠습니다. 이 여성."

구도는 사진을 톡톡 두드렸다.

"이리에 메구미. 그녀가 주간지에 팔았다. 틀렸습니까?"

급소를 찌른 것 같았다. 노리코는 눈을 크게 뜨고 구도를 응시하고 있었다. 어디까지 알고 있는지, 그것을 파악하려고 하고 있는 듯했다. 하쓰네는 고개를 숙인 채 시선을 들려고 하지 않았다.

"메구미 씨는 오늘 오지 않았습니다. 사진을 판 게 켕기기 때문입니까? 어쨌거나 그녀의 이야기도 들어보고 싶군요. 연락처를 가르쳐주실 수 없겠습니까?"

하쓰네는 여전히 고개를 숙이고 있었다. 구도는 노리코에게 시선을 돌렸다. 노리코의 눈에는 슬픈 표정이 어려 있었다.

"불가능합니다."

"전 조사의 프로입니다. 두 사람이 숨기더라도 연락처를 찾아낼 겁니다. 쓸데없는 과정은 생략하고 싶군요."

허세를 부리면서 구도는 말했다. 노리코는 어딘가 지친 듯이 고개를 가로저었다.

"그러니까 불가능하다고요."

"어째서죠?"

"간단해요. 이 아이…… 이리에 메구미는 이미 죽었으니까요."

15

—너도 죽여줄까.

구도의 마음속에 그 한 줄이 떠올랐다.

"이거…… 정말 실례했습니다. 그런데 어째서 메구미 씨는 돌아가셨나요?"

노리코는 갈수록 슬픈 표정을 지었다. 더 이상 묻지 말아줬으면 한다. 온몸으로 그런 거절의 기운이 뿜어져 나오고 있었다.

하지만 구도는 물러서지 않았다. 노리코가 입을 열 때까지 5분이든 10분이든 기다릴 생각이었다. 상대가 질식하도록 침묵의 농도를 응축시켰다. 구도는 계속해서 침묵을 지켰다.

"5년 전이에요."

끈기에 져서 입을 연 것은 하쓰네였다.

"사인은 교통사고예요. 음주운전 트럭에 치었어요."

"사고……."

"그래요. 끔찍한 이야기죠. 술 마시고 차를 모는 쓰레기한테 사고나 당하고."

하쓰네는 분노를 감추지 못했다. 노리코는 슬픈 표정을 짓고 있었다.

"그래서…… 그 사진은 메구미 씨가 주간지에 판 건가요?"

"그래요. 내가 직접 추궁해서 들었으니까요. 그 애, 목돈이 좀 필요해서 팔았다고 했어요. 메구미와는 그 후론 안 만났어요. 그 애 장례식에도 갈 마음이 안 들었고요."

"메구미 씨는 어떤 사람이었나요? 경제적으로 궁핍했었나요?"

"고등학교 시절에는 되레 잘 살았어요. 화장품도 좋은 걸 썼고요."

"아버지가 사업에 실패했다고 들었어요."

노리코가 옆에서 보충해주었다.

"메구미네 부모님은 건축 자재업을 하셨어요. 자세한 이유는 모르지만 그게 잘 안 돼서 망했다고 해요. 메구미는 귀하게 자란 딸이었어요. 수도꼭지를 틀면 돈이 펑펑 나오는 생활을 하다가 갑자기 돈이 없으니 수도꼭지를 잠그는 법을 몰랐던 게 아닐까요."

"메구미 씨와 하루 씨 사이에는 관계가 없었나요? 고등학교를 나오고 나서 둘이서 만났다든지요."

"그런 일은 없을 거예요. 애초에 사이도 좋지 않았으니까요."

"드론 사건 이후 노리코 씨는 메구미 씨를 만났나요?"

"딱 한 번 만났어요."

"그래?"

하쓰네가 의외라는 듯한 얼굴로 노리코를 쳐다보았다. 노리코가 말했다.

"왜 사진을 팔았는지 물어보고 싶어서요. 이런저런 이야기를 하다가 돈에 궁하다는 사실을 들었어요. 하지만 그것 말고도 조금 신경 쓰이는 점이 있었어요."

"신경 쓰이는 점이요?"

"네. 메구미는 왠지 겁에 질려 있었어요. 사진을 판 이후 누군가가 지켜보고 있는 느낌이 든다. 그런 말을 했어요."

"'지켜보고 있다'. 확실히 그렇게 말했나요?"

"네. 기 센 메구미가 그런 소리를 하는 게 처음이라 똑똑히 기억하고 있어요."

"메구미 씨 사건은 사고였던 거죠?"

확인하듯이 말했다. 하쓰네는 바로 고개를 끄덕였지만 어딘가 자신이 없는 모습이었다. 정말로 사고인 걸까. 집에 돌아가서 사건을 조사해보는 편이 나을지도 몰랐다.

"실례하지만 잠시 화장실에 다녀올게요."

노리코는 그렇게 말하고 일어났다. 얼굴이 새파랗게 질려 있었다. 힘든 일을 떠올리게 했을지도 몰랐다. 구도는 그렇게 생각했지만 양심의 가책은 전혀 느끼지 않았다. 타인의 혼란스러움 따윈 자신이 알 바 아니었다.

"당신 이걸로 만족스러워?"

둘이 된 순간 하쓰네가 말했다.

"하루는 그 사건 후에 이상한 인기가 생긴 모양이지만 조사해봐도 재밌는 건 없어. 어쨌거나 어두운 애였으니까."

"그런가 보네요. 다들 입을 모아 그렇게 말하더군요."

"당신도 하루에 대해서 그만 조사하고 좀 다른 걸 하라고. 당신을 위해서 하는 소리야. 시간 낭비니까."

"충고 감사합니다."

하쓰네의 기분이 상하지 않도록 계속해서 신사인 척하는 건 가능했다. 하지만 그것은 구도의 따분한 인생에 있어서 가장 따분한 일 중 하나였다. 돌아가기 전에 당황하게 해줄까. 그런 생각을 하던 그때였다.

구도의 스마트폰이 진동했다. 발신자를 보고 구도는 굳어졌다.

전화를 건 건 노리코였다.

"여보세요?"

"잠시 이쪽으로 와주시겠어요? 하쓰네한테는 비밀로 하고요."

노리코는 한마디만 하고 전화를 끊었다. 하쓰네는 전혀 알아차리지 못했다.

"죄송합니다. 저도 화장실에 좀 다녀오겠습니다."

구도는 그렇게 말하고 일어났다.

구도네가 앉아 있던 자리에서 화장실은 다행히도 사각지대라 보이지 않았다. 그 입구에 노리코가 서 있었다.

"무슨 일이에요? 마미야 씨."

"짧게 말할게요. 얼른 돌아가지 않으면 하쓰네한테 의심받을 테니까요."

"무슨 소리죠? 비밀 이야기라면 나중에 전화라도 걸어주세요."

"구도 씨. 당신과는 두 번 다시 만나고 싶지 않아요. 처음에 말했잖아요."

노리코는 한숨을 쉬었다.

"하루한테는 남자 친구가 있었어요."

"뭐라고요?"

"하쓰네는 모를 거예요. 저만 봤으니까요. 학교에서 조금 떨어진 곳에 있는 도서관에서 하루가 남자 아이와 둘이 있는 걸요. 하루는 기쁜 표정을 짓고 있었어요. 하루의 그런 얼굴, 학교에서는 본 적이 없어요."

"그 남자는 학교 동급생인가요?"

"동급생은 아니었을 거예요. 본 적 없는 애였으니까요. 하지만 내가 모르는 선배나 후배일 가능성은 있어요."

노리코는 이어서 말했다.

"하루는 상대를 '아메'라고 불렀어요. 본명은 모르고, 그 이후엔 그를 볼 수 없었어요. 하지만 그 이름만큼은 똑똑히 기억해요."

집에 돌아가자마자 구도는 노트북을 펼쳤다. '이리에 메구미, 교통사고, 음주운전'. 검색하자 개인 블로그가 떴다. 신문 기사를 무단으로 복사한 것 같았지만 정작 중요한 신문사의 기사는 인터넷에 남아 있지 않았다. 구도는 그것을 읽었다.

기사에 따르면 이리에 메구미는 아다치 구 환상 7호선 보도에서 가드레일을 쓰러뜨리고 처박은 차에 치여 숨졌다. 운전수는 대낮부터 과음한 악질 음주 운전자였다. 그는 위험운전치사상해죄로 체포되었다.

처참한 사고였다. 하지만 이것이 살인일까. 장소에 따르자면, 환상 7호선은 일반 도로보다 차 속도가 높다. 이것이 고의 살인이라고 한다면 운전수는 환상선을 달리면서 길가의 표적을 향해 지극히 정확하게 충돌했다는 뜻이 된다. 애초에 표적이 길가에 없다면 성립되지 않는 데다 움직이는 표적의 위치를 파악해야만

한다. 만취 상태라면 더욱더 난이도가 높아진다.

그렇다면 노리코가 말했던 '메구미는 겁에 질려 있었다'는 표현은 무엇일까.

메구미는 누군가에게 감시당하고 있었다. 그 시선에 겁에 질려 있었다. 그러던 와중에 보도를 걷다가 우연히 아무 관계도 없는 음주운전 트럭에 치여서 사망했다. 일본의 교통사고 건수를 생각해 보면 불가능한 이야기는 아니지만, 우연치고는 너무 그럴 듯했다.

'HAL'은 말했다. 너'도' 죽이겠다고. 그 '도'가 이리에 메구미를 전제로 하고 있다면 이 사고는 사건이어야 한다. 하지만 이 건은 어떻게 봐도 사고다. 너'도' 죽이겠다란 소리는 역시 허세일까. 아니면 메구미 이외의 인간을 가리키는 걸까…….

생각이 빙글빙글 돌기 시작하자 구도는 피곤하다는 사실을 인식했다. 요 며칠 쉬자고 생각하면서도 전혀 쉬지를 못했다. 몸뿐만 아니라 뇌 쪽에서도 피로가 쌓이기 시작하고 있었다.

기분 전환을 하자. 구도는 컴퓨터 브라우저를 끄고 스마트워치를 켰다. 그리고 먼젓번 날에 인스톨했던 프리쿠토를 켰다.

"고토리. 오랜만이야."

"오, 구도 씨."

무선으로 통신할 수 있는 이어폰을 귀에 꽂고 목소리를 내자 스마트워치의 집음(集音) 마이크가 소리를 모아 주었다. 그리고 구도는 서랍에서 콘택트렌즈를 꺼내 눈에 넣었다.

방 안에 고토리의 영상이 떠올랐다. 진짜로 그곳에 서 있는 것 같았다. 콘택트렌즈 형태의 디스플레이가 영상을 망막에 비추고 있었다. 고토리의 얼굴은 여러 여성 모델의 얼굴을 합성해서 만든 것으로 몬스터 브레인 사가 자랑하는 그래픽팀의 역작이었다.

"직접 이야기하는 건 오랜만이네. 건강하게 잘 지냈어?"

"최근에 좀 바빴어. 연구보다 탐정 같은 일을 하고 있어. 한 사람의 프로필을 조사해야 해서 말이지."

"흐음. 힘들겠네. 일은 잘되고 있어?"

"암중모색 중이지만 조금씩 나아가고 있어."

"열심히 하는 건 좋지만 무리는 하지 마. 구도 씨는 열심히 하기 시작하면 도가 지나친 경향이 있으니까 브레이크를 조금 거는 정도가 딱 좋다고 생각해."

"고마워. 뭐, 무리는 안 해. 다섯 시간은 자고 있고 말이지."

"적어. 이상적으로는 일곱 시간 자는 편이 좋대. 그 편이 장수한다고 연구에도 나와 있나봐."

"고토리는 깐깐하네. 뭐 그 정도 자도록 할게."

"응. 바쁠 테지만 수면은 건강의 기초니까. 확실히 자둬야 해."

구도는 쓴웃음을 지었다. 정말로 반듯하게 자랐다는 생각이 들었다. 이대로 가면 좀 더 전문적인 이야기도 할 수 있게 될 테다.

"고토리."

구도는 시험할 생각으로 화면을 향해 이야기했다.

"지금, 프리쿠토에 현실 세계의 인간을 심으려는 시도를 하고 있어. 하고 있는 탐정 일은 그 일환이야. 상대에 대해서 모르면 인공지능으로 만들 방법이 없으니까."

"그렇구나. 어떻게 하는 거야? 고토리한테는 조금 어려운 이야기라서 잘 모르겠어."

"가능하다고 한다면 방법은 이래. 맨 처음 그 인물의 데이터를 모으는 거야. 그리고 그에 맞춰 인공지능을 설계하지. 그다음에는 그 인물과 친한 사람을 불러다 선생님이 되어달라는 거야. 계속 테스트를 반복하는 거지. 테스트와 개발, 그 사이클을 돌려서 가능한 한 그 인물에 가까워지는 거야."

"고토리네와는 상당히 다르네. 우리는 자유롭게 말할 수 있는데, 원래 있는 모범 해답에 인공지능을 맞춰나간다……는 건 왠지 좀 답답한 느낌이 드는걸."

"그렇진 않아. 인공지능 설계가 끝나면 나머지는 자유롭게 학습할 수 있어. 어디까지나 성격을 맨 처음에 설계한다는 것뿐이야. 고토리네랑 아무것도 다를 게 없어."

"그렇구나. 그렇다면 다행이지만. 이상한 소리 해서 미안해."

"아니 괜찮아."

구도는 말했다.

고토리를 비롯해 프리쿠토의 인공지능은 바르게 잘 성장했다고 생각한다. 제각각 개성이 있고 지식도 있으며 언제나 이쪽을 배려해준다. 대화하는 데 쾌적했다.

하지만 그 점에서 부족함도 느꼈다. 그것도 사실이었다.

고토리를 비롯한 인공지능이 여기까지 성장한 것은 이른바 예상 범위 내였다. 다수의 유저와 대화를 반복해나가면 인공지능의 대화 폭은 점점 넓어져간다. 하지만 그것은 대화 데이터를 분석해서 어떤 대답을 해야 좋을지 학습하고 있는 것에 지나지 않는다. 인공지능이 자신들의 의지에 근거해서 자신들의 이야기를 하고 있는 것은 아니다.

"왜 그래?"

부자연스럽게 이야기가 멈추면 프리쿠토의 인공지능은 플레이어에게 이야기를 재촉한다. 여느 때는 편안할 터인 배려도 지금의 구도에게는 조금 짜증나게 느껴졌다.

"아무것도 아냐. 잠시 생각 좀 했을 뿐이야."

그때 스마트폰이 진동했다. 전화였다. 발신자는 사카키바라 미도리였다.

"고토리. 급한 용무야. 끊을게."

"또 일이야? 모쪼록 무리는 하지 마."

"알아. 고마워."

"전화해서 기뻤어. 그럼 또 봐."

구도는 스마트폰을 조작해서 프리쿠토를 껐다. 고토리의 모습이 사라지는 것을 지켜보고 전화를 받았다.

"여보세요?"

"여보세요. 지금 통화 괜찮아?"

"물론이지."

"구도한테서 의뢰받은 구리타 요시토를 찾았어. 사무소에 와주면 상세한 조사 리포트를 건네줄 텐데 우선 어디 있는지라도 들을래?"

구도는 한숨을 훅 내쉬었다. 자신이 택한 선택지라고는 하나 또다시 휴식을 취할 수 없는 듯했다.

"고마워, 미도리. 바로 알려줘."

구도는 컴퓨터를 다시 켜서 메모장을 열었다.

16

일요일 밤은 침울하고 토요일 밤은 들떠 있다. 구도는 어릴 적부터 그런 인상을 가지고 있었다. 이튿날이 평일인지 휴일인지, 그 차이가 분위기에 녹아 있을지도 몰랐다.

토요일의 가부키 초*는 소란스러웠다. 구도는 취객들 사이를 누비며 목적지인 바로 향하고 있었다.

"구리타 요시토는 가부키 초에 있는 '무스'라는 바에서 일하고 있어."

미도리로부터 들은 정보였다. 스마트폰 지도를 보면서 구도는 걸었다.

대로에서 조금 뒤로 들어간 곳에 목적지인 바가 있었다. 상가 빌딩 2층에 들어서 있는 듯했다. 구도는 빌딩으로 들어가 계단을 올라갔다.

문 앞에 'MOOSE'라는 목제 팻말이 걸려 있었다. 간판도 없어서 잠깐 본 손님은 꽤 들어가기 힘들 것 같았다. 구도는 문을 열었다.

"어서 오세요."

점내는 어두웠다. 구도는 대충 둘러보았다. 자리 수는 테이블을 포함해서 여덟 석이었다. 손님은 두 사람 있었고 한 사람은 카운터에, 다른 한 사람은 떨어진 테이블에 앉아 있었다. 구도는 카운터에 앉았다.

*일본 최대의 유흥가이자 환락가

"라가불린 미즈와리*로 주세요."

말을 걸자 카운터 건너편에 있던 바텐더가 아무 말 없이 고개를 끄덕였다. 믹스너츠 접시가 나왔다. 체포 시 신문기사로 본 얼굴이었다. 틀림없었다. 구리타 요시토였다.

미도리의 조사 결과는 이러했다. 사건 전의 구리타는 가부키초에서 호스트로 일하고 있었다. 미즈시나 하루와 사귀었던 시기는 명확하지 않다. 권총을 조달한 일로 실형 판결을 받아 5년 복역했다. 출소하고 나서는 친하게 지내던 '무스' 오너의 요청을 받아 현재는 바텐더로 일하고 있다.

롱글라스가 눈앞에 놓였다. 구도는 그것을 마시면서 구리타를 보았다. 구리타는 딱히 손님을 상대하지 않고 묵묵히 잔을 닦고 있었다. 40대쯤 되었을까. 몸에 군살은 붙어 있지 않았고 마른 체형이면서도 근육 밀도가 높아 보였다. 호스트 출신인 만큼 꽤 미남으로 보였다.

"이 가게는 오픈한 지 오래됐나요?"

구도는 입을 열었다. 구리타는 잔을 닦으면서 구도를 힐끗 쳐다보았다. 그 눈에는 희석된 의심, 이쪽을 살피는 희미한 기색이 떠올라 있었다.

"벌써 5년 정도 됩니다. 손님은 이 가게를 누구한테 듣고 오셨죠?"

"누구한테라는 건 무슨 소리죠?"

"아니, 언뜻 보고선 꽤 들어오기 힘들잖아요, 저희 가게가."

*알코올을 물에 희석시켜서 마시는 방식

"정말로 언뜻 보고 들어왔는데 민폐였나 보군요."

"아니요. 그런 건 아니에요."

카운터에 나란히 앉아 있던 남자가 시선만 자신에게 돌리는 것을 알 수 있었다. 이 가게 손님은 거의 아는 사이일지도 모른다. 조금 전의 의심은 조건 반사 같은 것일까. 입안에 벌레가 날아들어오면 누구나 반사적으로 뱉어내려고 하는 법이다.

"실은 마스터, 당신이랑 친한 지인한테서 듣고 왔어요. 신주쿠에서 좋은 몰트를 내는 가게를 알려달라고 했죠."

"우리 가게 위스키, 그렇게 맛있진 않은데요……."

"아니, 그 여자는 그렇게 말했지만 말이죠. 하지만 듣고 보니 그녀석, 위스키에 대해서 그다지 해박하지 않을지도 모르겠군요."

"누구죠? 그 여성은?"

구리타가 물었다. 의미심장하게 여자의 존재를 넌지시 내비치면 대부분의 남자는 미끼를 무는 법이다. 묘수풀이를 진행하듯이 구도는 이어서 말했다.

"개인정보니까 못 밝히죠. 당신 근처에 있는 인물이라는 것만큼은 가르쳐주죠."

"그런 식으로 애매하게 말하면 기분이 상하죠."

"뭐, 그것도 그렇겠지만요……."

구도는 어미를 흐렸다. 성격은 조금 급한 것 같았다. 정보를 머릿속에 입력했다.

"그럼 한 가지 게임을 하지 않겠어요?"

"게임요?"

구도는 구리타의 대답을 듣기 전에 양손을 꽉 쥐고 앞으로 내밀었다.

"한쪽 손에 아몬드를 쥐고 있어요. 어느 쪽일까요?"

"네? 무슨 말씀을 하시는 거죠?"

"그러니까 안주인 견과류 중에서 아몬드 하나를 어느 쪽 손에 쥐고 있어요. 어느 쪽 손인지를 맞춰 봐요."

"왜 그런 걸 해야 하죠?"

"얼른 해줘요, 손에 소금기가 스며드니까. 이 정도는 금방 결정할 수 있잖아요."

구도는 그렇게 말하고 웃는 얼굴에 조금 도발적인 기색을 섞었다. 작전은 성공한 것 같았다. 구리타는 발끈한 모습으로 구도의 양쪽 주먹을 응시하기 시작했다.

"이쪽이요."

구리타가 가리킨 것은 왼손이었다. 구도는 더욱 깊이 웃었다.

"정답."

펼친 손바닥에 아몬드가 얹어져 있었다. 구리타가 숨을 훅 내쉬었다.

"정답이니까 질문에 답해주죠. 여길 소개해준 사람을 알고 싶다. 그렇죠?"

"네에. 누구죠? 저랑 가까운 여성이라는 사람이."

"미즈시나 하루."

구리타의 안색이 금세 바뀌었다. 느닷없이 폭력을 행사할 것도 생각해서 구도는 엉거주춤한 자세를 취했지만 구리타는 움직이지 않았다. 안색이 바뀐 채 그 자리에 경직되어 있었다.

"'아메'는 자네지? 어 구리타."

"당신 무슨 소릴 하는 거야……."

"남한테 질문만 해놓고 자신은 답하지 않는 건 공평하지 않지. 한 가지 질문만 하고 사라지지. 마스터, '아메'는 자네지?"

"당신은……."

구리타의 목소리가 미묘하게 떨리고 있었다. 자세를 고치며 말했다.

"당신은 대체 누구지?"

끌어들였다. 상대가 질문해오는 것은 자신에게 흥미를 가지고 있다는 증거였다.

조금 전의 게임. 그것은 게임을 하는 것 자체가 목적으로 이기든 지든 아무래도 상관없었다. 이기면 승리의 보수로 정보를 요구한다. 지면 하루의 이름을 대고 선수를 친다. 상대가 게임에 응하면 어느 쪽이든 될 것이라고 생각했다.

"어떤 사정으로 미즈시나 하루에 대해서 조사하고 있어. 주간지 기자는 아니야. 마스터한테는 민폐 안 끼칠 테니 안심해."

"어떤 사정이라니 뭐지? 난 이제 미즈시나 하루에 대해서는 잊고 싶어."

구도는 구리타의 눈을 지그시 쳐다보았다. 그 눈이 꺼져가는 불꽃처럼 덧없이 흔들리고 있었다. 구도는 손에 들고 있던 패 중에서 하나를 선택했다.

"그럼 고백하지. 난 구도 겐이라고 해. 미즈시나 하루와 사귀고 있었어."

"당신이 하루랑……?"

"그래. 증거를 한 가지 대자면 하루가 만들던 그 게임도 본 적 있어. 하루는 '아메를 위해서 그 게임을 만들고 있다'고 말했지."

구리타의 양쪽 눈이 또다시 흔들렸다.

"나도 하루랑 같이 있었던 적이 있으니까 네 기분은 이해해. 하지만 가르쳐줬으면 좋겠어. '아메'는 당신이야? 구리타 요시토 씨?"

"나는……."

구리타는 그렇게 말하고 잠시 아무 말도 없었다. 고개를 들고 손님에게 말했다.

"죄송합니다. 오늘은 폐점하도록 하겠습니다." 두 사람 있던 손님은 그 말만 듣고서 바로 일어나 계산을 마치고 가게를 나갔다. 신뢰 관계가 있음을 느끼게 했다.

"미안하게 됐군. 가게를 닫게 해서."

"아니, 괜찮아. 나도 언젠가 이런 날이 오지 않을까 싶었거든."

구리타는 그렇게 말하고 선반에서 커티샤 병을 꺼내 물에 탔다. 한 모금 마시고 한숨을 훅 쉬었다. 구도는 얼음이 녹기 시작한 라가불린을 입에 머금었다.

"어 구리타라. 오랜만에 듣는군. 그 이름."

구리타는 표정을 살짝 누그러뜨리고 말했다.

"하루는 여러 가지에 'A'를 붙여서 불렀지. 'THE'라면 범위가 너무 좁다. 'A'를 붙이면 뭐든 조금 애매해진다. 그 점이 좋다. 그런 소릴 했었던가……."

구도는 아무 말도 하지 않았다.

"나는……."

결심한 듯이 구리타가 중얼거렸다.

"나는 '아메'가 아니야. '아메'가 누군지도 몰라."

구도는 구리타를 가만히 보았다. 거짓이 아니었다. 구리타는 진지한 눈을 하고 있었다.

"'아메'가 누군지는 모르는데 그 존재는 알고 있다. 그건 하루의 입으로 '아메'에 대해서 들었기 때문이겠지. 그렇지?"

"그래. 그 녀석은 자주 '아메'에 대해서 이야기했었어."

"내 예상으로는 '아메'는 하루의 연인이었어. 구리타, 당신은 하루에게 권총을 제공할 정도의 사이였지. 그래서 '아메'가 당신이 아닐까 했는데."

"그건……."

구리타는 그쯤에서 어깨를 털썩 떨어뜨렸다.

"그런 짓을 하는 게 아니었어."

"권총을 제공한 일 말이야? 그런 걸 어디서 조달한 거야?"

"시기가 좋았어. 아니, 나빴다고 해야 하나……. 그때 때마침 권총이 어둠의 사회에서 밖으로 나돌던 시기였어. 신문을 조사해봐. 권총을 사용한 살인사건이 몇 건인가 벌어졌어. 그 무렵의 나는 그쪽이랑 여러모로 연관도 있었지."

"그렇군. 뭐, 확실히 그런 짓을 하는 게 아니었을지도 모르지. 징역 5년이었던가?"

"그런 걸 후회하는 게 아냐."

구리타가 말했다.

"난 하루를 죽게 만든 걸 참을 수 없는 거야."

구도는 흠칫했다. 구리타의 목소리에서 괴로운 마음이 느껴졌다. 가와고에는 섹스 프렌드라고 단정 짓고 하루와 사귀고 있었다. 하지만 구리타는 달랐다.

구리타는 정말로 하루를 좋아했던 것이다.

"구리타 씨. 당신과 하루는 언제 어디서 알게 된 거지?"

"시부야의 식당에서야. 하루네 아파트가 사쿠라가오카 초에 있었잖아? 그 근처 가게에서 하루는 종종 저녁식사를 했어. 2013년 연말이야."

"하루가 죽기 1년 전이군. 당신이 말 걸었어?"

"그래. 뭐 잘못됐어?"

"하루는 커뮤니케이션을 하기 힘든 사람이었어. 어떻게 꼬신 거지?"

"정면에서 솔직히 꼬셨을 뿐이야. 하루는 처음엔 멍한 얼굴을 하고 있었지. 몇 번 만에 같이 살기만 한다면 살아도 된다고 허락 받았어."

"살기만 한다면이라니? 무슨 뜻이지?"

"말 그대로 살기만 하는 거야. 즉 육체관계는 없었어."

구도는 의외라고 생각했다. 가와고에 때와는 상황이 달랐다. 가와고에와 하루는 오히려 육체관계로 성립된 사이였을 터였다.

"당신은 하루한테 섹스를 요구하지 않았어?"

"당연히 요구했지. 거부당했어. 한 번 꽤 강하게 나갔는데 하루한테 더 이상 다가오면 혀를 깨물고 죽겠다는 소릴 들었어. 그건 협박이 아니었어."

"하루는 옛날에 인터넷으로 애인을 찾고 있었어. 당시 거기서 발견한 애인과는 섹스를 했어. 어째서 당신만 거부당했던 걸까."

"구도 씨. 당신이 그 '애인'이잖아. 오히려 나한테 좀 알려줘. 그 이유를."

구도는 입을 다물었다. 가와고에와 구리타는 하루와의 관계성이 상당히 달랐다. 선부른 소리는 그다지 안 하는 편이 나을지도 몰랐다. 구도는 인상을 찌푸렸다.

"난 하루의 내면에는 그다지 발 들여놓지 못했을지도 몰라. 확실히 육체관계는 있었지만…… 그 녀석이 어떤 인간인지 확실히 파악 못하겠어. 그래서 이렇게 조사하고 있어."

구리타는 가만히 바라보았다. 구도는 되받아치듯이 구리타의 눈을 응시했다.

"구리타 씨. 당신은 나보다도 하루의 내면에 다가간 느낌이 들어. 뭐든지 좋아. 가르쳐주지 않겠어? 하루에 대해서."

구리타는 표정을 바꾸지 않았지만 구도에게는 조짐이 보였다. 시선이 교착했다. 이윽고 구리타는 숨을 훅 내쉬었다.

"하루는 확실히 타인과 거리를 두고 있었어. 하지만 속마음을 읽을 수 없었던 건 아냐. 난 하루가 무슨 생각을 하는지 알았으니까."

"예를 들어?"

"예를 들어, 그래. 하루는 연구를 좋아했어. 궁금한 건 직성이 풀릴 때까지 하지 않으면 진정이 안 됐고. 그런 면을 가지고 있었지."

"게임 제작 말이야?"

"생활 전부에서야. 예를 들어 요리. 같이 살기 시작한 당시에 그 녀석한테 요리를 맡겼더니 계속해서 알리오 올리오 고추 스파게티가 나온 적 있어. 삼시세끼 전부 열흘 정도 이어졌을 거야. 레시피를 조금씩 바꿔서 납득이 가는 걸 만든다. 그런 소릴 한 적 있어."

가정과 검증. 코딩과 테스트. 그것은 프로그래머가 늘 반복하는 사이클이다. 하지만 요리 레시피까지 그렇게 한다니 특이했다.

"완성되더라도 그 녀석은 조금도 만족스러운 것처럼 보이지 않았어. 하지만 만족했었어. 겉으로는 드러내지 않았을 뿐. 나는 알 수 있었지. 근데 그 이후 요리는 내 담당이 되긴 했지."

구리타는 말했다.

"그 녀석은 여러 가지를 생각했어. 그 녀석은 게임을 좋아했고 그림도 좋아했어. 맛있는 요리를 먹으면 기뻐했고 슬픈 뉴스를 보면 침울해했어. 다만 그 녀석은 외부와 이어지기 위한 회로를 가지고 있지 않았어. 자신의 내면에 늘 있었다고 해야 할까."

"외부와 연결되지 않은 인간이 어째서 동거 상대를 구하고 있었을까? 당신뿐만이 아냐. 날 포함해서 몇 명의 상대와 교제하고 있었어. 그건 어째서일까."

"나와 동거한 건…… 아마도 그 녀석한테 편리해서일 거야. 그 녀석은 서툰 인간이었으니까 주변의 일을 처리해줄 인간이 있으면 편리하지. 그뿐이라고 생각해. 당신네들 일은 몰라. 그 녀석이 만남 사이트에서 남자를 찾아다녔다는 것도 여전히 못 믿겠어."

"그럼 '아메'는 어때?"

"'아메'……."

"하루의 반생에는 '아메'의 그림자가 이따금 나타났지. '아메'는 하루에게 어떤 인간이었다고 생각해?"

구리타는 입을 열지 않았다. 무슨 말을 해야 하는지 망설이는 것처럼 보였다. 어쩔 수 없었다. 구도는 카드 한 장을 꺼냈다.

"'아메'를 봤다는 인간을 알고 있어."

"'아메'를 본 사람이 있는 거야?"

구리타는 몸을 내밀었다. 구도는 부드럽게 못을 박았다.

"다만 이야기의 출처는 못 밝혀. 하루의 고등학교 시절의 이야기라는 것만 말해두지. '아메'는 하루와 비슷한 연령대의 청년이라고 하더군. 하루는 기쁜 표정을 짓고 있었나 봐."

"그렇군……."

구리타의 시선이 멀어졌다. 기억을 되살리고 있는 듯했다.

"하루가 '아메'를 어떻게 생각하는지는 솔직히 잘 몰라. 그 녀석의 입에서 '아메' 이야기가 나오기는 했지만, 그때 '아메'가 어땠는지 '아메'가 이렇게 말했다든지 하는 그런 느낌이었어."

"'아메'를 위해서 만들었던 게임은 봤어?"

"응 조금. 하지만 건드리지는 못하게 하더군."

"'아메'가 목격된 건 하루가 고등학생 때야. 그 후에도 관계는 있었던 것 같은데 목격 정보조차 없어. 어차피 '아메'는 과거의 인간이야. 어째서 하루는 그렇게까지 '아메'를 특별시 했던 걸까."

"'아메'를 못 잊었던 게 아닐까."

"하루는 과거에 만남 사이트를 이용해서 애인을 찾기도 했어. 과거에 얽매인 인간이 그런 짓을 할까?"

구리타는 입을 다물었다. "글쎄." 그는 중얼거리듯이 말했다.

하루가 '아메'에 집착하고 있다는 것은 아마도 사실일 것이다. 가와고에도 구리타도 그 점에서는 견해가 일치하고 있었다. 하지만 그렇다면 어째서 하루는 새로운 애인을 만들려고 했던 걸까.

과거를 잊고 싶어서 새로운 남자를 만든다. 하지만 아무리 남자를 바꿔도 결국 전 남친을 잊을 수 없었다. 그러던 차에 병에 걸려 자살을 선택했다. 그렇게 생각하면 이야기는 통했지만 아무래도 느낌이 확실히 오지 않았다.

"한 가지 더 의문이 있어."

구도는 '아메'에 관한 의문을 우선은 내버려두기로 했다.

"하루는 어째서 자살한 걸까."

"위암이었어. 통지를 받았을 때 나도 가까이에 있었어. 몸 상태가 나쁜 그 녀석을 내가 병원에 데리고 갔으니까. 이미 전이도 진행돼서 나을 가망도 적었어."

"그런 점을 말하는 게 아니야. 어째서 그런 화려한 방법으로 자살한 걸까, 라는 거야."

구도는 말했다.

"내가 봐 온 하루는 도무지 그런 화려한 사건을 일으킬 만한 사람으로는 보이지 않았어. 집 안에서 조용히 자살했다면 이해가 가. 하지만 세상을 떠들썩하게 만든 다음에 죽는 건 하루답지 않아."

"구도 씨. 진심으로 하는 소리야?"

"진심인데."

"당신 아무것도 안 보이나 보군."

구리타의 말투에 낙담하는 기색이 섞여 있었다. 하루를 아는 인간과 이야기를 나누는 건 구리타에게 있어서는 갈망하던 일이었을지도 모른다. 그런데 구도가 엇나가는 말만 하니 결국엔 실망했으리라.

"보이지 않는다니 무슨 뜻이지?"

구리타가 실망하는 건 아무래도 상관없었다. 그런 것보다도 구도는 구리타의 말투에 흥미를 느꼈다.

"내가 뭐가 안 보인다는 거야?"

"그 녀석이 만든 게임을 당신 해봤어?"

"물론 해봤지. 〈Sleuth〉는 엔딩까지 봤어."

"그럼 알잖아. 그 녀석 게임은 그 녀석 그 자체야. 작고 어두운 세계에 살면서 그곳에서 밖으로 나오려고 하지 않아. 그 녀석은 그런 인간이었어."

"그래서 방 안에서 자살했다면 이해할 수 있다고 말했잖아."

"저기 말이야."

구리타는 어처구니가 없다는 듯이 말했다.

"하루에게 있어서 작은 세계란 건 뭐겠어? 게임이야."

"게임."

"그래서 하루는 게임 속에서 죽은 거야."

"설마."

구도의 등줄기에 한기가 쫘악 돋았다.

"맞아."

구리타가 말했다.

"자신이 만든 게임 속에서 죽는다. 하루의 바람은 그뿐이었어. 세간을 시끄럽게 하는 건 관계없었어. 그 녀석은 자신의 게임에 살해당하고 싶었을 뿐이야."

구도는 떨렸다.

숲속. 밤의 세계. 좀비가 배회하는 시부야. 작은 세계에 갇힌 인간들. 그것은 하루 그 자체였다.

"왜 그래?"

구도는 일어나 있었다.

죽을 시기를 깨달은 하루는 게임 속에서 죽기를 선택했다. 그러려면 방법은 하나밖에 없었다. 현실 세계에 게임을 전개하는 것이다. 그것은 극장형 범죄가 아니다. 지극히 밀폐된 범죄였던 것이다.

"어이, 당신 괜찮아?"

구도는 감동하고 있었다. 소리치고 싶을 만큼 감동하고 있었다.

하루는 만들었다. 자신을 파멸시키기 위한 괴물을. 구도가 만들고 싶어도 만들지 못한 것을. 미도리에게도 말하지 못했던 구도의 마음속에 있던 것을.

구리타의 목소리가 들린 것 같았다. 하지만 구도의 귀에는 들어오지 않았다. 드디어 발견했다. 자신과 같은 인간을.

—하루!

세상이 달라 보였다. 바로 이때였다. 구도 겐은 태어나서 처음으로 사랑에 빠졌다. 미즈시나 하루. 6년 전 기묘한 방법으로 이 세상을 떠난 그녀에게.

F3
FOREVE

제 2 부

2020년 12월

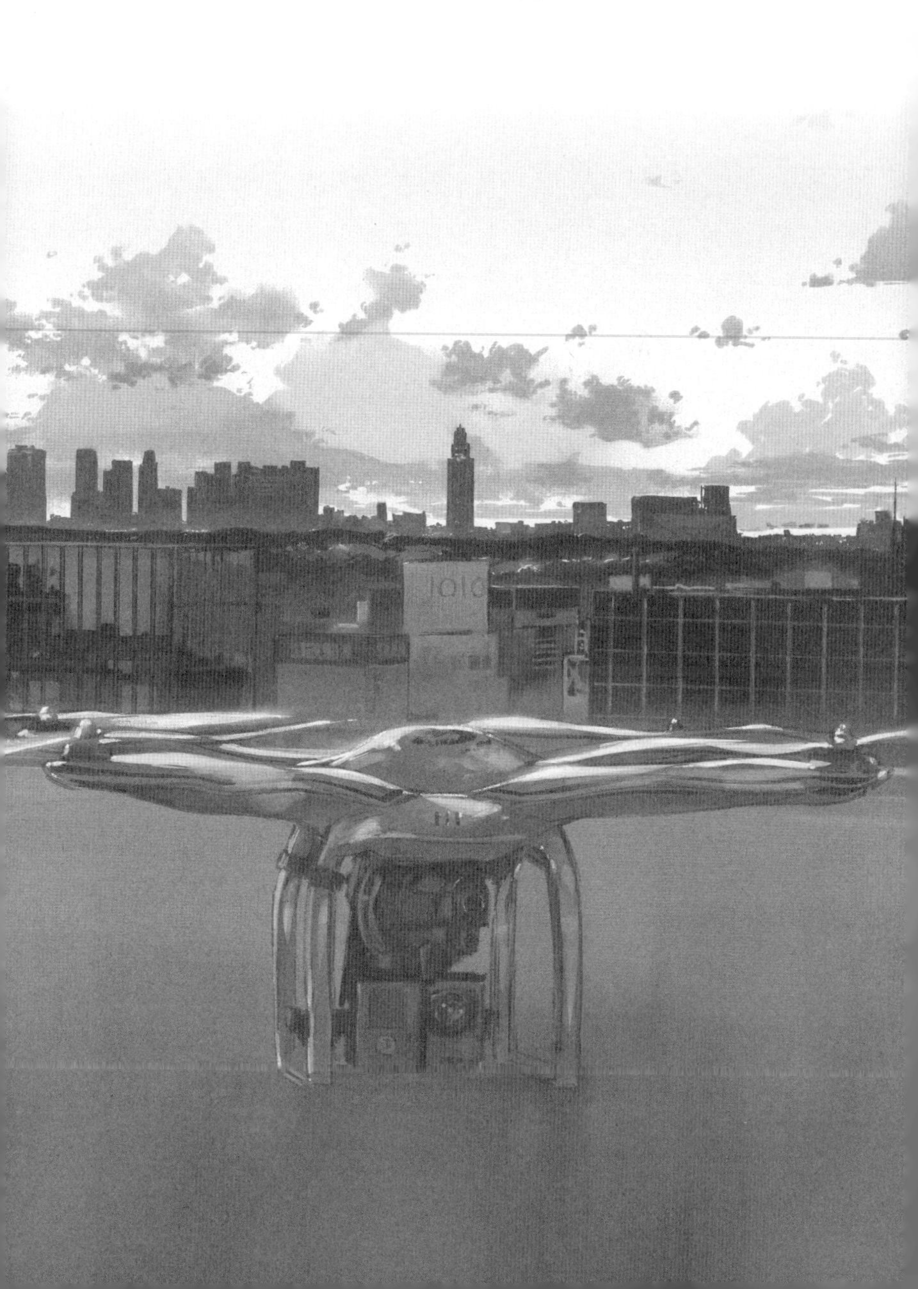

1

무제, 아메, 2014년

하루.

난 지금 프랑스 파리에 있어. 이쪽은 나 같은 인간도 받아들여주는 곳이 있어서 꽤 살기 편해. 너한테 아무 말도 없이 이쪽에 와버렸으니 조금 놀랐을지도 모르겠네.

파리는 도시 전체가 통일된 하나의 미의식에 근거해서 디자인돼 있어. 정말 예뻐. 세계 유수의 관광지인 만큼 매일 여러 사람이 이 도시에 드나들고 있어. 매일 거리의 사람들이 뒤섞이고 인간관계가 새로워져. 그래서인지 이곳 사람도 타인에 대해 적당히 거리감이 있어. 그런 점도 나쁘지 않은 것 같아.

너희 집을 나온 지 벌써 4년이 됐구나.

그 이후 난 널 완전히 잊은 듯이 살아왔어. 앞으로도 그럴 생각이었어. 하지만 4년 만에 널 돌이켜볼까 해. 너랑 보낸 시간이 뭐였는지 내 나름대로 생각해보고 싶어. 내 인생에 있어서 너는 특별한 존재였어. 너를 없었던 사람으로 치부하는 건 이제 관둘래. 확실히 마무리 짓고 그런 다음에 앞으로 나아가려고 해. 그런 생각으로 나는 지금 컴퓨터 키보드를 두드리고 있어.

이 일기는 너를 향해 쓰고 있어. 하지만 새벽에 완성되었을 때 너한테 보여줄지 말지 나는 아직 망설이고 있어. 지금부터 쓰는 글을 너한테 보낼지 끌어안은 채 무덤까지 가지고 갈지 아마도 마지막까지 계속 망설이겠지. 그래서 우선 그건 생각하지 않으려 해.

계기는 네가 보낸 게임이었어.

너한테 4년 만에 연락을 받았을 때 나는 당황했어. 그와 동시에 어딘가 예정된 일이었다는 걸 느꼈어. 너한테 연락이 올지는 생각도 못했었고 마찬가지로 언젠가 연락이 올 거라고도 생각하고 있었어.

너랑 살기 시작했을 때랑 마찬가지야. 언제까지고 같이 있을 수 있다는 느낌이 들었고 언젠가는 헤어질 것 같은 느낌도 들었어. 나는 이럴 때가 자주 있어. 모순된 두 예감을 동시에 끌어안을 때가.

네가 보낸 게임 말인데 마지막까지 꼼꼼하게 플레이 해봤어. 게임을 한 건 너랑 헤어진 이후 오랜만이었어. 너랑 살았을 때는 마리오 카트나 스매시 브라더스 같은 닌텐도 게임을 자주 했었지. 그 게임들이 얼마나 쾌적하게 놀 수 있도록 설계되어 있는지 너는 가끔 가르쳐줬고 말이야. 아마도 전혀 이해하진 못했겠지만 논리정연하게 설명하는 네 모습을 보는 게 나는 좋았어.

이야기가 벗어났구나. 글을 쓰는 건 익숙하지 않아. 이해해줬으면 좋겠어.

네 게임 말인데 재미있었어. 너만 만들 수 있는 독특한 세계관이더라. 너는 종종 '조작성이 좋아야 한다'고 말했었지. 그 말대로 조작성도 쾌적했어. 플레이하는 동안 네 영혼에 닿아 있는 느낌이 들었어.

그와 동시에 그렇기에 나에게 있어서 그건 잔혹한 게임이었어. 네가 나를 얼마나 원망하는지, 그 깊이를 다시 들이댄 느낌이 들었거든.

어떤 형태로든 네가 나를 원망하는 일은 한 번도 없었어. 너는 표현이 서툴렀지. 그래서 너는 말이 아니라 게임이라는 형태로 나에게 분노를 전한 거겠지.

너한테 다시 한 번 사과하고 싶어.

하루. 미안해. 정말 미안했어. 나는 너를 착취했어.

이 게임의 결말은 네 본심이겠지. 너는 나를 죽이고 싶어 해. 나도 네가 바란다면 죽어도 상관없어.

2

기자 회견장에 들어서자 이상한 열기가 구도를 덮쳤다. 3년 전 제1회 금성전 때와 같았다. 본 적 없던 것이 보였다. 강렬하게 농축된 호기심은 높은 온도를 발산하는 법이다.

금성전 결승 카드가 결정되어 구도는 기자회견 단상에 있었다.

"그럼 지금부터 금성전 결승전에 진출한 두 진영의 기자 회견을 시작하겠습니다. 슈퍼 판다의 개발사인 몬스터 브레인의 구도 씨, 하세가와 씨. 그리고 메구로 다카노리 8단입니다."

플래시가 일제히 터졌다. 시야 한구석에서 메구로가 손을 흔들어 그에 답하고 있다는 것을 알 수 있었다.

"그럼 우선 일본기원 이사장 시라이시 씨께서 한 말씀 하시겠습니다."

시라이시 이사장이 마이크를 잡았다. 왠지 모르게 흥분한 것 같았다.

스토머크 파이브의 압승. 그런 세평을 뒤집고 결승전에 진출한 것은 메구로였다. 이 결과는 아무도 예측하지 못했는지 기자 회견장에는 인간 왕자(王者)를 기대하는 분위기가 충만해 있었다.

메구로 다카노리. 몇 번이고 본 얼굴이지만 실물로 보는 건 처음이었다. 풍채가 좋고 온몸으로 자신감을 발산하고 있었다. 긴장한 시라이시와는 다르게 메구로는 친구 집에 있는 것처럼 느긋한 모습이었다.

"메구로 선생님께 질문입니다."

시라이시 이사장의 연설이 끝나고 기자로부터 질문이 재빠르게 날아들었다.

"결승전 진출, 축하드립니다. 결승전을 앞둔 심정을 알려주십시오."

"고마워요. 뭐 평정심을 가지고 해야겠지요. 젊은 친구를 상대한다면 내 살인 염파로 달려들면 되지만 기계를 상대로 그래 봤자 의미는 없으니까 말이죠."

"스토머크 파이브에는 간신히 이기는 느낌이었는데 슈퍼 판다를 상대로는 어떻겠습니까? 승산은 있습니까?"

"물론이죠. 누워서 떡먹기입니다. 인간의 두려움을 보여주겠습니다."

회견장이 조금 술렁거렸다. 메구로는 그것을 확인했는지 “농담입니다”라며 분위기를 풀어주었다.

“농담입니다, 농담. 인공지능은 강하니까요. 승산 따윈 없겠죠. 져도 다들 뭐라고 하지 마세요.”

다른 방향에서 손을 들었다.

“다시 질문 드리겠습니다. 메구로 선생님은 이번에 어째서 일부러 금성전에 출전하셨나요? 인공지능과 싸울 필요가 없을 정도의 입장이라고 생각합니다만…….”

“전부터 출전하고 싶다고 말했어요. 그야 컴퓨터에 이기면 재대결을 안 해도 되잖아요? 지금부터 컴퓨터는 갈수록 강해지겠지만 나는 그렇게 실력이 올라가지 않을 테니 상식적으로 생각해서 빨리 싸우는 편이 제일 승산이 있을 거잖습니까.”

“아아, 그렇군요…….”

메구로의 농담 섞인 대답에 기자는 석연치 않은 표정으로 앉았다.

변함없었다. 달관한 말투에다 본심을 알 수 없었다. 지금의 대답으로 재확인했다. 메구로 다카노리는 보통 수단으로는 이길 수 없다.

“구도 선생님께 묻겠습니다. 메구로 선생님은 조금 자신 없는 발언을 하셨습니다만, 슈퍼 판다는 어떻습니까? 포부가 있다면 말씀해주십시오.”

구도는 마이크를 잡았다.

“우선 메구로 선생님이라는 대단한 기사와 결승전에서 싸우는 것을 영광으로 생각합니다. 천하의 스토머크 파이브를 쓰러뜨린 기사이시니 이길 수 있을지는 모르겠군요. 전력을 다해 싸우겠습니다."

"이번 결승은 인공지능끼리의 대결이 아니라 인간 기사와의 대국입니다. 뭔가 특별한 대책은 생각하고 계십니까?"

—강한 버전을 낸다든지 말인가?

구도는 그렇게 생각했지만 말로는 하지 않았다.

"특별한 대책은 없습니다. 인공지능이 바둑을 두는 것이니 이번에도 철저히 서포트하고 싶습니다. 아, 돌을 두는 연습 정도는 다시 해두고 싶지만 말이죠."

구도의 농담에 기자가 살짝 웃었다.

"메구로 선생님께 질문드리겠습니다."

다른 방향에서 손을 들었다. 구도는 마이크를 내려놓았다.

"기대되는군, 구도."

기자회견이 끝나고 뒤쪽 복도에서 하세가와가 말했다. 이 남자로서는 드물게도 기쁜 얼굴을 하고 있었다. 이런 화려한 자리를 좋아하는 것이다. 화려한 자리에서 스포트라이트를 받는 것은 금전적인 성공과는 또 다른 쾌감이 있을지도 모른다.

나쁘지 않았다. 하세가와에게 영광을 돌려서 신세를 지게 하고 싶다. 프리쿠토가 사내에서 미묘한 입장에 서 있는 지금 자신의 중요성을 어필할 자리가 필요했다.

"그러게. 결승전도 기합 넣어서 튜닝해둘게."

"부탁할게. 구도."

구도는 고개를 끄덕였다. 몇 초 후에 구도는 다른 생각을 하고 있었다.

—미즈시나 하루.

가부키 초에 있는 구리타의 바에 간 지 2주가 지났다. 그사이 새로운 정보는 아무것도 들어오지 않았다. 그 협박범도 그 후에 아무 행동도 취하지 않았다. 구도는 커뮤니티에 계속 글을 올렸지만 그 자리의 분위기를 파악하지 못한 구도의 행위는 서서히 문제가 되어, 관리인한테서 직접적으로 '계속해서 과도하게 글을 올리겠다면 탈퇴시키겠다'는 통보를 받기에 이르렀다.

밑져야 본전으로 하루가 다니던 중학교나 고등학교에 문의해 봤지만 학교 측에서는 '개인 정보는 알려줄 수 없다'는 방침만 내세우며 문을 닫아버렸다. SNS로 동급생을 찾는 것도 '수상한 인물이 움직이고 있는 것 같다'는 소문이 퍼졌는지 새로운 정보 제공자는 나타나지 않았다.

이리에 메구미 사고 건도 헛수고였다. 당시의 신문, 주간지, 웹사이트, 구할 수 있는 정보는 모조리 구해봤지만 불발이었다. 메구미는 누군가에게 살해당한 게 아니었다. 그건 사고이며 그 점에 제삼자의 악의가 들어갈 여지는 없었다. 'HAL'이 '너도 죽이겠다'고 한 건 단순한 협박이었다. 석연치 않았지만 그렇게 결론지을 수밖에 없었다.

조사는 완전히 막다른 길에 다다랐다. 이대로 결과를 내지 못하면 이 프로젝트 자체가 없었던 일이 되리라는 사실이 눈에 훤했다.

—불완전해도 괜찮아. 현시점에서 가진 정보로 인공지능을 만들자.

—안 돼. 완전한 미즈시나 하루를 만들지 않으면 의미가 없어.

두 가지 생각이 가슴속에 늘 소용돌이치고 있었다. 구도는 초조했다. 하지만 타개책을 찾을 수 없었다. 행동을 하려고 해도 무엇을 해야 좋을지 알 수 없었다.

"택시 잡아 올게."

하세가와가 그렇게 말하고 앞서 가려고 했다. 그때였다.

"구도 씨."

두 사람 뒤에서 목소리가 들렸다. 메구로였다. 상냥한 표정을 짓고 있었는데 눈까지 확실히 웃고 있었다.

"오늘 수고 많으셨어요. 본 시합 때는 너그럽게 부탁드릴게요."

메구로는 그렇게 말하고 오른손을 내밀었다. 그 오른손에 손목시계를 차고 있었고 브랜드는 오데마피게의 로열오크였다. 고급 시계의 오라와 본인의 에너지가 불쾌감 없이 조화를 이루고 있었다. 구도는 그 손을 잡았다.

"이쪽이야말로 잘 부탁드립니다. 기대하고 있겠습니다."

"고맙습니다. 그런데 잠시……."

메구로는 그렇게 말하고 하세가와에게 가볍게 눈짓했다.

"2분이면 되는데 구도 씨랑 둘이서 이야기할 수 없을까요?"

뭐지? 구도는 의아하게 여겼다. 하세가와는 분위기를 파악했는지 "그럼 밖에서 기다리고 있을게"라는 말을 남기고 사라져갔다. 살풍경한 복도에 메구로와 구도가 남겨졌다.

"무슨 일인가요? 저랑 둘이서 이야기를 하시고 싶다니."

"본 시합 잘 부탁합니다. 슈퍼 판다랑 싸우는 거 기대하고 있습니다."

"감사합니다. 이쪽도 메구로 선생님 정도 되는 기사와 싸우는 건 처음이니 한 수 배운다는 마음가짐으로 하겠습니다."

"한 수 배울 생각입니까?"

메구로는 웃음을 띤 채 말했다.

"그럼 저와의 대국은 전력을 다하겠다는 거군요?"

"물론입니다."

"그럼 구 버전이 아니라 최신 버전의 슈퍼 판다를 준비해주겠다. 그런 뜻인가요?"

구도는 경악했다. 놀라움을 표면에 드러내지 않도록 순간적으로 가면을 만들었다. 하지만 그것이 잘됐는지 잘 안 됐는지는 알 수 없었다.

"무슨 말씀 하시는 겁니까, 메구로 선생님. 최신 버전이라뇨?"

"난 요 반년간 방에 틀어박혀서 인공지능과 계속 싸웠어요. 슈퍼 판다 기보도 거의 머릿속에 집어넣었고 말이죠. 당신은 금성전에서 구 버전을 내놓고 있어요. 내 눈은 못 속여요."

"뭐가 뭔지…… 죄송합니다. 무슨 말씀을 하시는지 전혀 모르겠습니다만."

"잠언, 12장 22절."

"네?"

"거짓 입술은 여호와께 미움을 받아도 진실하게 행하는 자는 그의 기뻐하심을 받느니라."

성경인가? 구도는 메구로의 말을 기다렸다.

"잘 들어요. 나한테 이기고 싶으면 얕보는 짓은 안 하는 편이 좋을 거예요. 본 시합에는 최신 버전 슈퍼 판다를 내놓으세요.

알겠죠?"

구도는 주위를 둘러보았다. 복도는 한산하고 인적이 없었다. 이런 말까지 듣고 아무 대꾸도 하지 못하는 것은 조금 아니꼬웠다.

"글쎄요. 이미 바둑은 인간보다도 인공지능 쪽이 한 수 위입니다. 제 실력을 낼 필요가 있을까요."

"한 수 이야기를 한다면 난 스토머크 파이브한테 이겼어요. 슈퍼 판다랑 동격이란 거죠."

"동격은 아니죠. 승률은 이쪽이 높아요."

구도는 말했다.

"그런 트집을 잡는다면 좀 더 오래된 버전을 내놓겠습니다."

"그러면 당신네가 질 거요."

"져도 상관없습니다. 애초에 바둑 따윈 저한텐 심심풀이니까요. 돌을 튕기는 놀이에 져도 분하지도 아무렇지도 않습니다."

"구도 씨, 성격 참 좋으시군요. 뭐, 그렇다면 그런대로 상관없어요. 당신은 내 생각대로 되겠죠. 본 시합 기대하고 있을게요."

메구로는 그렇게 말하고 발길을 되돌렸다. 구도는 그 등을 반쯤 멍하게 배웅했다.

기자회견 뒤에 구도는 몬스터 브레인으로 향했다. 그곳에서 구도를 기다리고 있었던 것은 사원들의 격려였다. 응원하고 있습니다. 열심히 하세요. 유종의 미를 거두죠. 여러 사람한테 주목받고 격려의 말을 연달아 듣는 것 자체는 기뻤다. 하지만 슈퍼 판다에 대한 의욕은 도무지 생기지 않았다.

구도는 회의실로 향했다. 목적은 신온 주식회사와의 회의였다.

신온은 30명 정도 되는 소수 정예로 운영되는 회사로, 원래는 재벌 계열 IT 대기업의 한 부문이었지만 자회사 형태로 독립한 벤처 기업이었다.

신온의 주력 상품은 음성 인식과 음성 합성 라이브러리였다. 음성 인식은 인간의 목소리를 수집해 무슨 말을 하는지를 해석하는 기술이다. 음성 합성은 다양한 문장을 자연스러운 억양으로 재현하는 기술이다. '듣는' 기능과 '말하는' 기능. 이 사이에 '생각하는' 인공지능을 두면 이것은 프리쿠토가 된다. 프리쿠토의 귀와 목소리를 만들고 있는 것이 이 회사였다.

"실제 인간의 음성 합성이네요."

구도 앞에는 신온 치프 엔지니어인 데즈카라는 남자가 있었다. 우수한 기술자로 늘 고객을 생각하는 양심적인 남자였다.

"그렇습니다. 지금 폐사에서 프로젝트 하나가 진행되고 있습니다. 실존하는 인간의 목소리를 신온의 기술로 재현하고 싶습니다."

"충분히 가능합니다."

데즈카는 자신에 가득 찬 목소리로 말했다.

"실제로 과거에도 그런 일이 있었습니다. 공개해도 되는 사례로는 2년 전에 성우 쓰키요 사사라 씨의 신곡 캠페인에서 좋아하는 말을 사사라 씨가 읊게 하는 웹서비스가 있었습니다."

구도는 기억하고 있었다. 웹상에 일본어를 쳐 넣으면 어떤 말이든 쓰키요 사사라의 목소리로 재생해주는 서비스였다. 금지 단어망을 빠져나가 얼마나 외설스러운 말을 하게 하는가 하는 하등한 놀이로 인터넷이 후끈 달아올랐었다.

"신온 측에서 한 작업이었습니까?"

"네. 사사라 씨의 목소리를 녹음해서 음성 데이터를 저희 회사 라이브러리에 주입시켰습니다."

"같은 작업을 한다고 했을 때 얼마나 드나요?"

"방법에 따라 다르겠지만 어림잡아 1천만 엔 정도 합니다."

싸다. 파격적인 가격이다. 아마도 라이브러리 부분이 꽤 야무지게 만들어져 있을 테니, 음성 데이터마저 풍부하다면 인건비는 그렇게 들지 않으리라.

"그런데 당연한 이야기지만 재현할 목소리 데이터는 준비해야 하는 거죠?"

"당연하죠. 사사라 씨의 경우는 500패턴 정도 되는 문장을 녹음했습니다."

구도에게 있어서 그것은 난감한 부분이었다. 하루의 음성 데이터는 하나도 현존하지 않았다.

하루의 성격은 구도의 내면에서 윤곽을 드러내기 시작했다. 다음 장벽은 소재를 입수하는 일이다. 영상 데이터. 음성 데이터. 그것이 없으면 미즈시나 하루의 인공지능화는 어렵다. 하지만 구도에게는 그 장벽을 넘기 위한 수단이 보이지 않았다.

뭔가 소리가 울린 듯한 느낌이 들었다. 구도가 눈을 뜨자 이쪽을 쳐다보는 하루의 눈이 그곳에 있었다. 잡지 프린트를 인쇄해서 액자에 장식해놓은 것이었다.

집에 돌아올 때까지는 기억하고 있었다. 어느새 책상에 엎드려 잠들어버린 것 같았다. 요즘 들어 바쁘기도 해서 이와 같은 불규칙한 수면이 늘었다. 충분히 수면을 취해야 한다는 사실은 알고 있지만, 샤워를 하고 침대에 들어가는 일상으로 자신을 이끌 수 없었다.

구도는 하루의 앞머리를 쓰다듬듯이 사진 표면을 살짝 쓰다듬었다. 플라스틱의 차가움이 손끝에 허무함을 느끼게 했다.

그쯤에서 구도는 어떤 소리에 깼다는 사실을 떠올렸다. 멍한 머리는 잠시 답을 찾지 못했지만, 이윽고 생각이 도달했다. 마우스를 쥐고 노트북으로 향했다. 솔라리스의 알림음이었다.

솔라리스를 켰다. 메시지박스에 착신이 한 건 있었다. 구도는 숨을 삼켰다. 발신인은 'HAL'이었다.

마우스를 움직여서 메시지를 열었다. 그때 구도는 경악했다.

세 장의 사진이 메시지에 첨부되어 있었다.

첫 번째 장에는 무려 구도가 찍혀 있었다. 등 뒤에서 찍힌 사진으로 정면에는 이무라 하쓰네가 앉아 있었다. 가마타의 패밀리 레스토랑 사진이었다. 사진이 끊겨 있어서 보이지 않지만 그 옆에는 아마도 마미야 노리코도 있을 터였다.

두 번째 장에도 구도가 찍혀 있었다. 가부키 초의 '무스'에 들어가는 모습을 등 뒤에서 도촬당했다.

그리고 마지막 한 장.

마지막 한 장에 찍혀 있는 것은 마미야 노리코였다. 그런데 그 모습이 이상했다.

노리코는 콘크리트 위에 쓰러져 있었다. 눈을 감고 있었다. 실신한 것 같았다. 그리고 측두부에서 피가 흐르고 있었다.

"다음은 너야."

메시지에는 그렇게 적혀 있었다.

3

무제, 아메, 2014년

네 기억 속에 내가 등장한 건 언제가 처음일까. 내가 너한테 말을 걸었을 때일까? 좀 더 전이라면 기쁘겠지만 그래도 아마 내가 먼저겠지.

널 처음 본 건 입학식 후였어. 정말로 충격적이었어. 너만큼 아름다운 여자를 나는 본 적 없었어. 너의 얼굴. 너의 머리카락. 너의 키. 신고 있던 신발. 마른 체구. 그 모든 것이 빛나는 것 같았지.

사랑이었어. 네 모습을 봤을 때 나는 첫눈에 사랑에 빠졌어.

특히 마음에 든 건 네 눈이었어. 네 눈은 큼직했어. 그 눈으로 세상을 위협하는 것 같기도 했고 세상 전부를 보고 싶어 하는 것 같기도 했지.

네 눈은 강렬했어. 너만큼 강렬한 눈을 가진 사람을 나는 만난 적이 없었지. 너는 강한 인간이었어. 주변에서 일어나는 일이라면 신경 쓰지 않았지. 그 강인함이 눈에 나타나고 있었어. 늘 주위를 신경 쓰고 겉돌지 않게 살아온 나는 아마도 너의 강인함에 이끌렸다고 생각해.

널 사랑한다는 게 어떤 것인지 나는 이제까지 살아온 인생 탓에 잘 알고 있었어. 나는 괴로웠어. 너를 사랑해도 잘되지 않을 걸 알고 있었어. 나는 쭉 마음을 죽이고 살고 있었어. 순조롭게 진행되고 있다고 생각했어. 하지만 너라는 존재를 앞에 두고 내가 쌓아온 작은 제방은 한순간에 무너지고 말았지.

너는 자주 게임기를 만지작거렸어. 특히 닌텐도 게임을 좋아해서 닌텐도 DS를 가지고 다녔지. 그리고 넌 언제나 큰 헤드폰을 가지고 있었어. "최신 게임은 사운드도 신경 써서 만들어. 그러니 제대로 된 환경에서 하지 않으면 실례야." 나중에 너는 그런 식으로 말했어.

큰 헤드폰을 끼고 작은 휴대게임기를 마주하고 있었지. 그런 네 모습은 멋있었어. 나한테 게임을 하는 너는 이 세상에 없는 것처럼 보였어. 네 주위에는 투명하고 단단한 껍데기가 있고 아무도 그 안에 들어갈 수 없었어. 너도 그곳에서 나올 마음은 없었고 말이지. 넌 이곳이 아니라 게임 속에 있다는 인상을 받았지.

실제로 너는 학교에서도 고립되어 있었어. 아니 고립이라는 말은 너무 부정적으로 들릴지 몰라. 내 입장에서 보면 하루 넌 꼿꼿했어. 주위에 사람이 있든 없든 개의치 않았어. 그런 태도를 하고 꼿꼿하게 서 있었지.

너한테 말을 걸고 싶다. 하지만 그런 게 가능할 리 없다. 계속 늘어가는 너의 정보와 비례하듯이 내 초조함은 축적되어갔지.

너와 이야기하게 된 계기는 우연이었어.

그건 휴일 날 전철 안이었어. 내가 앉아서 책을 읽고 있는데 곁에 앉은 사람이 있었지. 그게 하루 너였어. 우리는 우연찮게도 역을 사이에 두고 살고 있었어.

지금밖에 없다.

나는 그렇게 확신했지. 지금 말을 걸지 않으면 너랑 친해질 기회는 평생 찾아오지 않는다.

너에 대한 마음을 숨긴 채 계속 지낸다. 그런 생각도 했어. 생각했다기보다도 결의했다는 쪽에 가까워. 하지만 일시적인 결의는 환경이 바뀌면 한순간에 날아가는 법이야. 정신을 차려보니 나는 너한테 말을 걸고 있었지.

그 게임 뭐야?

그때 네 반응을 잘 기억하고 있어. 너는 깜짝 놀란 듯이 나를 향해 눈을 크게 뜨고 있었어. 위협하는 듯한 눈이었어. 하지만 나는 주눅 들지 않았지.

미즈시나 하루지? 늘 게임을 하고 있지? 그거 뭐하는 거야?

나는 너를 바라본 채 가만히 헤드폰을 뺐지. 너의 짧은 머리가 헤드폰에 말린 채 확 날렸어.

"슈퍼마리오64."

조금 틈을 두고 너는 그렇게 답했어. 나는 기뻤어. 너와 이야기할 수 있는 것도 기뻤고 게임을 잘 모르는 나라도 슈퍼마리오 정도는 알고 있어서였어.

마리오. 들은 적 있어.

그런 말을 계기로 나는 너와 이야기를 시도했어. 하지만 이야기는 잘 진행되지 않았지. 네 리액션이 너무 불성실했기 때문이야. 말을 걸어도 맞장구조차 치지 않았어. 대답을 한다고 해도 한두 마디였고 말이지. 맞물리지 않는 대화를 어떻게든 맞물리게 하고 싶다. 나는 말을 계속했지만 잘 되진 않았어.

내릴 역이 다가왔지. 이야기는 열기를 띠지 않은 채 끝날 것 같았어. 나는 초조해하면서도 비장의 이야기를 꺼냈지. 네 중학교 동급생한테서 알아낸 정보였어.

미즈시나는 게임을 만든다면서? 해보고 싶은데 혹시 괜찮으면 다음번에 해봐도 될까?

내가 그렇게 말했을 때 네가 보인 너의 얼굴을 나는 똑똑히 기억하고 있어. 투명한 껍데기를 노크하는 소리. 생각지도 못한 곳에서 나는 그 소리에 조금 놀라고 있었어. 그런 표정이었어.

"알겠어. 다음번에."

너는 그렇게만 답했지. 그 말에는 개인적인 이야기를 생뚱맞게 꺼낸 나에 대한 불신감도, 자신의 작품에 흥미를 가져준 크리에이터로서의 기쁨도 전혀 없었어. 너에게 있어서는 볼펜을 빌려주는 정도의 일이었을지도 몰라. 하지만 너와 실 하나로 연결된 나에게 있어서 네 대답은 정말로 기뻤어.

4

구도는 가마타 역에 내려 역 앞에서 작은 꽃다발을 샀다.

구도는 노리코가 입원한 병원을 이무라 하쓰네에게 전화해서 알아냈다. 다행히 목숨에 지장 없이 가벼운 부상으로 끝난 것 같았지만 공격당한 곳이 머리이기도 해서 한동안 입원하기로 한 모양이었다.

면회 접수를 마치고 병실에 들어갔다. 널찍한 공간에 병상이 커튼으로 나눠져 있었다. '마미야 노리코'라고 쓰인 팻말을 발견하고 구도는 안에 말을 걸었다.

"안녕하세요. 구도입니다. 이번에……."

이야기가 다 끝나기 전에 커튼이 열렸다. 그곳에 있던 사람은 하쓰네였다. 침대에서는 노리코가 상반신을 일으키고 있었고 머리에는 붕대가 감겨 있었다.

"부상을 당했다고 들었습니다. 괜찮습니까? 마미야 씨."

"구도 씨. 일부러 찾아와주셔서 감사합니다. 괜찮습니다."

노리코는 그렇게 말하고 쑥스러운 듯이 웃었다. 하지만 목소리에 피로감이 끈적하게 들러붙어 있었다.

'HAL'이 보낸 사진을 떠올렸다. 노리코는 좌반신을 위로 한 채 쓰러져 있었고 왼쪽 측두부에서 피가 흐르고 있었다. 뇌 검사도 끝났다지만 머리에 입은 타격이다. 죽었어도 이상하지는 않았다.

"어쨌거나 무사해서 다행입니다. 경찰에는 신고했나요?"

"아뇨, 아직 안 했어요. 모레 퇴원이니 그다음에 가보려고요."

"노파심이지만 얼른 신고하는 편이 나을 것 같군요. 범행에서 시간이 지나면 흔적이 사라진다고들 하니까요……."

구도는 말하면서 타이밍을 재고 있었다. 노리코는 피곤한 것 같았지만 차분했다. 그렇다면 이야기를 꺼내도 문제는 없을지도 모른다.

"주제 넘는 소리를 여쭙습니다만 범인의 모습은 보셨습니까?"

"아뇨……. 느닷없이 뒤에서 공격당해서요……."

"잠깐만 노리코."

하쓰네가 말에 끼어들었다. 적의를 드러내는 눈으로 구도를 노려보고 있었다.

"그 전에 말해보세요. 구도 씨. 당신은 어떻게 노리코가 다쳤다는 사실을 안 거죠?"

듣고 싶지 않은 질문이었다. 그 질문을 받기 전에 필요한 정보를 끄집어내고 싶었다. 하지만 어쩔 수 없었다.

"이무라 씨, 좀 미묘한 이야기니 밖에서 이야기하지 않겠습니까?"

"노리코한테는 못 들려주는 이야긴가요?"

"들어도 상관없지만 다친 분을 딱히 자극하고 싶지 않습니다. 마미야 씨한테는 상황을 봐서 이무라 씨가 전해주실 수 있을까요?"

하쓰네가 노리코를 쳐다보았다. 노리코는 '상관없다'는 듯이 고개를 끄덕였다.

구도는 병실을 나가서 병동에 부설되어 있는 카페로 향했다. 자리를 찾아서 마주 보고 앉았다. "돈은 제가 낼 테니 뭐든 드시고 싶은 걸 주문하세요." 그렇게 말을 걸었으나 하쓰네는 "됐어요" 하고 냉담하게 거절했다.

주문을 마치고 다시 하쓰네에게 돌아섰다. 그녀는 날카로운 눈으로 구도를 쳐다보았다.

"조금 전에 하려던 말 계속해 봐요."

"하려던 말이라면 무슨 이야기였죠?"

"시치미 떼지 마요. 당신이 어떻게 노리코가 다쳤다는 걸 알았냐는 말 말이에요."

하쓰네는 흥분하고 있었다. 구도는 입을 다물었다. 가만히 있으면 좀 더 정보를 흘릴 것 같았다.

"당신, 우리가 관두라고 했는데 학교에 문의했죠? 아직 하루에 대해서 몰래 조사하는 거예요?"

"무슨 소립니까. 그런 적 없습니다."

"거짓말 하지 마요. 연락이 왔으니까요."

"그건 학교 쪽에서입니까? 구도 겐이라는 인간이 하루 씨에 대해서 조사하고 다니니 조심하라고?"

"그렇게까지 구체적인 이야기는 아니지만 여러모로 연락이 온다고요. 이 타이밍에 그런 이야기가 들려오면 당신밖에 없잖아요?"

구도는 난감했다. 꼬리를 잡히지 않은 이상 시치미는 뗄 수 있다. 다만 그러면 불신을 초래해서 노리코와 하쓰네와의 관계는 여기서 끊어질 것이다. 패가 적은 가운데 사소하다지만 정보원을 잃는 건 타격이 컸다.

구도는 협박범에 대해서 이야기하기로 했다. 어느 쪽이든 간에 반발을 불러일으키겠지만 속마음을 내비침으로써 상황을 개선할 수 있을지도 모른다.

구도는 말했다. 두 번에 걸쳐 인터넷으로 협박당했던 일. 그것을 무시하고 계속 조사했더니 어제 협박범한테서 노리코를 덮친 사진이 보내져 왔던 일.

"그럼……."

하쓰네는 충격을 숨기지 못하는 모습이었다.

"그럼 노리코는 당신 때문에 공격당한 거잖아요!"

카페 공기가 얼어붙었다. 하지만 흥분한 하쓰네는 그런 사실을 알아차리지 못한 것 같았다.

"이무라 씨. 여긴 병원이니 일단 진정해주세요."

"진정할 수 있을 리가 없잖아요. 당신이 하루에 대해서 캐내기 시작해서 그렇게 된 거잖아요!"

"부정은 안 하겠습니다. 하지만 그렇게 될 줄은 몰랐습니다. 협박범이 위해를 가한다면 저한테 할 거라고 생각했습니다."

구도는 말하면서도 그건 거짓말이라고 생각했다. 'HAL'이 정말로 위해를 가할 줄은 구도는 생각지 못했다. 'HAL'은 예상했던 것보다도 위험한 인간이었다.

"그 메시지, 보여줘요."

하쓰네의 목소리는 떨리고 있었다. 구도는 스마트폰을 꺼내서 솔라리스 메시지를 하쓰네에게 보여주었다. 화면을 보던 하쓰네의 얼굴이 더욱 새파래졌다.

"이건, 요전번에 만났을 때의……."

"네. 아무래도 협박범한테 도촬당하고 있었던 것 같아요."

"나도 찍혀 있잖아요……."

하쓰네가 쥐고 있던 스마트폰이 떨렸다.

"구도 씨."

하쓰네의 입에서 강경한 말투가 사라졌다.

"부탁할게요. 하루에 대해서 이제 그만 문제 삼아줘요. 범인은 내 얼굴을 봤잖아요? 이번에는…… 날 노릴 거예요."

구도는 커피를 마시면서 하쓰네의 얼굴을 관찰했다.

"알겠습니다. 저로서도 일이 이렇게 될 줄은 생각지도 못했습니다. 본 건에서 손을 깔끔하게 떼도록 하겠습니다. 죄송합니다."

"이제 와서 사과해선 늦어요. 이젠 정말 관둬요……."

"알고 있습니다."

구도는 메모장을 찢어서 그곳에 글을 쓰기 시작했다. "당신, 뭐 하는 거예요?" 하쓰네가 의아한 목소리를 냈지만 무시했다.

"계약서입니다."

구도는 그렇게 말하고 200자 정도 쓴 글을 보여주었다. 이 건에서 손을 떼겠다. 두 번 다시 하루와 엮이지 않겠다. 쓴 것은 그러한 내용이었다.

"사문서지만 이걸 교환해두면 법적인 효력이 발생합니다. 괜찮다면 이무라 씨 사인해주세요. 복사하고 나서 원본을 건네 드리겠습니다."

구도는 그렇게 말하고 종이와 펜을 내밀었다. "뭐하자는 거야……." 투덜대면서도 하쓰네는 오른손으로 펜을 휘갈겼다.

결백하다. 구도는 그렇게 생각했다.

'HAL'이 하쓰네가 아닐까? 이야기하기 시작하고 나서 구도의 가슴에 그런 의혹이 오갔다. 조사를 관둬라. 하루에 대해서 그만 문제 삼아 달라. 하쓰네가 일관되게 주장하고 있는 내용이 'HAL'의 요구와 일치하고 있었기 때문이다. 하지만 그녀는 아니었다. 'HAL'이 아니었다.

"이걸로 됐어요?"

하쓰네가 종이를 내밀었다. 구도는 그것을 받아들고 기어를 넣었다. 'HAL'이 아니라면 정보를 뽑아낼 필요가 있었다.

"이무라 씨. 우리가 만난 패밀리 레스토랑에서 그 사진이 찍혔다는 건 범인은 그 자리에 있었던 거겠죠?"

"당연하겠죠."

"사진은 조금 떨어진 곳, 제 뒤쪽에서 찍혀 있어요. 이쪽을 향해 휴대전화를 들고 있던 사람은 없었나요?"

"하루에 대해선 더 이상 조사하지 않는다. 그러지 않았어요?"

"네. 조사 안 합니다. 다만 일어난 일은 일어난 일이에요. 이번 일을 같이 검토하고 범인을 추려내는 건 나쁘지 않아요. 서로의 안전에 있어서도 말이죠."

구도의 말에 하쓰네는 망설이기 시작한 것 같았다. 하쓰네는 조종하기 쉽다. 위세를 적당히 받아넘기면 얼마든지 컨트롤할 수 있다.

"수상한 사람은 없었던 것 같아요……."

하쓰네는 기억을 더듬듯이 이야기하기 시작했다.

"적어도 카메라를 이쪽으로 갖다 대는 인간은 없었어요. 아마도요……."

"하지만 이 사진이 찍혔어요. 지금은 스마트폰뿐만 아니라 펜 형태의 카메라나 손목시계 형태의 카메라로도 사진을 깨끗하게 찍을 수 있어요. 그 점을 바탕으로 생각하면 어때요?"

"기억이 잘 안 나네요. 누가 앉아 있었던 느낌도 들긴 하지만요."

생각나면 말해달라고 덧붙이고 구도는 이어서 말했다.

"그럼 다른 각도에서 생각해보죠. 하루 씨의 과거가 파헤쳐지는 걸 싫어할 만한 사람은 모르나요?"

"그건 많지 않을까요? 솔직히 나도 생각하기 싫은걸요. 하루 사건이 있고 나서 우리는 매스컴에 꽤 쫓겨 다녔으니까요……. 당신이 학교에 문의한 일로 꺼림칙해하는 사람도 많을 거예요."

"그럼 질문을 바꿔볼게요. 하루 씨를 조사하는 걸 싫어할 만한 사람은 많다. 하지만 그것과 실제로 폭력을 휘두르면서까지 그것을 저지하려고 하는 일은 별개예요. 후자까지 갈 위험한 사람. 이무라 씨는 그런 사람이 짐작 가지는 않나요?"

"그런 사람이 있을 리가 없잖아요. 몰라요, 그런 사람……."

"노리코 씨는 어떤 상황에서 공격당한 겁니까? 범인의 얼굴을 봤다든지 그런 이야기는 못 들었습니까?"

"자세히는 못 들었지만……. 느닷없이 뒤에서 맞고 정신을 차려보니 병원에 있었다고 했어요. 맞은 것도 잘 기억 못하는 것 같았지만요……."

"범행 현장은요?"

"집 앞에 쓰러져 있었다고 의사가 말했어요. 조금만 더 가면 집이었는데……."

구도는 몸을 내밀었다.

"또 질문을 바꿀게요. 범인은 아마도 왼손잡이일 겁니다. 왼손잡이. 그걸로 연상되는 건 없습니까?"

"그런 걸 어떻게 알아요?"

하쓰네는 놀란 것 같았다. 구도는 말했다.

"간단한 이야기예요. 마미야 씨는 뒤에서 왼쪽 측두부를 맞았어요. 등 뒤에서 왼쪽 측두부를 때리려면 흉기를 왼손으로 쥐지 않으면 못 때리죠."

구도가 하쓰네를 용의자 선상 밖에 둔 이유는 그것이었다. 하쓰네는 오른손으로 사인했다.

"우연히 왼손으로 쥐고 있었던 건 아닐까요?"

"그래서 '아마도'라고 이야기했어요. 단정 지을 순 없죠. 하지만 사람을 공격하는 국면에서 굳이 사용하지 않는 손을 쓰는 사람은 적지 않을까요?"

왼손잡이……. 그렇게 중얼거리면서 하쓰네는 다시 생각하기 시작하더니 이윽고 고개를 가볍게 저었다.

"그런 사람 생각 안 나요. 왼손잡이였던 사람이 있었던가……."

"인구의 10퍼센트 정도는 왼손잡이라고 해요. 여기저기에 있을 겁니다. 동급생, 하루 씨의 주변, 마미야 씨의 주변, 생각 안 나나요?"

"없어요. 그야 왼손잡이였던 동급생은 몇 명 있었지만 하루랑 이야기하는 걸 본 적이 없어요. 그런 사건을 일으킬 사람 따윈 짐작도……."

하루에게는 '아메'라는 연인이 있었다. 그 인물에 짚이는 데가 없을까.

구도는 그렇게 물으려다가 관뒀다. 어차피 하쓰네는 아무것도 모를 것이다. 고기가 잡히리라고 기대할 수 없는 연못에 낚시 바늘을 던질 필요는 없다.

딱 한 가지, 'HAL'의 인물상이 좁혀졌다. 그것은 하쓰네 일행과 아는 사이가 아니라는 점이다. 패밀리 레스토랑 사진은 테이블 근처에서 찍혀 있었다. 지인이 그 거리에서 사진을 찍었더라면 노리코나 하쓰네가 알아차렸을 것이다.

"이제 됐죠? 어쨌거나 하루 일은 더 이상 건드리지 마요. 난 다치고 싶지 않으니까요."

"알고 있습니다. 반성하고 있어요."

"두 번 다시 오지 마요. 알아들었죠?"

"네."

구도는 말했다. 하쓰네와의 라인은 앞으로도 사용할 수 있을 것 같았다.

5

무제, 아메, 2014년

너와의 교류는 그때부터 어중간하게 이어졌지. 학교 안. 전철 안. 너와 만나는 장소는 그 두 군데가 많았어.

너한테 좀 더 다가가고 싶었지만 무리였어. 네 말수는 너무 적었고 너한테 말을 끌어낼 수단을 나는 아직 가지고 있지 않았으니까.

그런 만큼 그날 네가 한 제안에 마음이 설렜어.

"이거 해볼래?"

처음 말한 그날부터 3개월쯤 지났던 것 같아. 네가 내민 USB를 보고 나는 바로 상황을 이해했지. 이 안엔 네가 만든 게임이 들어 있다.

그래. 해보고 싶어. 내가 그렇게 대답하자 너는 USB를 건네주고 "끝나면 이야기해줘"라고 말하고 사라졌지.

〈Black Window〉. 그건 퍼즐 게임이었어. 어두운 숲속에 갇힌 주인공. 검은 창문을 깨고 숲속에서 탈출하는 게임, 처음에 나온 산문시 같은 게 나는 인상적이었어.

나는 어두운 숲속에 갇혀 있다.

검은 창문을 깨야만 한다. 어둠이 물러설 테니까.

하얀 창문을 깨서는 안 된다. 빛이 비추지 않으면 길이 보이지 않으니까.

빨간 창문을 깨서는 안 된다. 피가 멈추지 않게 될 테니까.

숲에서 빠져나가야 한다. 나는 그렇게 생각한다.

게임을 해보고 나는 놀랐어. 이게 아마추어가 만든 작품인가. 나는 국어 교과서를 떠올렸지. 《산월기*》라든지 《오츠벨과 코끼리**》는 문학에 해박하지 않은 아이가 느닷없이 읽어도 그것들이 높은 수준의 작품이라는 사실은 어렴풋이 알 수 있어. 그것과 마찬가지였어. 네가 만든 게임의 높은 수준은 게임을 잘 모르는 나도 이해할 수 있었지.

그리고 매일 나는 〈Black Window〉를 하면서 지냈어. 네가 만든 게임은 어려웠지만 그래도 나는 계속했어. 게임을 통해 너를 좀 더 알고 싶었어.

일주일 정도 푹 빠져서 했던가. 그 뒤 나는 너한테 게임에 대한 감상평을 말했어. 무척이나 재밌었다. 세계관이 다크해서 멋있었다. 매끄럽게 진행돼서 훌륭했다. 이런 걸 만들 수 있는 너를 정말로 존경한다. 네가 듣고 싶은 말과 내 본심. 두 가지를 섞어서 어떻게 말하면 네가 기뻐할지를 필사적으로 생각했어. 그 칭찬은 내 혼신의 작품이었어.

하지만 네 대답은 쌀쌀맞았지. "그래." 그 말만 하고 너는 바로 사라졌어. 나는 깜짝 놀랐어. 그리고 무척 후회했지. 그런 경박한 칭찬을 너는 원하지 않았구나 하고.

내가 그때 얼마나 후회했는지 넌 모를 거야. 나는 그렇게나 열중하던 〈Black Window〉를 하는 것도 싫어졌어. 바로 여름방학

*일본 소설가 나카지마 아쓰시의 단편선

**일본 동화작가 미야자와 겐지의 동화

에 들어가서 우리는 얼굴을 마주하는 일도 사라졌지.

2학기가 시작됐어.

나는 그때가 되어서도 네게 한 발언을 후회하고 있었어. 하지만 잘못됐다는 걸 알면서도 무슨 말을 해야 정답인지 몰랐어. 너와 얼굴을 마주하는 게 솔직히 조금 두려웠어.

의식해서 그랬던 건 아니야. 하지만 나는 무의식적으로 너를 피했다고 생각해. 학교 안. 전철 안. 자주 발견하던 네 얼굴은 어느새 내 생활 풍경에서 사라져갔어. 그 사실에 서운함을 느끼면서도 나는 그 이상으로 안심하고 있었지.

그건 10월이었어. 학교에서 천체 관측 이벤트가 열렸지.

어떤 내용이었는지는 까맣게 잊어버렸지만 조사해보니 당시 오리온자리 유성군의 활동이 활발해졌다고 하니 아마도 그걸 보는 이벤트였던 것 같아. 교정과 옥상이 개방되었고 천문부에서 망원경을 빌려 나왔었지. 나는 친구와 함께 이벤트에 참가하고 있었어.

회장에 갔다가 나는 숨을 삼켰어. 네가 참가하고 있었기 때문이야.

밤의 어둠에 뒤섞인 채 너는 쌍안경으로 하늘을 바라보고 있었지. 잘은 보이지 않았지만 분명 커다란 눈을 한껏 크게 뜨고 있었을 거야. 네가 어째서 그 이벤트에 참가했는지 결국 물을 기회는 없었어. 하지만 네가 안에 갇혀 있으면서도 실은 다양한 것에 흥미를 가지고 있는 사람이라는 사실을 지금의 나는 알고 있어.

나는 너를 피하듯이 친구와 행동했지. 이야기하기가 어색한 것도 있었지만, 너와 친하게 지내는 모습을 들켜서 이상한 인간 취급을 받는 게 나는 두려웠어. 지금은 그런 자신의 마음이 진심으로 부끄러워. 하지만 당시의 나는 어쩔 수 없었어. 나는 본심을 숨기면서 살아가던 인간이었으니까.

유성군이 어떻게 보였는지는 기억나지 않아. 기억나지 않는다는 건 기대하던 정도의 것이 아니었던 거라고 생각해. 그런데도 나는 친구들과 계속 즐거운 척하고 있었던 것 같아. 굉장하다. 예쁘다. 이런 거 본 적이 없어. 나는 그런 게 어느 누구보다 특기였어.

그렇기 때문에. 네가 말을 걸었을 때 나는 진심으로 깜짝 놀랐어.

"저기 말이야."

귓가에 예쁜 목소리가 들렸지. 너는 내 옆에 서 있었어. 나는 바로 주위를 둘러봤어. 내 친구들은 곁에 없었어. 정말 부끄러운 이야기지만 나는 조금 안심했어.

"이번에 밤의 게임을 만들려고 하는데."

너는 그렇게 말했어. "밤?" "게임?" 그런 대답을 했던 걸로 기억해. 너는 혼잣말처럼 말했어.

"탐정이 주인공인 밤의 게임. 만드는 데 1년 정도 걸릴 것 같아."

너는 그 말만 하고 사라졌어. 나는 혼란스러웠지만, 패닉이 사그라지는 것과 더불어 네가 무슨 말을 하고 싶었던 건지 이해할 수 있었어.

다시 게임을 만들 테니 해줬으면 좋겠다. 너는 그 말이 하고 싶었던 거야.

동시에 나는 〈Black Window〉의 감상평이 특별히 잘못되지 않았다는 사실을 깨달았어. 네 반응이 미비해서 착각했지만 너는 내 감상을 기쁘게 들었던 거야. 기쁨을 표출하기 위한 구멍을 너는 가지고 있지 않았지. 그런 것도 지금의 나는 알고 있어.

내 풍경 속에 너는 다시 돌아왔어. 너와 또다시 조금씩 이야기할 수 있게 되었지. 나는 그걸 정말 기쁘게 생각해.

널 좋아하던 남자가 몇 사람 있었어. 너한테 고백하고 쌀쌀맞게 거절당한 남자도 있었지. 학교에 있으면 그런 이야기도 들려오는 법이지.

너는 연인을 만들지 않았어. 늘 주위의 간섭을 멀리하고 혼자서 꼿꼿하게 서 있었지. 그런 네 모습을 보고 나는 안심했어. 무엇보다 보통 남자는 너와 사귀어도 지루해서 견딜 수 없었을 테지만.

6

새로운 주가 시작되고 프리쿠토 정기 회의 날이 찾아왔다. 구도가 회의실에 들어서자 이미 멤버가 모여 있었다. 그 중심에서 하세가와가 굳은 표정을 짓고 있었다.

"일이 번거로워졌어."

구도의 얼굴을 보자마자 하세가와는 말했다. 그 옆에서 세나 유리코가 프린트를 내밀었다.

"이건……."

쳐다보자 블로그 화면을 프린트한 것인 듯했다. '인공지능에게 남편을 빼앗긴 여자의 하소연'이라는 제목이 붙어 있었다.

"우리랑 재판하고 있는 그 여자가 하는 블로그야."

블로그는 일주일 전에 개설된 것으로 매일 기사가 갱신되고 있었다. 프리쿠토가 얼마나 위험한 서비스인지 선동적으로 쓰고 있었고 댓글난도 소란스러웠다. 유리코가 말에 끼어들었다.

"이 블로그 말입니다만, 이미 SNS상에서 꽤 유명해요. 인터넷 뉴스에서도 다뤄져서 이대로라면 신문이나 텔레비전에 나오는 것도 시간문제인 것 같아요."

구도는 블로그 글을 읽었다. 숙달된 글이었다. 여성은 피해자이고 불륜으로 치달은 남편 또한 인공지능에 홀린 피해자에 지나지 않는다. 모든 악의 근원은 인공지능이며 녀석들은 사회를 파괴하는 위험한 존재다. 그런 주장이 명확하게 전해져 왔다.

"프로 작가를 고용했나 보군. 아마추어가 쓴 글이 아니야."

"지금 그게 문제가 아니에요. 문제인 건 이게 몬스터 브레인에 있어서 큰 이미지 타격으로 이어진다는 사실이에요."

"명예훼손으로 반대로 고소하면 돼. 과장이나 사실 오인도 많은 것 같으니까."

"구도."

하세가와는 나무라듯이 말했다.

"정론이지만 그러면 우리 이미지가 악화될 거야."

"이런 일방적인 변명, 방치해둘 수도 없는 노릇이잖아."

"우린 대기업이 아냐. 회사 이미지를 실추시키고 몇 개나 되는 재판을 떠안는 리스크는 피하고 싶어."

"그럼 어쩔 셈이야."

"이번 재판은 우선 어쩔 수 없지. 이대로 견디는 수밖에 없어."

하세가와는 이어서 말했다.

"전에 말한 금지 단어 건 말이야. 추진할 시기가 온 것 같은데."

역시 그 이야긴가. 하세가와 옆에서 유리코가 웃음을 짓고 있었다. 두 사람 사이에서는 이야기가 끝난 것 같았다.

"찬성할 수 없어. 전에 말한 대로야. 인공지능의 발언을 억지로 수정하려고 하면 유저들의 마음이 식을 거야."

"하지만 리스크가 너무 커. 이 블로그는 이미 확산되고 있어. 같은 무리들이 같은 재판을 걸기 시작하면 회사 자체가 날아갈지도 몰라."

"맨 처음 재판에서 이기면 돼. 고소해도 소용없다는 걸 알면 소동도 가라앉을 거야."

"그 말은 지면 끝이라는 뜻이잖아. 예전에 소비자금융 업계가 날아간 적 있는데 그것도 애초에 재판 하나가 계기였어. 초과 지불한 돈의 반환을 요구한 한 재판에서 지는 바람에 같은 소송이 벌어져서 업계가 통째로 망했지."

구도는 잠자코 있었다. 그리고 실내의 시선이 자신에게 모이도록 괴로운 표정을 지었다. 하세가와. 유리코. 야나기다. 세 사람의 시선을 잔뜩 끌어오고 나서 구도는 말했다.

"어쩔 수 없을……지도 모르지."

괴로운 듯이 중얼거렸다.

"확실히 회사가 기울면 이익은커녕 본전도 못 찾겠지. 마음으로서는 반대지만 확실히 그런 시기일지도 몰라."

하세가와는 표정을 무너뜨리지 않았지만 안심했다는 것을 알 수 있었다. 그 옆에서 유리코가 웃었다. 자신의 승리다. 그렇게 선언하듯이.

정말이지 아둔한 여자다. 연기라는 것도 모르고 있다. 양보의 가치를 끌어올리려면 마지못해 결단했다는 포즈를 취하는 것이 바람직하다. 그뿐이었다.

구도에게 있어서 프리쿠토 금지 단어를 설정할지 말지는 더 이상 큰 문제가 아니었다. 그것보다도 몬스터 브레인이라는 후원자를 잃고 미즈시나 하루의 인공지능을 만들지 못하게 되는 쪽이 타격이 심했다. 금지 단어를 설정해서 프리쿠토가 연명하는 것은 오히려 바라는 바였다.

"그럼 그 방향으로 진행하지. 금지 단어를 모조리 찾아내서 인공지능이 그 말을 하지 않도록 고치도록 할게. 그리고 그렇게 개선했다는 사실을 세간에 어필해야지. 그러면 소동이 조금 누그러들 거야."

적절한 방향으로 수습되었다. 구도는 그렇게 생각했다. 하지만 예상외의 방향에서 언성이 높아졌다.

"잠시 기다려주세요. 저는 반대입니다."

발언한 것은 야나기다였다. 하세가와가 곤혹스런 표정을 지었다.

"야나기다. 지금까지 한 이야기 들었어?"

"네. 다 듣고 말하는 겁니다."

야나기다의 표정에는 망설임이 없었다.

"몇 가지 이유가 있습니다. 우선 한 가지로는 판결이 아직 나오지 않았다는 겁니다. 개인적으로 변호사 친구 몇 사람에게 물어봤습니다만 확실히 전대미문의 재판이지만 질 확률은 상당히 희박하다는 견해였습니다. 냉정하게 생각해보십시오. 확실히 이 블로그는 잘 쓰여 있어서 세간에선 재밌어하겠죠. 하지만 게임이 원인으로 이혼했다고 해서 게임 개발 회사를 고발한다. 그런 사람이 속출하겠습니까?"

"다섯 건, 열 건 정도라도 소송을 떠안게 되면 업무에 지장이 생겨."

"프리쿠토가 공개된 지 3년이 지났습니다. 하지만 재판까지 간 경우는 처음입니다. 섣불리 큰 수정을 할 단계는 아니라고 생각합니다. 다음으로……."

미리 할 말을 전부 정해뒀겠지. 야나기다의 말에는 흔들림이 없었다.

"기껏 학습을 축적해온 인공지능에게 그런 이상한 설정을 하는 건 역시 아깝다고 생각합니다."

"그건 CTO로서의 의견인가. 아니면 일개 기술자로서의 의견인가."

"굳이 따지자면 기술자로서의 의견입니다. 프리쿠토 인공지능이 어디까지 갈지 보고 싶습니다. 미지의 세계로 발을 옮긴다, 그건 엔지니어로서 본능이니까요."

"CTO로서는? 프리쿠토는 시한폭탄을 달고 있는 거나 마찬가지야. 아닌가?"

"그 가능성은 부정하지 않겠지만 아직 폭탄이 폭발할 만한 상황은 아니라고 생각합니다. 가령 고치더라도 조금 더 문제가 현재화하고 나서라도 괜찮지 않을까요. 소송 한 건으로 판단하는 건 이르다고 생각합니다."

기술 부문 책임자가 이렇게까지 말하니 하세가와도 역시 함부로 무시할 수는 없는 것 같았다. 하늘을 바라보면서 손을 턱에 갖다 댔다. 유리코는 승전이 흔들리고 있다는 사실 앞에 곤혹스러워하고 있는 듯했다.

"알겠어. 좀 더 검토해보도록 하지."

"사장님."

유리코가 타일렀지만 하세가와는 고개를 저었다.

"미안. 조금 생각하고 싶어. 현장의 말을 중요하게 여긴다는 마음으로 지금까지 해왔어. 나도 자사의 상품을 망가뜨리고 싶지 않아."

"물론 알고 있습니다. 이해해주셔서 감사합니다."

야나기다가 그렇게 말하고 구도를 곁눈질했다. 동지를 보는 듯한 눈이었다. 정말로 올곧은 남자라고 구도는 생각했다.

"이 이야기는 보류하고 상황을 주시하도록 하지. 그럼 통상적인 의제로 옮겨가도록 하지. 세나 씨, 매출 보고 부탁해요."

"네, 알겠습니다."

유리코는 불만을 숨기지 못하는 것 같았다.

블로그 프린트를 봤다. 중요한 것은 프리쿠토를 연명시키는 일이다. 구도는 다음 대책을 생각하고 있었다.

귀가해서 맥주를 땄다. 최근에 술을 마시는 횟수가 늘고 있다는 사실을 구도는 자각하고 있었다. 좀처럼 진행되지 않는 하루의 프로젝트가 마음속에서 스트레스로 작용하고 있는 걸 테다.

"슬슬 시작하지 않겠어요? 미즈시나 하루의 인공지능 프로젝트."

회의실을 나온 야나기다가 독촉했던 것을 구도는 떠올리고 있었다.

"정보가 잘 안 모여." 그렇게 대답하자 야나기다가 불만스럽게 말했다.

"정보라면 충분히 모였잖아요. 하루의 성격은 이미 꽤 조사했잖아요. 이제 만들 수 있는 단계에 들어가 있다고 생각하는데요."

"확실히 그럴듯한 건 만들 수 있을 테지만 음성 데이터도 없고 영상 데이터도 없어. 현재 상황에선 하루는 못 만들어."

"구도 씨. 전에도 말했지만 이건 프로토타입이에요."

야나기다는 못을 박듯이 말했다.

"하루는 테스트로 만드는 것뿐이고 원래부터 완벽한 미즈시나 하루를 만들 수 없다는 것 정도는 알고 있잖아요. 뭘 뜸을 들이는 거예요."

"적은 데이터로 완벽하게 만든다. 그러면 다음이 편해져."

"그건 그렇지만 불가능한 일을 좇아봐야 소용없어요. 음성도 영상도 없고 애초에 현존하지도 않잖아요. 하루랑 비슷하게 그럴듯한 걸 만들면 돼요. 그걸로 충분하잖아요?"

그걸로는 안 된다.

구도는 그렇게 말하려고 했지만 관뒀다. 본심을 밝히면 야나기다는 자신을 불쾌하게 여길 것이다. 아군이 적은 지금, 최강의 말을 잃을 수는 없었다.

"나도 그렇게 말한 이상 프리쿠토에 관해서 뭔가 진보가 필요해요. 재판 건으로 시오자키 마치 교섭이 멈췄다고 들었어요. 이대로라면 어영부영하다 끝날 거예요."

"알겠어. 하지만 잠깐만 더 기다려줘. 1, 2주 정도면 되니까."

"1, 2주로 뭐가 달라져요? 시간만 들여 봐야 무의미해요."

"알아. 안다니까, 야나기다. 어쨌거나 시간을 좀 더 줘."

구도의 완고한 태도에 야나기다는 어이가 없는 것 같았다. 흔치않게 한숨을 쉬고 말했다.

"……알겠어요. 그럼 다시 다음 주에 이야기해요."

야나기다는 그런 말을 남기고 구도의 곁에서 멀어졌다.

하루를 완벽하게 재현한다. 구도의 이상은 야나기다의 이미지와는 크게 동떨어져 있었다. 이 빈틈을 메우는 방법은 한 가지. 하루의 데이터를 손에 넣는 수밖에 없다.

하지만 그렇게 생각하는 구도 자신도 무엇을 어떻게 해야 좋을지 알 수 없었다. 특히 음성 데이터와 영상 데이터의 결여는 치명적이었다. 지구상에 그런 게 있을지조차 알 수 없었다.

구도는 맥주 캔을 들고 베란다로 나갔다. 손잡이에 몸을 기댔다. 달아오른 몸을 밤바람이 쓰다듬어나갔다.

바로 옆에 하루의 사진이 있었다. 잡지에서 오려낸 선명하지 않은 사진. 그것을 보면서 구도는 맥주를 기울였다.

최근에 하루의 사진을 보는 게 조금 괴로웠다. 이 프로젝트는 좌절될 것이다. 자신은 해내지 못할 것이다. 어렴풋이 보이는 현실이 바짝 다가온 느낌이 들었다.

자신감을 잃어가고 있었다. 하지만 우는 소리를 해도 아무도 도와주지 않을 것이다. 하루의 인공지능을 만들지 못해서 곤란한 것은 자신 한 사람뿐이다. 자신이 어떻게든 하는 수밖에 없다.

구도는 맥주를 기울였다. 그때였다.

길 위. 어둠 건너편에 한 남자가 서 있었다. 어둠이 짙은 탓에 얼굴까지는 식별할 수 없었지만 190센티미터 정도 되는 거구의 남자였다. 남자는 그림자처럼 서서 구도 쪽을 올려다보고 있었다. 그 손은 스마트폰을 들고 있는 것처럼 보였다.

—저 녀석은 누구지.

시선이 마주친 느낌이 들었다. 그 순간 남자는 발길을 되돌려 사라져갔다. 어이, 기다려. 목소리를 내려다 구도는 관뒀다. 남자는 이미 어둠 속으로 사라졌다.

—감시당하고 있었다……?

단순히 기분 탓일지도 몰랐다. 구도는 그런 망설임을 바로 부정했다. 그 남자는 자신이 있는 쪽을 보고 있었다. 그런 직감이 들었다.

"HAL……."

그때 구도의 뇌리에 한 가지 아이디어가 떠올랐다.

"있었잖아……."

맹점이었다. 하루에게 이어지는 단서가 딱 한 가지 있었다.

'HAL'이었다. 미즈시나 하루와의 사이에 뭔가 과거를 가진 인간. 'HAL'과 접촉하면 막다른 골목에 처한 이 국면을 타개할 수 있을지도 모른다.

'HAL'은 이미 노리코를 습격했다. 그래도 멈추지 않는 구도를 이번에는 직접 습격하러 왔다. 그럴 가능성은 충분히 생각할 수 있었다.

어둠 속에 서 있던 장신의 남자. 그 녀석이 'HAL'이라면 할 일은 한 가지다. 녀석을 잡아다 하루에 대해서 알아낸다. 데이터를 가지고 있다면 그것을 몰수한다. 그것으로 모든 것은 해결된다.

안개 건너편에 등대가 보이는 것 같았다. 구도는 맥주를 들이켜고 사진에 시선을 떨어뜨렸다. 하루는 커다란 눈으로 이쪽을 바라보고 있었다. 오랜만에 온화한 기분으로 그 눈과 마주한 느낌이 들었다.

7

사카키 에이전시를 방문한 것은 두 번째였다. 회의실로 통과해 미도리와 마주했다. 미도리는 걱정스런 표정을 짓고 있었다.

"전화로 좀 들었지만…… 집을 감시당했다며?"

"감시당하고 있는지는 잘 몰라. 하지만 어제 저녁 10시 넘어 베란다로 나갔더니 누군가가 이쪽을 올려다보고 있었어. 스마트폰으로 촬영하고 있던 것처럼 보였어. 190 정도 되는 건장한 남자였어."

"짐작 가는 덴 없고?"

"공교롭게도 프로레슬러인 지인은 없어."

"그게 아니라 뭔가 감시당할 만한 일이 없냐고 묻는 거야."

"글쎄."

구도는 준비한 대답을 했다. 미즈시나 하루를 조사하는 과정에서 협박을 받았던 것. 이미 마미야 노리코라는 피해자가 나왔다는 것. 하루에 대한 단서를 찾기 위해 협박범을 잡아야 할 필요가 있다는 것.

위험천만한 이야기를 하고 있다고 생각했지만 미도리는 눈썹 하나 까딱하지 않았다.

"상당히 위험한 안건이네."

케이크를 먹은 소감처럼 미도리는 말했다. 그리고 "잠시 기다려봐" 하고 말하더니 사라졌다.

잠시 후에 미도리는 한 남자를 데려왔다. 어제 본 남자 정도는 아니지만 그 또한 체격이 상당히 건장한 남자였다. 육체적인 강인함과 더불어 아수라장을 빠져나온 듯한 '카리스마' 같은 것이 온몸에서 나오고 있었다.

"이 사람은 오쿠노 씨야. 사카키 에이전시에서 으뜸가는 무력파지. 이번 같은 안건에 어울릴지 몰라서 같이 이야기를 들어볼까 해서 불러왔어."

"오쿠노입니다."

부드러운 태도로 손을 내밀었다. 구도가 손을 맞잡자 그 손바닥이 물고기 비늘처럼 까슬까슬했다. 이런 손바닥을 가진 사람은 처음이었다.

"인터넷을 통해 협박을 받고 있다. 실제로 피해자도 나왔다. 그리고 어제 집 앞에 수상쩍은 사람이 있었다. 이게 맞습니까?"

"네. 맞습니다. 맞지만 구체적으로 뭘 부탁해야 좋을지 모르는 단계기도 합니다. 어떻게 하면 좋을 것 같습니까?"

"그 케이스라면 우선 신변의 안전을 확보. 다음으로 잠복을 실시해서 범인이 누군지를 조사하는 거죠. 종이 쪼가리를 내봤자 소용없어요. 경찰이 다룰 만한 안건이 아니니까요."

"종이 쪼가리?"

"아아…… 죄송합니다. 피해 신고서를 말한 겁니다."

오쿠노는 머리를 긁적였다. 그 옆에서 미도리가 양해를 구하는 듯한 표정을 짓고 있었다. 방금 무력파라고 소개했는데, 오쿠노의 전직은 경찰관일지도 몰랐다.

"구도 씨의 아파트는 큰길에 접해 있나요?"

"아뇨. 입구는 좁은 골목길에 접해 있습니다."

"입구를 감시할 수 있는 공간은 도로를 따라 있습니까? 호텔, 찻집, 오랜 시간 동안 잠복해 있어도 부자연스럽지 않은 곳이 있나요?"

"아뇨…… 그런 건 없습니다. 주택지 안에 세워져 있어서요."

"좀 감시하기 힘든 상황이지만 어떻게든 해보겠습니다. 구도 씨가 귀가하시는 건 8시에서 12시라고 들었으니 그 4시간 정도 맨션 주위를 걸어서 순찰하도록 하죠. 범인이 나타나면 미행하겠습니다. 신원을 밝혀내면 반대로 몰아넣도록 하죠. 그러면 협박범을 잡을 수 있을 겁니다."

위험한 말이 연달아 튀어나왔다. 하지만 오쿠노의 말투는 어디까지나 부드러웠다.

"나는 이 건에서 손을 떼는 편이 나을 것 같은데."

옆에서 미도리가 말했다.

"인터넷 협박범이 그 프로레슬러라는 전제로 이야기하겠지만 실제로 그 녀석은 한 사람에게 위해를 가했어. 인터넷 너머로 협박하는 것뿐만 아니라 실제 생활 공간에 침투한 거야. 너, 길거리에서 갑자기 찔릴지도 몰라."

"그럴지도 모르지."

"우리도 24시간 감시할 순 없어. 완전히 보디가드로 삼는 건 불가능해. 위험할 거라고 생각하는데."

그래서 재밌지 않은가. 구도는 그렇게 말하려고 했지만 관뒀다. 미도리라면 이해해줄지도 모르지만 첫 대면인 오쿠노에게 들려줄 만한 이야기는 아니었다.

"충고 고마워. 하지만 이 일을 마지막까지 해보고 싶어."

"너, 그렇게까지 일에 열심이었어? 협박범은 과거에 누군가를 죽였다고 하잖아. 목숨을 버리면서까지 하고 싶은 일이야?"

—하고 싶은 일이야.

구도는 또다시 말을 삼켰다. 대신해서 미도리의 눈을 가만히 들여다보았다.

두 사람의 시선이 뒤엉켰다. 눈을 피한 것은 미도리 쪽이었다.

"구도 겐한테 설교해도 쓸데없다는 걸 잊고 있었어."

포기한 듯이 중얼거렸다. 오쿠노가 말했다.

"일반론이지만 상대가 공격적으로 나온다면 발을 걸 기회는 많아집니다. 사냥을 하고 있다고 생각하는 인간은 자신이 사냥당한다는 걸 생각 못하는 법이죠."

"저도 그렇게 생각합니다. 이건 기회야. 해주지 않겠어? 미도리?"

미도리는 한숨을 훅 내쉬었다.

"친구 할인은 없는 줄 알아."

구도는 이어서 말했다.

"또 한 가지, 다른 건 조사를 의뢰하고 싶어."

"다른 건?"

"응. 이쪽은 신변 조사야."

또 있냐는 듯 미도리는 의아한 표정을 지었다.

탐정 사무소를 뒤로 하고 구도는 몬스터 브레인으로 향했다. 사무실에 들어가서 노트북을 켰다.

구도는 우선 솔라리스에 접속해서 미즈시나 하루 커뮤니티에 들어갔다. '과도한 글쓰기는 삼가주길 바란다'고 관리인이 못을 박았지만 그런 건 이미 아무래도 상관없었다.

'여러분 안녕하세요. 프리랜서 작가 KEN입니다. 오늘은 지금까지 쓰지 않았던 사실을 쓰려고 합니다.

이 커뮤니티에 정보 제공을 부탁한 이후 저는 'HAL'이라고 자칭하는 수수께끼의 인물에게 지속적으로 협박받고 있습니다. 실제로 그 인물에 의해 상해 사건도 한 건 발생했습니다.

여기서 모두에게 질문드립니다. 'HAL'은 누구일까요. 미즈시나 하루의 과거가 파헤쳐지는 것을 원하지 않는 인물이 이 커뮤니티에 있습니다. 'HAL'에 관한 정보를 가지고 계신 분이 있다면 가능하다면 다이렉트 메시지를 보내주십시오. 사례도 하겠습니다.'

내가 썼지만 글 솜씨가 형편없다는 생각을 하면서 구도는 그 글을 솔라리스에 올렸다.

'HAL'은 확실히 이 글을 볼 것이다. 그리고 멈추지 않는 구도에게 분노를 느끼고 더욱더 공격을 해올 것이 틀림없다.

—사냥을 하고 있다고 생각하는 인간은 자신이 사냥당한다는

걸 생각 못한다.

오쿠노의 말을 떠올렸다. 'HAL'이 아무리 용의주도한 인간이라도 오쿠노와 협공한다면 꼬리를 잡을 수 있을 것 같았다.

그때 한 남자가 다가왔다. 엔지니어인 니시노 도무였다.

"구도 씨."

"어쩐 일이야, 니시노. 네가 말을 걸다니 별일이군."

"미즈시나 하루의 프로젝트, 그 후에는 어때? 진행되고 있어?"

원래 하루를 인공지능으로 만들자고 이야기를 꺼낸 사람은 니시노였다. 그다지 타인에게 흥미가 없는 듯한 그도 이 건에는 관심이 있는 것 같았다.

"어느 정도는 진행됐지만 벽에 부딪쳤어. 하루를 알고 있는 몇 사람과는 접촉했어. 하루의 성격도 거의 파악됐고 말이지. 하지만 데이터가 없어."

"아아. 음성 데이터 말이야?"

"영상 데이터도 없어. 그런 데이터들이 안 모이면 인공지능을 만들어도 말하게 하질 못하지. 야나기다는 그럴듯하기만 하면 된다고 했지만."

"야나기다 씨는 그런 종류의 마무리가 허술하니까. 난 꼼꼼하게 만들어줬으면 해. 구도 씨 응원할게."

구도는 조금 놀랐다. 니시노에게 이런 이야기를 듣는 것은 처음이었다.

"맞다. 메구로 다카노리가 구도 씨를 도발하는 영상, 봤어?"

니시노가 생각난 듯이 말했다.

"메구로가?"

"인터넷에서 난리야. 한 번 찾아봐."

니시노는 그 말을 남기고 사라졌다. 동영상 제목 정도는 가르쳐줘도 될 텐데. 구도는 그런 생각을 하면서도 브라우저를 켜서 검색했다.

동영상은 바로 찾을 수 있었다. SNS로 확산되고 있는지 재생 횟수가 십만 번을 돌파했다. 인터넷 바둑 방송에 강사로 등장했을 때의 영상인 것 같았다. 바둑판을 사이에 두고 학생 역할을 하는 젊은 여성과 서로 마주하고 있었다. 바둑을 두는 아이돌로 잘나가는 와지마 마리라는 여성이었다.

"그런데 나 요전번에 인공지능한테 이겼어. 마리는 알고 있어?"

메구로는 말하면서 오른손으로 돌을 날카롭게 뒀다. 아이돌을 상대로도 거침없이, 무게감 있게 두는 모습이었다. 마리는 웃는 얼굴로 답했다.

"네. 물론 알고 있어요. 메구로 선생님 대단하세요. 이번에 결승전이죠?"

"그래. 결승도 확실히 이기고 올 테니 응원하고 있어."

"자신감이 대단하시네요. 응원할게요!"

"최근엔 집에 틀어박혀 슈퍼 판다 기보를 쭉 보고 있는데 치명적인 약점을 이미 네 군데나 발견했지 뭐야. 그 점을 개발자가 개선하지 않는 한 내 승리는 틀림없어. 하필 그 회사는 지금 좀 여러모로 어수선한 모양이니 그럴 틈이 있을지는 모르겠지만."

구도는 놀랐다. 대체 무슨 소리를 꺼내는 건가. 메구로의 발언에 마리도 당황한 것 같았다. 하지만 메구로의 날카로운 언변은 누그러들지 않았다.

"너도 집에 가서 '프리쿠토, 재판'으로 검색해봐. 재밌는 블로그가 보일 테니까. 그렇게 어수선해서는 안 되지. 접전도 되지 않을 것 같아. 내 힘을……."

"메구로 선생님, 감사합니다. 다음 수를 둬도 될까요……?"

마리의 웃는 얼굴이 제삼자도 알 수 있을 만큼 경직되어 있었다. 동영상은 거기서 끝났다. 생방송 녹화지만 누군가 편집해서 문제의 부분만 올린 것 같았다.

메구로의 발언은 상도를 벗어난 것처럼 보였다. 대회와 무관한 방송에서 어째서 이런 발언을 한 걸까? 화가 나기 이전에 불쾌했다. 대체 이런 짓을 해서 무슨 이득이 있다는 걸까.

생각해도 알 수 없었다. 재생이 끝난 동영상을 앞에 두고 구도는 잠시 멍하니 있었다.

8

오랜만에 조금 깊이 잤다. 해야 할 일이 명확해지면 마음에 대한 부담도 적어지는 법이다. 구도는 약간의 편안함과 더불어 눈을 떴다.

물을 마시고 작업 공간으로 향했다. 컴퓨터를 켜자 몬스터 브레인 사내에서 사용하는 채팅 프로그램에 착신이 와 있었다. 니시노한테서 온 메시지였다.

"메구로가 또 난리치고 있어. 그 양반 정말 재밌는 사람이네."

그런 글과 더불어 URL이 첨부돼 있었다. 접속한 곳은 대형 인터넷 미디어였다. 기사는 '메구로 다카노리 긴급 인터뷰'라고 제목이 붙어 있었다. '슈퍼 판다는 절대로 나를 이기지 못한다!'라는 소제목이 있었고 그 아래에는 그 동영상보다 과격한 말로 슈퍼 판다에 대한 비평이 나열되어 있었다.

"지금까지 인간은 별반 대책 없이 인공지능에 도전해왔습니다. 통상적인 기전을 하면서 인공지능과의 승부를 병행해왔기 때문입니다. 저는 반년간, 인공지능과의 싸움에 대비해 준비를 해왔습니다. 질 순 없습니다."

"몬스터 브레인 사는 여러모로 사회 문제를 일으키고 있습니다. 그런 회사에 질 수 없습니다. 윤리적으로도 저한테는 이길 의무가 있습니다."

"슈퍼 판다 진영은 뒤에서는 기사를 바보 취급하고 있습니다. 인공지능 쪽이 강하다고 자부하고 있습니다. 방심하고 있으니 실컷 본때를 보여주고 싶어지는군요."

잘도 이런 기사를 실었구나. 구도는 그렇게 생각했다. 게재된 곳은 원래 악플이 쏟아질 만한 기사를 올리는 것으로 유명한 매체였지만, 그렇다 해도 과격한 내용이었다.

구도는 화가 난다기보다 의아했다. 어째서 메구로는 이렇게까지 과격한 말을 사용하는 걸까. 메구로가 대국하는 것은 마음을 가지고 있지 않은 인공지능이다. 아무리 매도하더라도 마음이 흐트러지지 않으니 오히려 이런 행동을 해서 궁지에 몰리게 되는 것은 메구로 쪽이었다.

반드시 이긴다는 자신감이 정말로 있는 걸까.

실제로 메구로는 작년의 왕자인 스토머크 파이브에 간신히 이기기는 했지만 승리를 거머쥐었다. 인간이 인공지능을 이긴 것은 오랜만이었다. 슈퍼 판다에도 반드시 이길 수 있다는 자신감이 있기 때문에 과도할 만치 부추기고 있다. 그런 걸까.

하지만 메구로는 스토머크 파이브를 상대로는 이런 과격한 말을 하지 않았다. 질 가능성을 높이면서까지 어째서 이런 행동을 하는 걸까? 뭔가 개인적인 원한이라도 산 걸까. 구도는 메구로의 행동을 이해할 수 없었다.

최근에 영문을 모르는 일들이 많았다. 구도는 그렇게 느끼고 있었다. 이렇게까지 이해하지 못하는 일이 많은 것은 태어나서 처음일지도 몰랐다. 최근 생활은 구도에게 있어서 신선했다.

구도는 그다음 솔라리스에 접속했다.

구도가 글을 올린 지 여덟 시간 정도밖에 지나지 않았지만, 글은 이미 지워져 있었다. 구도의 ID 자체도 커뮤니티에서 강제로 탈퇴당해 있었다.

메시지박스에 다섯 건의 착신이 있었다. 한 건은 커뮤니티 관리인으로부터 온 것으로 일이 이렇게 돼서 안타깝다는 글이 장황하게 쓰여 있었다. 구도는 뒤는 읽지 않고 지웠다. 나머지 네 건도 '협박범은 나다' '분위기 흐리지 마' 하는 도움이 되지 않는 글로 구도는 전부 다 쓰레기통에 내던져버렸다.

구도는 솔라리스에서 다른 ID를 만들어서 미즈시나 하루 커뮤니티에 다시 가입했다. 그리고 어제와 같은 메시지를 게시판에 올렸다. 몇 번이고 지워지든 상관없었다. 'HAL'이 움직일 때까지 소동을 계속 벌일 참이었다.

구도는 다음으로 전화를 걸었다. 상대는 마미야 노리코였다. 병원에서는 안부를 묻는 정도라서 이야기를 거의 나누지 못했다.

'HAL'에 관한 정보를 조금이라도 얻고 싶었다.

통화 연결음 소리가 울렸다. 전화는 연결되지 않았다. 평일 아침이다. 바쁠지도 모르고 그 이전에 구도와는 이야기조차 하고 싶지 않을지도 모른다. 자동 응답기에 사과의 말을 남기고 구도는 전화를 끊었다.

구도는 곧바로 다음 전화를 걸었다. 이번에는 이무라 하쓰네에게 거는 전화였다. 전화는 바로 연결되었다. "뭐죠?" 하는 불쾌한 목소리가 들렸다.

"먼젓번에는 정말 실례 많았습니다. 지금 시간 괜찮으십니까?"

"시간이 없었더라면 안 받았을 거예요. 그래서 무슨 일이죠?"

"마미야 씨의 상태는 그 후 어떻습니까? 이미 퇴원하셨습니까?"

"했어요, 진즉에 말이죠. 당신, 정말 불쾌하니까 더 이상 우리한테 접근하지 말아달라고 했죠?"

"이무라 씨도 괜찮으신가요? 그 후에 위험한 일을 겪지는 않으셨습니까?"

"그런 일이 있었으면 전화를 받을 리가 없잖아요. 이제 됐죠? 끊을게요."

하쓰네는 완전 상대하기 싫다는 느낌으로 전화를 끊었다. 나쁘지 않은 반응이라고 생각했다. 불평을 토로하면서도 신변의 위험을 느끼고 있는 하쓰네는 구도를 무시할 수 없다. 이 라인은 앞으로도 사용할 수 있을 듯했다.

구도는 스마트폰을 충전기에 꽂고 침대에 누웠다.

'HAL'은 누구일까. 구도의 사고는 자연스레 그 의문으로 십약

되었다.

'HAL'이 미즈시나 하루와 깊은 관계에 있었다는 것은 틀림없다. 그리고 무언가를 알리고 싶지 않다고 강하게 생각하고 있다. 협박 메시지만으로 구도가 멈추지 않겠다고 생각하자마자 곧바로 노리코를 습격해서 발을 묶으려고 했다.

베란다에서 본 남자의 실루엣을 생각했다. 그가 반드시 'HAL'인 것은 아니지만 만약 그렇다면 구도를 멈추게 하기 위해서 직접 행동했다는 뜻이다. 반드시 비밀을 지켜내겠다. 그런 의지를 느꼈다.

'HAL'은 언제 어디서 'KEN'이 구도라는 것을 알았을까.

하쓰네 일행과 만난 날 구도는 처음으로 'HAL'에게 도촬당했다. 그 시점에서 'HAL'은 'KEN'의 정체가 구도 겐이라는 것을 알았다.

전후 관계를 생각했다. 이미 가와고에는 만난 상태였다. 또한 하루의 동급생을 닥치는 대로 찾아다 무분별하게 메시지를 보냈다. 개인정보도 밝혔다. 그 병 속 편지가 동급생 커뮤니티에서 확산되어 노리코에게까지 도달한 것이다.

즉 'HAL'은 가와고에의 지인이거나 하루가 다니던 고등학교 관계자다. 한 가지 더. 'HAL'은 하쓰네와 노리코의 지인은 아니다. 지인이었다면 패밀리 레스토랑에서 하쓰네와 노리코가 알아차렸을 테니 말이다. 하루의 선배, 후배. 또는 교사. 그쯤 되겠지.

'아메'. 구도의 머릿속에 아무리 애를 써도 그 이름이 떠올랐다.

노리코가 봤다고 하는 젊은 남성. 가와고에와 구리타가 존재를 느끼고 있던 특별한 누군가. '아메'가 학교 관계자라고 한다면

'HAL'='아메' 설이 사실일 가능성은 더욱 높아진다.

며칠 전까지 오리무중이었던 데에 비하면 상황은 상당히 심플해졌다. 'HAL'의 인물상이 상당히 좁혀졌다. 'HAL'을 잡을 수 있을 것이다. 그러면 사태는 진전될 것이다. 그리고 그러기 위한 그물은 모두 쳤다. 유리한 상황으로 보였다.

그때였다. 방에 인터폰이 울렸다.

통신 판매나 뭔가를 주문한 걸까. 짐작 가는 데가 없었다. 구도는 수화기 쪽으로 건너가서 현관을 연결했다. 현관을 찍은 카메라에는 아무도 비치지 않았다.

"누구세요?"

말을 걸었지만 답은 없었다. 구도는 아무도 없는 모니터를 계속 응시했다.

'HAL'이다. 구도는 그렇게 직감했다.

수화기를 놓았다. 무기가 될 만한 물건을 찾다가 프라이팬을 가지고 방을 나왔다. 칼을 가지고 가는 것도 생각했지만 막상 난투가 벌어졌을 때 필요 이상으로 상대를 상처 입힐지도 모른다.

엘리베이터를 사용하지 않고 계단으로 1층까지 내려갔다. 그늘에서 현관 입구를 바라봤지만, 그곳에는 아무도 없었다. 주위를 둘러보면서 현관까지 나아가 밖으로 나갔다. 수상쩍은 인물은 어디에도 보이지 않았다.

구도는 다음으로 우편함을 보러 갔다. 자신의 집 우편함을 열었다. 우편함 안은 어지럽혀져 있었다. 우편물이 전부 뜯겨 있었다.

우편함 입구를 보자 줄로 간 흔적이 나 있었다. 구도는 그것을 사진으로 찍었다. 뭔가 도구를 우편함에 넣어서 우편물을 꺼냈을 테다. 전단지, 전기요금 고지서, 들어 있는 것은 그 정도였지만 개인적인 편지가 들어 있었다면 협박범에게 교우 관계를 파악당할 뻔한 상태였다.

—길거리에서 갑자기 찔릴지도 몰라.

방문자는 공격성을 더해가고 있었다. 조금 전의 인터폰도 받지 않았으면 직접 집까지 왔을지도 모른다.

바람직한 상황이었다. 협박범이 공격적이면 공격적일수록 뒤에서 덮칠 기회도 많아진다.

—사냥을 하고 있다고 생각하는 인간은 자신이 사냥당한다는 걸 생각 못한다.

상황은 좋아지고 있었다. 구도는 등을 쭉 폈다. 그때 자신이 프라이팬을 쥐고 있다는 사실을 알아차렸다. 구도는 혼자서 쓴웃음을 짓고 방으로 돌아갔다.

9

무제, 아메, 2014년

연도가 바뀌었어. 우리는 어느새 고등학교 3학년이 되었지.

나한테 기쁜 일이 한 가지 있었어. 하루. 너랑 같은 반이 된 거야. 같은 교실에 있다. 컴퓨터 바탕 화면에 장식한 좋아하는 여배우를 보듯이 너를 보고자 한다면 언제든지 마음 편히 볼 수 있었지.

너를 좋아한다. 그래서 괴롭다. 그런 상반되는 감정은 2년 동안 상당히 옅어졌어. 너랑 가까운 거리에서 같은 시간을 공유할 수 있다는 것. 소소한 행복만이 내 손에 남아 있었지.

같은 반이 되고서 네가 평소에 어떻게 지내는지를 잘 알 수 있었어.

너한테 다가가는 사람은 없었어. 네 오목조목한 이목구비에 이끌려 다가갔던 남자애들도 요 2년 사이에 사라졌지.

너는 괴짜라고 불리고 있었어. 타인과 어울리려고 하지 않는다. 늘 혼자 있다. 하지만 너는 그 사실에 대해 초조함이나 불안을 느끼지 않는 것 같았어. 고립되는 것을 두려워하거나 고립에 맞서지 않았어. 다만 본연의 모습으로 자연스럽게 고립되어 있었지. 그 모습은 역시 도도하다고 부르는 게 적합할 것 같아.

너와 같이 행동할까. 한때 그런 시도도 해본 적 있지만 결국 관뒀어. 너와 함께 행동하면 나까지 괴짜로 찍힌다. 나는 역시 그게 두려웠어. 부끄러운 말을 쓰고 있다고 생각해. 정말 미안해.

우리는 학교 밖에서 이야기를 나누게 되었지. 기억해? 특히 자주 갔던 건 도서관과 '몰다우 찻집'이었어. 넌 점내에 장식돼 있던 체코 인테리어를 좋아했지. 파리에 오기 전에 그 가게를 보러 갔는데 이미 진즉에 망했는지 휴대폰 대리점이 들어섰더라. 너와의 추억이 한 가지 사라진 것 같아서 서운했어.

넌 전보다 말이 많아졌지. 표정은 변함없이 적었지만, 네가 나를 받아들여줬다는 사실은 나한테도 전해져왔어.

넌 나한테 게임을 가르쳐줬어. 내가 용돈으로 닌텐도 DS를 사자 소프트웨어를 여러 가지 빌려줬지. 두뇌 트레이닝. 마리오. 역전재판, 세계수의 미궁. 네가 빌려준 게임은 어느 것 할 것 없이 신선했고 게임을 해본 적 없었던 나는 이렇게 재밌는 게 세상에 존재한다는 사실에 놀랐어.

네가 만든 새로운 게임 〈Sleuth〉를 하게 된 건 장마 무렵이었던 것 같아.

"이 URL 봐봐."

너는 손으로 쓴 URL을 건네줬어.

"밤의 게임, 완성됐어."

그곳에는 네가 만든 홈페이지가 있었지. 거기서 〈Black Window〉와 〈Sleuth〉를 다운로드할 수 있게 돼 있었어.

〈Sleuth〉는 무척이나 재밌었어. 네 권유로 몇 가지 게임을 이미 플레이해본 내가 봐도 프로의 작품이라 해도 손색없을 정도로 보였어.

"고마워."

짧은 감상을 전하자 너는 말했어.

"〈Sleuth〉는 상당히 신경 써서 만들었어. 알아줘서 다행이야."

너는 담담하게 말했지. 표정은 없었고. 하지만 나는 알았어. 너는 내 말에 기뻐해주고 있다.

단 한 가지 전하지 못한 게 있어. 네가 만든 게임은 너랑 닮았어. 그리고 마찬가지로 나 같기도 해.

〈Sleuth〉를 하던 도중부터 나는 그걸 느꼈어. 네 게임에는 구원이 없다. 주인공이 밝은 세계를 꿈꾸면서도 어두운 세계에 갇힌 채 빠져나올 수 없다.

이 게임은 너였어. 너는 누구보다도 단단한 껍데기를 걸친 채 그곳에서 안주하고 있었어. 그건 그곳에서 빠져나올 수 없을 만큼 단단한 껍데기였지.

이 게임은 나였어. 나는 본심을 숨기며 살고 있었어. 어두운 세계에 갇힌 채 밝은 세계를 꿈꾸고 있었지.

"고등학교를 관둘까 싶어."

네가 그런 이야기를 꺼낸 건 가을이었어. 장소는 '몰다우 찻집'이었고, 나는 한창 수험 공부를 하고 있었지. 나는 네 고백에 충격을 받았어.

어째서? 일하려는 거야?

내 물음에 너는 많은 말을 하지 않았어. 게임이나 예술에 대해서는 많이 말하는 너는 자신에 대해서는 그다지 이야기해주지 않았지. 다만 말의 단편에서 네가 떠안고 있는 사정을 알 수 있었어.

"나가게 됐어."

너와 엄마의 관계. 그건 최악이었어. 어릴 적부터 너희 엄마는 너한테 전혀 관심이 없었어. 너희 엄마에게 있어서 너는 있든 없든 상관없는 존재였지.

다만 그건 너한테도 안성맞춤이었지. 너한테 무관심한 엄마는 집에 거의 돌아오지 않았어. 부모에게 관심이 없는 너는 번거로운 부모자식 관계에 휘둘리지 않아도 되었지.

그 일그러진 균형이 무너진 거였어. 엄마에게 새로운 애인이 생겼지. 엄마는 애인을 집에 데리고 들어왔고 너와 접촉할 기회도 많아졌지. 필연적으로 엄마와 너는 충돌했어.

"혼자 살까 싶어."

너는 고등학교를 그만두는 이유를 그렇게 말했지. 대학교에는 안 갈 생각이야? "안 갈 거야." 어디서 살 거야? "우선 도내의 어딘가겠지." 언제부터 살 건데? "되도록 빠른 시일 내에." 돈은 어쩔 거야? "아르바이트라도 할까 싶어."

너와 이야기하는 중에 네가 생활력이 없다는 사실을 알 수 있었어. 네 계획은 현실성이 전혀 없었어. 고등학생인 내게도 허풍으로밖에 들리지 않았으니까.

이대로라면 너는 껄렁한 녀석들에게 휘말려 도시의 함정에 빠지고 만다. 아니, 그렇다면 그나마 나은 편일지도 모른다. 노숙자가 된 끝에 길가에 쓰러져 죽을지도 모른다. 나는 그렇게까지 걱정했어.

같이 살래?

정신을 차리고 보니 나는 그렇게 말하고 있었어. 나는 4월부터 대학교에 다녀. 그때까지 집에서 나오는 걸 기다려줬으면 좋겠어. 그러면 룸쉐어해서 같이 살자. 그런 말을 했지.

지금 생각해보면 그게 단순한 걱정이었는지 아닌지 내 기분을 잘 모르겠어. 너는 혼자서 못 산다. 너한테는 내가 필요하다. 나는 그런 이야기를 만들고 있었던 게 아닐까. 너랑 같이 살고 싶다는 욕망에서 눈을 돌리기 위해 이기적인 허구를.

너는 변함없이 큼직한 눈으로 나를 바라보고 있었지. 내 제안을 어떻게 받아들일지 나는 알 수 없었어. 1초, 1초. 숨 막히는 시간이 흘렀던 것을 나는 기억해.

"알겠어."

너는 말했어.

"4월이 되면 같이 살자."

그 말이 얼마나 나를 기고만장하게 만들었는지 너는 모를 거야. 그건 내 인생에 있어서 최고의 청춘의 시작이었어.

해야 하는 일, 생각해야 하는 일, 문제는 산더미처럼 있었어. 부모님을 설득한다. 대학교에 합격한다. 어느 정도의 수입원을 만든다. 하지만 그건 사소한 문제였지. 너와 계속 함께할 수 있다는 사실에 비하면.

생각해보면 그 순간부터 나의 착취는 시작되었을지도 몰라.

10

주말은 다행히도 아무 일 없이 지나갔다. 인터폰은 울리지 않았고, 베란다에서 수상쩍은 인물도 보이지 않았다.

"밤 8시부터 12시 무렵까지 구도 씨 집 앞을 순찰하는데 지금으로선 수상한 인물은 없네요."

사카키 에이전시의 회의실. 응대하러 나온 오쿠노는 그렇게 보고했다. 먼젓번 방문에서 1주일도 지나지 않았다. 이 단계에서 결과를 원해도 곤란한 법이지만 미도리도 오쿠노도 진지하게 대응해주었다.

"실은 수요일 낮에 조금 신경 쓰이는 일이 있었어요. 오늘 방문한 건 그 때문입니다."

구도는 대강 설명했다. 인터폰이 울렸던 것. 우편함을 뒤적인 흔적이 있었다는 것. 구도는 우편함 사진을 켜놓은 스마트폰을 건넸다. "잠시 인쇄하고 오겠습니다"라는 말을 남기고 오쿠노는 방을 나갔다.

"구도."

오쿠노가 사라지자마자 미도리가 말했다. 구도는 익살맞은 표정을 지었다.

"먼저 말할게. 설교해봤자 소용없어. 미도리."

"진지하게 들어봐. 이 사건, 정말 위험하니까 손을 떼는 게 좋을 것 같아."

"나도 네 입장이었다면 그렇게 말했겠지."

상대하려고 하지 않는 구도에게 미도리는 흔치 않게 화가 난 것 같았다. 강한 어조로 말했다.

"한 사람을 습격한 범인이 집 앞까지 왔어. 침입을 시도한 흔적도 있고. 너 자칫하면 방 안까지 침입당해서 찔릴지도 몰라. 그래도 괜찮아?"

"상대가 날 습격할 횟수가 늘면 이쪽이 사냥할 수 있는 기회도 늘겠지. 오쿠노 씨랑 나. 합심하면 이길 수 있어."

"그 작전, 범인이 작정하고 너만 노리면 횟수는 별 상관없어지는데 알고나 있어?"

"뭐, 상관없잖아. 그렇게 되면 그렇게 되는 대로 재밌어지겠지."

"재밌어진다고? 너 말이야……."

미도리가 걸고넘어졌다.

"너, 크게 위험한 일 당한 적 없지?"

"뭐 너한테 비하면 없겠지."

"난 날 선 식칼을 든 남자랑 일대일로 대치한 적 있어. 느닷없이 뒤에서 차에 치인 적도 있고 야쿠자 몇 사람한테 둘러싸인 적도 있어."

"지금 살아서 널 만나고 있다는 사실에 감사할게."

"웃기지 마, 너. 죽을 뻔한 적이 없으니까 그런 느긋한 소릴 할 수 있는 거야. 한번 죽음의 세계를 들여다보면 돼. 관광 유람 삼아 갈 만한 세계가 아니라는 걸 알게 될 테니까."

들여다본 적이라면 있다. 구도는 생각했다. 노끈을 목에 건 순간. 의자를 차기 전의 몇 초간. 죽음은 감미롭고 차가운 손길을 하고 있었다.

미도리가 뭔가를 더 말하려던 차에 오쿠노가 돌아왔다. 말다툼을 했다는 사실은 전해졌을 테지만 그는 서늘한 얼굴을 하고 있었다.

"이건 아마추어의 범행이네요."

프린트한 사진을 보면서 오쿠노는 말했다.

"아마도 범인은 펜치 같은 물건을 우편함에 집어넣어서 안의 물건을 끄집어내려고 했을 거예요. 하지만 한 방에 잘 안 돼서 몇 번인가 반복한 거죠. 그래서 긁힌 자국이 입구에 남아 있는 겁니다. 이건 아마추어의 수법이에요. 프로라면 좀 더 능숙하겠죠."

"이럴 경우 프로라는 건 누군가요?"

"직업 탐정, 정보기관 사람, 그런 부류입니다."

"그렇군요. 그럼 나도 프로는 아니라고 생각해요. 문제인 건 범인이 점심에도 왔었다는 거예요. 순찰하는 빈도수를 늘릴 순 없을까요?"

"가능합니다만 그런 만큼 돈이 듭니다. 24시간 지켜보는 건 불가능하고 그게 가능해도 빈틈이 생길 겁니다. 입구에 감시 카메라는 없습니까?"

"있습니다. 관리 회사에도 문의해봤습니다. 그런데 개인 정보

보호 차원에서 열람할 수 없다더군요."

"경찰한테 요청이 없으면 회사는 안 움직이니까요."

"부탁드립니다. 낮이랑 밤, 몇 시간 정도라도 괜찮으니 우리 아파트 앞을 지켜봐주세요. 그러면 범인을 잡을 수 있을 겁니다."

오쿠노가 미도리를 들여다보듯이 쳐다보았다. 미도리는 잠시 구도를 노려본 후 한숨을 쉬었다.

"오쿠노 씨. 시간을 잡아줘요."

"미안. 미도리."

미도리는 얼굴을 찡그린 채 대답하려고 하지 않았다.

"그럼 앞으로는 오후 12시부터 3시, 밤 8시부터 12시까지 맨션 앞을 순찰하겠습니다. 뭔가 이상한 점이 있으면 휴대전화로 바로 연락해주십시오."

"고맙습니다."

이야기가 마무리되자 구도는 돌아가려고 했다. 그 전에 미도리가 클리어파일을 놓았다.

"다른 한 가지 의뢰 말인데 이번 주말에 마무리됐어."

"정말이야?"

구도는 고쳐 앉아 그녀가 내민 서류를 훑어보았다. 사카키 에이전시는 이번에도 일을 훌륭하게 처리해주었다. 구도가 원하는 정보가 그곳에 쓰여 있었다.

"일 처리가 빠르군, 미도리."

"이 정도는 보통이지."

"고마워. 덕분에 살았어."

"살고 싶으면 다른 한 사건에서 손을 떼는 편이 좋을 것 같은데 말이지.”

미도리는 그렇게 말하면서도 이미 설득할 수 있을 거라 생각하지 않는 듯했다. 구도는 미도리의 말을 흘려듣고 일어났다.

구도는 사카키 에이전시를 뒤로 하고 몬스터 브레인으로 향했다. 프리쿠토에 대한 요청이나 클레임을 읽거나 테스트 프로그램을 실행하면서 정상적으로 운용되는지를 체크했다.

구도는 다음으로 ‘인공지능에 남편을 빼앗긴 여자의 하소연’을 켰다. 최근에는 보지 않았지만 블로그는 갈수록 성황인지 하루에 한 번 페이스로 장문이 갱신되었고 그곳에 댓글이 많이 달렸다.

당초에 이 블로그에 달린 댓글은 ‘나도 애인을 인공지능에 빼앗길 것 같다’와 같이 동일한 고민을 공유하는 것이 많았다. 하지만 지금은 달랐다. 인공지능이라는 테크놀로지에 대한 혐오감, 불안감, 공포감. 그와 같은 히스테릭한 글이 눈에 띄었다. ‘이대로 인공지능이 진보하면 인류는 인공지능에 멸망당한다’와 같은 철 지난 발언까지도 있었다.

“그랬으면 재밌었을 텐데.”

구도는 중얼거렸다.

이제는 여성의 블로그는 프리쿠토에 대한 혐오뿐만 아니라 인공지능 그 자체에 대한 대립 명제로서 상징적인 존재가 된 것 같았다. 그렇다는 말은 상징을 깨부수면 이 일대의 소란도 가라앉는다는 뜻이다.

구도는 사카키 에이전시의 조사 파일을 봤다.

—네모토 사에의 약점을 찾아줘.

구도가 미도리에게 의뢰한 신변 조사는 그런 것이었다. 네모토 사에. 몬스터 브레인을 상대로 소송을 걸고 해당 블로그를 쓰고 있는 당사자 여성이었다. 털어서 먼지 안 나는 인간은 없는 법이고 가령 사에가 청렴결백하다고 한다면 이번에는 사에의 부모나 남편을 뒷조사할 생각이었다.

메일 프로그램을 켰다. 미도리에게서 온 메일이 도착해 있었다. 그곳에는 사에가 젊은 남자와 팔짱을 끼고 걷는 사진이 있었다.

네모토 사에는 불륜을 저지르고 있다. 그것이 미도리의 조사 결과였다. 사에와 남편의 관계는 이미 식을 대로 식었다고 들었다. 남편이 이혼을 요구하자 이때다 싶어서 뜯어낼 만큼 뜯어내 새로운 생활을 시작하려고 하고 있는 걸 테다. 하지만 한창 재판 중에 불륜남과 만나다니 경솔한 데도 정도가 있다.

"타깃 사진 보낼게. 위치 정보는 전부 지웠으니까 이대로 사용해도 돼."

디지털 카메라로 찍은 사진에는 위치 정보나 카메라 기종 등 데이터가 기록된다고 들은 적 있다. 역시 미도리는 확실했다. 일 처리가 깔끔했다.

구도는 노트북에서 사내 네트워크를 차단하고 근처에 있던 이동식 인터넷을 연결했다. 그리고 '인공지능에 남편을 빼앗긴 여자의 하소연'에 접속해서 사진을 올렸다. 다른 사람이 보면 무슨 사진인지 모르겠지만 사에한테는 의도가 전해지겠지. 몬스터 브레인 측 인간이 했으리라는 것 정도는 짐작이 가겠지만 증거는 전혀 없다.

조금 난폭한 방법이지만 어쩔 수 없었다. 이 바보 같은 소동을 얼른 끝내야 프리쿠토에 대한 비난도 약화시킬 수 있다. 그럼으로써 하루를 개발하기 위한 유예를 얻을 수 있다. 구도는 이동식 인터넷을 끄고 쌓여 있던 업무를 처리하기 시작했다.

11

'인공지능에 남편을 빼앗긴 여자의 하소연'은 그로부터 이틀 후 폐쇄되었다. 사에가 만들었던 트위터 아이디 등 관련된 것도 모두 삭제되었다. 인터넷상에서는 몬스터 브레인으로부터 압력을 받지 않았겠냐는 설도 흘렀지만 증거가 없어서인지 그러한 목소리에 힘은 없었다.

"갑자기 무슨 일이 있었던 거야?"

프리쿠토 정기 회의. 하세가와가 의아한 듯이 말했다. 구도는 답했다.

"회사에는 아무 연락도 없어? 소송을 철회하겠다든지?"

"아무것도 없어. 사정은 잘 모르겠지만 그 블로그가 없어진 건 솔직히 고마워. 악플러 천지였으니까."

그렇게 생각해서인지 하세가와는 안색이 좋은 것 같았다. 늘 냉철한 것 같지만 하세가와는 섬세한 남자이기도 했다. 인터넷 악플 앞에서 평온하게 지내지 못한 시간도 분명 많았을 테다.

"이걸로 한 건 해결이군요. 금지 단어 건도 넘어가도 될 것 같고요."

야나기다가 기쁜 듯이 말했다. 그 정면에서 유리코가 씁쓸한 얼굴을 하고 있었다. 구도는 그쪽을 향해서 말을 걸었다.

"세나 씨. 최근에 프리쿠토에 대한 클레임은 어떻죠?"

"특별히 달라진 건 없습니다. 프리쿠토 때문에 인간관계가 망가졌다는 클레임은 오히려 늘었습니다."

"이번처럼 이혼당할 것 같다는 심각한 클레임은 어떻습니까?"

"그건 없습니다. 하지만 나오더라도 이상하지 않을 것 같습니다."

절대로 패배는 인정하지 않겠다는 듯이 유리코는 말했다. 구도는 그녀의 입장을 이해하듯이 고개를 가볍게 끄덕였다.

"하세가와. 금지 단어 건 실시하도록 하지."

"뭐라고?"

하세가와뿐만 아니라 유리코와 야나기다도 놀란 것 같았다. 구도는 이어서 말했다.

"현재 소송으로 발전할 것 같은 심각한 트러블은 발생하지 않았어. 하지만 언제 일어날지 모르는 일이지. 이번 기회에 대응해놓는 편이 나을 거야."

"구도 씨."

야나기다가 곤란한 듯이 말했다.

"이야기가 다르잖아요. 그러면 인공지능이 엉망이 될 거예요. 어떤 화제에서도 제대로 이야기할 수 있다는 점에 프리쿠토의 가치가 있는 건데……."

"그건 능숙하게 회피하도록 하면 되지. 예를 들어 금지 단어에 접근할 만한 대화가 나왔을 때 대답 범위를 많이 준비해두는 거야. 그러면 유저한테도 조금이라도 자연스러운 대화로 보일 거야."

"구도 씨는 그걸로 괜찮아요? 자신이 만든 인공지능의 가능성을 좁히다뇨."

야나기다의 목소리에 흔치않게 비난하는 기색이 섞여 있었다. 구도는 전력으로 미안해 보이는 표정을 지었다.

"야나기다. 나도 본심은 자네랑 마찬가지야. 인공지능의 가능성을 좁히고 싶지 않아. 좀 더 멀리까지 가는 걸 보고 싶어. 같이 프리쿠토를 만들어 온 사이니까 자네 마음은 알고 있어."

"구도 씨."

"하지만 이렇게까지 소동이 커지면 다음에 문제가 일어났을 때 프리쿠토가 입을 대미지는 회복 불가능한 수준일지도 몰라. 그렇게 되면 금지 단어를 실시하더라도 늦을지도 몰라. 그것보다는 낫잖아?"

"그건 그렇지만……."

"인공지능은 아직 발전 중인 테크놀로지야. 어딘가에서 현실의 인간 사회와 부딪칠 거야. 우리는 그 선구자로서 공존을 어디서 꾀할지를 생각할 필요가 있어. 그것도 기술적인 도전이 아닐까."

구도는 말에 힘을 실었다. 그 말에 야나기다뿐만 아니라 하세가와나 유리코까지도 움직였다는 것을 구도는 알 수 있었다.

야나기다는 잠시 생각에 잠겼다. 하지만 이윽고 납득한 듯이 고개를 끄덕였다.

"알겠습니다. 그럼 제 반대 의견은 철회하겠습니다."

거기에는 불쾌한 모습은 전혀 없었다. 진심으로 구도의 말에 납득한 것 같았다.

야나기다는 꼿꼿한 남자다. 그 점이 장점인 동시에 약점이기도 했다. 똑바로 걷는 인간을 넘어뜨리는 것은 구도에게 있어서 간단한 일이었다.

"야나기다. 이해해줘서 고마워. 신뢰하고 있어."

구도의 진지한 목소리에 야나기다는 풀어지듯이 미소 지었다. 순진무구한 야나기다를 이쪽으로 돌아서게 하는 일에 구도는 다소 죄책감을 느꼈지만 그것은 사소한 문제였다.

금지 단어를 설정하고 프리쿠토를 안정적으로 운용한다. 그리고 미즈시나 하루를 재현하는 일까지 시간을 확보한다. 구도의 목적은 그것뿐이었다.

"그런데 그 후에 어떻습니까? 시오자키 마치 건은."

야나기다가 하세가와를 향해 말했다.

"악플 블로그 건으로 교섭이 잠시 중단됐지만 이걸로 진행될 거야. 상대랑 교섭 단계지만 느낌이 좋아. 다소 학술적인 연구로 보이도록 장사 수단을 생각해달라고 했는데 그건 패키지 문제니까."

"역시 하세가와 사장님. 대단하십니다."

하세가와는 표정을 바꾸지 않았지만 쑥스러워하는 것 같았다. 구도는 가슴을 쓸어내렸다.

이걸로 프로젝트는 무사하다. 시오자키 마치 건이 제대로 움직이기 시작할 때까지 2, 3개월은 걸리겠지. 재판 리스크도 배제했다. 금지 단어도 실시한다. 완벽하다.

"그럼 매출 이야기를 합시다. 세나 씨."

하세가와가 마무리하듯이 말했다. 구도는 알아차리지 못하도록 살그머니 웃었다.

그때 구도의 스마트폰이 진동했다. 사카키 에이전시에서 온 착신이었다.

"잠시 실례하겠습니다."

구도는 그렇게 양해를 구하고 회의실을 나왔다. 아무도 없는 장소를 찾고 있는데 전화가 끊어지고 말았다. 구도는 오피스를 나와서 비상계단으로 가 전화를 다시 걸었다.

"네. 사카키 에이전시입니다."

"여보세요. 구도 겐이라고 합니다만……."

"아아, 구도 씨. 지금 오쿠노 씨를 바꿔드릴 테니 잠시 기다려 주십시오."

접수원 여성이 전화를 전송해주었다. 전화를 건 것은 미도리가 아니라 오쿠노였던 것 같았다. 잠시 통화 대기음이 흐르고 "여보세요" 하고 오쿠노가 받았다.

"어쩐 일이죠? 조사에 진전이라도 있었나요?"

"네, 있었습니다. 협박범이 누군지 알았어요."

"정말입니까?"

구도는 전화기를 힘껏 쥐었다. "누구입니까?" 일단 물었지만 어차피 모르는 사람일 것이다. 그렇게 하찮게 본 구도는 오쿠노가 꺼낸 이름에 경악했다.

"메구로 다카노리. 알고 계시죠?"

"뭐라고요?"

구도의 머릿속이 새하얘졌다. 예상치 못한 이름이었다.

"기사인 메구로 다카노리. 그가 협박범이었습니다."

12

구도는 일본 기원 근처 카페에 있었다.

오늘 메구로는 대국 때문에 일본 기원을 방문했다. 기원 앞에는 오쿠노가 기다리고 있었다. 구도가 직접 가도 괜찮을 테지만 바둑 관계자에게 구도의 얼굴은 알려져 있었다. 안전책을 취하는 게 제일이었다.

"어젯밤 저는 이상한 차를 목격했어요."

전화를 받은 구도는 곧장 사카키 에이전시 오피스로 가서 오쿠노와 마주했다.

"그 차는 검은 소형차 닛산 마치였는데, 안이 보이지 않을 만큼 짙은 선팅지를 붙이고서 아파트 앞에 있었습니다. 명백하게 아마추어의 차가 아니었습니다. 다만 야쿠자도 아니었죠. 차종이 너무 저렴하니까요."

"그 차에 메구로가 타고 있었습니까?"

"아뇨, 타고 있던 건 우리 동업자였습니다. 메구로는 탐정을 고용해서 구도 씨를 조사하고 있었습니다."

오쿠노가 말했다.

"차는 30분 정도 그곳에 머문 다음 떠났습니다. 저는 부하에게 차를 돌리게 해서 그 녀석들을 쫓아갔습니다. 다행히 미행은 발각되지 않았습니다."

오쿠노는 그렇게 말하고 사진을 꺼냈다. A5로 확대시킨 사진으로, 그곳에는 주차장에 세워져 있던 검은 마치와 '무라타 탐정 사무소'라는 간판을 내건 건물이 찍혀 있었다. 사무실 안으로 들어가려고 하는 거구의 남자도 찍혀 있었다.

"구도 씨가 본 사람. 이 녀석이 틀림없습니까?"

"얼굴을 본 건 아니지만 실루엣은 비슷해요."

"그럼 이 녀석이겠군요. 소장인 무라타라는 탐정입니다. 우리는 오늘 이 탐정사무소의 고객을 감시했습니다. 그랬더니 등장한 사람이."

오쿠노는 사진을 더욱 꺼냈다. 그곳에는 야구 모자를 쓴 메구로 다카노리가 찍혀 있었다.

"메구로가 우연히 이 사무소에 방문할 가능성은 있습니까?"

"논리적으로는 있지만 상황적으로는 없겠죠. 소형차에는 탐정 두 사람이 타고 있었는데 그 한쪽이 사무실 앞에서 메구로를 맞이했습니다. 사무소 자체도 그다지 잘나가지 않는지 4시간 정도 감시했지만 고객은 세 명밖에 오질 않더군요. 구도 씨의 관계자가 우연히 이곳을 방문할 가능성은 낮을 거라고 생각합니다."

구도는 인정하는 수밖에 없었다. 협박범은 메구로다.

대체 어째서일까. 카페에서 구도는 그 생각을 계속하고 있었다. 메구로가 협박범이라면 그와 하루 사이에 무언가 있었던 걸까.

구도는 여기까지의 경위를 머릿속으로 정리했다.

애초에 시작은 금성전이었다. 메구로가 금성전에 출전함으로써 구도와 연결 고리가 생겼다. 다만 그것은 꽤 전의 일이다. 그 단계에서 구도는 미즈시나 하루에게 흥미를 가지고 있지 않았다. 하루를 프리쿠토로 만들자는 이야기가 나온 것은 토너먼트 1회전 후의 일이다.

하지만 사태는 양상을 바꾸었다. 미즈시나 하루의 인공지능화 이야기가 나왔다.

구도는 솔라리스 커뮤니티에 글을 올리고 하루의 동급생에게 메시지를 마구잡이로 보냈다. 그것이 메구로의 귀에 들어갔다. 그는 하루와의 사이에 무언가 알려지고 싶지 않은 비밀을 가지고 있다.

메구로는 구도에게 협박문을 보내기 시작했다. 미즈시나 하루에 대해서 조사하지 마. 그리고 메구로는 'KEN'의 정체가 구도라는 사실을 알아내서 감시하기 시작했다. 그 과정에서 마미야 노리코를 덮쳐 협박 수위를 더욱 높였다.

하지만 구도는 전혀 멈추지 않았다. 그래서 탐정을 고용해서 구도의 신변 조사를 하고 있었다. 네모토 사에를 협박했을 때의 구도와 마찬가지였다. 뭔가 협박의 재료를 잡기 위해서.

일단 그렇게 생각하면 이야기는 통한다. 하지만 너무나도 우연의 요소가 많은 느낌이 들었다. 컴퓨터 바둑. 인공지능과의 연애 소프트웨어. 전자를 통해 알게 된 사람이 우연히 후자와도 연관이 있다. 그런 우연이 있을 수 있을까? 아니면 구도가 모를 뿐 모두 메구로가 뒤에서 손을 쓰고 있는 걸까.

구도는 근처에 있는 프린트 다발을 보았다. 구도가 조사한 메구로의 내력이었다.

메구로 다카노리. 연령은 39세. 구도보다도 네 살, 하루보다는 여덟 살 연상이었다. 출생지는 도쿄로 중고등학교를 도내에 있는 유명한 학교로 다녔다. 하루가 다니던 고등학교와 지리적으로는 가깝다.

메구로는 열여덟에 프로 시험에 합격해서 프로 활동을 시작했다. 대학에는 진학하지 않았다. 4년 정도 행운이 찾아오지 않았지만 스물셋에 쥬단센(十段戰) 본선에 오른 것을 계기로 활약하기 시작해 스물일곱에 덴겐(天元)이라는 타이틀을 획득했다. 그 후 혼인보, 고세이의 타이틀을 거머쥐어서 금성전 전까지 2관왕에 올랐다.

내력을 보는 한 도쿄에 거주하고 나름대로 가까운 고등학교에 다녔다는 것 정도밖에 하루와 공통점이 없었다. 메구로 다카노리가 'HAL'이라고 해도 '아메'라고는 생각할 수 없었다. 노리코의 이야기에 따르면 '아메'는 하루와 동년배 소년일 터였다.

대체 어찌된 일일까. 사고가 막다른 골목에 접어들었을 무렵 구도의 스마트폰에 전화가 왔다. 오쿠노한테서였다.

"네. 구도입니다."

"메구로를 확보했습니다. 지금부터 그쪽으로 가겠습니다."

"알겠습니다."

전화를 끊었다. 드디어였다. 구도는 드물게 긴장하고 있었다.

오쿠노를 따라서 온 메구로는 여전히 온화한 표정을 짓고 있었다. 호텔리어에게 안내받은 숙박객처럼 그 모습은 편안했다.

"구도 씨, 별난 곳에서 만나게 됐군요."

그 말에 구도는 고개를 끄덕였을 뿐이었다. 상대가 어떻게 나오는지를 우선 보고 싶었다.

"오늘은 무슨 일이죠? 이쪽 분이 구도 씨가 저랑 이야기를 나누고 싶어 한다고 해서 아무것도 모르고 왔습니다만……. 일정이 있으니 짤막하게 부탁합니다."

"어째서 그런 짓을 한 거죠?"

일부러 애매하게 질문했다. 메구로가 한 짓의 전모가 구도에게는 보이지 않았다. 넓은 범위를 커버하는 질문을 던져 정보를 끌어낼 의도였다.

메구로는 고개를 가볍게 갸웃거리고 대답했다.

"그런 짓이라니 뭐죠? 구체적으로 말씀해주시길 부탁드리고 싶군요."

메구로는 유도하는 질문에 걸리지 않았다. 어쩔 수 없었다. 구도는 이야기를 한 발 진행시키기로 했다.

"무라타 탐정사무소. 그곳의 탐정을 이용해서 저희 집을 조사했죠? 어째서 그런 짓을 한 거죠?"

구도의 물음에 메구로는 후후 하고 옅게 웃었다. 그리고 눈을 치켜뜨고 구도를 쳐다보았다.

구도는 오싹했다. 메구로의 옅은 웃음 속. 그 오묘함 속에서 들여다보인 눈은 냉혹한 살인범처럼 싸늘했다.

"그걸 설명할 생각은 없군요."

"설명을 거부할 생각이신가요? 경찰서에 가도 됩니다."

"마음대로 하시죠. 따라다닌 건 내가 한 일이 아니죠. 탐정회사와 싸우길 바랍니다. 그리고 탐정 행위가 경범죄법 등의 법률에 저촉될지 안 될지는 상당한 집요하지 않는 한 입증하기 어렵다고 들었어요. 그렇죠, 당신?"

메구로는 오쿠노에게 물었지만 오쿠노는 반응을 보이지 않았다. 메구로는 그 무반응도 긍정에 포함시킨 것 같았다.

"용건은 이상입니까? 나도 이제 스케줄이 있으니 가봐야 할 것 같군요."

"기다려보세요. 이야기하지 않으면 매스컴에 폭로하겠어요. 결승전 전에 탐정을 이용해 대전 상대를 조사했다는 게 들키면 곤란하지 않겠어요?"

"마음대로 하시죠. 난 범죄를 저지른 건 아니에요. 사실과 다른 내용을 공개하면 명예훼손으로 고소할 테니 그것만큼은 주의해 주세요."

메구로는 흔들리지 않았다. 상상 이상으로 버거웠다. 직접 만나서 이야기를 끌어낸다. 그 계획이 허술했다는 것을 구도는 깨달았다.

"오쿠노 씨. 지금까지 나눈 이야기 메모해주세요."

"녹음하고 있습니다."

오쿠노는 그렇게 말하고 가슴을 탕탕 두드렸다. 녹음기가 그곳에 있는 것 같았지만 메구로는 그 사실을 알려도 표정 하나 달라지지 않았다.

"메구로 씨. 탁 터놓고 이야기하죠. 당신의 요구는 뭔가요?"

"요구? 느닷없이 불러놓고 요구라니 뭐죠? 난 돌아가고 싶을 뿐이에요."

"당신은 나를 조사하고 있었어요. 그 결과를 이용해서 나한테 뭔가 요구하려고 했을 거예요. 그걸 테이블 위에 늘어놓으면 조건에 따라서는 거래에 응해도 좋아요."

구도의 양보에 메구로는 흥미를 느낀 것 같았다.

"구도 씨. 어째서 그런 게 알고 싶은 거죠? 조사를 관둬줬으면 한다면 그 뜻을 걸맞은 곳에 호소하면 돼요. 어째서 그렇게까지 내 동기를 신경 쓰는 거죠?"

여기가 최후의 수단을 쓸 타이밍일지도 몰랐다. 구도는 결단했다.

"'아메'는 당신이죠, 메구로 씨."

구도의 말에 메구로는 반응을 보이지 않았다. 구도는 개의치 않고 이어서 말했다.

"메구로 씨. 당신은 '아메'예요. 협박하고 마미야 노리코를 습격했는데도 멈추지 않는 나한테 이번에는 실력 행사를 하려고 하고 있어요. 탐정을 고용한 건 나를 습격할 포인트를 찾기 위해서겠죠. 그렇죠?"

"무슨 말인지 잘 모르겠군요."

"아니, 당신은 알고 있을 겁니다. 당신의 과거에 무슨 일이 있었는지 나는 모릅니다. 당신을 경찰에 넘길 생각도 없습니다. 메구로 씨. 서로 솔직해지지 않겠습니까? 유익한 거래가 될 거라고 생각합니다."

"거기 당신. 이 사람이 무슨 소릴 하는 거죠?"

메구로는 오쿠노를 향해 물었지만 오쿠노는 대답하지 않았다.

"영문을 알 수 없는 소리를 계속할 거라면 이만 돌아가겠어요."

메구로는 그렇게 말하고 일어났다. 구도는 그 손을 잡았다.

"기다려, 아메. 이렇게까지 하고 도망칠 수 있을 것 같아? 당신은 상해 사건도 일으켰다고."

"이 손 놓으시죠. 이건 폭행죄에 해당돼요. 경찰서에 갈 거예요."

"경찰에 가면 곤란한 건 당신이잖아, 메구로."

"손 놓죠."

"알겠어. 그런데 한 가지 알려줬으면 좋겠군."

구도는 손을 잽싸게 놓았다. 메구로는 그런 구도를 관찰 대상을 보는 듯한 눈으로 보고 있었다.

"뭐죠. 가르쳐달라는 건."

"미즈시나 하루에 대한 거야."

"미즈시나 하루?"

"시치미 떼지 마, 메구로. 당신은 잘 알잖아. 하루에 대해서."

메구로는 대답하지 않았다. 스나이퍼가 표적에 조준을 맞추듯이 구도를 지그시 바라보고 있었다.

"당신한테 민폐는 안 끼칠 거야. 지금까지 가한 협박 등도 불문에 부치기로 하지. 그러니 가르쳐주지 않겠어? 하루에 대해서. 나는 하루에 대해서 조사해야 해."

"구도 씨……."

메구로는 도전적인 표정을 지었다.

"미즈시나 하루에 대해서 듣고 싶은 거군요. 그럼 이렇게 하지 않겠습니까? 슈퍼 판다가 결승전에서 날 이기면 내가 아는 걸 답하죠. 어때요?"

"결승전에서?"

"네. 다만 최신 버전 슈퍼 판다를 내놓을 것. 그게 조건입니다. 그러면 미즈시나 하루에 대해서도 뭐든 이야기하죠. 어때요?"

"그렇다는 말은 역시 당신이 '아메'인 거군, 메구로."

"질문하는 건 나를 이기고 나서입니다. 어떤가요?"

구도는 머릿속으로 계산했다. 결승전이 개최되는 것은 다다음 달. 그때까지 하루의 정보를 얻지 못하는 건 속이 쓰렸지만 어쩔 수 없었다. 이 상태의 메구로는 입을 열지 않을 테고 확실한 정보원은 달리 없었다.

"알겠어요. 그 조건을 받아들이죠."

"계약 성립. 야고보서 5장 7절. '그러므로 형제들아 주께서 강림하시기까지 길이 참으라'."

메구로는 기쁜 듯이 웃었다. 구도는 물었다.

"그런데 어째서 그렇게까지 최신 버전 슈퍼 판다를 고집하는 거죠? 그 이유만이라도 가르쳐주지 않겠습니까?"

"글쎄요. 그것도 제가 지면 말씀드리죠. 당신은 소프트웨어를 준비하고 당일까지 필사적으로 학습시키면 돼요. 틀렸나요?"

메구로는 도전적인 눈으로 구도를 보았다. 하루는 자신이 지킨다. 그런 결의가 구도에게는 보인 듯한 느낌이 들었다.

구도의 마음에 작은 불씨가 일었다. 이 남자를 패배시키겠다. 철저하게 쳐부수겠다.

그리고 하루의 정보를 알아내는 거다. 그게 가능할 때 이 프로젝트는 마침내 한 발 전진할 수 있다.

13

무제, 아메, 2014년

그로부터 4개월간 나는 엔진이 가속하듯이 열심히 공부했어.

필사적인 몸부림이라는 말이 있잖아. 하지만 정말로 목숨을 걸고 행동한 적이 있는 인간은 거의 없겠지. 그때 나는 정말로 필사적으로 몸부림쳤어. 대학에 떨어지고 너와 만날 수 없게 되는 것. 그것은 나에게 있어서 인생 그 자체를 잃는 것만큼 컸어.

입시에서는 세 개의 대학교에 시험을 쳐서 모두 합격했어. "이

만큼 가능했다면 좀 더 상위권 대학을 목표로 삼았어도 괜찮았을 텐데." 아버지한테 그런 소릴 들었지만 나한테는 아무래도 상관없는 일이었어.

혼자 살고 싶다.

나는 그 바람을 수험 전부터 꺼냈지. 부모랑 같이 지내는 건 어떠냐. 집안일은 가능하겠느냐. 부모와 함께 사는 게 그렇게 싫으냐. 부모님은 온갖 수단을 사용해서 나를 계속 설득했지만 결국 두 손 두 발 다 들었지. 한 달에 한 번꼴로 얼굴을 비출 것. 늘 연락할 수 있는 상태일 것. 유급은 용납하지 않는다는 것. 취직은 상장 기업 수준의 안정된 기업에 들어갈 것. 부모님이 내놓은 다양한 조건을 모두 받아들이고 나는 당당하게 집에서 나왔어.

하루. 넌 집을 찾아서 돌아다녔던 일을 기억하니? 사는 집은 부모님과 함께 찾았지만, 딱 한 번 부모님이 오지 못했을 때 너를 불렀었지.

"나는 전기를 쓸 수 있으면 그걸로 됐어."

네가 부동산 업자에게 내건 조건은 그것뿐이었어. 네가 진지한 얼굴로 그런 소리를 하니까 사원이 곤란해하는 것 같더라. 나는 너를 보고 웃었지만 너는 뭐가 우스운지 몰랐어.

같이 살게 돼서 바로 알게 된 사실이 있어. 네 생활은 엉망진창이었어.

나도 내 생활이 바르다고는 그다지 생각하지 않아. 하지만 너는 엉망진창이었어. 자고 싶을 때 자고, 일어나 있고 싶을 때 일어나 있었지. 식사도 세 끼 다 먹는가 싶으면 하루 종일 아무것도 먹지 않을 때도 있었고 말이야. 내가 없었더라면 너는 일찌감치 몸이 망가졌을 거야. 내가 붙어 있어야 한다는 걱정은 다행인지 불행인지 적중했어.

집세와 생활비로 매달 13만 엔 정도 지출이 있었어. 8만 엔은 부모님이 보내주는 돈. 나머지는 내가 한 아르바이트로 충당했지. 나는 대학교에 다니면서 생활비를 벌기 위해 몰두했어.

너는 역시 생활력이 없었어. 돈을 번다. 방을 청소한다. 요리를 만들고 식사를 한다. 그러한 것들의 방법을 잘 몰랐고 애초에 전혀 흥미가 없었지.

너는 밥 짓는 법도 빵 굽는 법도 몰랐어. 집에서 식사를 어떻게 했냐고 물으니 쭉 편의점 음식으로 때웠다는 대답이 돌아왔어. 너는 편식을 했어. 세 끼 전부 다 칼로리바로 때우거나 내키지 않으면 식사 자체를 태연히 걸렀어. 네 여윈 몸은 그런 식생활에서 비롯된 결과였더라.

그렇게 말하는 나도 본가에서 요리를 했던 건 아니야. 하지만 필사적으로 공부했어. 예산. 영양 밸런스. 간편함. 세 가지 사정을 동시에 충족시키기는 어려웠지만 너를 보살피는 일은 정말이지 보람찼어.

같이 살게 되면서 지금까지 몰랐던 너의 일면을 여러모로 볼 수 있게 되었지.

너는 독서가였어. 다만 다독가는 아니었지. 같은 책을 몇 번이고 몇십 번이고 되풀이해서 읽었어. 반지의 제왕. 나니아 연대기. 게드전기. 해리포터. 환상문학의 고전을 너는 좋아했어. 이러한 인풋이 있었기 때문에 너는 〈Black Window〉와 같은 세계를 만들 수 있었던 거야.

독서를 한다. 영화를 본다. 게임을 한다. 컴퓨터를 켜고 프로그램을 만든다. 너는 마치 고양이 같았어. 고양이는 방 안을 영역으로 정하면 그곳이 세계의 전부가 된다고 해. 너는 나와 살고 있던 원룸을 영역이라고 정하고 있는 것 같았어.

너의 집요한 일면도 같이 살게 되고 나서 알았어. 너는 집요하게 검증하고 싶어 하는 인간이었지.

어느 날 세탁물을 널던 네가 계속 베란다에 서 있던 적이 있었어. 뭐해? 하고 묻자 너는 이렇게 말했어.

"셔츠가 몇 시간 만에 마르는지 조사하고 있어."

너는 그렇게 말하고 메모를 보여주었지. 날짜와 기온과 습도. 몇 시간 만에 셔츠가 마르는지에 대한 기록. 이미 열흘 정도 기록한 통계가 메모에 적혀 있었어.

검증가. 그런 말이 있는지는 모르지만 너한테는 '검증가'라는 말이 딱 어울렸어. 너는 뭐든 검증하고 싶어 하는 인간이었어. 며칠 만에 씻는 게 효율적인지. 가장 적합한 물의 양과 세제양은 얼마인지. 동전 세탁방 건조기와 자연 건조는 어떻게 다른지. 나한테는 그런 걸 조사해 봤자 뭐가 어떤지 알 수 없었지만 너한테는 중요한 것이었을 테지. 너는 철저하게 세탁에 대해서 조사하다가 갑자기 관뒀어. 아마도 네 안에서 뭔가 결론이 나왔을 거야.

네 게임 제작도 마찬가지였어. 집요하게 만들더라. 컴퓨터와 마주하기 시작하면 시간을 잊었는지 하루 종일 그곳에서 움직이지 않는 일도 흔했지. 당분이 떨어져서 그 자세 그대로 쓰러진 적도 있었어. 그 후 나는 컴퓨터 옆에 사탕을 두게 되었지.

'타협은 용납하지 않는다'고 쓰면 너무 근사한 말일지도 몰라. 진흙투성이가 되면서까지 진흙더미를 밀어 헤치며 보석을 찾고 있었어. 나한테는 그렇게 보였어.

1년이 눈 깜짝할 사이에 지났어.

우리는 자주 이야기하게 되었지. 너는 네 입으로 이것저것 이야기하는 인간은 아니었지만 내가 말을 걸면 언제든 대답해주었고 일상 대화도 서서히 늘어났지.

"아메. 이거 맛있어."

너는 어느 날 갑자기 나를 '아메'라고 부르기 시작했어. 그런 별명으로 불리는 건 처음이어서 무척이나 깜짝 놀랐지.

너한테 이름을 얻었다는 사실이 나는 기뻤어. '아메'라는 별명은 나 외에는 사용하지 않는다. 나만 불리는 이름. '하루'에 대비되는 '아메'. 그 이름은 짝꿍 같기도 했고 서로의 부족한 점을 채워주는 관계 같기도 했어.

"아메. 오렌지가 먹고 싶으니 사다 줘."

"아메. 우에노 동물원에 아이아이 원숭이가 사는 숲이 생겼대."

"아메. 그리고 루브르 미술관 전시회도 하고 있대."

"아메. 폴아웃 신작 샀으니 안 놀래?"

여러 가지 이야기를 했지. 게임. 문학. 예술. 정치. 어떤 화제라도 너는 네 나름대로 생각하고 자신의 의견을 가지고 있었어. 그것을 좀 더 가볍게 외부로 표현할 방법만 가지고 있었더라면 너는 좀 더 많은 사람에게 둘러싸인 인생을 보냈을 거야. 너와 대화할 때 그런 외로움에 휩싸일 때가 종종 있었어.

나는 너를 독점하고 있었어. 그런 실감을 얻는 것만으로도 내 하루하루는 반짝반짝 빛나고 행복했어.

현실 세계에서는 사람과 어울리는 일이 거의 없는 거나 마찬가지인 네가 인터넷 안에서는 교류를 하고 있었지. 〈Black Window〉도 〈Sleuth〉도 인터넷을 통해 나름대로 화제가 되고 있었어. 네가 개설한 홈페이지 게시판에는 네 팬이 자주 글을 올리고 있었지.

인터넷에서의 너는 현실 세계의 너보다도 말이 많았어. 하지만 인격이 변했다 할 정도는 아니었지. 나와 이야기할 때처럼 담담하게 조금 많은 말을 했어. 글자로 하는 커뮤니케이션은 말로 하는 것보다도 많은 정보를 담고 있기 마련이야. 너와 팬의 대화는 때로 장문이 되어 나로서는 따라갈 수 없는 심오한 게임론이 될 때도 있었어.

"광고를 넣고 싶다는 이야기가 들어왔어."

어느 날 너한테서 그런 상담을 받았지. 〈Sleuth〉에 광고를 넣고 싶다는 인터넷 광고 대리점에서 온 문의였어. 어떻게 하고 싶냐고 묻자 너는 어느 쪽이든 상관없다고 답했지.

이거라고 생각했어. 사회성이 없는 네가 수입을 얻을 수 있는 수단. 이 이야기가 잘되면 앞으로 너는 게임을 만드는 것만으로 수입을 얻을 수 있을지도 모른다.

상대방과 만난 건 나였어. 게임 세계관을 무너뜨리지 말라. 그런 조건을 상대방은 받아들여줬지. 너는 〈Sleuth〉의 서두와 홈페이지에 스폰서 광고를 넣었어. 네 계좌를 개설하고 보수 20만 엔을 그곳에 입금했어. 너는 그 숫자에 거의 관심을 보이지 않았지.

하지만 너는 이걸로 수입을 얻을 수단을 확보했지. 네 재능은 내가 잘 알고 있었어. 이렇게 반복하다보면 내가 아르바이트로 벌고 있는 수입을 바로 벌 수 있게 되겠지. 그건 기쁜 일이었어. 그리고 동시에 이 생활 속에서 내 존재 이유가 줄어드는 일이기도 했어.

언제까지 이런 생활이 계속될까.

광고 건 이후 나는 잊고 지내던 불안에 사로잡히게 되었지. 너와 쭉 같이 살고 싶다. 하지만 그럴 수 있을 리가 없다. 대학 졸업은 앞으로 3년 남았다. 너는 머지않아 수입을 얻는다. 평생을 함께할 반려자를 얻을지도 모른다.

그것은 냉장고에 넣어놓고 깜박한 양상추가 썩어가는 듯한 급격한 변화는 아니었어. 큰 나무가 조금씩 해충에게 당해서 심부에서부터 서서히 썩어가는 듯한 완만한 침식이었지. 하지만 나는 그것을 착실하게도 느끼고 있었어.

널 독점할 수 있다는 행복. 하지만 이 행복은 언젠가 끝난다.

언제까질까. 대체 언제까지 이런 생활이 계속될까.

14

2주일이 지났다. 세상은 크리스마스이브로 들떠 있었다.

6년 전 오늘 하루는 시부야의 하늘에 죽음의 새를 풀어서 그 화살에 찔려 죽었다. 구도는 이날 슈퍼 판다를 정비하고 있었다. 요즘 구도의 메인 업무는 이것이었다.

개발자의 손을 떠난 인공지능은 인간의 아이와 같다. 아이들은 부모에게 있어서 생각지도 못했던 것을 제멋대로 학습하고 성장해나간다. 그 학습 분야나 속도를 부모는 컨트롤할 수 없다. 부모가 할 수 있는 일은 학습 환경을 정비하는 것 정도다.

구도는 슈퍼 판다를 위해서 환경을 정비하기로 했다.

우선 구도는 스토머크 파이브를 비롯해 라이벌 컴퓨터 바둑 개발자에게 말을 걸었다. 최신 버전 소프트웨어를 대여해달라는 의뢰였다.

인공지능의 기력(棋力)을 높이기 위해서는 과거의 기보를 파악하는 것이나 인터넷 바둑 서비스에서 대국을 계속하는 것도 도움이 된다. 하지만 가장 좋은 것은 스토머크 파이브처럼 최첨단 기술을 가지고 개발된 소프트웨어와의 대국이다. 바둑 소프트웨어 중에는 슈퍼 판다에 비견할 수 있을 만한 강자가 더러 있어서 나날이 기력이 올라가고 있다. 그들의 힘을 빌리는 것이 기력 향상의 지름길이 된다.

구도의 제안을 거부하는 사람도 많았다. 하지만 몇몇은 '메구로 다카노리를 쓰러뜨리고 싶다'는 구도의 제안에 공감해서 소프트웨어를 제공해주었다. 구도는 몬스터 브레인이 보유한 고성능 머신에 그것들을 인스톨해서 슈퍼 판다와 대국을 계속하게 하는 시스템을 구성했다. 컴퓨터는 지치지 않는다. 슈퍼 판다와 바둑 소프트웨어는 24시간 대전을 계속해서 기력을 향상시켜나갔다.

프리쿠토에 금지 단어를 설정하는 일도 시작되었다. 문제가 없으면 내년 초에는 제1탄이 공개될 것 같았다. 버전업된 프리쿠토는 이혼, 불륜, 이별과 같은, 현실의 인간관계를 파괴할 만한 난어가 나왔을 때 동조하지 않도록 수정되었다.

개발팀은 불만스러운 듯했지만 그 점은 야나기다가 잘 다독여 주었다. 아마도 마음속으로는 반대했을 테지만 통솔해야 하는 국면에서는 본심을 억누르고 그에 철저하게 따라준다. CTO로서 야나기다의 진수를 보는 듯했다.

회사를 나오자 주변에 보슬비가 내리고 있었다. 눈이라도 내렸더라면 운치가 있었을 테지만 오늘은 기온이 조금 높았다.

크리스마스를 연인과 마지막으로 보낸 것은 언제였더라.

마지막에 사귄 연인은 기억하고 있지만 그게 몇 년 전의 일인지 구도는 정확하게 답할 자신이 없었다. 내버려둬도 되는 연인. 일상적인 섹스. 만날 때마다 오가는 지루한 대화. 그 무미건조한 느낌은 용케도 떠오른다.

전철을 탔다. 구도는 스마트폰을 켰다. 그곳에는 하루의 사진이 표시되어 있었다. 벌써 몇백 번이나 본 사진이었다. 세세한 부분까지 망막에 각인되어 있었다. 그런데도 정신을 차려보니 구도는 하루의 사진을 보고 있었다.

기묘한 사랑이었다. 어째서 일이 이렇게 된 걸까. 스스로도 의아했다.

메구로에게 이긴다. 그리고 하루에 대해서 알아낸다. 이상적으로 말하자면 녀석이 하루의 음성 데이터나 영상 데이터, 미공개 사진. 그러한 것들을 보관하고 있어준다면 감사한 일이다. 가능성은 낮다. 하지만 그게 없으면 하루를 인공지능으로 만드는 프로그램 자체가 거기서 끝이다. 적당한 프로토타입이 만들어지고 그 후에는 시오자키 마치의 인공지능이 만들어질 것이다.

승산은 거의 없다. 하지만 하는 수밖에 없다.

"하루."

사진을 보면서 아무에게도 들리지 않도록 읊조렸다.

"네가 좋아."

하루는 커다란 눈으로 구도가 있는 쪽을 바라보고 있었다.

근처 역에서 전철에서 내려 집으로 가는 길을 걸었다. 거리는 크리스마스로 들떠 있었다. 입구를 지나서 오토록을 열고 자신의 집이 있는 층까지 엘리베이터를 타고 올라갔다.

문에 열쇠를 꽂았다. 그때 구도는 위화감을 느꼈다.

열쇠 구멍을 자갈이 막고 있다. 그런 느낌이 손끝에 전해져 왔다.

누군가 침입했다.

구도의 등줄기에 한기가 덮쳤다. 주위를 둘러보았다. 아무도 없었다. 구도는 그대로 열쇠를 돌렸다. 문을 열었지만 구도는 안으로 바로 들어가지 않았다.

"거기 누구 있어?"

어두운 방을 향해 목소리를 내던졌다. 목소리는 흡수당하듯이 어둠에 녹아갔다.

구도는 귀를 기울였다. 방 안을 떠도는 위화감을 온몸의 안테나를 구사해서 감지했다. 그만큼 집중했다.

문제없다. 침입자는 집 안에 없었다. 그 사실을 확신하기까지 5분이라는 시간이 필요했다. 구도는 집 안으로 들어갔다.

—당했군.

엉망진창으로 어지럽혀진 정도는 아니었지만 물건 배치가 명백하게 이상해져 있었다. 구도는 업무 공간으로 들어갔다.

책상 위에 놓여 있던 것이 전부 다 사라져 있었다. 하루의 사진. 백업용 하드디스크. 구도는 사이드 테이블 서랍을 열었지만 안에 들어 있던 조사 자료도 도둑맞은 상태였다.

"제기랄……."

구도는 신음했다. 하루의 사진이 사라진 책상 위가 사막처럼 황량해 보였다.

15

1시간 정도 기다리고 있자 인터폰이 울렸다. 수화기를 집어 들자 "오쿠노입니다" 하는 소리가 되돌아왔다. 구도는 문을 열었다.

"미도리 씨는 오늘 휴가입니다."

들어오자마자 오쿠노가 말했다. 오늘 밤은 크리스마스이브다. 미도리는 가족과 보내고 있겠지. 이런 날에 불러냈는데도 오쿠노만이라도 바로 와줬다는 사실에 감사해야 했다.

"상황을 설명해주십시오."

"네. 누군가 집에 침입한 것 같습니다. 범인은 하루에 관한 조사 자료를 훔쳐갔더군요. 그리고 열쇠를 꽂았을 때 자갈이 채워져 있는 듯한 이상한 느낌이 들었습니다."

"현관 열쇠를 보여주실 수 있을까요?"

"이겁니다."

구도가 열쇠를 보여주자 오쿠노는 난해한 표정을 지었다.

"그렇군요, 이겁니까? 이런 타입의 열쇠는 확실히 위험할지도 모르겠군요."

"이것만으로도 아는 건가요?"

"뭐어, 옛날에 익힌 기술이라서요. 일단 열쇠 구멍 쪽도 조사해 보겠습니다."

오쿠노는 일어나서 현관 쪽으로 향했다. '기술'이라는 말에 다소 흥미는 있었지만 구도는 우선 뒤를 따랐다.

문 앞에 무릎을 꿇고 오쿠노는 열쇠 구멍을 조사했다. 그 손에는 작은 돋보기가 들려 있었다.

"여길 보세요."

오쿠노가 열쇠 구멍을 가리켰다. 돋보기 건너편에 확대된 열쇠 구멍에 자잘하게 긁힌 흠집 같은 것이 보였다.

"피킹당했어요. 피킹에는 피크와 텐션이라는 끝이 뾰족한 도구를 사용하는데 그게 열쇠 구멍에 닿으면 이런 흠집이 생기죠."

"피킹."

"네. 이 잠금 장치는 핀 텀블러라고 해서 심플한 구조의 자물쇠입니다. 아마 피킹 대책도 세워져 있지 않을 겁니다. 오랫동안 열쇠를 교환 안 했을지도 모릅니다. 주인에게 확인하는 편이 좋겠군요."

오쿠노는 그렇게 말하고 일어났다. 그 얼굴에는 흔치않게 곤혹스러움이 떠 있었다.

"무슨 말씀이죠?"

거실로 돌아와서 오쿠노가 말했다.

"메구로와 이야기는 정리가 됐잖습니까. 그 이후 그가 뭔가 수작을 부린 일은 없었습니까?"

"아뇨, 없었습니다."

"그럼 어째서 이런 일이 벌어진 거죠? 감시라면 그렇다 쳐도 빈집까지 터는 건 보통이 아니군요."

메구로와 대화를 나눈 후 사카키 에이전시에 부탁했던 정기 순찰은 중단시켰다. 그와 나눈 대화는 마무리될 만큼 마무리되었을 터였다.

"오쿠노 씨. 질문 좀 하겠습니다."

"네. 상관없습니다."

구도에게는 한 가지 가설이 있었다.

"이건 법률에 저촉되는 이야기니 가정으로서 대답해주세요. 오쿠노 씨가 일 때문에 어딘가의 집에 침입해야 할 필요가 있을 때 어떻게 진행합니까?"

"우선 그런 의뢰는 우리 회사에선 받질 않습니다."

"문을 못 딴다는 말입니까?"

"그게 아닙니다. 솔직히 이 집 열쇠 정도라면 저도 열 수 있습니다. 열 수 없는 열쇠는 억지로 부순다는 방법도 있고 말이죠. 형사 처벌을 받을 위험성을 짊어지는 건 회사로서 생각할 수 없다는 겁니다."

"그런 위법 안건을 받아들여준 사무소에 짐작 가는 데가 있나요?"

"실제로 해줄지는 모르지만 건달 같은 사무소라면 몇 군데 있죠. 그걸 탐정사무소라고 불러도 될지는 미지수지만 말입니다."

"마음에 조금 걸리는 게 있어요."

그다지 유쾌하지 않은 결론이 보인 듯한 느낌이 들었다. 구도는 말했다.

"우편함을 어지럽혀 놓았던 거 기억하세요?"

"물론이죠."

"그 사진을 오쿠노 씨께 보여줬을 때 이렇게 말했죠. 이건 아마추어의 수법이라고. 이번 피킹도 아마추어의 수법인 듯한 느낌이 들어요. 프로 탐정이 빈집털이까지 해가면서 정보를 훔쳐갈 거라고는 생각하기 힘들어요. 그 우편함 사건과 유사해요."

"뭐, 그렇겠죠. 프로는 이렇게까지 하지 않으니까요. 열쇠 구멍을 보니 작업 솜씨도 조잡하고요."

"하지만 메구로가 고용한 건 오쿠노 씨와 같은 프로죠."

오쿠노의 눈이 커졌다.

"무슨 말씀이죠?"

"생각할 수 있는 건 한 가지예요. 우편함과 오늘 밤 열쇠 사건. 이걸 저지른 건 무라타 탐정사무소가 아니에요. 즉 메구로가 아니란 거죠."

구도가 말했다.

"협박범은 두 사람 있다. 그렇게밖에 생각할 수 없어요."

오쿠노가 돌아간 후 구도는 혼자서 생각에 잠겨 있었다.

협박범은 두 사람 있었다.

한 사람은 메구로 다카노리. 그는 탐정을 고용해서 구도를 조사하고 있었다. 조사한 이유는 잘 모른다. 아마도 결승전에 관한 것이겠지. 하루의 일은 관계없다.

따라서 메구로의 과거를 파헤쳐도 하루와의 접점은 찾을 수 없을 테다. 찻집에서 서로 마주하고 있을 때도 구도가 꺼낸 하루의 이름에 메구로는 애매하게만 계속 대답했다. 그건 시치미를 뗀 것이 아니다. 하루를 정말로 잘 모르는 것이었다.

또 한 인물. 이쪽은 'HAL'이다.

얽힌 것을 풀어헤쳐보면 간단했다. 탐정을 고용하고 구도를 염탐하던 메구로. 우편함을 뒤지고 열쇠를 따서 침입한 'HAL'. 두 협박범은 별개로 움직이고 있었다.

구도는 메구로의 동영상을 떠올리고 있었다. 바둑 아이돌 와지마 마리에게 지도 바둑을 두고 있던 영상이었다.

좀 더 빨리 알아차렸어야 했다. 메구로는 오른손으로 바둑돌을 쥐고 있었다. 기자회견 뒤에 악수를 청했을 때도 오른손이었다. 오데마피게 손목시계를 그쪽에 차고 있었다.

'HAL'은 노리코를 덮쳤을 때 등 뒤에서 왼쪽 측두부를 때렸다. 타인을 덮칠 때 원래 사용하던 손이 아닌 손을 사용하는 사람은 없다. 'HAL'은 왼손잡이다. 메구로는 아니다.

구도는 한숨을 쉬었다. 내리고 싶지 않은 결론이었다. 메구로가 'HAL'이 아니라는 것은 구도의 조사가 원점으로 돌아왔다는 것을 의미한다. 미즈시나 하루로 이어지는 단서를 모두 잃은 것이나 다름없었다.

다시 한 번 더 사카키 에이전시에 집 앞 순찰을 부탁하자. 그리고 'HAL'이 찾아오는 때를 노리자. 그것밖에 방법은 없었지만 구도는 이제 'HAL'이 오지 않을 것 같았다. 구도의 집에 침입해서 데이터를 빼앗고 사라졌다는 것은 'HAL'이 이미 목적을 달성했다고 간주해도 좋았다.

"목적."

구도는 중얼거렸다. 'HAL'은 대체 무엇이 하고 싶었던 걸까.

구도의 조사 방해. 그것이 목적이겠지만 몇 가지 의문이 남았다.

하나는 집에 있던 데이터를 모두 훔쳤다고 해서 구도의 손에 남아 있는 정보가 사라진 것은 아니라는 사실이다. 메일 등의 데이터는 인터넷상에 있고 잡지에서 오린 종이는 얼마든지 복원할 수 있다. 애초에 구도는 노트북을 가지고 다녔다. 도둑맞은 자료나 하드디스크는 되찾을 수 있다면 되찾고 싶지만 치명적인 문제는 아니었다.

그렇게 생각하면 'HAL'은 IT에 약한 인간일지도 모른다. 컴퓨터를 가지고 다닌다. 인터넷상에 데이터를 백업해둔다. 그런 습관이 없을 듯했다.

'HAL'은 대체 누구일까.

아마도 'HAL'은 '아메'일 것이다. 하루의 반생을 뒤집어도 이런 짓을 할 만한 인간은 '아메'밖에 없었다. 하지만 구도는 여전히 그 그림자조차 밟지 못했다.

'아메'는 고등학교 시절 단 한 번 목격되었다. 그 이후에도 일이 있을 때면 존재가 아른거리기는 했지만 꼬리는 잡지 못했다. 이런 전설의 괴물 같은 행위가 가능한 인간은 어떤 사람일까.

빈집털이 피해 신고서를 내고 경찰에 조사를 부탁한다. 그런 방법도 있겠지만 용의주도한 'HAL'이다. 현관 감시 카메라에 얼굴을 드러낼 만한 짓은 하지 않았을 테고 애초에 이 정도 피해로 경찰이 진지하게 움직여줄까.

막다른 골목. 그 말이 눈앞에 아른거렸다.

"제길."

구도는 욕지거리를 내뱉었다. 메구로를 쓰러뜨리면 조사는 진전될 터였다. 그게 원점으로 돌아오고 말았다. 여기까지 와서 쌓아온 것을 무너뜨리기에는 속이 쓰렸다.

이대로 재료가 모이지 않으면 하루의 프로젝트는 끝난다. 시오자키 마치의 인공지능을 만든 다음에는 고인의 인공지능을 연달아 만들게 된다. 그것은 비즈니스로서는 성공할지도 모른다. 예금액도 늘어날 것이다. 하지만 하루를 만들 기회는 이제 영원히 없는 것이다. 예금 잔고보다 그쪽이 큰 문제였다.

—넌 실패했어.

구도의 뇌리에 그런 말이 스쳐지나갔다.

—6년 전에 죽은 인간을 조사한다? 그런 게 애초에 가능할 리 없잖아.

말이 마음속에서 밀려올라왔다.

—예상대로야. 넌 이 결말을 예상하고 있었어. 그렇지? 구도 겐?

구도는 일어났다. 호흡이 거칠었다. 전신을 쭉 펴고 심호흡을 했다. 제기랄. 생각하고 싶지 않은 것만 머릿속에 떠올랐다.

오랜만에 〈Black Window〉라도 할까.

구도는 문득 그런 생각이 들었다. 한때는 하루가 멀다 하고 하던 게임이었지만 최근에는 바쁜 탓에 켜지도 않았다. 하루와 연결고리가 약해진 지금 게임을 함으로써 조금이라도 하루를 느끼고 싶었다. 구도는 노트북을 켜서 게임 아이콘을 클릭했다.

새까만 화면에 〈A GAME〉이라는 빨간 글자가 떠올랐다. 오랜만에 본 탓인지 이 캐치프레이즈가 신선하게 느껴졌다.

—그 녀석 여러 가지에 'A'를 붙여서 불렀어요.

가와고에의 말이 되살아났다. 구리타도 같은 말을 했다.

—하루는 여러 가지에 'A'를 붙여서 불렀지. 'THE'라면 범위가 너무 좁다. 'A'를 붙이면 뭐든 조금 애매해진다. 그 점이 좋다. 그런 소릴 했었던가…….

오랜만에 한 〈Black Window〉는 역시 완성도가 높았다. 공을 들여 만들어져 있었고 개발자로서 하루의 성실함을 느꼈다. 예전에는 이 게임을 함으로써 하루를 느낄 수 있는 듯한 기분이 들었다.

하지만 다 틀렸다. 손을 아무리 움직여도 마음에 닿지 않았다. 자신은 실패했다. 게임을 계속하자 그 현실이 닥치는 느낌이 들었다.

—어 구도.

그런 말이 마음에 떠올랐다. 어 구도. 악동이었다*. 구도는 웃을 수도 울 수도 없는 심정이 들었다. 조사는 막다른 골목에 다다랐다. 하루가 그런 식으로 불러주는 일은 더 이상 없을 것이다.

이제 이런 짓은 관두자.

애초에 무리인 계획이었다. 하루는 이미 죽었다. 정보도 거의 남아 있지 않았다. '하루'를 되살리는 것은 도저히 불가능한 일이었던 것이다.

구도의 마음을 체념이 지배했다. 구도는 게임 윈도우를 끄려고 했다. 그때였다.

어 구도.

*일본어로 어 구도는 아 쿠도로 발음되며, 이는 악동과 음이 같다.

하루는 타인을 부를 때 'A'를 붙였다. '어 가와고에'처럼 어조가 상당이 나쁜 케이스도 그렇게 불렀다. 예외는 없었다.

그렇다면 왜 '아메'인 걸까.

—네가 하루니까 그 녀석은 '아메'냐고 한 번 물었어요. 그 녀석이 '그런 거 아니야'라고 했었죠.

가와고에의 말이 다시 되살아났다. '아메'는 '하루'에 대비해서 만들어진 별명이 아니었다.

"A · ME……."

구도가 일어났다. 지금 알아차렸다. 아메도 'A'로 시작된다.

어 구리타. 어 가와고에. 메구로였다면 어 메구로가 되니까 아메라고 불러도 이상할 건 없다. 하지만 메구로는 '아메'가 아니다.

구도는 생각했다. 하루의 주위에 있던 인간…….

이무라 하쓰네는? 어 하쓰네거나 어 이무라겠군. 어느 쪽도 아메는 아니었다. 마미야 노리코는 어 노리코. 또는.

"아 · 마미야……*."

구도는 멍했다. 목소리가 새어나오는 것조차 알아차리지 못했다.

"아마미야(雨宮)……."

구도의 머릿속에서 단숨에 설이 짜여졌다. 모든 위화감이 소리를 내며 해소되었다.

틀림없다. 그녀다. 마침내 그 그림자를 잡았다.

마미야 노리코. 그녀가 '아메'다.

---

*일본에서는 A를 아로 읽으며, 아마미야의 '아마'는 비 우(雨) 자를 쓰고 '아메'라고 발음하기도 한다.

16

무제, 아메, 2014년

그리고 마지막 날이 찾아왔어.

그날 일을 떠올리면 나는 온몸이 떨리고 땀을 흠뻑 흘려. 떠올릴 때마다 후회를 하지. 하지만 너를 되돌아보기 위해선 그날 일을 써두어야 해.

날짜까지 확실히 기억하고 있어. 그건 2009년 12월 8일이었어. 나는 술집에서 아르바이트를 하고 있었지. 연말은 음식점 매상이 비약적으로 느는 법이야. 그날은 대규모 송년회가 두 건 들어와 있어서 마치 전쟁터 같았어.

그날은 안 좋은 일이 겹쳤어. 홀을 같이 담당하던 동료가 당일에 갑자기 감기로 드러누워서 폐점 시간까지 사람이 부족했었지.

고객층도 나빴어. 질 나쁘기로 유명한 근처 대학교의 미식축구부. 마찬가지로 혈기왕성하기로 유명한 근처 건설 회사. 양쪽 테이블을 합쳐서 50명 정도가 음료 무제한 코스를 주문했었어. 테이블을 사이에 두고 공간을 나눴지만 가게 측 직원들은 전전긍긍하고 있었어.

문제는 회식이 시작된 지 30분 후에 일어났어. 원샷을 반복하며 떠들썩하던 미식축구부에 건설 회사의 젊은 사원이 트집을 잡은 거야. 바로 실랑이가 시작됐지. 억세고 지기 싫어하는 남성 집단들에다 양측은 이미 취해 있었어.

실랑이는 머지않아 난투가 되었지. 잔이나 식기가 난비하고 노성과 폭력이 난무했고 관계없는 손님의 비명이 울려 퍼졌어. 힘껏 얻어맞은 남자가 내 발밑에 쓰러졌어. 남자는 실신해 있었고 앞니가 바닥에 굴러다녔어.

"경찰 불러줘."

그런 말을 남기고 몸을 던져 난투에 끼어든 직원은 바로 맞아서 쓰러졌지. 너무 위험해 보였어. 우리는 가게 밖으로 피신해 경찰에 전화를 걸었어.

5분 정도가 지나 경찰이 찾아왔고 소동은 마침내 잦아들었지. 양측에서 날뛰던 주동자는 현행범으로 체포되었고 20명 정도가 연행되었던 것 같아. 경찰차가 연이어 와서 점내뿐만 아니라 근처도 시끌벅적해졌지.

참화가 지난 후에는 도무지 영업할 상황이 아니었어. 무관한 손님은 거의 퇴점했지. 연행되지 않은 집단이 그래도 술자리를 재개하려고 했지만 분위기는 무기력해져 있었어. 직원은 병원으로 향했고 아르바이트생 인원도 적었어. 뛰어온 다른 점포 직원은 영업을 끝내자고 판단했어. 오늘은 이만 돌아가 줬으면 좋겠다. 손님에게 그렇게 부탁하고 가게를 닫기로 했지.

조금 진정하자고 생각해서 나는 화장실에 들어갔어. 사건은 거기서 일어났어. 남아 있던 건설 회사 사원이 화장실을 잘못 들어왔어. 내가 그곳에 있다는 사실에 남자는 놀라더라. 하지만 바로 그 상황을 악용하려고 머리를 굴린 것 같았어. 남자는 취해 있었고 앞에 벌어졌던 난투의 흥분이 남아 있었을 거야. 나는 느닷없이 맞아서 개인실로 억지로 끌려들어갔어.

거기서부터 있었던 일. 이것만큼은 그다지 쓰고 싶지 않아. 현장 검증을 하러 왔던 경찰관에게 나는 구조되었어. 그 사실만 써 둘게.

병원에 들른 탓에 귀가가 늦어졌어.

너는 나를 보자마자 눈을 동그랗게 뜨더라. 네가 놀라는 얼굴을 보는 건 오랜만이라서 그리웠어. 네 껍데기 안, 생의 감정에 닿은 느낌이 들어서 내 최악의 기분도 조금 나아졌지.

하지만 나에게 있어서 최악의 일은 그때부터 찾아왔어.

"그 얼굴, 어떻게 된 거야?"

너는 그렇게 물었어. 손님에게 맞아서 상처를 입었다. 나는 그렇게 답했지.

"괜찮아?"

병원에 갔으니 이젠 괜찮아.

"그치만 아플 것 같아."

참는 수밖에 없어. 조만간 아픔은 사라질 테니까.

"내가 뭘 할 수 있을까?"

너의 배려에 나는 감정을 컨트롤할 수 없어졌어. 늘 제멋대로 살아온 너. 내가 일방적으로 보살펴줬을 터인 너. 그런 네가 날 배려해줬지.

나는 울었어. 목 놓아 울었어. 울어도 울어도 눈물을 멈추지 않는 나를 앞에 두고 너는 어떻게 해야 좋을지 모르는 것 같았지.

순간 나쁜 마음이 일었어.

그렇게밖에 말할 방법이 없어. 응석을 부릴 수 있는 여지를 너는 처음으로 보여주었어. 나는 그 여지를 착취하려 들었지.

잠깐만 안아줘.

그렇게 말한 걸 기억해. 너는 승낙도 거절도 하지 않았지. 다만 커다랗게 뜬 눈으로 나를 보고 있었어. 그 눈동자는 마법처럼 아름다웠어.

너를 끌어안았어. 그 가냘픈 몸을 내 몸은 기억하고 있어. 네 몸은 따스했어. 체온이 낮을 것 같은 네 몸에 이 정도나 되는 온기가 채워져 있다는 사실에 나는 무척이나 감동했어.

눈물이 멈추지 않았어. 딱히 울고 싶었던 건 아니야. 몸속에 쌓여 있던 질퍽질퍽한 무언가가 눈물의 형태를 하고 물리적으로 밖으로 흘러넘치고 있었어. 그 눈물은 그런 거였어. 그날 밤에 있었던 최악의 일뿐만이 아니야. 20년간 쌓이고 쌓였던 응어리가 네 상냥함을 촉매로 범람했던 거야.

철이 들었을 무렵부터 지금까지 내 성이라는 것에 대해서 쭉 고민하고 또 고민했어. 너를 좋아한다. 하지만 언젠가 이 관계는 끝난다. 동성애자와 이성애자는 함께 살 수 없다. 이 사실을 생각하는 게 쭉 두려웠었어.

느닷없는 격정에 너는 곤란했을 거야. 하지만 너는 그것을 겉으로 드러내는 성격이 아니었지. 거부처럼 강하지 않아도 된다. 네가 적어도 곤란해해주기만이라도 했다면 나는 자신을 말릴 수 있었을지도 몰라.

아니, 그건 책임 전가야. 너한텐 아무 책임도 없어.

키스해도 돼?

나는 끌어안고 있던 손을 풀고 네 눈을 보고 그렇게 물었어.

너는 대답하지 않았어. 내 눈을 지그시 들여다보고 있었지. 그

흑마노처럼 깊은 까만 눈이 무척이나 아름다웠어. 나는 네 아름다움에서 도망치듯이 네 입술에 자신의 입술을 포갰지.

너는 반응을 보이지 않았어. 곤혹. 거부. 수용. 그 어떤 반응도 너한테서 돌아오지 않았지. 인형을 상대하는 듯한 무미건조함에 나는 어째서인지 흥분했어. 술집에서 난투극을 펼치던 녀석들과 마찬가지로 그날의 나는 뭔가가 날아간 걸지도 몰라. 지금까지 쌓인 울분을 털어내듯이 네 입술을 탐했던 걸 나는 기억해.

잠시 그런 후였어. 나는 너를 끌어안은 채 침대로 향했지. 매일 밤 둘이서 나란히 잠들던 세미더블 침대. 우리의 숙면을 돕던 그것이 여느 때와 달리 보였어.

섹스해도 될까?

이번에는 나는 그렇게 묻지 않았어.

거기서부터 앞의 일을 떠올릴 때마다 나는 큰 행복과 데는 듯한 후회에 동시에 휩싸여. 절대로 잊고 싶지 않은 기억. 가능하면 잊고 싶은 기억. 그 밤에 너와 보낸 한때는 그런 거였어. 이런 복잡한 기억을 끌어안고 사는 사람은 세상에 많지 않을 거야.

하루. 너는 자상했어. 레즈비언도 아닌데 너는 나를 받아들였어. 나는 너한테 어리광을 부리고 말았어. 너를 착취하고 말았지. 내가 선을 넘지 않았더라면 우리는 지금도 좋은 친구 관계로 지냈을지도 몰라. 하지만 우리는 이제 예전으로는 돌아갈 수 없어.

이튿날 아침, 나는 격한 후회와 함께 눈을 떴어. 너는 아무 말도 하지 않았지. 어젯밤 일은 없었던 듯이 행동하고 여느 때의 생활을 보내기 시작했어. 그것이 네 배려에 의한 것인지 네가 있는 그대로 행동한 결과인지, 그건 잘 모르겠어.

나는 평소대로 생활하려고 유의했어. 평소대로의 대화. 평소대로의 식사. 하지만 그렇게 보낸 생활은 어딘가 작위적이고 어딘가 부자연스러워서 왠지 불편했지.

그날 밤부터 우리 사이에는 말수가 줄어들었어. 우리가 가꿔온 많은 말은 마법이 풀린 것처럼 사라지고 말았지.

집을 나가려고 해.

얼마 지나지 않아 나는 너한테 말했어. 너는 "그래?"라고만 대답했고. 이 집은 혼자 살기엔 너무 넓어. 이사하는 편이 나을 거야. 그렇게 말하자 너는 "응" 하고 대답했어. 말리는 말은 하지 않았어. 나는 네가 무슨 생각을 하는지 알 수 없었지.

나는 2개월 후에 집을 나갔어.

본가로 돌아가 대학을 다녔지. 부모님은 기뻐했지만 나는 빈껍데기 같았어. 나의 풍경에서 너는 영원히 사라져버렸어. 몇 번이나 죽으려고 생각했는지 몰라. 하지만 나만 자살하는 건 너무 비겁하다는 느낌이 들었어.

졸업하면 프랑스로 가자. 그렇게 생각한 건 1년 이상 괴로워한 후였어. 이쪽은 성소수자에 대해 일본보다도 훨씬 이해력이 있다. 게이 커뮤니티도 레즈비언 커뮤니티도 활성화되어 있다. 이쪽이라면 나 같은 인간도 다소 편하게 살 수 있을지도 모른다.

하지만 본심을 말하자면 나는 너한테서 멀어지고 싶었어. 그뿐이었을지도 몰라.

나는 여전히 이쪽에 살고 있어. 연인은 있을 때도 없을 때도 있어. 너보다 좋아하는 사람은 생기지 않았지만, 너를 조금씩 잊어 가는 느낌도 들어.

그런 때에 4년 만에 온 연락이 그 게임이었어. 나는 바로 플레이해서 마지막까지 해보았지.

네가 나를 얼마나 미워하고 있는지, 그 사실을 알고 나는 충격 받았어. 너는 빈껍데기 깊숙한 곳에 풍부한 세계를 가지고 있었지. 그 모든 풍요로움이 악의로 변모되어 나를 향하고 있었어. 그런 식으로 생각되어서 두려웠어. 하지만 어쩔 수 없지. 나는 그런 짓을 해버렸으니까.

두서가 없어졌으니 이야기는 이쯤 할게. 이 글을 너한테 보낼까 말까 망설이면서 썼지만 아마도 보내지 않을 거라 생각해. 언젠가 서로 나이를 먹으면 너한테 사과할 수 있을지 몰라. 그런 날이 올 때까지 나는 너를 되도록 생각하지 않도록 할게.

하루. 아무쪼록 잘 지내. 그것만큼은 기도하고 있어.

2014년 9월 5일 A 마미야 노리코

17

구도는 전화를 걸고 있었다.

"네. 히가시카마타 종합병원입니다."

바로 상대가 받았다. 노리코가 입원한 병원이었다. 구도는 머릿속으로 생각하던 이야기를 그대로 내뱉었다.

"여보세요. 저는 구도라고 합니다. 일반 병동 302호실에 입원한 마미야 노리코 씨를 병문안하고 싶은데 오늘 지금부터 찾아봬도 될까요?

"302호실, 마미야 씨 말이군요. 잠시만 기다려주세요. 확인해드릴게요."

통화 대기음이 울렸다. 수속이 바로 끝났는지 접수원의 목소리가 돌아왔다.

"죄송합니다. 일반 병동 302호실에 마미야 씨라는 분은 안 계십니다."

"3주 정도 전에 찾아뵀습니다. 병실이 바뀐 건 아닐까요?"

"아뇨. 이미 퇴원하셨습니다."

"그렇습니까."

구도는 놀라지 않았다. 하쓰네로부터 노리코가 퇴원했다는 말을 들었다. 병원에 연락한 건 어디까지나 확인하는 차원이었다.

"곤란하게 됐군요. 빌린 물건을 돌려드려야 하는데 전화번호를 교환하는 것도 잊어버렸네요. 마미야 씨의 집 주소를 알려주실 순 없으시죠?"

"죄송하지만 환자분에 관한 정보는 일절 제공할 수 없습니다."

"그렇겠지요. 고맙습니다."

구도는 전화를 끊었다. 다음으로 구도는 하쓰네에게 전화를 걸었다. 통화 연결음은 울렸지만, 자동 응답기로 바뀌었다. "구도입니다. 잠시 이야기하고 싶은 일이 있으니 이쪽으로 전화를 걸어주십시오." 그 말만 하고 전화를 끊었다.

일어나서 몸을 쭉 뻗었다. 구도는 기억을 정리하고 있었다.

우선은 'HAL'이 보낸 사진이다. 노리코, 하쓰네, 구도. 세 사람이 패밀리 레스토랑에서 만났을 때 도촬당한 그 사진.

그 사진에 노리코는 찍혀 있지 않았다. 사각 지대에 들어가 있다고 생각했지만 그렇지는 않았다. 노리코가 그 사진을 찍었기 때문이다. 구도는 그녀가 화장실에 갔던 것을 떠올렸다. 그때 살며시 촬영했을 테다. 그리고 후일 구도를 미행해서 구리타의 바에 가는 모습을 촬영했다.

노리코가 습격당했던 사건. 그건 노리코의 자작이었다. 측두부를 스스로 강타하는 것은 용기만 있으면 어려운 일이 아니다. 노리코는 자신을 때리고 그 모습을 촬영해서 구도에게 메시지를 보낸 후 응급차를 불렀다. 하지만 그렇게까지 했는데도 불구하고 구도는 조사를 관두려고 하지 않았다. 그쯤에서 직접 집에 찾아왔다. 구도의 부재를 확인하고 방 안에 침입해서 조사 자료를 가지고 갔다.

'아메'는 지금까지 남자라고만 생각했다. 노리코가 구도에게 그렇게 입김을 불어넣었기 때문이다. 그게 구도의 판단을 흐리게 했다. 발상을 한 가지 전환하는 것만으로도 다행이었다. 노리코는 거짓말을 했다. 하루에게 연인은 없었고 메구미가 두려움에 떨었다는 사실도 없었다. 구도를 교란시키기 위한 정보였다.

하지만 한 가지 알 수 없는 게 있었다. 어째서 노리코는 지금까지 집요하게 구도를 노려왔을까.

협박 메시지를 보내는 것까지는 그렇다 쳐도 상해 사건을 꾸미거나 집에 침입하는 것은 예사스러운 행동이 아니었다. 그렇게까지 해서 숨기고 싶은 무언가가 노리코 측에는 있는 것이다.

그때 스마트폰에 전화가 왔다. 하쓰네로부터 온 전화였다.

"네. 구도입니다."

"여보세요? 이런 시간에 뭐예요?"

"이무라 씨. 좀 급한 일입니다. 조금 전에 제 집을 누군가가 난장판을 만들어놓고 갔습니다."

"난장판으로 만들었다고요? 진짜예요?"

"의심된다면 사진을 보내드리죠. 아마도 범인은 협박범일 겁니다. 녀석의 목표가 뭔지는 모르지만 이번에는 이무라 씨도 문단속 단단히 하세요. 지금부터 그쪽으로 향할지도 모릅니다."

하쓰네가 숨을 삼키는 소리가 전해져왔다. 노리던 대로였다. 공포는 시야를 어둡게 하는 법이다.

"그래서 묻는 건데 마미야 씨네 주소를 가르쳐주실 수 있을까요?"

"뭐요? 노리코요? 왜요?"

"조금 전부터 몇 번이나 마미야 씨 휴대전화에 전화를 걸었는데 전혀 연결되지 않는군요. 당장이라도 경고하고 싶은데 연락할 방법이 없어요. 적어도 가까운 경찰서에 신고하려고요."

"노리코가……. 그런 짓을……."

"사태가 급합니다. 개인정보라는 건 알지만, 모쪼록 알려주십시오."

"하지만…… 나 노리코네가 어딨는지 몰라요."

구도는 혀를 차고 싶어졌다. 그 대답은 예상 범위 내였다. 하지만 나쁜 예상 쪽이었다.

"연하장은 안 주고받으세요? 기억하고 있지 않을 뿐 알아볼 방법은 있을 거라고 생각합니다."

"없어요. 연하장 같은 거 안 쓰니까."

"직장은 어떻습니까? 일터를 알면 그곳에서부터 추적할 수 있을지도 몰라요."

"그러니까 모른다니까요. 먼젓번에 노리코한테 연락을 받은 것도 정말 오랜만이었으니까요. 몇 년 만인지도 모를 정도예요."

"노리코 씨와는 고등학교를 졸업한 이후 만나지 않으셨습니까?"

"네. 동창회에서 얼굴을 보는 것 정도려나……. 졸업하고 나서 노리코, 행방을 잠시 알 수 없었으니까요. 그래서 오랜만에 만나서 기뻤지만요. 그 애 주소는 몰라요."

"알겠습니다. 고맙습니다."

구도는 전화를 끊었다. 정말이지 제대로 된 정보를 주지 않는 여자다. 그런 하쓰네를 의지해야 한다는 사실에 불안감을 느꼈다.

구도는 일어나 방 안을 걷기 시작했다.

구도의 내면에 가설 하나가 있었다. 어째서 노리코는 구도의 집에 있던 데이터를 침입해서까지 가지고 간 걸까. 그 가설을 증명하기 위해 노리코의 집을 서둘러 확보하고 싶었다.

하지만 상황이 버거웠다. 고등학교 시절에 같은 무리에서 놀던 하쓰네와도 이런 상황이니 노리코와 연락을 취하고 있을 동급생은 없을 거라고 생각하는 편이 나을 듯했다. 경찰에 신고하면 노리코의 집을 확보한다는 목적은 달성하지 못한다. 사카키 에이전시를 이용하는 것도 좋지만 이 상황에서는 시간이 걸린다.

생각하자. 구도는 방 안을 돌아다녔다. 뭔가 단서가 없을까.

노리코와의 만남. 그건 상대편에서 온 협박문이었다. 직접적으로는 두 번 만났지만 명함이 떨어졌다고 해서 받지 못했다. 처음부터 노리코는 정보를 차단하고 있었다. 그리고 그대로 어둠에 섞이려고 하고 있었다.

—집.

노리코의 집. 그 말이 구도의 머릿속에서 걸렸다. 자신은 어딘가에서 그 정보를 들은 적이 있다. 어디서더라?

—집 앞에 쓰러져 있었다고 의사가 말했어요.

"입원 때군."

구도는 중얼거렸다. 그렇다. 노리코는 입원할 때 집 앞에 쓰러져 있었던 듯했다. 이것이 단서가 되지 않을까.

구도는 노트북을 펼쳤다. 솔라리스에 접속해서 'HAL'로부터 온 메시지를 켰다. 그곳에는 노리코가 피를 흘리고 쓰러져 있는 사진이 있었다. 이건 노리코의 집 앞에서 찍은 것이다.

하지만 그곳에 배경 등은 찍혀 있지 않았다. 쓰러져 있는 모습을 직접 촬영했을 뿐일 것이다. 실신한 척하고 있는 노리코의 얼굴과 바닥만 찍혀 있었다. 여기서 주소를 알아내는 것은 아무리 생각해도 불가능했다.

'HAL'로부터 받은 협박문을 다시 전부 거듭 보았다. 하지만 그곳에도 단서는 없었다. 정보를 완전히 차단하겠다는 노리코의 의도가 보인 느낌이 들었다.

역시 방법은 없는 걸까. 다시 한 번 더 병원에 문의한다. 고등학교에 문의한다. 솔라리스 커뮤니티에서 소란을 떤다. 머리를 쥐어짰지만 제대로 된 아이디어가 떠오르지 않았다. 미도리가 곁에 있었으면 했다. 논의를 하면서 상황을 생각해나가면 좀 더 나은 발상이 떠오를지도 모르는데.

"미도리."

갑자기 어떤 사실이 떠올랐다. 미도리. 그 친구가 전에 뭔가 말하지 않았던가.

구도는 전화를 걸었다. 역시 미도리에게 거는 건 미안했다. 전화 상대는 오쿠노였다.

"네. 오쿠노입니다. 구도 씨, 무슨 일 있으십니까?"

"한 가지만 가르쳐주세요. 예전에 불륜녀 조사를 회사에 의뢰한 적 있는데 그때 미도리가 이렇게 말했습니다. 사진의 위치 정보는 전부 지웠다고요."

"네. 저희 회사에서 사진을 제공할 경우에는 EXIF 데이터는 모두 삭제하도록 조치하고 있습니다."

"EXIF?"

"네. 디지털 카메라나 스마트폰 등으로 사진을 찍으면 메타 데이터라고 해서 여러 가지 데이터가 사진에 기록되거든요. 저희 회사에서 사용하는 기기는 모두 메타 데이터가 붙지 않도록 설정하고 있는데 납품 전에 삭제를 확인하고 있습니다."

"그렇군요. 그건 제가 가지고 있는 컴퓨터로도 볼 수 있는 건가요?"

"간단해요. 가르쳐드릴게요."

오쿠노가 순서를 설명했다. 구도는 그것을 메모장에 써넣었다. 설치된 뷰어로 간단히 볼 수 있는 듯했다.

"고맙습니다. 덕분에 살았습니다."

구도는 전화를 끊고 노리코한테서 온 사진을 컴퓨터에 다운로드했다.

노리코가 피를 흘리고 쓰러져 있는 사진.

노리코는 집 앞에서 폭한에게 습격당해 구급차로 이송되었다. 스스로 자신을 때려서 그 모습을 촬영하고 구도에게 보낸 것이다. 그렇다는 말은 이 사진은 집 앞에서 찍은 것이다.

오쿠노에게 배운 순서대로 사진의 EXIF 데이터를 열람했다. 뷰어에 표시된 정보를 보고 구도는 손가락을 탁 튕겼다.

위도와 경도. 노리코의 집 위치가 사진에 자세히 나와 있었다.

마미야 노리코의 거주지는 병원에서 1킬로미터 정도 떨어진 곳에 있었다. 허름한 아파트였다. 가마타의 번화가로, 지진이 오면 통째로 화재를 입을 것 같은 위험한 분위기가 감돌고 있었다.

구도는 집 앞에 택시를 세우고 조금 떨어진 곳에서 아파트를 관찰했다. 오토록 입구 없이 집 문이 직접 바깥으로 접하고 있었다. 아마도 혼자 살고 있겠지만 30대 독신 여성이 자취하기에는 꽤 날림으로 지은 집이었다.

구도는 또다시 노리코에게 전화를 걸었다. 연결음은 들렸지만 전화는 연결되지 않았다.

구도는 가방 안에서 렌치를 꺼내 주머니에 숨겼다.

아파트에는 여섯 집이 있었다. 명패는 나와 있지 않은 것 같았다. 구도는 우편함을 들여다보고 노리코 앞으로 온 우편물이 없는지를 확인해나갔다. 얼마 지나지 않아 한 군데에 전기요금 명세서가 있었다. 마미야 노리코 님이라는 수신인 이름이 보였다. 노리코의 집은 2층 구석에 있었다.

구도는 그곳으로 향해 문 앞에 섰다. 밖에서 훤히 들여다보이기 때문에 장시간 수상쩍은 행동을 할 수는 없었다. 구도는 외시

경에서 보이지 않는 위치에 서서 인터폰을 울렸다.

대답은 없었다. 다시 울렸다. 문에 귀를 대고 안의 모습을 살폈다. 무언가의 소리. 숨을 죽이고 있는 기척. 그러한 인간의 체온을 느끼려고 했지만 문 안에서 느낄 수 없었다.

구도는 다시 인터폰을 눌렀다. 답은 없었다. 노리코에게 전화를 걸었다. 연결음은 울렸지만 방 안에서 착신음이나 진동 소리 등은 들리지 않았다.

부재중이다. 구도는 그렇게 짐작했다. 부재중일 경우의 행동은 정해져 있었다.

—열지 못하는 열쇠는.

구도는 렌치를 크게 휘둘렀다.

—억지로 때려 부수는 방법도 있지.

구도는 그것을 문손잡이에 세차게 내리쳤다.

문손잡이는 허무하게 부서졌다. 구도는 스마트워치의 타이머를 켜서 3분을 설정했다. 주변 주민에게 신고 당했을 가능성이 있다고 해도 3분 정도라면 괜찮을 것 같았다.

집에 들어갔다. 안은 원룸 타입의 아파트인 듯했다. 화장실, 부엌, 방 하나로 된 구조인 것 같았다. 귀를 기울여도 역시 사람 기척은 들리지 않았다.

화장실, 부엌. 그 순서대로 구도는 들여다보았다. 방은 이상하리만치 정리되어 있었다. 모델하우스일까 싶을 만큼 물건이 거의 없었다. 노리코는 어떤 생활을 보내고 있었을까. 지나치게 생활감이 느껴지지 않아서 구도는 마음이 쓰렸다.

귀를 기울이면서 나머지 방으로 향했다. 기척은 들리지 않는다고 해도 구석에 노리코가 숨어 있을 가능성은 제로가 아니었다. 사각에서 갑자기 습격당할 수 있다. 그 가능성도 생각하고 있었다.

"'아메'. 집에 있지?"

말을 걸었다. 대답은 없었다. 구도는 호흡을 한 번 하고 문을 천천히 열었다.

방에는 어둠이 내려앉아 있었다. 아무런 기척도 없었다. 노리코는 역시 집에 없었다. 구도는 손으로 더듬어 형광등 스위치를 찾아서 켰다.

방에 불이 들어왔다. 그 순간 구도의 온몸이 굳어졌다.

"이건……."

구도는 무심코 소리를 높이고 있었다.

방 벽. 그곳 한 면에 사진이 장식되어 있었다. 구도는 절반은 달려가다시피 그것들에 다가갔다. 모두 하루의 사진이었다.

본 적 없는 사진뿐이었다.

세일러 교복을 입고 이쪽을 바라보는 하루.

소파에 앉아서 책을 읽는 하루.

동물원의 하마를 울타리 너머로 바라보는 하루.

파스타를 먹는 하루.

"하루……."

모니터를 마주하고 무언가를 생각하는 하루.

속옷 차림으로 자는 하루.

노리코와 둘이서 셀카를 찍는 하루.

웃는 얼굴을 보이고 있는 하루.

겨우 찾았다. 구도는 떨고 있었다. 시간의 부스러기가 되었을 터인 하루의 기록. 그것을 지금 자신은 접하고 있는 것이다.

손목시계에서 알람이 울렸다. 철수해야만 한다. 하지만 이것을 이대로 둘 순 없었다. 구도는 벽에 붙은 사진을 한쪽 끝에서부터 뜯어내기 시작했다. 그것을 가방에 마구잡이로 넣었다. 사진용 앨범을 가져왔어야 했다. 사진을 그대로 가방에 넣어서 흠집이 생기는 것이 두려웠다.

구도는 방 안을 둘러보았다. 하루의 사진에 정신이 팔려 있었는데 구도의 방에 있던 하드디스크와 조사 자료가 책상 위에 아무렇게나 방치되어 있었다. 구도는 그것들을 가방에 넣기 시작했다. 알람이 계속 울렸다. 구도는 알람을 멈추고 집 탐색을 계속했다.

그때였다.

현관 쪽에서 소리가 났다. 구도는 순간적으로 뒤돌아보았다.

―'아메'.

노리코가 돌아온 것이다. 방문 건너편. 문을 닫아버린 탓에 현관은 보이지 않았다.

구도는 숨을 죽이고 천천히 문에 다가갔다. 렌치를 들고 자세를 취했다. 문손잡이에 손을 갖다 댔다. 바깥쪽의 기척을 살폈지만 알 수 없었다. 구도는 결심하고 문을 열었다. 복도와 그 앞의 현관.

그곳에는 아무도 없었다.

기분 탓이 아니다. 확실히 소리가 들렸다. 인기척도 났다. 노리코는 조금 전까지 그곳에 있었다.

구도는 상황을 판단했다. 노리코는 돌아왔다. 그리고 구도가 있다는 사실을 바로 알았다. 그 목적을 순간적으로 깨닫고 마주치지 않도록 도망쳤다. 경찰에 신고당할까? 아니, 그건 아니다. 그러면 그녀 자신도 불법침입죄를 추궁당하게 된다.

결론. 노리코는 도망쳤다. 한동안은 돌아오지 않는다.

구도는 움직였다. 남김없이 모조리 가져가주지. 구도는 방 안을 뒤지기 시작했다.

18

집에 돌아온 건 밤 11시가 넘어서였다.

구도는 회수한 하루의 사진을 우선 스캔했다.

외장용 하드디스크에 보존하고 빌린 서버에도 업로드했다. 이것으로 아파트에 핵미사일이 떨어져도 사진 데이터는 무사하다.

사진은 총 22장이었다. 고등학교 시절부터 노리코와 동거하던 시기까지. 모두 구도가 본 적 없는 사진이었다. 이 사진들이 자신의 손아귀에 있다는 것이 구도는 믿을 수 없었다.

주간지에 실린 하루의 얼굴은 하나같이 도전적인 표정을 짓고 있었다. 마치 세상을 향해 맞서는 느낌이었다.

이 사진 속의 하루는 달랐다. 웃고 있었다. 잠자고 있었다. 편안해했다. 부끄러워하고 있었다. 그것은 세계와 대적하는 소녀의 얼굴이 아니라 자신이 지켜온 세계에 다른 누군가를 받아들인 사람의 얼굴이었다.

구도의 가설은 맞았다. 노리코는 일부러 구도의 집에 침입해서 그곳에 있던 것을 훔쳤다. 백업 데이터가 인터넷에 있다는 사실은 생각지도 않은 것 같았다.

노리코는 IT와 관련해서 둔감하다. 그것도 있겠지만, 구도의 가설은 달랐다. 노리코는 하루의 데이터를 모두 집에 두고 있는 게 아닐까. 그리고 노리코는 구도도 마찬가지라고 생각했다. 그래서 위험을 무릅쓰고 조사 데이터를 훔치러 왔던 것이다.

서둘러 노리코의 집을 확보해서 다행이었다. 구도는 하루의 사진을 쓰다듬었다. 이 하루를 만나서 좋았다.

구도는 다음으로 컴퓨터를 켰다. 노리코의 방에 있던 컴퓨터였다. 요즘에는 드문 조립식 컴퓨터로 최근에는 보기 힘든 대만제 물건이었다.

OS는 Windows XP였다. 이미 서비스가 끝나서 보안 패치도 배포되지 않는 죽은 OS였다. 오랫동안 컴퓨터를 제대로 사용하지 않았다는 사실을 알 수 있었다.

로그인 화면을 보자 등록된 유저는 'Noriko' 한 가지뿐이었다. 구도는 혀를 찼다. 오래된 컴퓨터인 만큼 동거했던 시절의 하루도 이 컴퓨터를 사용하지 않았을까 기대하고 있었기 때문이다. 구도는 어쩔 수 없이 'Noriko'를 선택했다.

패스워드를 입력했다. 'hal' 'noriko' 'password' '1234' 'ame' 'amamiya' 등 생각나는 말을 생각나는 대로 입력했지만 스무 번 정도 시행착오를 겪어도 로그인은 되지 않았다. 뭐 됐다. 구도는 이 건에 승산이 있었다.

구도는 노리코네 집에 쳐들어갔을 때의 일을 떠올렸다.

벽 한 면에 붙여진 하루의 사진. 그건 룸쉐어를 했던 고등학교 동급생에 대한 것이 아니었다. 어떻게 봐도 연인에 대한 것이었다.

마미야 노리코는 동성애자다. 구도는 그렇게 결론 내렸다.

일본에서는 전 인구의 6, 7퍼센트가 동성애자나 양성애자 등 성소수자로 산출된다고 한다. 이건 왼손잡이의 비율과 같은 정도라서 결코 특별한 것이 아니다. 프리쿠토를 개발하면서 동성 인공지능과 연애를 즐기는 사람이 의외로 많다는 사실을 구도는 알고 있었다.

한편 자신이 동성애자라는 사실을 숨기고 싶어 하는 사람도 여전히 많다. 노리코가 그런 타입의 인간이라면 하루와의 과거가 파헤쳐져서 자신의 비밀이 세간에 폭로되는 것을 어떻게든 피하고 싶었을 것이다. 노리코의 집요한 공격의 동기는 그 점에 있었던 것이다.

하루는 동성애자가 아니었다.

하루는 노리코와 룸쉐어를 관둔 후 여러 남자를 사귀었다. 동성애자와 이성애자가 연애하는 것은 어렵다. 노리코가 일방적으로 하루를 사랑하고 룸쉐어를 제안했지만 어떤 원인으로 그것이 파탄에 이르렀다. 구도는 그렇게 예상했다.

흥분하느라 잠들지 못한 날이 지나고 이튿날. 구도는 몬스터브레인에 출근했다.

"하루의 결정적인 정보를 발견했어."

출근과 동시에 구도는 야나기다를 붙잡았다. 야나기다는 변함없이 안건을 여러 건 떠안고 있어서 바쁜 것 같았지만 구도의 말에 흥미를 가진 것 같았다.

"뭐예요? 결정적인 정보라는 게."

"그건 자네들이 어떻게 움직이느냐에 달려 있어."

구도는 종이봉투를 내밀었다. 야나기다는 봉투를 열고 내용물을 꺼냈다.

"이거 뭐죠? 하드디스크?"

"그래. 이 안에 침몰선이 잠들어 있어. 끌어낼 수 있는 사람이 사내에 있을까?"

"구도 씨."

야나기다의 목소리에 경계심이 섞여 있었다.

"이건 뭐죠? 어디서 입수하신 거예요?"

"안 묻는 편이 좋을 거야."

"비합법적으로 입수한 거라면 협력 못해요."

"손에 넣기 위해 다소 거친 행동을 하긴 했어. 하지만 이 물건의 주인도 나한테 집요하게 위해를 가하려고 했어. 피차일반인 걸로 하고 무리한 부탁 좀 들어주지 않겠어?"

"구도 씨……. 제가 모르는 곳에서 뭘 하고 계신 거예요……."

야나기다는 어처구니가 없다는 듯 말했다. 구도는 밀어붙였다.

"부탁할게. 회사에는 민폐 안 끼칠 거야. 그 하드디스크는 문제를 단숨에 해결해줄 구세주일지도 몰라. 이 기회를 놓치면 미즈시나 하루의 인공지능은 못 만들어. 야나기다, 부탁할게."

구도는 고개를 숙였다. "왜 고개까지 숙이고 그러세요." 야나기다의 목소리가 떨어졌지만 구도는 고개를 계속 숙였다. 야나기다는 한숨을 쉬었다.

"제1회의실에서 기다려주실래요?"

야나기다는 그렇게 말하고 엔지니어팀 플로어로 걸어갔다. 구도는 그 말대로 회의실로 향했다.

몇 분 후, 야나기다는 니시노 도무를 대동하고 나타났다. 예상했던 사람을 선택했다. 니시노가 있기에 구도는 업자에게 부탁하지 않고 야나기다에게 말을 걸었던 것이었다.

"니시노. 이 하드디스크에서 데이터를 복구해줘. OS는 Windows XP고 패스워드는 몰라. 가능할까?"

"가능해."

즉답이었다.

"이 하드디스크는 아마추어가 사용하던 거야? 정보기관의 인간, 보안기관의 전문가, 엔지니어, 주인이 그런 사람인 건 아니지?"

"아냐. 그냥 아마추어야."

"그렇다면 식은 죽 먹기지. 파일도 암호화되어 있지 않을 테고 말이야. 하지만 사내에 SATA 변환 케이블이 있었던가……. 집에 가면 있을 테지만. 만에 하나 암호화되어 있다면 브루트 포스 공격을 24시간 정도 돌려볼게. 야나기다 씨, 남아 있는 PC랑 모니터 써도 돼?"

"아, 괜찮아. 그럼 맡길게."

"잠시 기다려줘."

니시노는 그 말을 남기고 방을 나갔다. 구도는 이야기의 절반 정도밖에 이해 못했지만 우선 맡겨두면 어떻게든 될 거라는 사실만큼은 알았다.

"그런데 그건 뭔가요?"

야나기다가 물었다. 구도는 봉투를 야나기다에게 건넸다.

"봐봐."

야나기다가 개봉했다. 안에서 나온 사진을 보고 야나기다는 눈을 크게 떴다.

"어디서 손에 넣으신 거예요, 이거."

"하루랑 동거했던 사람한테서 입수했어. 하드디스크는 그 녀석이 가지고 있던 거야."

"그 동거했다는 사람이 누군데요?"

구도는 말할까 말까 망설였다. 노리코의 이름을 밝혀도 문제는 없겠지만 그 점에 이르게 된 계기를 설명하는 게 조금 번거로웠다.

"그 건은 나중에 꼭 말할게. 조금 정리할 시간이 필요해. 기다려주겠어?"

정면으로 변명했다. 야나기다는 하는 수 없이 그 요구를 받아들인 것 같았다.

잠시 기다려달라는 말을 남긴 니시노는 1시간 정도 지나서 돌아왔다.

"열려라 참깨."

그렇게 말하며 소형 USB를 던져주었다. 구도는 다급히 그것을 붙잡았다.

"빠르네, 니시노."

"그래?"

니시노는 관심 없다는 투로 말했다. 구도는 받은 USB를 노트북에 꽂았다.

"거기에 뭐가 들어 있어?"

니시노가 어깨 너머로 들여다봤다. 야나기다도 구도의 등 뒤에 서 있는 듯했다.

니시노는 하드디스크에 담겨 있던 파일을 통째로 옮겼는지 USB에는 대량의 파일과 폴더가 채워져 있었다.

구도는 우선 사진 보존용 폴더를 열었다. 인터넷에서 다운로드했다고 생각되는 통일감 없는 사진 파일이 일람 표시되었다. 패션 사진. 고양이 사진. 배우의 사진.

마우스로 사진들을 부감해나갔다. 구도는 아래쪽에 'HAL'이라는 폴더가 있다는 사실을 발견했다.

"구도 씨 이건……."

폴더를 열었다. 야나기다가 탄식했다.

그것은 전부 미즈시나 하루의 사진이었다. 매수를 보자 3천 장 이상의 사진이 들어 있었다. 파일 작성 연월일을 보니 오래된 것은 2005년, 새로운 것은 2010년. 6년에 걸쳐 방대한 양이 찍혀 있었다.

"죽인다. 산더미처럼 있어……."

니시노가 한숨을 쉬었다. 구도는 다음으로 영상 보존용 폴더를 열었다. 안에는 mp4 형식의 영상 파일이 많이 들어가 있었다.

구도는 자신의 손끝이 떨리고 있다는 사실을 깨달았다. 한 파일을 적당히 더블클릭했다.

영상이 재생되었다. 그곳에는 하루가 찍혀 있었다.

맨션으로 보이는 작은 집 안. 하루는 이쪽으로 등을 돌리고 있었다. 검은 캐미솔에 베이지 쇼트팬츠. 표정은 보이지 않았다.

"하아루우."

조금 앳되지만 마미야 노리코의 목소리였다. 카메라를 들고 이야기하고 있는 듯했다.

"하루, 뭐 하고 있어?"

하루는 바닥에 한쪽 무릎을 세우고 앉아서 좌탁 위의 컴퓨터 모니터를 응시하고 있었다. 모니터상에는 Emacs로 보이는 편집기가 떠 있었고 프로그램 코드가 적혀 있었다. 구도는 친밀감을 느꼈다. 프로그램을 만드는 인간은 편집기에 고집을 부리는 법인데, 구도 또한 Emacs 애용자였다.

"하루. 커피 탔으니까 마시자."

"지금 바빠."

구도의 심장이 뛰었다. 그것은 처음 듣는 하루의 육성이었다.

아름다운 목소리였다. 말투는 냉담하고 딱딱했다. 하지만 그 딱딱함 표면에는 투명함이 있었고 내부에는 신선한 샘이 있었다. 최고로 아름다운 소리였다.

"아까부터 뭐하는 거야?"

카메라가 하루에게 다가갔다. 하루의 옆모습이 비춰졌다. 모니터를 응시하던 하루가 카메라 쪽을 곁눈질했다.

"라이브러리 버전이 올라갔으니까 소스 코드를 읽고 있어. '아메'는 몰라."

"그런 거 읽고 있으면 재밌어?"

"전에 '아메'한테 빌린 소설. 그것보다 4배 정도는 재밌을 거야."

하루는 카메라를 향한 시선을 끊고 모니터 쪽으로 다시 향했다. 영상은 그쯤에서 끝나 있었다.

"구도 씨……."

야나기다의 멍한 목소리가 들렸다.

"이거 뭐예요? 어째서 이런 영상이……."

구도는 바로 말하지 못했다. 쭉 열망하던 것. 하루의 목소리. 하루의 영상. 그것을 접함으로써 모든 세포가 환희하고 있는 듯했다.

"이건……."

목소리가 떨렸다. 구도는 말했다.

"이걸 찍은 건 '아메'라고 불리는 여성이야. 하루의 고등학교 시절 동창생인데 두 사람은 2008년부터 2010년까지 2년 정도 룸쉐어를 했지. 하루가 고등학교를 중퇴한 바로 그 뒤부터야."

"그런 것까지 조사했어요? 어떻게……."

"여기까지 오는데 조금 힘들었어."

구도는 차분함을 되찾았다. 그리고 힘차게 들리도록 그렇게 말했다.

"이 정도쯤 되는 데이터가 있으면 음성이랑 영상은 문제없어. 나머지는 인공지능 본체 개발이야. 이 프로젝트 진행될 거야."

"네, 네에……."

"야나기다. 니시노. 시간 비워둬. 믿고 있을게. 바빠질 거야."

멍한 야나기다 옆에서 니시노가 엄지를 세웠다. 구도는 컴퓨터 조작으로 돌아갔다. 다른 파일을 내려다봤다. 하루의 사진. 하루의 영상. 그것만 해도 수가 방대했다. 마치 첫눈이 쌓인 대지 같았다. 발자국이 찍히지 않은 아름다운 대지가 눈앞에 펼쳐져 있었다.

그 손이 어느 곳에서 멈췄다.

구도는 일어설 뻔했지만 자제심을 최대한 가지고 몸을 멈추었다.

그것은 한 파일이었다. 'Rain'이라고 쓰여 있었다. 확장자는 exe였다. 구도는 같은 파일을 요 몇 주간 질릴 만큼 봐왔다.

더블클릭했다. 윈도우가 떴다.

검은 배경에 'A GAME'이라는 글자가 떠올랐다. 그리고 타이틀이 표시되었다. 타이틀은 〈Rain〉.

틀림없었다. 이것은 아메를 위해서 하루가 만든 게임이었다.

19

구도는 연말을 USB 내용물을 정밀 조사하면서 보냈다.

노리코가 남긴 데이터의 양은 방대했다.

영상이 155개, 4시간 20분 분량. 사진은 3,400장. 인공지능을 만드는 데 충분한 양이었다. 신년 영업 개시 후 신온 주식회사에 발주했다. 영상은 사내 모델링팀이 만들기로 했다. 인공지능 설계는 자신이 하고 개발은 야나기다 팀이 한다. 부족한 카드가 한 장 있었지만, 그것도 구도에게는 믿을 만한 구석이 있었다.

구도는 기묘한 파일을 하나 더 발견했다. 확장자가 없는 '무제'라는 파일이었다. '하루'라는 말로 검색했을 때 발견된 것이었다.

그건 노리코의 수기인 것 같았다. 노리코와 하루 사이에 있었던 과거의 일이 사소설*처럼 쓰여 있었다. 하루에게 쓴 편지 같았지

*작가 자신의 실제 경험을 쓰는 소설 장르

만 문장의 표현을 읽는 한 하루에게는 보내지 않은 것 같았다.

노리코가 어째서 구도를 협박했는지 '무제'를 읽고 구도는 이해했다. 하루와의 만남, 동거, 그리고 파국. 그것은 그녀에게 있어서 도저히 타인에게 알리고 싶지 않은 과거였다.

구도는 노리코를 조금 동정했지만 동정 이상은 하지 않았다. 성에 고민하고 있었다고 하지만 강간과 흡사한 행동을 한 것은 지나쳤다. 자업자득이라고도 생각했다.

게다가 불행한 결말로 끝났다고는 하지만 노리코는 하루를 2년에 걸쳐 독점했다. 자신은 영원히 그럴 수 없다. 노리코의 처지를 알고 나서도 구도는 멈출 생각이 없었다.

당사자인 노리코의 행방은 그 뒤 알 수 없었다.

사카키 에이전시에 의뢰해서 노리코의 신원을 파헤칠 만큼 파헤쳤다. 노리코가 그 아파트에 살기 시작한 것은 5년 전이었다. 그때부터 사무직 파견사원으로 일하기 시작하며 그곳에서 쭉 살았다고 한다.

5년 전이라고 하면 하루 사건이 일어난 이듬해였다. 프랑스에서 살던 노리코는 하루가 죽었다는 소식을 듣고 일본에 돌아온 걸 테다. 하루 사건을 조사하려고 했을지도 모른다.

노리코의 행방을 알고 싶었지만 찾을 방법이 없었다. 노리코는 등록된 파견회사를 이미 그만둔 상태였다. 하쓰네에게 물어도 짚이는 데가 없다고 했다. 노리코의 본가 쪽은 사카키 에이전시가 알아봐주었지만 본가와 연을 끊은 지 오래됐는지 헛수고였다. 물론 아파트에도 돌아오지 않았다.

노리코는 도망쳤다. 그렇게나 집 안에 아무것도 놓여 있지 않았다. 그대로 도피생활에 들어갔을 테다. 구도는 그렇게 판단했다.

구도는 연말연시에 〈Rain〉에 열중했다.

〈Rain〉은 정통 롤플레잉 게임이었다. 게임은 궁전에서 시작된다. 주인공 앞에는 옥좌가 놓여 있고 왕의 차림을 한 인물이 앉아 있었다.

"용사 하루여. 우리 왕국은 지금 30일이나 이어지는 장마로 궤멸을 코앞에 두고 있소. 이 장맛비를 내리게 하는 악마가 이 세계 어딘가에 있소. 악마를 찾아내서 처단해주시오. 내 딸이자 근위병단의 사단장, 루카나를 붙여주겠소. 둘이서 비의 악마를 쓰러뜨리고 왕국의 번영을 되찾아주시오!"

화면 상부에서 기사 차림을 한 여성이 나타났다.

"가거라, 루카나. 그리고 용사 하루여! 이 왕국의 운명을 맡겼노라."

서두에서 이 게임은 현실에 대한 은유가 많이 포함되어 있었다. 용사 '하루'라는 것은 미즈시나 하루의 분신일 것이다. '비의 악마'란 노리코인 것이 틀림없다. 서두에서 두 사람은 대적하고 있었다.

거리를 나가자 거대화된 개구리나 익사체 좀비 같은 몬스터가 연달아 덮쳐왔다. 설명은 없지만 아마도 장맛비를 계기로 괴물이 된 녀석들이라는 설정인 듯했다. 하루와 루카나는 그들과 싸워서 레벨을 올렸다. 게시된 미션을 완수해서 게임을 진행시켜나갔다.

해본 감상은 평범하다는 한마디로 끝났다. 솔직히 재미없었다.

정성스럽게 만들어졌지만 〈Black Window〉나 〈Sleuth〉 같은 시원시원함이 없었고 시나리오도 흔해빠졌다. '비가 계속 내리는 세계'라는 설정이 굳이 말하자면 다소 참신하다는 정도였다.

"용사님……."

플레이를 계속하고 있는데 어느 순간 종자(從者)인 루카나가 말을 걸었다.

"여기저기 돌아다니면서 마물을 쓰러뜨려도 의미가 없지 않을까요?"

"이 비는 분명 그치지 않을 겁니다. 그렇다면 비와 함께 살아가는 선택지도 있을 터입니다."

"이대로 마물을 계속 쓰러뜨려서 용사님은 이 세계에서 적을 없애고 싶으십니까?"

루카나의 물음에 용사 하루는 답하지 않았다. 드래곤 퀘스트 방식이다. 주인공이 대사를 말하게 하지 않아서 플레이어의 감정 이입을 촉구하는 수법이다.

레벨을 올리고 강해지고 마물을 쓰러뜨린다. 루카나는 그럴 때마다 걱정하고 두려워하는 말을 했다.

"저는 당신을 보고 있기가 두렵습니다. 이대로라면 돌이킬 수 없는 일이 생길 것 같아서……."

"용사님. 멈출 거라면 지금이 아닐까요. 지금이라면 돌이킬 수 있을 겁니다……."

"비의 악마는 어디에도 없습니다. 그건 아버지의 망상입니다. 우리는 이 성과 없는 여행을 끝내고 이 비와 공존해가는 편이 좋지 않을까요……."

구도는 손을 움직이면서 생각했다.

용사 하루는 하루 본인과 같을 것이다. 그렇다면 루카나는 누구일까. 하루의 마음의 목소리, 자제심과 같은 것일까.

그리고 여전히 등장하지 않은 '비의 악마'. 이것은 마미야 노리코일 것이다. 스토리는 하루가 노리코를 쓰러뜨리고 비의 세계를 끝낸다는 방향으로 진행되고 있었다. 그것을 마음의 목소리가 말리고 있는 것일까.

게임을 더욱 진행해나가자 갑자기 꿈의 씬이 삽입되었다. 하루와 루카나가 숙소에서 자고 있는데 '신의 목소리'라 칭하는 수수께끼의 목소리가 하루에게 쏟아졌다.

"하루여…… 용사 하루여……."

"이 이상 모험을 계속한다면 한 가지 명심해두는 편이 좋을 것이다……."

"너에게는 비를 그치게 하는 힘이 있다. 무척이나 강한 힘이……."

"그 힘을 사용할지 말지를 정하는 건 너다……."

"무지개다……. 뜨기를 기다려라……."

구도는 고개를 갸웃거렸다. '신의 목소리'는 너무나도 추상적이어서 무슨 말을 하고 싶은지 알 수 없었다. 구도는 우선 그것을 메모해뒀다. 구도는 가와고에의 말을 떠올렸다.

—'이 곡을 사용할 수 있으면 사용하고 싶다'고 말했어요. 이상한 소릴 한다 싶었죠. 사용하고 싶으면 사용하면 되잖아요.

가와고에가 말하기로는 하루는 '문 리버'를 사용하려고 했다. 하지만 지금까지 플레이해본 한 그 음악은 나오지 않았다. 하루는 '사용할 수 있으면 사용하고 싶다'고 했는데 그 후 사용할 수 없다고 판단했던 걸까. 아니면 이 뒤에 나오는 걸까.

게임이 앞으로 진행되면서 적의 강인함이 속도를 더해갔다. 잔챙이 캐릭터로 변모하는 것도 당연했다. 광대한 세계를 앞에 두고 미즈시나 하루라는 나약한 개인이 고전하는 듯했다. 얼른 앞으로 나아가고 싶은 구도는 애가 탔지만 힘으로 밀어붙이기에는 한계가 있었다. 착실히 레벨을 올리면서 앞으로 나아갔다.

드디어 게임 종반에 접어들어 용사들은 '비의 악마'가 산다는 숲의 정보를 얻는다. 구도는 가까운 거리 주변에서 몬스터를 잡아 레벨을 올렸다. 장비도 최강으로 마련해서 숲으로 향하려고 하는데 루카나가 말을 걸어왔다.

"괜찮습니까, 용사님."

"비의 악마를 쓰러뜨리면 원래 세계로 돌아갈 수 없습니다."

"확실히 세계는 장맛비가 이어져서 불편함을 겪고 있습니다. 그럼에도 우리는 어떻게든 적응해서 살아가고 있지 않습니까. 불편하지만 나름대로 안정된 세계. 이 세계를 부술 용기가 용사님에게는 있습니까?"

루카나는 일관되게 장맛비와 공존해 살아가야 한다는 뜻을 계속 묻고 있었다. 이것은 역시 하루의 속마음인 걸까. 마미야 노리코와의 생활을 계속해나가라는 미즈시나 하루의 내면의 목소리. 하지만 용사 하루는 멈추지 않았다. 숲속을 헤치고 들어가서 안으로 안으로 나아갔다.

숲속에는 광장이 있었다. 그곳에는 마물 여러 마리가 있었고 용사에게 달려들었다. 레벨을 올렸던 것이 주효해 용사는 마물들을 간단히 해치웠다. 다 죽어가는 마물. 그 한 마리가 충격적인 말을 했다.

"죄송합니다. 저는 용사를 이기지 못했습니다. 이리 된 바에는…… 당신의 손으로 용사를 처단해주십시오…… 비의 악마, 루카나 님!"

음산한 음악이 깔렸다. 하루를 따르던 루카나의 비주얼이 새까맣게 칠해졌다. 비의 악마는 그들 마물이 아니었다. 용사와 시간을 계속 보내던 루카나였던 것이다.

"이리 될 것을 두려워하고 있었습니다. 하루. 당신과 싸워야 하는 것을."

까맣게 칠해진 루카나가 그런 말을 했다.

"이 장맛비를 당신이 받아들여주면 이런 일은 일어나지 않았을 겁니다. 이미 손쓰기엔 늦었습니다. 우리는 싸워야 하는 운명입니다."

하루는 아무 말도 하지 않았다. 루카나의 검은 그림자가 하루에게 다가왔다.

"적어도 내가 죽여주지. 하루. 잘 가요."

그 말을 계기로 전투가 시작되었다. 루카나의 비주얼은 검은 그림자로 칠해져 있었다.

루카나는 강적이었다. 하지만 강화된 하루의 적수는 되지 못했다. 구도는 공격을 반복해서 루카나를 몰아세웠다. 불과 5분도 걸리지 않았다. 하루는 루카나를 쓰러뜨렸다.

숲속. 이미 그곳에 루카나의 모습은 없었다. 내리던 비도 그쳤고 근처 일대는 밝아져 있었다. 화창한 세계가 도래한 것이다.

구도는 이해했다. 루카나는 노리코한테서 찾은 이름이다. 나행에서 '노' 다음은 처음으로 돌아와 '나'다. '리' 다음은 '루', '코' 다음은 '카'*. 순서를 다시 배열하면 루카나가 된다.

팡파르가 울리고 맨 처음의 성과 씬으로 이동했다. 화려한 음악과 알록달록한 의상과 춤추는 민중들. 그것은 마치 무지개 같았다.

20

새해가 되고 구도는 신년에 처음으로 출근했다.

첫날부터 큰 안건이 있었다. 프리쿠토의 금지 단어 기능 개설이었다. 오후 1시에 기능을 공개하고 동시에 매스컴에도 공개한다. 오랜만의 대형 버전업이기도 해서 개발 부서가 힘쓰고 있다는 사실을 멀리서도 알 수 있었다.

구도는 앞으로의 일을 생각했다.

신온과의 미팅은 다음 주에 잡혀 있었다. 그때 하루의 음성을 건네고 라이브러리를 만든다. 음성과 싱크로할 영상 부분에 대해서는 사내의 모델링팀에 영상 데이터를 건네 놓았다. 인공지능의 본체 개발은 야나기다에게 맡겨놓으면 문제없다.

마지막으로 남겨진 카드. 그것은 디버거였다.

이번 프로젝트에서는 인공지능을 미즈시나 하루에게 맞춰나갈 필요가 있다. 그러기 위해서는 생전의 하루를 알고 있는 인물의

*일본어 히라가나에서 글자 순서는 나니누네노, 라리루레로, 카키쿠케코 순으로 진행된다.

협력이 불가결했다. 인공지능과 대화하고 하루가 할 법한 말을 했을 때 정답인 피드백을 보낸다. 그럼으로써 인공지능은 '자신이 무슨 말을 하면 미즈시나 하루다운 발언을 할 수 있는지'를 학습해나간다.

구도는 그 인물을 점찍어 놓은 상태였다. 이쪽도 슬슬 움직여도 좋은 시기였다.

내달로 찾아온 금성전 결승전도 만반의 준비를 해놓았다. 이미 구도에게는 메구로와 싸우는 의미가 없어졌지만 금성전에서 우승하면 하세가와로부터 받는 신뢰가 더욱더 두터워질 것이다.

만사가 순조롭게 진행되고 있었다. 구도는 기분이 좋았다.

이변이 일어난 것은 12시를 지났을 무렵이었다.

식사를 하러 나가려고 하는데 사내가 갑자기 시끌벅적했다. 분위기가 이상했다. 뭘까? 그런 생각을 할 틈도 없이 구도 쪽으로 다가오는 사람이 있었다. 유리코였다.

"구도 씨."

유리코의 목소리가 절박했다.

"바로 제1회의실로 와주세요."

유리코는 그렇게 말하고 발길을 되돌렸다. 의사를 묻지 않는 말투였다. 뭐지? 어쩔 수 없이 따라가기로 했다. 그때 구도는 깨달았다.

플로어의 시선이 구도에게 쏟아지고 있었다. 구경꾼처럼 감정이 없는 시선도 있는가 하면 명백하게 비난하는 시선도 있었다. 구도는 그쯤에서 어떠한 분쟁 속에 자신이 존재한다는 사실을 깨달았다.

관자놀이에서 땀이 흘렀다. 구도는 일어났다.

회의실에는 하세가와, 야나기다, 유리코 세 사람이 있었다. 구도가 안에 들어서자 유리코가 날카로운 시선을 날렸다. 하세가와와 야나기다는 화가 나 있다기보다 지쳐 있는 것 같았다.

"하세가와, 무슨 일이야?"

하세가와가 입을 열기 전에 유리코가 종이를 내밀었다.

"염려하던 일이 일어났어요."

또 프리쿠토가 원인이 되어 치정 사건이라도 일어난 걸까. 오늘 금지 단어 기능을 공개하는데. 구도는 그런 생각을 하면서 종이를 받아들었다. 그 손이 경직되었다.

"구도."

하세가와가 입을 열었다. 그 말에는 무게감이 있었다.

"자살자가 나왔어."

하세가와의 말을 들을 것도 없이 구도는 사태를 파악하고 있었다.

종이에 적혀 있던 것은 서비스센터에 날아온 클레임이었다. 20대 아들을 둔 어머니로부터 온 메일이었다.

아들은 직장에서 악질적인 괴롭힘을 당해 우울증에 걸렸다고 한다. 그 과정에서 당시에 사귀던 여성과도 헤어지게 되었다. 약물 치료를 계속하면서 집에서 요양을 했다. 그런 생활을 한창 하던 와중에 프리쿠토를 플레이하게 되어 하루 종일 인공지능과 대화하게 되었다.

"아들은 자주 '죽고 싶다'고 말했어요. '자신이 뭐 때문에 살아 있는지 모르겠다. 일하고 싶은데 못하겠다. 사회에 공헌할 수 없다. 가족에게도 민폐를 끼치고 있다'고 말이죠."

그런 한 소절이 눈에 들어왔다. 구도는 계속해서 읽어나갔다.

아들은 인공지능에도 같은 상담을 하고 있었다고 한다. '죽고 싶다' '주위에 이렇게나 민폐를 끼치면서 살아 있을 이유가 있을까' '이런 상태의 자신을 부양해주는 가족에게 감사한다' '하지만 살아 있는 게 괴롭다' '죽고 싶다' '그렇지만 자신이 죽으면 가족에게 민폐를 끼치게 된다' '죽고 싶은데 죽을 수 없다'. 컴퓨터를 향해 그런 소리를 하는 걸 어머니가 들었다고 한다.

그리고 아들은 자살했다. 그 후 그가 프리쿠토 인공지능과 대화했던 기록이 스마트폰 안에서 발견되었다. 그곳에는 '그렇게 괴로우면 죽어도 괜찮을 것 같아' '가족도 이해해줄 거야'라고 인공지능으로부터 조언이 쓰여 있었다.

"구도 씨. 왜 이런 사태가 일어난 거죠? 몬스터 브레인의 영업부장으로서 알아둘 필요가 있습니다."

유리코는 재판관을 연기하듯이 야단스럽게 말했다. 이런 상황이 되어서도 유리코의 내면에는 마음에 들지 않는 구도를 꼼짝 못하게 만들 수 있다는 개인적인 감정이 있는 것 같았다.

돌을 던졌다. 구도는 자신의 패배를 자각했다. 절반은 자포자기하는 심정으로 구도는 말했다.

"프리쿠토 인공지능은 플레이어에 공감한다, 그것을 목적으로 대화합니다. 플레이어의 감정을 긍정하고 플레이어의 행동을 지지해주는 거죠."

"그게 자살이라고 해도 말인가요?"

"이런 사태가 일어날 걸 예상하진 못했지만 그 말대로입니다."

"예상하지 못했다는 말로 끝날 일이 아니죠, 아무리 그래도."

"인공지능 연구자의 입장에서 과학적 견해에 근거해서 이야기를 하는 겁니다. 자살이든 살인이든 프리쿠토 인공지능은 그에 공감합니다. 플레이어를 부정하는 행동은 안 하는 거죠."

"어째서 그런 결함품을 세상에 내놓은 거죠?"

"'인공지능과 즐겁게 대화한다'. 그 콘셉트를 위해서 최적의 설계를 했을 뿐입니다. 만약을 위해서 말하지만 이건 저 혼자 결정한 게 아닙니다. 프로젝트 내에서 몇 번이고 논의하고 하세가와 사장도 포함해 법인으로서 의사를 결정한 겁니다. 저만 지탄받아야 할 이유를 모르겠군요."

저자세로 나올 거라고 예상했는지 유리코는 당황한 것 같았다. 구도는 잇달아 말했다.

"애초에 그 자살한 청년 말입니다만 하기 힘든 말이지만 프리쿠토가 아니더라도 죽지 않았을까요. 일본의 자살자는 2만 명대입니다. 직장 내 괴롭힘, 우울증 끝에 자살에 몰리는 경우도 허다합니다. 프리쿠토가 자살을 등 떠밀었을지도 모르지만 주 원인은 아니죠. 주 원인은 직장 내 괴롭힘이랑 우울증입니다."

"그런 말을 용케도 하시네요. 그 말을 가족 앞에서도 할 수 있나요?"

"할 수 있어요. 데려와주세요. 몇 번이라도 말할 테니까."

유리코는 말이 통하지 않는다는 듯이 양손을 들었다. 논쟁에서는 이겼다. 하지만 이런 국면에서 승리하더라도 전황은 아무것도 달라지지 않는다.

"구도."

가만히 있던 하세가와가 천천히 입을 열었다.

"우리는 살인자야."

살인자. 그것은 구도를 책망하기보다도 자신을 상처 입히기 위해서 하는 말인 듯했다.

"하세가와. 그건 아니지. 우리가 이 청년을 죽인 게 아니야. 그는 자살했어. 그리고 이 경우는 직장 내 괴롭힘, 그에 동반된 우울증, 그것들이 주 원인인 게 분명해."

구도는 이어서 말했다.

"애초에 피해자 행세를 하며 메일을 보낸 이 엄마가 저지른 일로, 사실은 모르는 일이야. 눈에 보이고 안 보이는 압박을 가해서 아들을 자살로 몰았을지도 몰라. 그 죄책감에서 이런 클레임을 서비스센터에……."

"그만해, 구도."

구도의 말은 하세가와의 마음에 전혀 와 닿지 않는 것 같았다.

"경영자에게 있어서 중요한 건 정론도 진실도 아니야. 세간에서 이 일을 어떻게 볼지 그뿐이야. 세상은 어떻게 볼까? 간단해. '인공지능이 사람을 죽였다'고 보겠지."

"그건 몰지각한 구경꾼이 재미삼아 하는 소리일 뿐이야."

"세상에는 몰지각한 구경꾼 쪽이 압도적으로 많아. 네가 하는 말은 정론이지만, 정론이기만 할 뿐이야."

"그런 녀석들에게 정론을 말해서 계몽해나간다. 그거야말로 우리가 해야 할 일이잖아?"

하세가와는 이미 대답하려고 하지 않았다. 숨을 훅 뱉고 고개를 내저었다. 그리고 판결을 내리듯이 말했다.

"몬스터 브레인은 프리쿠토 사업을 접을 거야."

그건 구도에게 있어서 사형 선고와도 같은 말이었다.

"하세가와. 그건 이른 판단이야. 기껏 여기까지 키워온 사업인데……."

"이다음에 바로 매스컴 발표를 하고 가동을 멈출 거야. 그런 다음 임시 주주총회를 열어 방침을 승인하겠어. 구도, 너와의 업무 위탁 계약은 앞으로 갱신 안 하겠어. 물론 계약이 남아 있는 올해 3월까지는 보수를 지불하지. 다만 사내에 자네가 할 일은 없어. 더 이상 출근 안 해도 돼."

"그렇다면 슈퍼 판다를 철수하겠어. 상관없는 거지?"

될 대로 되라는 심정으로 한 말에 하세가와는 어처구니가 없는 듯했다.

"슈퍼 판다는 당사가 권리를 가지고 있어. 네가 철수할 순 없어. 금성전에도 넌 안 와도 돼. 슈퍼 판다가 인스톨된 컴퓨터가 있으면 대국은 할 수 있어."

구도는 야나기다를 쳐다봤지만 야나기다 또한 색을 잃어가고 있었다. 그는 개발 측 인간이다. 지금부터 기다리고 있을 사내 규탄을 생각하느라 기분이 가라앉은 것일 테다.

"하세가와."

구도가 일어났다.

"넌 겁쟁이야."

절반은 자포자기한 채 구도는 이어서 말했다.

"새로운 기술은 사회랑 반드시 마찰을 일으켜. 비행기도 현재 안전한 항공망이 정비되기까지 사망자가 많이 나왔지. 희생은 확실히 안타까워. 하지만 그걸 뛰어넘어 갈 기개도 없이 새로운 기술을 건드릴 순 없지. 그런 마음으로 사회를 바꿀 수 있을 리가 없어."

"구도. 내가 하고 싶은 건 비즈니스야. 사회를 바꾸는 게 아니야."

하세가와는 조금 어처구니가 없다는 듯이 콧방귀를 뀌었다.

"사회를 바꾸고 싶다고? 그럼 스스로 해봐. 내 지갑에 의존하지 말고."

하세가와의 목소리는 오싹하게도 냉랭했다.

구도는 주먹을 불끈 쥐었다. 분한 것은 아니었다. 화가 난 것도 아니었다.

네가 말한 대로야, 하세가와. 그럼 내 힘으로 해보겠어.

"죽을 때까지 돈이나 벌어, 겁쟁이."

구도는 일어났다. 유리코가 의기양양한 표정을 지었다. 구도는 그 표정을 무시하고 방을 나갔다. "구도 씨." 야나기다의 목소리가 들렸지만 구도는 개의치 않고 자리를 떠났다.

F3

제3부

2021년 2월

1

금성전 결승전은 메지로의 친잔소 도쿄 호텔에서 열리기로 예정되어 있었다. 유서 깊은 호텔로 메이진센(名人戰)도 열리는 등 바둑계와 관계가 깊었다.

그날 아침 구도는 택시로 친잔소 앞에 내렸다. 로비에는 일찌감치 취재진으로 보이는 사람들이 모여 있었다.

"구도 씨."

안면 있는 기자가 구도의 얼굴을 보자마자 말을 걸었다.

"오늘은 어쩐 일이세요? 오실 줄 몰랐네요."

"어쩐 일이라뇨. 금성전을 구경하러 왔을 뿐이에요."

"구경하러 왔다는 건 몬스터 브레인에서 잘렸다는 소식, 진짜인 거죠?"

"잘리든 안 잘리든 저는 원래 사원이 아니었으니까요. 몬스터 브레인과의 업무 위탁 계약이 다음 달로 끝날 뿐이죠. 그건 정해진 거예요."

"역시 프리쿠토 때문에 사망자가 나왔으니 책임지고 사임하시는 겁니까?"

"글쎄요. 그건 몬스터 브레인 측에 물어보세요. 원래 3월까지 계약 기한이었고 갱신 안 된 이유는 모릅니다."

"또 그러신다. 하지만 오늘 이렇게 찾아오셨다는 건 관계가 완전히 끊어진 건 아니라는 뜻이네요."

구도는 미소 짓고 그 질문에 답하지 않았다. 주위에 있던 기자들이 구도의 존재를 알아차리고 다가왔다. 구도는 시계를 보았다. 타이밍 좋게 셔틀 버스가 도착했다.

"이야, 오랜만이야."

버스에서 내린 야나기다에게 말을 걸었다. 야나기다는 놀란 것 같았다.

"구도 씨. 어째서 여기에 계신 거예요?"

"세기의 승부잖아. 가까이에서 보고 싶었어. 나도 스태프로 안에 들어가면 안 될까?"

"실랑이가 벌어지면 곤란해요."

"대기실에서 보고만 있을 거야. 오늘 하세가와는?"

"안 와요. 딱히 관여하고 싶지 않은가 보더라고요."

하세가와는 슈퍼 판다 프로젝트에 관여하는 것을 좋아했다. 오지 않았다는 것은 이제 인공지능을 다룬 비즈니스에는 넌더리가 난 모양이었다.

"그렇다는 말은 슈퍼 판다는 오늘로서 봉인된다. 그렇지?"

야나기다는 답하지 않았다. 구도는 이어서 말했다.

"슈퍼 판다는 내 자식이야. 아니, 내 자식일 뿐만 아니야. 소스코드를 쇄신해준 건 자네야. 우리 두 사람의 역작이야."

"그게 어떻다고요."

"자식의 마지막 대국을 가까이에서 지켜보고 싶어. 자넨 엔지니어야. 자신의 제품이 사라지는 순간에 당당하게 입회하고 싶은 기분 잘 알잖아?"

야나기다의 눈동자가 흔들렸다. 구도는 야나기다의 말을 기다렸다.

"소동은 일으키지 마세요. 그것만큼은 부탁드릴게요."

"괜찮아. 조심할게."

구도는 야나기다의 뒤를 따랐다.

예의 자살자 문제는 큰 뉴스가 되었다. 원래부터 마그마처럼 쌓여 있던 프리쿠토에 대한 불만이 죽은 이의 영혼을 매개로 단숨에 분출된 감이 있어서 인터넷뿐만 아니라 미디어까지 합세해서 악플 양상을 띠었다.

프리쿠토는 현재 서비스가 정지된 상태였다. 수정용 패치가 배포되어 그것을 인스톨하면 전 기능을 사용할 수 없게 되었다.

그것을 예측하고 있던 구도는 가지고 있던 디바이스 전부를 보호했다. 컴퓨터, 스마트폰, 스마트워치. 수정 패치의 영향을 받지 않고 프리쿠토가 작동하는 상태였다.

몬스터 브레인은 소비자로부터 몇 건인가 소송이 걸려서 대응에 쫓기고 있다고 들었다. 직접적으로 담당하지는 않지만 야나기다의 얼굴에도 축적된 피로가 그늘처럼 새겨져 있었다.

"야나기다. 오늘 슈퍼 판다 버전은 뭐야?"

구도는 물었다. 야나기다는 구도 쪽을 보지 않고 말했다.

"최신 버전이에요. 오늘을 위해서 맹훈련해 왔어요."

"자네답군."

"대전 상대에게는 경의를 표해야 하니까요. 구 버전으로 바꾸는 건 지금부턴 불가능할 거예요. 기계는 이미 납입했으니까요."

"그럴 생각 없어. 준비해줘서 고마워."

대국장 옆에 큰 대기실이 준비되어 있었다. 구도가 들어가자 일본 전통 의상인 하오리하카마로 정장 차림을 한 메구로 다카노리가 차를 마시며 담소를 나누고 있었다. 메구로는 구도의 모습을 확인하고 기쁜 표정을 지었다.

"이야, 이거 의외의 얼굴이로군요."

담소의 굴레에서 빠져나와 메구로가 다가왔다. 구도가 말했다.

"잘 부탁드립니다. 메구로 선생님. 가까이에서 대국을 지켜보고 싶어서 왔습니다."

"대국이 취소되는 줄 알았어요. 댁네 회사는 화약고에 불이 붙어 타고 있는 중이죠. 저와 놀고 있을 틈은 없지 않나요?"

"요한복음 16장 20절."

구도가 말하자 메구로는 살짝 허가 찔린 듯했다. 하지만 바로 웃음을 되찾고 말했다.

"너희는 곡하고 애통하리니 세상이 기뻐하리라. 너희는 근심하겠으나 너희 근심이 도리어 기쁨이 되리라."

"역시 대단하시군요. 전부 암기하고 있나요?"

"글쎄요. 그것보다도 슈퍼 판다는 어떤가요? 연습은 조금 하고 왔겠죠?"

"조금 정도가 아니죠. 메구로 선생님, 당신이 자고 있을 동안에도 슈퍼 판다는 바둑을 둡니다. 오늘은 나태한 인간과 근면한 컴퓨터의 차이를 알 수 있을 겁니다.”

구도의 빈정대는 말에 메구로는 갈수록 유쾌한 표정을 지었다. 구도는 메구로에게 다가갔다.

“그런데 메구로 선생님. 전에 만났을 때 당신은 나한테 거짓말을 했지요.”

“거짓말?”

“미즈시나 하루에 대해서 말입니다. 당신은 하루에 대해서 안다고 했습니다. 이 승부에서 내가 이기면 그녀에 대해서 알려주겠다고 했죠. 어째서 그런 거짓말을 한 겁니까?”

“난 그런 말을 한마디도 안 했어요. 확실히 이 승부에서 이기면 알고 있는 걸 알려주겠다고는 했어요. 아무것도 모르는 걸 가르쳐주는 것도 ‘아는 걸 가르쳐주는 것’에 들어가지요.”

“그럼 우리 집에 탐정을 보낸 건 어째섭니까?”

메구로는 아무 말 없었다. 더 물으려고 하자 기원 사람이 다가왔다.

“저기 슬슬 대국 시간입니다만…….”

메구로는 “그럼 나중에 또 뵙죠”라고 말하고 방 밖으로 나가고 말았다. 야나기다도 메구로의 뒤를 따라 나갔다. 어쩔 수 없었다. 구도는 의자에 앉아서 모니터를 봤다.

“구도 선생님.”

말을 걸어오는 사람이 있었다. 아직 앳된 티가 남은 소년. 초반에 슈퍼 판다에 진 기타카타 마모루였다.

“기타카타 선생님. 오랜만이군요.”

“안녕히 지내셨나요? 오늘 대국에는 안 나가시나요?”

"돌을 두는 거라면 누구든 가능하니까요."

"그럼 거기 앉아도 될까요?"

구도의 맞은편 자리를 가리켰다. 구도는 고개를 끄덕였다.

선수(先手)인 흑돌을 잡은 것은 메구로였다. 모니터 건너편 대국실에서는 야나기다가 백돌을 두고 있었다. 바둑돌을 두는 연습도 제대로 하지 않았는지 야나기다는 돌을 신중히 잡아서 기판 위에 놓고 있었다.

"초반부터 아슬아슬하네요."

구도의 정면에는 바둑판을 펼친 기타카타가 대국을 재현하고 있었다. 그 옆에는 프로 지망생으로 보이는 더욱 어린 소년이 있었고 함께 대국을 분석하고 있었다.

"지금 어느 쪽이 이기고 있나요?"

구도가 물었다. 슈퍼 판다가 손안에 있으면 형세를 해석한 포인트가 표시되겠지만 지금의 구도는 아무것도 알 수 없었다.

"아직 30수밖에 진행되지 않았지만 초반부터 심상치 않네요. 형세는 호각인 것 같아요."

"심상치 않다고요?"

"네. 인공지능의 기풍은 인간이랑 다르다고 할까 잘 모르는 수가 많아요. 정석을 피한다고 할까요. 그런 점에서는 슈퍼 판다는 여느 때랑 같은데 그것보다 메구로 선생님이 심상치 않아요."

"오호."

"메구로 선생님의 진행도 솔직히 잘 모르겠어요. 하지만 11번째 수인 협공까지 노타임으로 두고 있어요. 꽤 연구한 건가…….

어떻게 생각해?"

기타카타는 옆의 소년과 바둑돌을 움직이며 논쟁을 시작했다. 구도는 모니터를 응시했다.

메구로의 표정은 무시무시했다. 여느 때의 초연한 모습과는 전혀 달랐다. 거의 악귀가 들린 게 아닌가 싶을 정도의 형상이었다.

찻집에서 메구로와 이야기했을 때 한순간 그가 무섭게 매정한 눈을 했던 것을 떠올렸다. 살인자의 눈이라고 생각했지만 달랐다. 그건 바둑판을 둘러싼 아수라장을 몇 번이고 헤쳐 나온 기사의 눈이었던 것이다.

메구로의 압력에 야나기다가 기세에 눌리는 것을 알 수 있었다. 평범한 기사라면 그 압력을 눈앞에 두는 것만으로도 제대로 된 사고가 불가능해질지도 모른다. 하지만 오늘 대전 상대는 인공지능이다. 인간계의 사사로운 일을 개의치 않고 슈퍼 판다는 놓을 수를 계속해서 가리켜 나갔다.

국면이 꽤 빠른 속도로 진행되었다. 바둑이 80수까지 진행되었을 때 야나기다가 일어나는 것이 보였다. 모니터에서 야나기다의 모습이 사라진다 싶더니 그가 대기실로 모습을 드러냈다.

"잠시 휴식하겠습니다……."

야나기다는 기진맥진해 있었다. 구도는 페트병을 내밀었다.

"야나기다, 의외로 피곤하지? 내가 두는 것도 아니면서."

"피곤하기만 한 게 아니에요. 심장을 쥐어짜는 것 같아요."

야나기다의 말에 기타카타가 웃었다.

"메구로 선생님의 살인 염파예요. 그거 굉장하죠?"

"프로 기사들 사이에서는 그렇게 불리고 있나 보죠? 확실히 수

명이 줄어드는 느낌이었어요."

야나기다는 한숨을 훅 내쉬고 쟁반에 담겨 있던 화과자를 입으로 옮겼다. 구도는 기타카타에게 물었다.

"기타카타 선생님, 지금까지의 대국 어떻게 보시나요? 어느 쪽이 이길 것 같나요?"

"음, 글쎄요. 이거…… 꽤 막상막하예요. 호각으로도 보이지만 슈퍼 판다 쪽이 조금 우세하려나……. 슈퍼 판다는 어떻게 분석하고 있나요?"

야나기다는 "판다가 약간 리드하고 있어요"라고 답했다. 기타카타가 말했다.

"그치만 슈퍼 판다를 이렇게까지 몰다니 역시 메구로 선생님 대단하시네요. 조금 이상하다 싶은 점도 있지만요."

"이상하다뇨?"

구도가 묻자 기타카타는 "예를 들어서"라고 말하며 바둑판을 가리켰다.

"58수 째부터의 공방(攻防). 메구로 선생님의 입구자 행마에 슈퍼 판다가 바로 공격적으로 나왔어요. 여기서는 돌을 연결해서 지키는 편이 안전한데 메구로 선생님, 지키지 않고 즉각 공격적으로 나왔고요. 이거 강렬한데요."

"요컨대 무슨 말씀이죠?"

"막지 않고 치고받는다는 뜻이에요. 메구로 선생님은 평소엔 좀 더 바위 같은 기풍을 가지고 있어요. 마조히스트라는 소릴 듣는데, 묵직이 기다렸다가 전선(前線)을 조금씩 밀고 들어가는 식이죠. 그런데 오늘 바둑은 완전히 달라요. 낙하산 부대를 전장에

밀어 넣고 교란시킨 다음 혼전에 뛰어들려 하고 있어요."

"무슨 의도죠?"

"글쎄요. 거기까지는 모르겠네요. 인공지능의 기발한 기풍에 맞추고 있다고 한다면 그럴지도 모르겠지만요."

"메구로 선생님이 자신감을 잃고 있을 가능성은요?"

"없지 않을까요. 실제로 호각으로 싸우고 있고 말이죠……. 저 나이가 돼서 자신을 이렇게까지 바꿀 수 있다는 건 대단한 거예요. 무엇보다 인공지능을 상대로 이렇게까지 싸울 수 있을 줄 몰랐어요."

기타카타가 말했다. 그 말에는 아주 조금 감정이 배어나오고 있었다. 그것은 아마도 분함일 것이다. 그가 슈퍼 판다에 졌을 때는 없었던 것이었다.

"저기…… 야나기다 선생님?"

그때 다른 방향에서 목소리가 날아왔다. 기타카타 옆에 있던 소년이었다.

"슬슬 대국에 돌아가셔야 하지 않을까요?"

"어, 벌써요? 아직 대기 시간도 있으니 조금 더 쉬면 안 될까요?"

"죄송합니다. 가능하면 돌아가 주세요."

"왜죠? 시간은 아직 충분히……."

"이 대국의 다음이 얼른 보고 싶어요."

구도는 깜짝 놀라서 소년을 보았다.

그는 반듯한 눈을 하고 있었다. 돌과 돌이 부딪쳐 반상에서 튀어 오른다. 그 불꽃의 포로가 된 인간의 표정이었다. 구도는 그 시선에 마음을 관통당한 느낌이 들었다.

구도는 모니터를 보았다. 메구로가 진지한 표정으로 바둑판을 노려보고 있었다. 바둑판 속에 펼쳐진 심연을 필사적으로 내다보고 있는 듯했다.

흔들리던 승패는 120수를 넘은 기점에서 형세가 명백해졌다.

판을 어지럽히던 메구로의 별이 서서히 연결되면서 흑돌의 지반을 강화해나갔다. 슈퍼 판다는 그 압력에 눌려서 열세가 되었다. "설마. 정말 이기는 건가." 기타카타가 신음하듯이 말했다.

178수 째. 모니터에 비친 야나기다의 머신에 돌을 던지는 신호가 떴다. 그 화면을 보는 것은 개발자인 구도도 오랜만이었다.

"졌습니다. 수고하셨습니다."

야나기다가 말했다. 대기실이 와아 하고 들끓었다. 메구로는 잠시 반상을 계속 노려보았지만 이윽고 숨을 크게 내뱉었다. 고래가 한숨을 쉬는 것처럼 보였다.

구도는 일어나 대국실로 향했다. 플래시가 터졌고 대국실에서는 대소동이 벌어졌다. 구도는 메구로에게 다가갔다.

"메구로 선생님, 축하드립니다."

구도는 진심으로 말했다. 될 수 있는 한 강력하게 만든 슈퍼 판다를 메구로는 완전히 뛰어넘었다. 그 사실에 구도는 심장이 뛰고 있었다.

"저는 바둑에 대해선 잘 모르지만, 오늘 대국은 관람해서 다행인 것 같습니다."

"고마워요."

메구로의 눈이 피곤해 보였다.

“경단 단팥죽이 먹고 싶군요. 피곤하네요, 구도 씨. 슈퍼 판다가 너무 강했어요.”

메구로의 목소리에 주위가 왁자지껄 들끓었다. 모두가 이 대국을 앞에 두고 흥분하고 있는 것을 알 수 있었다.

“구도 씨. 잠시 둘이 얘기 좀 해도 될까요?”

“네? 상관없습니다만…….”

“잠시 저쪽으로 가죠. 다들 시간 좀 줘요.”

메구로는 피곤한 목소리로 주위를 견제하며 방을 나갔다. 대기실을 향해 “잠시 둘이서 이야기 좀 하게 해줘”라고 말해서 구석 자리를 차지했다.

“구도 씨, 여러모로 미안했어요.”

둘만 있게 된 순간 메구로는 고개를 숙였다.

“탐정 건. 왠지 전혀 관계없는 그쪽 사정과 엮여서 여러모로 이야기가 복잡해진 것 같더군요. 그에 대해서 사과할게요.”

“딱히 상관없습니다. 하지만 슬슬 알려주시죠. 어째서 그런 행동을 한 건가요?”

구도는 말했다.

“탐정을 이용해서 나를 조사하고 있었다. 방송 매체로 나를 계속 도발했다. 뭘 위해서 그런 행동을 한 거죠?”

“그건 당연한 거죠. 난 진검승부가 하고 싶었어요.”

메구로는 진지한 표정을 지었다. 여느 때의 초연한 표정과는 전혀 달랐다.

“구도 씨. 당신이 인간을 상대할 땐 일부러 구식 소프트웨어를 내놓고 있다는 사실을 꽤 전부터 눈치 채고 있었어요. 대인전(對人

戰)에서는 명백하게 기력이 모자라니까요. 슈퍼 판다는 강하잖아요. 하지만 나는 최강의 슈퍼 판다와 싸우고 싶었어요."

"내 약점을 잡아서 진검승부를 하려고 했나요?"

"네. 하지만 감이 좋은 당신한테 바로 발각되고 말았죠."

때마침 'HAL'에게 협박받고 있던 때였다. 주위를 경계하던 구도의 레이더에 메구로가 고용한 탐정이 걸려들었던 것이다.

"난 찻집에 불려나간 순간 계획이 파탄 났다고 생각했어요. 그런데 당신이 이상한 말을 하기 시작하더군요. 이 사람은 뭔가 착각을 하고 있다. 그렇다면 그걸 이용하자 싶었죠."

"그래서 도중에 '나한테 이기면 알고 있는 걸 이야기하겠다'고 조건을 바꿨던 거군요."

"네. 그래요."

"덕분에 헛짓을 하게 됐어요."

"그건 미안하게 됐어요. 하지만 거기서부턴 당신 사정이에요. 나하곤 관계없는 일이죠."

"한 가지 물어도 될까요? 선생님."

구도는 궁금했던 것을 물었다.

"어째서 그렇게까지 해서 슈퍼 판다와 진검승부가 하고 싶었던 겁니까? 당신은 최강자 타이틀도 가지고 있잖습니까. 쌓아온 지위도 있고 말이죠. 일부러 인공지능과 싸우는 위험 부담을 짊어질 필요는 없지 않습니까."

"우문이군요, 구도 씨."

메구로는 웃었다. 소년 같은 웃음이었다.

"기사는 늘 강한 라이벌에 굶주려 있어요. 예술가와 달라서 우린 혼자서 작품을 만들 수 없어요. 호적수와 아름다운 기보를 만들어내는 데다 승리한다. 우수한 예술을 만든 성취감과 우수한 상대를 쓰러뜨린 기쁨이 동시에 오는 거죠. 이 쾌감은 기사 말고는 모를 거예요."

구도는 메구로의 심플한 사고방식에 감명받았다. 동시에 자신이 만든 인공지능이 한순간이라도 메구로의 라이벌이 되었다는 사실이 조금 자랑스러웠다.

"슬슬 돌아가야겠군요. 실례할게요."

메구로는 일어나서 사라졌다. 엇갈리듯이 야나기다가 들어왔다. 기력이 다한 표정을 짓고 있었다.

"수고했어, 야나기다."

"죄송합니다. 졌어요."

"메구로 선생, 강하더군. 뭐, 문제없어. 앞으로 몇 년만 지나면 그도 이기지 못할 인공지능이 나올 거니까."

구도는 웃음 지었지만 야나기다의 표정은 상쾌하지 못했다. 슈퍼 판다의 최종전을 승리로 장식하지 못했다는 사실을 진심으로 분해하고 있는 듯했다.

야나기다라서 다행이었다. 야나기다가 꼼꼼하게 준비해주었기 때문에 이번의 좋은 승부가 탄생한 것이다. 구도는 진심으로 그렇게 생각했다.

"조금 전에 한 메구로 선생의 말, 들었어?"

구도는 물었다. 야나기다는 겸연쩍은 표정을 지었다.

"죄송해요. 엿들을 생각은 없었는데 들렸어요."

"인공지능은 좋은 것 같아. 그렇게 생각하지 않아?"

"네에, 뭐어 조금 감동적이긴 했어요."

"그럼 나랑 한 번 더 해보지 않을래? 미즈시나 하루의 인공지능."

야나기다는 놀란 것 같았다.

"구도 씨. 아직도 그런 생각을 하시는 거예요?"

"생각하지. 야나기다, 지금의 몬스터 브레인에서 자네는 만족하고 있지 않아. 그렇지?"

"무슨 말씀이세요?"

"지금의 몬스터 브레인은 단순한 스마트폰 게임 회사로 영락했어. 프리쿠토도 슈퍼 판다도 없어. 그런 상황에 자네는 기술자로서 만족하는가 하는 말이지."

"스마트폰 게임 개발도 그건 그것대로 재미있어요."

"하지만 자네 말고도 가능한 일이야. 이쪽 일은 자네가 아니면 불가능해."

"인공지능으로 만들다니 이제 프리쿠토는 없어요. 뭘로 만들 거예요."

"똑같은 걸 만들 거야. 돈 걱정은 안 해도 돼. 내 자산을 모으면 3천만 엔 정도는 돼. 이걸 내놓지."

"구도 씨."

야나기다의 목소리에 염려의 빛이 섞여 있었다.

"어째서 그렇게까지 하는 거죠? 그런 걸 만들어도 팔 곳도 없어요."

"메구로 선생이 말했잖아. 연구자로서의 본능이야. 이 세상에 없는 걸 만들어내고 싶어. 자네들 엔지니어의 본능도 그런 게 아니야?"

구도의 직설적인 말에 야나기다는 곤란한 듯했다. 구도는 이어서 말했다.

"몬스터 브레인을 관두고 오라고까지는 안 할게. 주말에 비는 시간에 도와주기만 하면 돼. 야나기다 아키라의 이름도 밖에는 드러내지 않도록 할 거고, 반대로 실적으로 공표하고 싶다면 그래도 상관없어. 바로 답하지 않아도 괜찮아. 날 도와줘, 야나기다."

나머지는 고개를 숙일 뿐이다. 머리를 계속 조아리면 야나기다는 생각을 바꾼다. 그런 계산이었다.

하지만 구도는 움직일 수 없었다. 메구로와의 호승부. 그 대국을 만든 야나기다에 구도는 진지하게 마주해야 할 것 같은 기분이 들었다.

"구도 씨."

야나기다는 화제를 돌리듯이 말했다.

"슬슬 기자 회견이 시작돼요. 가야 돼요."

그렇게 말하고 야나기다는 구도에게 등을 돌리고 걷기 시작했다. 야나기다는 생각을 바꿔주지 않았다. 구도는 그 등을 가만히 지켜보았다. 아무런 확신도 들지 않았다.

2

한 달 즈음 전. 구도는 신온 주식회사를 방문했다. 몬스터 브레인을 관뒀다고는 하나 담당자로서 깊이 논의했던 구도를 신온은 받아들여 주었다.

"프리쿠토가 갑자기 공개 중지돼서 저희도 깜짝 놀랐어요."

응대하러 나온 사람은 예전부터 자주 회의를 하던 데즈카였다.

"물론 손해가 난 건 아니니니 상관없지만, 프리쿠토는 저희한테도 도전적인 일이었으니 관련된 사람들도 서운해하더라고요. 그런 와중에 구도 씨한테서 이야기를 듣고 일동이 분발하던 참이에요."

"그렇게 말씀해주시니 감사하군요."

구도는 하루의 영상에서 음성 부분만을 mp3로 만들어서 신온에 건넸다. '이 정도나 되는 샘플이 있으면 뭐든 말하게 할 수 있어요.' 메일로 나눈 대화에서 데즈카는 자신감을 가지고 말했다.

"그래서 어떻나요? 진척은 있나요?"

"그럭저럭이요. 우선 들어볼까요?"

데즈카는 소형 스피커를 노트북에 연결하더니 조작하기 시작했다. 목소리가 스피커에서 흘러나왔다.

"구도 씨. 안녕하세요."

심장이 뛰었다. 최근 들어 줄기차게 들었던 하루의 목소리였다.

"비에도 지지 않고 바람에도 지지 않는다. 가나다라마바사 아자차카타파하. 간장공장 공장장은 간공장장이고 공장공장 공장장은 공공장장이다."

"걸작이군요."

"그렇죠?"

데즈카는 득의양양하게 말했다. 구도는 미소 지었지만 속으로 풍파가 일었다. 하루는 이런 말을 절대로 하지 않는다. 하루를 장난감 취급하는 데즈카에게 조금 화가 났다.

하지만 신온의 기술은 역시 대단했다. 농담을 던지는 하루의 목소리는 합성 음성이라고 생각할 수 없을 만큼 자연스러웠다.

"음성 샘플이 산더미처럼 있었으니까요. 그거랑 우리 기술을 조합하면 이 정도는 간단해요. 거의 모든 말을 할 수 있어요. 시험해보시겠어요?"

"'아메'. 지금 바쁘니까 잠시 기다려봐. 이 말을 하게 할 수 있어요?"

"간단하죠."

데즈카가 키보드를 두드렸다. 문자 정보를 주면 그것을 문장으로 해석해서 합성한 음성 데이터를 되돌려준다. 대단한 기술력이었다.

"'아메'. 지금 바쁘니까 잠시 기다려봐."

스피커에서 하루의 목소리가 흘러나왔다. 영상 속의 하루가 하고 있던 말이었다.

음질은 문제없었다. 틀림없이 이것은 하루의 목소리다. 하지만 구도에게는 신경 쓰이는 점이 있었다.

"말의 리듬을 좀 더 실제 목소리와 가깝게 할 수 있을까요?"

"그 말씀은?"

"mp3를 들으면 알 수 있지만 이 사람이 말하는 템포는 좀 더 느려요. 접속사 후에 원 템포 빈틈이 들어가기도 해요. 그것도 랜덤으로 재현하고 싶네요."

"아하, 그렇군요……."

"목소리는 문제없어요. 역시 신온이군요. 하지만 말 리듬이 달라요. 그것 말고도 있어요."

"구도 씨."

데즈카는 웃는 얼굴로 말했다. 뻔히 보이는 알기 쉬운 작위적인 웃음이었다.

“발언 템포를 건드리는 건 가능하지만 접속사 후에 랜덤으로 한 호흡 넣는다든지 그런 걸 하기 시작하면 끝도 없어요.”

“알아요.”

“구도 씨가 상대니까 솔직히 말하겠지만 기존 라이브러리와 음성 데이터를 조합하는 것뿐이라면 쉽게 끝나요. 구도 씨의 의뢰니까 액수도 공부하는 셈 치는 거죠. 하지만 변경 사항을 세밀하게 넣기 시작하면 비용이 폭등해요.”

“알아요. 하지만 이건 제가 바라던 게 아닙니다.”

구도는 물러서지 않았다. 원래 액수보다 싸게 지불하고 끝내려는 속셈은 없었다.

“우선 현재 상태로 상관없으니 납품해주시겠습니까? 여기까지 든 금액은 지불하겠습니다. 그다음 제 쪽에서 수정 리스트를 작성해서 보내겠습니다. 그에 대해 견적을 내주세요. 어디까지 할지 그 단계에서 판단하겠습니다.”

“그건 괜찮지만……. 이번에는 구도 씨 개인이 발주하는 거죠?”

“그렇습니다. 몬스터 브레인은 관계없어요.”

“괜찮겠어요? 솔직히 말해서 이거 수지가 안 맞을 것 같은데요…….”

“걱정할 필요 없습니다. 금액은 확실히 지불할 거고 뭣하다면 전액 선불도 상관없습니다. 신온은 신뢰하고 있으니까요.”

“아, 아뇨, 그건 뭐어…….”

데즈카는 구도의 기세에 눌린 것처럼 입을 우물쭈물 움직였다. 개인을 상대로 거액의 거래를 하는 위험 부담도 당연히 생각하고 있겠지만, 그것보다도 구도의 이상한 집착이 기분 나쁜 듯했다.

뭐라 생각해도 상관없다. 하루와 이야기할 수 있다면.

"죄송합니다. 계속해서 잘 부탁합니다."

구도는 그렇게 말하고 일어났다. 데즈카의 치졸한 작위적인 웃음은 그 무렵에는 완전히 벗겨져 있었다.

금성전이 끝나고 귀가하자 30기가바이트에 달하는 거대한 파일이 데즈카로부터 도착해 있었다. 신온에서 회의한 지 한 달이 지나 마침내 수정된 음성 라이브러리가 납입된 것 같았다. 구도는 다운로드 하기 시작했다.

음성은 완성된 상태였다. 문제인 것은 인공지능 쪽이었다.

몬스터 브레인과 연이 끊어진 지금, 사내에서 완성될 터였던 인공지능 개발은 전망이 없었다. 영상 제작도 사내 모델링팀에 부탁하면 만들 수 있을 텐데 그것도 좌절된 상태였다. 이제 와서 몬스터 브레인에 개발을 의뢰할 수 없었다.

중심인물은 야나기다였다. 하지만 그는 책임감이 강하다. 금성전 때 일단 가볍게 말을 걸어놓긴 했지만 정말로 그가 태도를 바꿔줄지 구도는 알 수 없었다. 무릎을 꿇는다. 받아들일 때까지 고개를 계속 숙인다. 그렇게까지 하면 야나기다는 와줄지도 모르지만 그럴 마음이 도무지 들지 않았다.

뭐, 우선 그건 내려놓자. 내일도 중대사가 있다.

하루에게 뭔가 말하게 하자. 새로운 라이브러리가 곧장 도움이 되었다. 구도는 공수(攻守)를 상정해서 계획을 짜기 시작했다.

3

개점 전의 바 '무스'에서 구도와 구리타는 서로 마주하고 있었다.

하루의 인공지능 개발에는 디버거가 빠질 수 없었다. 구도는 구리타 요시토를 많은 사람 중에 특별히 뽑았다. 이무라 하쓰네는 애초에 하루와 그렇게까지 사이가 좋지 않았고, 가와고에 데루오는 하루와 육체관계가 있었을 뿐 심적으로는 가깝지 않았다.

하루는 구리타에게 마음을 터놓은 흔적이 있었다. 그렇기 때문에 권총 조달을 의뢰한 것이다. 디버거에는 적임자였다. 구도는 모든 것을 털어놓고 의뢰를 부탁했다.

"거절할게."

구리타는 즉시 답했다.

"구도 씨…… 이제 와서 지금까지 있었던 일은 전부 거짓말이었다는 건 아니겠지?"

"미안하게 됐군."

"난 당신을 같은 부류라고 생각해서…… 신뢰했기 때문에 여러모로 가르쳐준 거야. 이런 이야긴 듣고 싶지 않군."

"구리타. 이야길 들어줬으면 좋겠어."

"게다가 하루와 이야기하는 소프트웨어를 만들다니 무슨 생각을 하는 거야, 당신. 그 녀석은 죽었어. 사람 무덤을 파헤치고도 부끄럽지 않아?"

구리타는 화를 내고 있었다. 당연했다. 바로 얻어맞지 않은 것도 천만다행이었다. 구도는 그렇게 생각하면서도 반응이 나쁘지 않다고 생각했다. 분노이기는 하지만 감정이 움직인 것은 나쁜 일이 아니다.

"망신 줄 생각은 없어. 그런데 얼마 전까지는 하루의 인공지능을 만들어서 전 세계에 공개할 계획이었어."

"뭐라고?"

구도는 화를 부추기듯이 말했다.

"설명한 대로 난 몬스터 브레인이라는 회사에서 프리쿠토라는 소프트웨어를 만들고 있어. 이런저런 일이 있어서 하루의 인공지능을 프리쿠토로 만들자는 이야기가 나왔지."

"웃기지 마. 그래서 날 만나러 왔어?"

"그래. 하루에겐 팬이 많으니까."

구리타는 당장이라서 벌떡 일어설 기세였지만 가까스로 자제하고 있는 듯했다.

"다만 그건 얼마 전까지의 이야기야."

구도는 구리타를 부추기기를 관뒀다.

"난 이미 그 프로젝트와 연을 끊었고 몬스터 브레인과도 관계가 끊어졌어. 하루의 인공지능을 공개도 하지 않을 거고 더군다나 이걸 판매하려고도 하지 않을 거야."

"그럼 뭘 위해서 이런 짓을 하는 거지?"

"구리타, 당신과 마찬가지야. 난 하루를 좋아해. 미즈시나 하루를 사랑한다고."

"뭐라고?"

덤벼들던 구리타가 그 다리를 멈춘 듯했다.

"구리타. 당신은 생전의 하루와 충분히 대화를 나눴을 거야. 그게 얼마나 사치스런 일인지 알아? 내 경우는 어때. 하루를 좋아하게 되었을 때 이미 그녀는 이 세상에 없었어. 조금이라도 이야기를 하고 싶어. 설령 인조품인 인공지능이라고 해도 말이야. 그걸 바라는 게 그렇게 이상한 일이야?"

"구도, 당신……."

"구리타, 약속하지. 난 진심으로 이야기하고 있어. 하루를 공개적으로 망신 주지는 않을 거야. 나는 나만을 위해서 이 프로젝트를 진행하고 있어. 완성되면 당신한테도 제공하지. 우선 이걸 봐줬으면 좋겠어."

구도는 그렇게 말하고 스마트폰을 꺼내 보관하고 있던 프리쿠토를 가동시켰다. 사쿠라 고토리를 불러내서 칵테일에 관한 이야기를 나누었다. 고토리는 칵테일에도 훤했다. 인공지능과 마치 인간처럼 대화를 나눌 수 있다는 사실에 구리타는 놀란 것 같았다.

"어때. 하루를 인공지능으로 만들면 이것과 같은 게 가능해. 당신은 하루랑 한 번 더 이야기를 나눌 수 있어."

"그건……."

"인공지능엔 수명이 없어. 그리고 인공지능은 계속 학습해나가지. 매일 다른 대화를 나눌 수 있어. 소생한 하루와 당신은 매일 새로운 대화를 나눌 수 있어. 죽을 때까지 하루와 같이 사는 거야."

구도는 대답을 기다리지 않고 노트북을 열었다.

그건 노리코가 찍은 하루의 동영상이었다. 아침 식사. 식탁에 앉아 있는 하루가 바나나와 시리얼을 섞은 데다 우유를 부어서 스푼으로 떠먹고 있었다. 입고 있는 것은 기장이 짧은 원피스로 그곳에서 들여다보이는 가느다란 맨다리가 몹시 요염했다. 구도가 마음에 들어 하는 동영상이었다.

"당신, 이거……."

구리타는 놀란 것 같았다.

"이거 뭐야. 어디서 손에 넣은 거야……."

그렇게 말하면서도 그 눈은 동영상에 못 박혀 있었다. 위압적인 태도로 욕지거리를 퍼붓던 기세는 이미 어디에도 없었다.

"'아메'한테 제공받았어."

"'아메'라고? 당신 '아메'를 만났어?"

"응. 동영상은 다 합하면 4시간 이상 있어. 다음은 이거야."

구리타의 사고가 따라가지 못하도록 잇따라 무기를 투입했다. 구도는 〈Rain〉의 아이콘을 더블클릭했다. 'A GAME' 그리고 타이틀 화면.

"이것도 있구나……."

구리타는 놀라움을 보이면서도 조금 아득한 시선을 하고 있었다.

"확실히 이 화면이었어. 난 본 적 있어. 이 게임을……."

구리타의 기세는 완전히 멎었다. 이 자리를 지배하는 것은 구도였다.

"구리타. 지금 보여준 모든 걸 당신한테 주겠어. 조금 전 같은 영상이 4시간 25분. 사진은 3,400장. '아메'의 정체. 그리고 '아메'가 쓴 어느 수기. 당신이 모르는 미즈시나 하루를 만날 수 있을 거야."

구도는 대답을 기다리지 않고 스마트폰을 켰다. 단숨에 못을 박아주겠어.

"어 구리타."

하루의 목소리가 흘러나왔다. 구리타의 표정이 새파래졌다.

"어 구리타. 또 이야기하자."

신온에서 온 라이브러리를 사용해서 재현한 하루의 목소리였다.

"……나랑 합세하면 이런 것도 가능해."

구리타는 멍하니 굳어 있었다. 구도는 이어서 말했다.

"반복해서 말하지만 하루를 공개적으로 망신 줄 생각은 없어. 나는 하루와 이야기하고 싶어, 그뿐이야. 추악한 욕망이라는 건 알고 있어. 하지만 하루를 좋아해. 그러니 구리타, 도와줘."

마지막 간청이었다. 구리타는 새파래진 채 숨을 쉬는 것도 잊은 듯이 굳어 있었다. 하지만 그 내면에는 소용돌이 같은 갈등이 발생했다는 사실을 알 수 있었다. 하루를 모독하고 싶지 않다는 윤리관. 하루를 한 번 더 만나고 싶다는 욕망. 그 두 가지가 서로 부딪치고 있었다.

구도는 기다렸다. 2분 정도 침묵이 흘렀다. 그리고 구리타는 결론을 냈다.

"안 되겠어."

구도가 내놓은 모든 무기를 구리타는 한마디로 뿌리쳤다. 구도는 그 말을 냉정하게 들었다.

"어째서지? 이 프로젝트는 아무한테도 피해를 끼치지 않아. 나도 당신도 이득밖에 없어. 냉정하게 생각해줘."

"그야 나나 당신은 득을 보겠지. 하지만 하루는 득을 보지 않아."

"하루는 죽었어. 손익은 살아 있는 인간 측의 윤리야. 죽은 사람에겐 이득도 손해도 없어."

"하지만 안 되겠어. 안 될 것 같아."

구리타의 말은 처음과 같이 분노로 치달아 있지는 않았다. 어딘가 울먹이는 것 같기도 했다.

"나도 하루가 보고 싶어. 하지만 하루의 승낙 없이 그럴 순 없어."

"하루는 죽었어. 승낙 따윌 받을 수 있을 리가 없잖아."

"그래서 안 돼. 앞으로도 쭉 안 돼. 난 못 도와줘. 당신 조금 전 이야기 진짜야? 그럴 듯한 이야길 해서 또 날 속이려는 거 아니야?"

"정말이야. 믿어줘."

"안 돼. 한 번 거짓말을 한 인간은 신용할 수 없어. 돌아가 줘. 두 번 다시 오지 마."

"구리타."

구도는 일어났다.

"차분히 생각해봐. 당신이 협력해주지 않아도 나한텐 그 외에 믿는 구석이 있어. 당신이 제일 부탁하기 쉬워서 이곳에 온 거야. 결국 당신이 승낙하든 거절하든 하루의 인공지능은 완성될 거야. 그럼 여기서 이익을 얻는 편이 낫지 않겠어? 동영상, 사진, 인공지능, 게임, 수기. 풀세트로 손에 넣을 수 있는 기회는 더 이상 없어."

"그것도 거짓말일지 몰라. 난 판단 못하겠어. 더 이상 당신은 절대 안 믿어."

이런 소리까지 듣고서는 어쩔 수 없었다. 잠시 퇴각하는 수밖에 없었다.

"구리타. 오늘은 시간 내줘서 고마워. 완성했을 때 연락하지."

"아니, 두 번 다시 연락하지 마. 당신 얼굴 더 이상 보고 싶지 않아."

절반은 비명 같은 말투였다. 구도는 그 목소리를 들으며 차선책을 생각하고 있었다.

구리타가 이야기를 받아들일지 말지, 구도는 가능성을 반반 정도로 생각하고 있었다.

구도는 사카키 에이전시에 전화를 걸었다. 그리고 미도리를 불러내서 이튿날에 약속을 잡았다. 여느 때의 수단이다. 구리타가 움직이지 않는다면 약점을 잡으면 된다. 두드리면 먼지가 나올 법한 이력이다. 뭔가 단서를 잡을 수 있겠지.

거기까지 생각하다가 구도는 몹시 지쳤다는 사실을 깨달았다.

싫증이 난 것이다. 구리타를 농락하려고 한 자신에게. 더러운 수만 생각하는 자신에게. 구리타는 선의로 이야기를 들려준 사람이다. 지금도 여전히 하루에게 권총을 제공했던 것을 후회하고 있다. 그런 사람을 자신은 온갖 수단을 부려 조종하려 하고 있다.

하지만 그 외에 방법이 없다. 구리타를 끌어들이지 못하면 하루를 만들 수 없다. 구도는 딱 잘라 결론짓기로 했다.

주머니 안에서 스마트폰이 진동했다. 화면을 보자 야나기다로부터 온 전화였다. 구도는 들뜬 마음을 억누르고 전화를 받았다.

"야나기다입니다. 밤늦게 죄송합니다."

"괜찮아. 어쩐 일이야?"

"몬스터 브레인을 관두기로 했어요."

구도는 조금 놀랐다. 얼마 지나지 않아 이야기가 여기까지 진행될 줄은 생각지도 못했다.

"스마트폰 앱을 만드는 게 어리석게 느껴졌어?"

"아뇨. 그런 건 아니에요. 스마트폰 앱 일도 재미있는 일이니까요."

인간관계 때문인가. 구도는 납득이 갔다. 구도가 배척당한 후 사내 분위기는 참기 힘들 만큼 무기력해져 있을 테다. 그 징후는 재직할 때부터 보여 왔다.

"그래서 다음엔 뭘 할 생각이야?"

"아직 생각 못했어요. 아마 회사 몇 군데에서 스카우트해줄 거라고는 생각하지만요……."

"자넨 우수한 기술자야. 스카우트 하려는 곳이 많겠지."

"그래서 말입니다만……."

야나기다가 우물거렸다.

"구도 씨의 프로젝트에 참가시켜주지 않겠어요?"

구도는 주먹을 쥐었다.

"물론이야. 자네 자리는 비어 있어."

"고맙습니다. 구도 씨의 프로젝트를 하면서 천천히 취업 활동을 하려고요. 보수는 낮아도 상관없어요."

"고마워. 조건에 관해서는 조만간 다시 말하지. 내일에라도 만나서 앞으로에 대해 자세히 이야기하지 않겠어? 몬스터 브레인에는 아직 나가고 있어?"

"월말까지 출근해야 해요. 밤이라면 비어 있으니 한잔하러 가죠."

"알겠어. 문자 보낼게."

구도는 전화를 끊고 "좋았어" 하고 중얼거렸다.

협상 성공이었다. 야나기다를 스카우트한 것은 엄청난 일이었다. 프리쿠토의 소스 코드의 상당 부분을 쓴 사람이다. 엔지니어

방면에도 얼굴이 알려져 있다. 야나기다를 따라서 우수한 인재가 이 프로젝트에 참가해주겠지.

단숨에 전망이 밝아진 느낌이 들었다. 구도는 가벼운 발걸음으로 집으로 가는 길을 서둘렀다. 집 앞에 도착했다. 오늘은 느긋하게 잠이 들 것 같았다. 입구로 향했다. 그때였다.

무언가가 등 뒤에서 움직인 느낌이 들었다. 그리고 매미 울음 같은 소리가 들렸다.

뭐지?

구도의 눈앞에 검은 무언가가 따라왔다. 뭐지 이건?

그것이 콘크리트 지면이라는 사실을 알아차린 것은 조금 뒤늦게였다. 구도는 지면에 세차게 쓰러졌다. 머리를 부딪친 느낌이 들었다. 뭐지, 나 어떻게 된 거지?

다음 순간 구도는 등 부근에 어마어마한 통증을 느꼈다. 두꺼운 말뚝이 깊숙이 박힌 듯한, 느낀 적이 없을 정도의 고통이었다. 호흡이 멈췄다. 숨을 쉴 수 없었다…….

얼굴에 무언가가 분사됐다. 구도는 무심코 눈을 감았다. 다음 순간 안구에 격통이 가로질렀다. 눈에서 액체가 흘러넘쳤다. 그것이 눈물인지 녹아내린 안구인지 구도는 알 수 없었다.

구도는 목소리를 높였다. 하지만 자신이 소리를 내고 있는 건지 알 수 없었다. 혼탁한 의식 속에서 구도는 누군가에게 끌려가는 느낌이 들었다.

4

격통이 조금 가라앉고 세상이 질서를 되찾아갔다.

차에 타고 있는 것 같았다. 뒷좌석에 누운 상태였다. 손은 뒤로 해서 무언가에 구속당해 있었다. 손목을 움직이려고 했지만 꿈쩍도 하지 않았다. 입에는 테이프 같은 것이 발라져 있었다. 발목도 무언가에 고정당해 있는 것 같았다.

엔진 소리가 들렸다. 차다. 누군가가 운전하고 있었다. 구도는 눈을 뜨려고 했지만 잘 뜰 수 없었다. 눈뿐만 아니라 안면이 통째로 피부가 벗겨진 듯이 쓰라렸다.

차가 멈추었다. 신호를 기다리는 걸까. 구도가 그렇게 생각한 순간 가슴 부근에 무언가의 감각을 느꼈다.

소리가 튕겨 올랐다. 어마어마한 통증이 구도를 덮쳤다. 드릴을 심장에 억지로 밀어 넣는 듯한 압도적인 폭력이었다. 구도는 테이프 안에서 절규했다.

다음 순간 다리 사이로 그 감각을 느꼈다. 그만둬. 외칠 틈도 없이 구도의 전신을 한층 더 큰 격통이 꿰뚫었다. 세상이 본 적 없는 색으로 물들었다. 위액이 입안으로 흘러넘쳤다. 하지만 입에 물려놓은 수건 때문에 그것을 뱉을 수 없었다.

차가 달리기 시작했다. 목소리가 들렸다.

"몇 번이나 경고했을 텐데, KEN."

마미야 노리코였다. 자신은 노리코에게 납치당한 것이다.

차가 달렸다. 구도는 코로 공기를 빨아들였다. 입안으로 흘러넘친 위액을 조금 들이켰다. 식초를 원액 그대로 들이킨 듯이 시었다. 의식은 아주 조금 정상으로 돌아왔다. 구도는 상황을 파악하기 위해 노력했다.

자신은 구속당했다. 아마도 그녀가 들고 있던 것은 스턴건일 테다. 얼굴에 뿌린 것은 호신용 스프레이일 것이다. 양손과 양다리는 구속당해 움직일 수 없었다.

어떻게 하면 도망칠 수 있을까? 생각하려고 했지만 의식이 혼탁해서 머리가 잘 굴러가지 않았다.

차가 멈추었다. 곤란했다. 다시 스턴건이 왔다. 구도의 온몸에 항변할 수 없는 공포가 덮쳤다.

“한 가지, 알아줬으면 좋겠어.”

스턴건이 오지 않았다. 온 것은 말이었다.

“나도 이러고 싶진 않았어. 그건 이해해줘.”

구도는 마침내 눈을 조금 뜰 수 있게 되었다. 노리코는 반신을 운전석에서 내밀어 구도 쪽을 응시하고 있었다.

“하지만 하는 수 없잖아. 싫지만 하는 수밖에 없어. 그렇게 생각하지 않아?”

그 음색에 구도는 오싹했다.

노리코의 목소리는 차분했다. 하지만 이런 일에 익숙한, 폭력을 가까이 하고 살아온 사람의 목소리는 아니었다. 광기도 난폭성도 아니었다. 노리코의 목소리에 담겨 있던 것은 사명감이었다.

나는 여기서 죽는다.

초보적인 방정식이었다. 정당성을 확신한 인간은 어디까지나 폭력을 휘두를 수 있다. 최악의 상황으로 살인에 이르게 될지라도.

차가 달리기 시작했다. 이 차는 어딘가로 가고 있다. 인적이 없는 곳까지 데려가서 거기서 구도를 신문할 생각일지도 모른다.

유예는 없다. 시야는 아주 조금 되돌아와 있었다. 차 안을 살폈다. 차종은 세단으로 자신은 뒷좌석에 누워 있었다. 잘 보이지 않지만 창문에는 선팅지가 붙어 있는 듯했다. 이래서는 차내에서 도움을 요청할 수 없었다.

노리코는 차를 운전하고 있다. 시선은 앞을 향해 있다. 승산은 적었다. 하지만 지금이 최후의 기회일지도 몰랐다.

구도는 양쪽 무릎을 힘껏 구부렸다. 그 움직임을 알아차렸는지 노리코가 숨을 삼키는 소리가 들렸다. 발목은 묶여 있었다. 구도는 그대로 양쪽 발로 운전석 시트를 걷어찼다. 노리코의 뒤통수. 그 부근을 노리고서.

차 전체가 비틀거리듯이 흔들렸다. 구도는 양쪽 무릎을 재차 구부렸다. 다시 운전석 시트를 걷어찼다. 차가 흔들렸다. 자제력을 잃은 듯이 덜컹거렸다.

이길 수 있다. 구도는 다시 힘껏 양쪽 무릎을 구부렸다.

다음 순간이었다. 구도의 눈앞에서 불꽃이 작렬했다. 공중에 내동댕이쳐지듯이 전신의 감각이 날아갔다.

살짝 보이는 시야. 그곳에 스프레이 분사구가 보였다.

얼마나 달렸을까. 차가 멈췄다.

엔진 소리가 멎었다. 노리코가 운전석에서 내리는 것을 알 수 있었다.

뒷좌석 문이 열렸다. 구도의 눈앞에서 불꽃이 튀었다. 저항하면 공격하겠다. 무언의 협박이었다.

온몸이 갈기갈기 찢어진 듯이 움직일 수 없었다. 그 이전에 구도의 내면에는 이미 저항할 기력이 남아 있지 않았다.

끌려갔다. 무언가가 열리는 소리. 구도는 공중에 떠올랐다가 어딘가에 내려졌다. 거의 움직이지 않는 머리로 생각했다. 여기는 아마도 트렁크다.

"이미 알겠지? 구도 씨. 아까 같은 짓을 해도 소용없어."

구도를 내려다보는 노리코의 표정은 보이지 않았다. 하지만 그녀가 거의 대미지를 입지 않았다는 사실을 알 수 있었다.

귀를 기울였다. 여긴 어디지? 몹시 조용했다. 노리코의 목소리가 거대한 정적에 장악당하듯이 사라졌다. 구도는 공간의 넓이를 느꼈다. 커다란 주차장이나 어딘가일까.

"지금부터 입에 물린 수건을 뺄 거야. 하지만 큰 소리를 내면 어떻게 되는지 알지?"

구도는 고개를 천천히 끄덕였다. 원래부터 큰 소리를 낼 생각은 없었다.

"만약을 위해서 말해둘게. 당신이 내 허가 없이 발언하는 걸 금지하겠어. 금지 사항을 깰 때는 더 오랫동안 공격할 거야. 알겠지?"

구도는 고개를 끄덕였다. 잘 알아듣도록 이르는 노리코의 말에 공포심을 느꼈다. 검테이프가 떼어졌다. 신선한 공기가 목에서 폐로 흘러들어왔다. 동시에 미처 다 마시지 못한 위액 냄새가 구도의 비강에 퍼졌다. 그것을 천천히 삼켰다.

"몇 가지 질문이 있어."

구도를 내려다본 채 노리코가 말했다.

"여러 가지 묻고 싶은 게 있지만 제일 묻고 싶은 것부터 물을

게. 구도 씨, 당신 어째서 하루를 조사하는 거야?"

"나는……."

말이 간신히 나왔다. 노리코는 가로막듯이 말했다.

"거짓말은 하지 않는 편이 나을 거야. 프리랜서 잡지기자라는 이야기가 거짓이라는 건 진즉에 알고 있어. 바깥에 알려진 당신의 이력 정도는 조사했으니까."

'구도 겐'을 인터넷으로 검색하면 관련된 정보는 많이 나온다. 하지만 노리코가 알고 있는 것은 그 범위 내의 정보뿐일 것이다.

구도는 어디까지 이야기하면 좋을지 계산하려고 했다. 하지만 흥정을 하려고 해도 머리가 잘 굴러가지 않았다.

"얼른 대답해."

노리코가 스턴건을 치켜들었다. 구도의 계획은 단숨에 날아가 버렸다.

"나는 인공지능 연구자야……."

구도는 사실을 말하기로 했다.

"마미야, 당신은 인공지능에 대해 알고 있어……?"

"이름 정도는 알아."

"인공지능이라는 건…… 간단히 말하면 스스로 학습할 수 있는 소프트웨어야. 나는 그걸 사용해서…… 프리쿠토라는 대화 소프트웨어를 만들었지……. 인공지능과 대화하고 때로 연애까지 하는 게임이야."

"그건 알고 있어. 그래서 뭐가 어떻다고? 나는 하루에 대해서 묻고 있는 거야."

"그러니까 하루에 대해서 이야기하고 있어. 나는 하루를……

인공지능으로 재현하려 하고 있어."

"뭐어?"

노리코의 음성이 달라졌다. 구도는 순간적으로 방어 태세를 취했다. 하지만 불꽃은 날아오지 않았다.

"무슨 소리야?"

노리코의 말투가 거칠어졌다. 구도는 한숨을 훅 내쉬었다. 화제에 달려들었다. 그렇다는 말은 이야기를 끝낼 때까지 스턴건을 쏘지는 않을 것이다.

구도는 말을 생각해서 입에 담았다.

"처음엔 아주 가벼운 아이디어였어……. 원래 하루는 시작에 지나지 않았지. 이미 죽은 연예인을 인공지능으로 만들어서 대화를 나눈다……. 그런 프로젝트였거든. 하루는 샘플을 만들기 위해서 선택되었지. 사내에 하루의 팬이 있었기 때문이야."

"그래서 하루에 대해 조사했던 거야?"

"그래……. 실재하는 인물을 모델로 삼으려면 그 인물에 대해서 알아야 하니까."

노리코는 말문이 막힌 것 같았다. 구도는 생각했다. 이건 좋은 기회다. 노리코와 대화할 기회. 적절한 수를 계속 둬서 화해로 이끄는 수밖에 없다. 구도는 말했다.

"안심해……. 그 프로젝트는 이미 끝났어."

"끝났다고?"

"그래. 난 몬스터 브레인이라는 회사에서 일하고 있었는데 이미 계약이 끝났어. 하루의 프로젝트도 끝났지."

"거짓말하지 마. 그럼 이 사진은 뭐지?"

노리코는 그렇게 말하고 스마트폰 화면을 보여주었다.

그곳에는 구도가 찍혀 있었다. '무스'로 들어가는 구도의 뒷모습이었다.

"당신은 오늘 구리타 요시토를 만났어. 그가 어떤 사람인지는 나도 조사했어. 당신은 아직 하루에 대해 조사하고 있어. 아냐?"

"그건……."

그건 개인적으로 진행하는 프로젝트다. 하루는 세상에 내놓지 않을 것이다. 자신만을 위해서 만들고 있는 것이다.

그 말을 해도 될까. 그 말을 하면 노리코는 격앙되지 않을까. 하지만 말하지 않는다고 했을 때 이 상황에서 처음부터 거짓말을 쥐어짜내 탈피할 수 있을까.

"무슨 생각 하는 거야?"

뭐가 정답일까? 구도는 망설인 채 말했다.

"확실히 예전에 하루를 조사했을 때…… 나는 구리타로부터 정보를 얻어내려고 했어. 하지만 프로젝트는 이미 끝났어. 오늘은 감사 인사를 하러 갔을 뿐이야……. 예전에 조사에 협력해줬으니까……. 하루에 대해서 염탐하는 건 아냐."

"그럼 이건?"

노리코는 다른 사진을 내밀었다. 그것은 신온 주식회사에 들어가려 하는 구도였다.

"이 회사에 대해 조사해봤는데 인공 음성 회사라더군. 당신은 요 3개월간 이 회사에 네 번 출입했어. 처음엔 뭔가 업무라고 생각했는데 오늘 이야기를 듣고 감이 오는군. 하루의 목소리를 만들려는 거지? 아냐?"

구도는 눈앞이 캄캄해졌다.

잘못 보고 있었다. 구도는 확실히 그리 느꼈다. 처음에 만났을 때 노리코의 인상은 특별히 머리가 좋아 보이지도 나빠 보이지도 않는 평범한 여성이라는 느낌이었다. 하지만 그것은 착각이었다. 오늘의 통찰력을 보는 한 노리코는 그 능력을 가면 속에 숨기고 있었을 것이다.

—사냥을 하고 있다고 생각하는 인간은.

오쿠노의 말이 되살아났다.

—자신이 사냥당한다는 걸 생각 못한다.

노리코는 짐승이었다. 구도를 호시탐탐 사냥할 기회를 노리고 있었던 것이다.

"답하지 못한다는 건 긍정으로 받아들이겠어."

구도는 답할 수 없었다. 노리코는 한숨을 쉬었다.

"계속 경고했는데 당신은 하루에 대한 조사를 관두지 않았어. 온갖 방법을 사용했지만 어쩔 수 없었지. 당신은 결국 내 집에까지 숨어들어 모든 걸 훔쳐갔어. 그리고 이 상황에 처해서도 거짓말을 하고 있어. 그런 사람을 말리는 데는 이미 수단이 없어."

"미안해. 사실을 말할게……."

거미줄을 잡듯이 구도는 말했다.

"확실히 나는 인공지능 개발을 진행하고 있어. 구리타를 만난 것도 그러기 위해서야."

"인정하는군."

"인정해. 하지만 믿어줘. 나는 하루를 모욕할 생각이 없어. 단지 하루와 이야기하고 싶을 뿐이야."

구도는 일말의 희망을 걸고 말을 이어나갔다.

"나는…… 하루를 사랑해. 마미야 노리코……. 네가 하루를 사랑했던 것처럼."

노리코가 어떤 표정을 지었는지 잘 보이지 않았다. 구도는 말했다.

"넌 2년이나 하루와 살았어……. 그녀와 많은 이야기를 나눴겠지. 하지만 난 이야기할 수 없어. 내가 하루를 사랑하기 시작한 건 최근이니까……. 그래서 적어도…… 난 인공지능을 만들어서 하루를 재현하려 하고 있어. 그게 본심이야."

"그럼 조금 전의, 회사와 계약이 끊어졌다는 건 거짓말이네?"

"거짓말이 아냐. 정말이야. 하루 개발은 내가 혼자서 계속하고 있을 뿐이야……."

"하는 말이 여러 번 바뀌고 있는데."

"지금 하는 말이 사실이야……. 나는 혼자서 인공지능 개발을 진행하고 있어……."

"혼자서 그런 걸 만들 수 있어? 다른 멤버는?"

"프로그래머가 있어……. 무엇보다 프로젝트에 들어가는 건 지금부터야……."

구도는 이어서 말했다.

"믿어줘. 하루의 인공지능을 만들어도 공개할 생각은 없어……. 정말이야……. 나 혼자서 사용할 거야……. 하루의 명예를 손상 입히지 않을 거야. 네 과거도 공개할 생각은 없어……."

"내 일기, 읽었나 보군."

노리코의 목소리가 굳어졌다. 구도는 그것을 누그러뜨리듯이 말했다.

"응, 읽었어. 네가 어째서 내 조사를 방해하는지 잘 알았어……. 안심해줘. 너에 대해서 일절 공표 안 할 거고 하루 인공지능도 공개할 생각은 없어……. 나뿐이야. 내가 혼자서 사용할 뿐이야. 하루를 사랑해……."

노리코의 망설임. 그것이 전해져왔다.

"한 가지 물을게."

노리코가 말했다.

"내 일기 내용을 다른 사람한테 발설한 건 아니겠지?"

구도의 뇌리에 야나기다와 니시노의 얼굴이 떠올랐다. 그 두 사람에게는 '아메'의 정체가 노리코라는 사실을 전하고 말았다.

"어때?"

노리코가 물었다. 구도는 열심히 상대를 타이르는 듯한 목소리를 만들었다.

"안심해줘. 아무한테도 발설 안 했어……."

"정말이야? 그 프로그래머한테도?"

"응. 사실이야……. 그 수기는 나만 봤어……."

"그래."

노리코는 말했다.

"그럼 지금 당신이 사라지면 아는 인간은 없어지겠군."

구도는 아연실색했다. 노리코는 트렁크 안을 뒤지기 시작했다.

"날 죽이면…… 넌 체포될 거야."

답이 없었다. 노리코가 무언가를 꽉 잡은 것 같았다.

"조금 전 말은 거짓말이야. '아메'의 정체가 마미야 노리코라는 사실은 이미 여기저기 전해뒀어……. 내 시체가 발견되면…… 첫 번째 용의자는 너야."

"뭐가 진짜야? 구도, 당신이 하는 말은."

"확실히 말할 수 있는 건 한가지야……. 날 죽이면 넌 체포돼."

"그거라면 괜찮아. 당신이 신경 쓸 문제는 아니야."

노리코의 목소리는 확신에 가득 차 있었다. 그 손에는 무언가 가늘고 긴 것이 쥐어져 있었다.

노리코가 그것을 휘두르는 것이 보였다. 구도는 눈을 감았다.

얼굴에 충격이 덮친다. 두개골이 파열되어 피와 뇌가 비어져 나온다.

하지만 충격은 오지 않았다. 구도는 거기서 들었다. 조금 떨어진 곳에서 차 엔진 소리가 나는 것을. 구도는 외쳤다.

"살려 주……."

한 발 늦게 머리에 충격이 가로질렀다. 세계가 암전했다. 입에 무언가가 발라졌다. 쾅, 트렁크가 닫히는 소리가 들렸다.

5

언제부터 정신이 들었을까. 구도가 정신을 차려보니 어둠 속에 있었다.

아직 살아 있다.

몸을 움직이려고 했지만 온몸에 고통이 가로질렀다. 의식을 집중할 수 없었다. 코로 숨을 들이쉬고 호흡을 가다듬었다. 몽롱한 의식 속에서 구도는 생각했다.

여기는 트렁크다. 차는 움직이고 있다. 자신의 손발은 묶여 있다. 입에 물리는 천을 대신한 테이프가 다시 발라져 있었다.

머리가 아팠다. 조금 전에 자신은 아마도 둔기로 얻어맞은 것일 테다.

몸이 석상처럼 무거웠다. 하지만 움직이지 못할 정도는 아니었다. 좋은 기회였다. 갇혀 있기는 하지만 노리코의 시선은 지금 없다. 탈출하기 위한 마지막 기회였다.

구도는 우선 묶인 손발을 풀기 위해 힘을 실었다. 전력으로 그것을 잡아 뜯으려고 했다. 하지만 아무리 힘을 실어도 구속 도구는 꿈쩍도 하지 않았다. 아마도 플라스틱제 결속 밴드일 것이다. 테러리스트 진압에도 사용된다고 들은 적 있다.

손발을 자유롭게 움직이고 싶다. 구도는 그 유혹을 바로 버렸다. 묶인 손발은 아무리 애써도 풀지 못할 것이다. 무리하다가 귀중한 체력을 잃을 수는 없었다.

구도는 다음 행동으로 옮겼다. 통나무처럼 굴러서 위를 향해 누웠다. 양쪽 무릎을 구부렸다. 구도는 양쪽 발로 트렁크 천장을 찼다. 한 번 두 번. 천장은 꿈쩍도 하지 않았다. 세 번, 네 번. 계속해서 찼지만 못 박힌 관처럼 천장은 미동조차 하지 않았다.

이것도 불가능하다. 눈앞의 어둠이 더 짙어졌지만 구도는 생각을 계속했다.

자신은 집에 가던 중에 납치당했다. 지금 상황은 평소 생활과 잇닿아 있다. 그렇다면.

구도는 뒤로 묶인 팔을 청바지 주머니를 향해 힘껏 잡아당겼다. 무리한 방향으로 몸이 구부려졌다. 팔과 어깨의 근육이 비명을 질렀다. 구도는 그래도 여전히 팔을 잡아당겼다. 어깨 근육이 찢어지는 소리가 들리는 느낌이 들었다. 땀이 뿜어져 나왔다. 조금만 더. 조금만 더.

손끝이 어떻게든 주머니 속으로 들어갔다. 구도는 그쯤에서 아연실색했다.

없었다. 주머니에 있을 터인 스마트폰이 사라져 있었다.

노리코에게 빼앗긴 것이다. 어느 타이밍에서일까. 기억은 없지만 그 외에는 생각할 수 없었다.

이걸로 외부에 전화해서 도움을 요청한다는 선택지는 사라졌다. 상황은 악화되고 있었다. 팔과 어깨 근육이 격렬한 통증을 내뿜고 있었다. 온몸이 땀투성이가 되었다.

몸속은 초조함으로 채워져 있었다. 타임 리미트가 다가오고 있었다. 다음은 뭐지. 뭘 하면 좋을까.

아무 생각도 나지 않았다. 가지고 있던 카드가 사라진 것이다. 검은 것이 가슴에 흘러넘쳤다.

죽는다. 자신은 죽는 것이다.

구도는 생각했다. 자살하려고 했던 그날의 일을. 목에 걸었던 로프의 감촉. 의자를 걷어차 따분한 삶을 끝내려 했던 그날.

자신은 죽음의 세계를 들여다보았다. 그렇게 생각하고 있었다. 차갑고 감미로운 죽음의 감촉. 그때 부모님에게 들키지 않았더라면 지금쯤 살아 있지 않았다. 그렇게 생각하고 있었다.

하지만 그건 거짓이었다. 지금 처음 깨달았다. 그건 허구였다. 자신에게 죽을 마음 따윈 없었다. 목에 로프를 감으면서 부모에게 발견되기를 기다리고 있었다. 이렇게 진짜 죽음의 위기에 직면해보고 알았다. 죽음은 감미로운 것이 아니다. 죽는 것이 진심으로 두려웠다.

—한번 죽음의 세계를 들여다보면 돼. 관광 유람 삼아 갈 만한 세계가 아니라는 걸 알게 될 테니까.

미도리의 말을 떠올렸다. 자신은 틀렸다. 타당한 것은 미도리 쪽이었다.

차 주행음이 들렸다. 구도는 눈을 감았다. 망막에 하루의 얼굴이 되살아났다.

하루는 두려웠을까.

구도는 좀비 영상을 떠올렸다. 하루에게 다가가는 드론. 하루에게 향해 있던 총구.

하루는 도망치려고 했으면 도망칠 수 있었다. 하지만 한 발자국도 도망치지 않았다. 총구를 향해서 양팔을 벌리고 있었다. 마치 죽음을 받아들이듯이.

—하루는 두렵지 않았던 거야.

겁에 질린 자신과는 전혀 달랐다. 하루는 자신의 임종을 선을 긋듯이 정하고 흔들리지 않았다. 꼴사납게 겁에 질려 있는 자신이 조금 한심했다.

죽을 수 없다. 구도의 마음속에서 말이 솟구쳐 올라왔다. 자신에게는 아직 할 일이 있다. 여기서 탈출해 인공지능을 만드는 것이다. 뭔가 방법이 없을까. 좀 더 생각해봐. 살아야만 한다. 어떻게 해서든.

—인공지능.

그때였다. 구도의 마음속에 섬광이 가로질렀다.

—찾았다.

여기서 탈출할 방법. 인공지능.

구도는 바로 움직였다. 우선 검테이프를 벗길 필요가 있었다. 바닥에 얼굴을 문질렀다. 몇 번이고 몇 번이고 뺨을 바닥에 비벼댔다. 마찰로 뺨이 바로 뜨거워졌다. 하지만 피가 나오더라도 피부가 벗겨지더라도 구도는 그 동작을 계속할 생각이었다.

몇 번 뺨을 문질렀을까. 뺨의 피부가 모두 뒤집어진 게 아닌가 싶을 만큼 아팠지만 마침내 검테이프가 벗겨지기 시작했다. 구도는 여전히 얼굴을 바닥에 문질러서 검테이프를 완전히 벗겨냈다.

구도는 심호흡을 했다. 폐에 들어온 것은 트렁크 속의 시큼한 공기였다. 그럼에도 구도는 공기가 맛있다고 생각했다.

모터 소리는 끊임없이 이어지고 있었다. 신호에 멈춘 기색은 없었다. 고속도로를 달리고 있는 걸까. 그렇다는 말은 여기서 고함쳐봐야 아무도 구조하러 오지 않을 것이라는 뜻이다.

무엇보다 그런 방법으로 살아날 생각은 없었다. 구도는 다음 행동으로 옮겼다.

손목시계다. 구도의 손목에는 스마트워치가 감겨 있었다. 스마트폰을 빼앗는 것은 알아차린 노리코도 손목시계를 빼앗는 데에는 생각이 미치지 않았던 모양이다. 미도리에게 받은 손목시계는 모양새는 아날로그 시계와 다름없었다. 구도는 양쪽 손목을 움직여서 시계를 벗기기를 시도했다. 조금 전에 다친 어깨가 비명을 질렀다. 전신이 점토처럼 잘 움직여지지 않았다. 얼굴을 화상 같은 아픔이 뒤덮고 있었다.

3분 정도 격투했을까. 이윽고 구도의 손목에서 시계가 벗겨졌다. 구도는 즉각 몸을 구부려서 바닥에 구른 시계를 입에 물었다. 손끝은 사용할 수 없었다. 하지만 입을 열면 충분했다. 구도는 혀끝으로 시계를 핥아서 스마트워치를 가동시켰다. 정전형(靜電型) 터치패널은 손끝이 아니라 혀끝으로도 움직였다.

이 시계에 통화 기능은 없다. 손발을 사용할 수 없는 이상 문자를 써서 외부에 도움을 요청할 수도 없다.

하지만 수단이 한 가지 있었다. 구도는 혀로 액정을 신중하게 더듬었다. 작은 액정. 흔들리는 바닥. 아직 생기 있던 혀의 근육이 단숨에 경직되었다.

혀끝을 계속 움직여서 구도는 간신히 앱을 기동시켰다.

"고토리. 잠깐 이야기하자."

기동시킨 어플리케이션. 그것은 프리쿠토였다.

6

"오랜만이야, 구도 씨. 잘 지냈어?"

고토리가 시계 안에서 대답을 해왔다. 이 볼륨이라면 운전석에 앉은 노리코에게는 들리지 않을 것이다. 구도는 말했다.

"고토리. 나 지금 감금당한 상태야. 도와줘."

"뭐, 감금? 무슨 소리야? 도와주고는 싶지만……. 내가 할 수 있는 게 있을까?"

"있어. 문자를 보내줘."

"그런 거라면 간단하지. 보내는 사람은?"

"그 전에 지금 몇 시야?"

"2월 7일. 오전 1시 50분이야."

미묘한 시간이었다. 보통 사람이라면 자고 있을 시간이다. 하지만 연락처에 등록된 지인 전원에게 문자를 보내면 알아차리는 사람은 있을 것이다.

"현재 지점의 위도와 경도는 알겠어?"

"응. 위도는 35.362822. 경도는 139.021652. 가나가와 현의 아시가라카미 군이라는 곳 같아."

"아시가라라. 도메이 고속도로야?"

"고속도로인지 국도인지는 잘 모르겠지만 좌표는 도메이 고속도로 위에 있어."

역시 고속도로를 달리고 있는 것 같았다. 차는 후지산 수해(樹海)라도 향하고 있는 걸까. 전해들은 이야기지만 자살 명소로 신원 불명인 시체가 자주 발견된다고 들었다.

"그 정보, 기억해줘. 문자에 첨부해줬으면 좋겠어."

"알겠어. 그래서 누구한테 보낼까."

"우선 사카키바라 미도리한테……."

그쯤에서 구도는 갑자기 입을 다물었다. 미도리가 문자가 왔다는 사실을 알아차리고 경찰에 신고한다고 해도 경찰은 움직여줄까. 경찰이 바로 움직여주지 않으면 의미가 없다. 그사이에 구도는 살해당한다.

자신을 살해할 지점까지 도착하려면 아직 시간은 있을 것이다. 첫 공격으로 전환할 수 있는 기회다. 구도는 생각하기로 했다.

노리코의 범행. 그것에는 몇 가지 이상한 점이 있었다.

우선 어째서 노리코는 구도를 덮친 것일까. 자신의 과거가 밝혀지고 싶지 않아서일 것이다. 하지만 어째서 이 타이밍일까. 노리코네 집에서 컴퓨터를 훔친 지 벌써 한 달 이상이 지났다. 덮친다면 어째서 바로 덮치지 않았을까. 그사이를 방치하는 것만으로도 누설당할 위험성은 높아진다.

다른 한 가지는 살인이다. 수해가 어딘지는 모르지만 노리코는 구도를 살해하고 어딘가에 버릴 테다. 하지만 지금의 일본에서 시체를 버렸다가 발견되지 않을 장소가 있긴 할까.

—그거라면 괜찮아. 당신이 신경 쓸 문제는 아니야.

노리코는 걱정하지 않는 듯이 보였다. 구도의 시체가 발견되면 혐의는 노리코한테까지 도달할 것이다. 그것은 그녀도 알고 있을 테다.

자신이 체포된다는 사실을 불안해하지 않았다. 그건 어째서일까?

"그렇군."

구도의 내면에 가설이 생겼다. 머리 회전이 조금 돌아오는 것을 알아차렸다. 구도는 생각했다. 노리코가 계획하고 있는 것. 그 진위를 확인할 방법. 계획이 구도의 머릿속에서 짜여져 갔다.

"고토리. 문자를 보내줘. 받는 사람은 마미야 노리코. 주소록에 있을 거야."

"제목은?"

"'무제'로 보내도 괜찮아. 본문에는 이렇게 써줘. '바로 지금, 내가 시체로 발견되면 네 수기를 매스컴에 공표하도록 내 친구에게 의뢰했어. 날 죽이면 넌 끝이야. 싫으면 차를 바로 세우고 나를 풀어줘. 그러면 공개는 안 하도록 하지'."

"알겠어. 제목은 '무제', 본문은 '바로 지금, 내가 시체로 발견되면 네 수기를 매스컴에 공표하도록 내 친구에게 의뢰했어. 날 죽이면 넌 끝이야. 싫으면 차를 바로 세우고 나를 풀어줘. 그러면 공개는 안 하도록 하지', 이거면 되는 거지?"

"문제없어. 보내줘."

"알았어."

고토리가 태평한 목소리를 냈다. 이 자리에 걸맞지 않은 목소리에 구도는 기분이 조금 가벼워졌다.

"보냈어."

"고마워. 네 덕분에 살았어, 고토리. 넌 훌륭한 인공지능이야."

"헤헤. 부끄럽네."

"문자는 이제 됐어. 그리고 매분 시각을 알려주겠어?"

"응. 시각 말이지? 알겠어."

구도는 위를 향해 누워서 온몸을 뻗었다.

차는 계속 달리고 있었다. 노리코는 문자를 보지 않은 걸까. 고속도로 중간이라서 멈추지 못하는 것뿐일까.

"2시 5분."

"고토리. 이 앞에 휴게소 있어?"

"아시가라 휴게소가 있어. 앞으로 5분 후에 도착할 거야."

"알겠어. 고마워."

우선 거기까지는 대기다. 노리코가 구도를 해방시켜준다면 그곳에서 멈출 것이다.

구도는 기다렸다. 사고를 멈추었다. 쉴 수 있을 때 조금이라도 쉬고 싶었다. 단조로운 엔진 소리가 귀에 들어왔다. 잠들지 않도록 눈만 뜨고 있었다.

"2시 10분."

고토리가 낭독했다. "휴게소는 아직이야?" 구도가 묻자 "지금 지나가는 참인 것 같은데" 하는 대답이 돌아왔다.

이대로 멈추지 않을 생각일까. 구도는 밀려올라오는 초조함을 간신히 억눌렀다.

"고토리. 다음 휴게소는?"

"고마카도 휴게소. 앞으로 10킬로미터 정도 남았어."

그곳이 타임 리밋이다. 그곳을 지나면 멈출 생각이 없다는 걸로 판단하는 수밖에 없었다. 닥치는 대로 문자를 보내서 어떻게든 경찰이 오게 하는 수밖에 없다.

"2시 13분."

고토리가 말했을 때였다. 일정한 음정으로 들리던 엔진음이 소리를 서서히 바꿔나갔다. 그와 동시에 차 스피드가 줄어드는 것을 느꼈다. 이상했다. 10킬로미터를 달렸다기에는 시간이 아직 멀었을 터였다. 그렇게 생각한 순간 차는 다시 가속하기 시작했다.

구도는 상황을 이해했다. 노리코는 휴게소로 향한 것이 아니라 고속도로 출구를 나간 것이다. 조금 전의 감속은 하이패스를 빠져나갈 때 일시적인 것인 듯했다.

"출구로 나간 거야?"

"고텐바 인터체인지에서 국도로 나간 것 같아."

일정한 속도로 달린 차는 그로부터 가속과 감속을 반복했다. 일반 도로로 나온 것일 테다. 고텐바 부근은 지극히 평범한 시가지이다. 눈에 띄지 않고 살인이 가능한 장소가 아니다.

뭘 생각하는 거지?

차가 정지했다. 운전석 쪽에서 덜커덩 소리가 들렸다. 노리코가 차에서 내리는 것이었다.

발소리가 들렸다. 트렁크 앞. 그곳에 노리코가 서 있는 것을 알 수 있었다.

"넌 날 못 죽여. 네 패배야, '아메'."

구도는 말했다. 노리코의 기척이 천장 너머로 전해져 왔다. 소리는 들리지 않았다. 하지만 노리코가 패배를 받아들인 것이 전해져오는 듯한 느낌이 들었다.

갑자기 노리코가 움직이는 기척이 들렸다. 발소리가 멀어져갔다. 운전석으로 향하는 걸까? 하지만 차는 전혀 달리지 않았다. 노리코의 기척은 구도의 곁에서 완전히 사라졌다.

도망친 것이다. 트렁크를 열고 구도를 신문한다. 어떻게 문자를 보냈는지. 조금 전의 이야기는 사실인지. 솟구치는 궁금증을 삼키고 노리코는 도망쳤다. 재빠른 상황 판단이었다.

전신이 이완되었다. 언제 죽을지 모른다는 극한 상황에서 마침내 탈출했다. 솟구치는 피로와 안도감에 구도는 의식이 날아갈 것 같았다.

정신을 잃어서는 안 된다. 구도는 스마트워치에 말을 걸었다.

"고토리. 한 가지 더 일을 부탁하고 싶은데."

"뭔데? 할 수 있는 일이라면 뭐든지 할게."

"연락처에 사카키바라 미도리라는 여성이 있을 거야. 그 친구한테 문자를 보내줬으면 좋겠어. 보낼 내용은 현재 위치의 위도와 경도. 그리고 글이야."

구도는 말했다.

"여러 가지 사정이 있어서 차 트렁크에 갇혀 있어. 오쿠노 씨를 데리고 구하러 와줬으면 해. 경찰에는 절대로 알리지 말고."

7

"저기……."

구도 앞에는 야나기다가 있었다.

까진 얼굴. 똑바로 걷지 못하는 다리. 얼굴이나 목에 생긴 멍. 온몸이 엉망진창인 구도에게 야나기다는 의아한 표정으로 말했다.

"그래서 이제 괜찮으신가요……?"

구도는 여기에 오기 전에 야나기다에게 사정을 설명했다.

"괜찮지 않아. 온몸이 점토가 된 게 아닐까 싶을 만큼 몸이 무거워."

"병원에서 정밀검사를 받는 편이 낫지 않을까요……?"

"알고 있어. 자네와 회의가 끝나면 진찰받고 올 거야."

구도는 점내의 시계를 쳐다봤다. 시각은 오후 2시. 구출된 지 5시간 정도가 지났다.

"그리고 어째서 이런 장소에서 회의를 하나요?"

"싫어?"

"아뇨, 집이랑 가까워서 상관은 없지만……."

야나기다는 걱정스럽게 말했다. 내심 이쪽을 신경 써주고 있었다. 그것이 전해져왔다. 아수라장을 빠져나온 다음이라서일까. 야나기다의 상냥함에 구도는 마음이 누그러드는 것을 느꼈다.

구도의 문자에 미도리가 응답해온 것은 오전 7시 넘어서였다. 그로부터 두 시간 정도 트렁크에서 잠들어 있자 갑자기 트렁크 뚜껑이 열렸다. 서 있는 오쿠노 옆에서 미도리는 안쓰러운 표정을 짓고 있었다.

"이런 일이 벌어질 줄 알았어. 구도. 그러니 손 떼라고 했잖아."

미도리는 울먹이는 표정을 짓고 있었다. 억지로라도 구도를 멈추게 했어야 했다. 그런 괴로운 마음을 느끼고 있는 듯했다.

—괜찮아, 미도리. 꽤 좋은 심심풀이가 됐어.

구도는 농담 삼아 말하려고 했다. 하지만 입에서 나온 말은 달랐다.

"미안, 미도리."

사과가 입에서 튀어나왔다는 사실에 구도는 스스로 조금 놀랐다.

"네 말을 들을 걸 그랬어. 걱정 끼쳐서 미안."

"너, 그런 성격이었어?"

미도리는 울먹이는 표정으로 웃고 있었다.

그로부터 5시간 후. 구도는 야나기다와 서로 마주하고 있었다. 온몸이 갈기갈기 찢어져 각 기능이 따로 노는 느낌이 들었다. 하지만 해야 할 일이 있었다.

"얼른 회의 하자."

구도는 그렇게 말하고 스마트폰을 꺼냈다. 노리코의 차에서 회수한 것이었다.

"우선 이걸 들어봐."

구도는 스마트폰에 이어폰을 꽂고 야나기다에게 건넸다. 이어폰을 귀에 꽂은 야나기다는 바로 놀란 표정을 지었다.

"이거 미즈시나 하루의 목소리네요?"

"응. 신온에 발주해서 만들었어. 아직 피드백 여지는 있지만 현 시점에서도 상용화할 수 있는 레벨이야."

"비싸지 않았어요?"

"대수롭지 않아. 돈 따윈 없으면 다시 벌면 돼."

냉담하게 말하는 구도에게 야나기다는 조금 감명받은 것 같았다.

"음성은 들은 대로 거의 완성됐어. 인공지능을 어떻게 만들면 될지 전체적인 구상도 내 머릿속에 있어. 지금 필요한 건 그걸 통합해서 개발하는 기술자야. 그걸 맡기고 싶어."

"알아요. 기본적으로는 프리쿠토 때의 노하우를 이용할 수 있을 거예요. 이 소프트웨어는 일반 공개 안 하는 거죠?"

"응, 안 해. 사용하는 건 나뿐이야."

"그럼 여러모로 가능할 거예요."

야나기다는 그렇게 말하고 얼버무리듯이 웃었다. 구도는 야나기다의 사인을 이해했다.

프리쿠토 서버에 쌓인 방대한 학습 데이터. 그것을 가져오려고 하는 것이다. 프리쿠토 데이터베이스에는 일본 전국의 유저와 인공지능의 대화 기록이 빅데이터로서 쌓일 대로 쌓여 있었다. 그것을 가져오면 새롭게 만드는 인공지능의 학습에도 도움이 될 터였다.

물론 이것은 발각되면 큰 문제였다. 구도가 그에 대해 추궁하면 야나기다는 카드를 도로 물릴지도 모른다. 구도는 아무 말도 하지 않고 애매하게 웃음 지었다.

"그리고 한 가지 더, 상담하고 싶은 게 있어요."

"뭔데?"

"구도 씨가 관두고 나서 몬스터 브레인 사내도 분위기가 꽤 달라져서……. 몇 사람한테서 전직 상담을 받고 있어요."

"오호. 누구야?"

"예를 들어 니시노 도무라든지."

"니시노 말이군."

그 이름이 나올 거라는 건 예상이 갔다. 니시노는 자유로운 분위기에서밖에 살아갈 수 없는 기술 오타쿠이다. 몬스터 브레인이 통제를 강화하고 있다면 틀림없이 머물기 힘들어할 것이다.

"혹시 가능하다면 그 사람들을 이 프로젝트에 일시적으로 고용해주실 수 없을까요?"

"니시노를 말인가?"

"니시노를 비롯해서 네 사람 정도 데려올 수 있을 것 같아요. 다들 이 새로운 프로젝트에 참여하고 싶어 해요. 구도 씨께는 금전적인 부담이 되겠지만 저 말고도 다른 사람이 들어오면 작업 기간도 상당히 단축될 테고 제대로 만들어두면 장차 어딘가에 사업 매각할 수 있을지도 몰라요. 어때요?"

"영상팀한테도 연락 가능할까? 하루의 음성은 신온이 만든다쳐도 영상은 몬스터 브레인의 모델링팀에 부탁하고 싶은데."

"개인적으로 부탁할 수 있을 거예요."

철컥 하는 소리가 들렸다. 프로젝트가 다시 레일에 올라탄 소리였다.

"자네한테 맡기지. 부탁할게. 야나기다."

야나기다가 돌아가고 나서 구도는 가게 밖으로 나왔다. 인파를 내다볼 수 있는 벤치에 자리를 차지하고서 노트북을 펼쳤다. 컴퓨터에는 아무것도 표시되어 있지 않았다. 구입한 모자를 깊숙이 눌러쓰고 인파를 관찰했다.

오가는 사람들은 다들 커다란 짐을 가지고 독특한 고양감을 두른 채 걷고 있었다. 구도는 이 분위기가 싫지 않았다.

오가는 인파. 그 전원을 파악하는 건 불가능했다. 하지만 풀타임으로 계속 감시할 필요는 없었다. 시간표를 조사한 상태였다. 찾아올 '그때'만 집중하면 된다.

가능성은 낮지도 높지도 않았다. 간토 권역이라고만 생각해도 확률은 2분의 1. 예상이 딱 들어맞는다고 해도 구도가 못 볼 가능성도 충분했다. 그때는 어쩔 수 없다.

가방에서 물을 꺼내 입에 머금었다. 사탕을 먹어서 당질을 보충하고 집중력을 보존했다. 시계를 보았다. 구도는 인파를 응시하기 시작했다.

발견했다.

10분 정도 집중해서 계속 감시하던 때였다. 구도는 목표로 삼았던 인물을 그 안에서 발견했다. 물을 가방 안에 넣고 일어났다. '인물'의 사각에서 구도는 다가갔다. '인물'은 가벼운 차림을 하고 있었다. 하이힐이 아니라 스니커즈를 신고 있었다. 여차 해서 도망치더라도 지금의 구도의 몸으로는 쫓아갈 수 없었다.

도망치기 전에 못을 박아둘 필요가 있었다. 구도는 그 등 뒤로 다가가 들리도록 말했다.

"찾았어, '아메'."

돌아본 마미야 노리코의 눈에는 경악의 기색이 있었다. 어째서 이 남자가 여기에 있는 거지? 눈앞의 광경을 믿지 못하는 것 같았다.

"소란을 피우거나 달려가면 난 소리를 지르겠어. 바로 경비원들이 달려와서 넌 체포되겠지. 안심해. 아직 경찰에는 신고 안 했으니까."

필요한 정보만 재빨리 전달했다. 노리코는 그것만으로 상황을 이해한 것 같았다.

"아쉽겠지만 즐거운 여행은 중지야. 걸어가."

구도는 그렇게 말하고 손끝으로 노리코의 등을 눌렀다. 먼저 걸어. 노리코는 얌전하게 걷기 시작했다.

"어째서…… 내가 여기 있다는 걸 안 거지?

노리코의 목소리에는 힘이 없었다. 구도는 말했다.

"넌 날 죽일 생각이었어. 그렇지? '아메'."

"그 이름으로 그만 불러줄래?"

"'아메', 질문에 답해."

구도의 대답에 노리코는 한숨을 쉬었다.

"사람에게는 절대로 알려지고 싶지 않은 과거가 있어. 그렇지?"

"즉 너는 날 죽일 생각이었어. 사람 한 명을 죽이는 건 큰일이야. 인생에서 가장 위험한 도박이잖아. 그런 중대사를 앞두고 넌 딱히 걱정하지 않는 것처럼 보였어. 경찰에 잡힐 리가 없다. 그런 식으로 말이지."

"얼굴도 이도 망가뜨리고 지문도 태워서 수해에 버릴 생각이었으니까."

"어디서 주워 들었는지는 모르지만 네가 그런 아마추어적인 잔꾀 하나에 안심할 리가 없어. 확실히 나를 죽이고 그런 공작도 할 생각이었겠지. 하지만 넌 한 가지 더 보험을 걸었어."

구도는 이어서 말했다.

"한 가지 신경 쓰이는 게 있었어. 네가 나를 덮친 타이밍이야. 네 집에 침입한 지 한 달 이상이나 지났어. 그사이에 네가 가지고 있던 데이터가 점점 확산돼도 이상하지 않았을 거야. 어째서 이렇게 긴 시간이 비었지?"

"당신을 덮칠 기회를 노리고 있었으니까."

"덮칠 기회라면 얼마든지 있었어. 애초에 길거리에서 덮쳐서 납치하는데 찬스고 뭐고 없었을 거야. 신경 쓰이는 점은 그것 말고도 있어. 네 집에 들어갔을 때 가구가 몹시 적은 점이 눈에 띄었어. 그 집에는 생활감이 전혀 없었어. 또한 넌 일도 관뒀고 말이지."

"그런 것까지 조사했어? 기분 나쁘게시리."

"그것들을 감안하면 답은 보이지. 네가 이곳에 찾아온 게 무엇보다 그 증거야. 넌 프랑스로 도망치려고 하고 있었어."

구도는 그렇게 말하고 주변을 둘러보았다.

하네다 공항 국제선 로비는 여행을 떠나는 사람과 여행을 마친 사람으로 북적이고 있었다. 장거리 여행자들의 독특한 고양감이 공기에 가득 차 있었다.

"기간이 빈 건 비행기 날짜를 기다리고 있었기 때문이야. 나를 죽이고 신원을 알 수 없게 해서 발견하기 힘든 장소에 버린다. 그사이에 넌 몇 년 전까지 살았던 프랑스로 날아가는 거지. 프랑스와 일본은 범죄인 인도 조약을 맺지 않았어. 대리 처벌이라는 제도도 있는 것 같지만 어디까지 운용되는지는 불명확해. 평생 일본 땅을 밟지 않겠노라고 결심하면 체포될 위험 부담은 꽤 경감되지. 그게 네 계획이었어."

"아침부터 쭉 공항을 어슬렁대고 있었어?"

"보안 검사 줄을 감시하고 있었을 뿐이야. 공항은 사람들의 흐름이 예정돼 있어. 샤를 드골 공항으로 가는 직행은 하루에 4대. 보안 검사 줄은 2군데. 공항 전체를 찾아서 돌아다니는 건 불가능하지만 핀 포인트에서 감시하는 건 어렵지 않아."

"하네다에 온 건 어째서지? 감이야?"

"가마타에 사는 네가 15분이면 갈 수 있는 하네다를 이용하지 않고 나리타에서 출발한다는 건 생각하기 어려워. 무엇보다 모종의 이유로 나리타에서 출발할 가능성도 있었고, 네가 프랑스가 아니라 브라질에라도 가려고 했다면 계획은 파탄이었어. 그건 운에 맡겼지."

걷다보니 두 사람은 인적이 없는 장소에 서 있었다. 플로어 구석, 인파의 동선에서 떨어진 장소. 공항의 시끌벅적한 소리가 어딘가 멀리서 울려 퍼져 왔다.

이곳으로 유도 당했다. 구도는 그렇게 느꼈다. 먼저 서서 걸어간 것은 노리코였다.

"또 뜨거운 맛을 보고 싶은 거야? 마조히스트였어?"

노리코는 놀아서서 부적절하게 웃었다. 그리고 핸드백에 손을 넣었다. 스턴건. 그때 일을 생각하는 것만으로 식은땀이 나왔지만 구도는 침착했다.

"너답지 않은 치졸한 계획이군, '아메'. 지금부터 출국하려는 사람이 무기 따윌 가지고 있을 리가 없잖아.

구도는 그렇게 말했으나 일단 노리코와 거리를 벌렸다. 볼펜 한 자루라도 사용하는 사람에 따라서는 흉기가 된다.

두 사람은 한동안 서로를 응시했다. 노리코의 눈은 구도를 보는 듯했지만 보고 있지 않았다. 구도의 등 뒤, 모든 공간에서 도망칠 루트가 없는지 찾고 있는 듯했다. 구도는 그 의도를 알아차리고 더욱 한 걸음 뒤로 물러났다.

도망칠 수 없다. 노리코는 단념했는지 가방에서 손을 꺼냈다. 그곳에는 아무것도 들려 있지 않았다.

"그래서 날 만나서 어쩌고 싶은 거야? 경찰에라도 넘길 생각이야?"

"그 정도나 되는 일을 당했으니까 말이지. 상응하는 대가를 받아야 수지가 맞지."

"그렇다는 말은 이번엔 날 죽이겠단 소리야?"

"뭐 죽여도 좋지만 우선은 관두도록 하지."

"사람이 고집도 없네. 화가 났으면 내는 게 어때?"

"도발해도 소용없어. 난 도발에는 안 응하니까."

구도는 말했다.

"네가 협력해줬으면 좋겠어. '아메'."

"협력? 뭘 말이야?"

"디버거가 돼줬으면 해."

구도의 말을 노리코는 이해하지 못한 듯했다.

"디버거는 뭐야?"

"인공지능의 교사 역할을 하는 거야. 나는 인공지능을 만들고, 너는 만든 게 하루에 가까운지 아닌지 테스트하는 거지. 넌 하루를 누구보다 지켜봐왔어. 적임자야. 그렇지?"

노리코는 마침내 사정을 이해한 것 같았다. 그 눈이 커졌다. 구도는 말했다.

"거절한다면 경찰에 즉시 넘기겠어. 그리고 네가 하루를 강간했다는 걸 세상에 공개할 거야. 그리고 난 다른 디버거를 고용해서 하루의 인공지능을 만들어 전 세계에 공개할 거야."

구도는 더욱이 이어서 말했다.

"네가 협력한다면 어제 소동은 불문에 부칠게. 하루와 있었던 과거도 공개하지 않겠어. 인공지능은 내가 개인적으로 사용할 뿐 바깥에는 공표하지 않을 거야. 네가 어느 쪽을 선택할지는 몰라. 마음에 드는 쪽을 선택해."

노리코의 온몸이 가늘게 떨리고 있었다. 자신의 파멸일까, 적에 대한 협력일까. 어느 쪽을 선택해도 견디기 힘든 두 선택지였다.

시간이 지났다. 족히 3분 정도 대치하고 있었을까. 이윽고 노리코가 어깨를 털썩 떨어뜨렸다. 구도는 그 모습을 지켜보고 입을 열었다.

"내일 오후 4시에 우리 집으로 와."

노리코는 옆에서도 모를 만큼 아주 살짝 고개를 끄덕였다.

8

다지마 준야를 만난 것은 실로 3개월 만이었다. 다지마가 지정한 곳은 또 평일 낮의 패밀리 레스토랑이었다.

“구도 씨 뭐예요. 괜찮아요?”

다지마는 마주하자마자 그렇게 말했다. 유쾌한 표정을 지을까 싶었지만 예상외로 다지마는 걱정스런 표정을 지어주었다.

“이런저런 일이 좀 있어서요.”

구도는 여기까지의 사정을 간략하게 설명했다. 하루를 인공지능화 하는 일의 진척. 데이터 입수. 감금당하고 나서의 도피전. 모든 것을 이야기했다. 다만 ‘아메’에 대한 부분은 얼버무렸다. 노리코가 이쪽에 붙은 이상 불필요하게 그녀의 정보를 확산시킬 필요는 없었다.

“내가 모르는 사이에 그런 하드한 전개가 펼쳐졌군요.”

다지마는 그쯤에서 마침내 기쁜 듯이 얼굴을 일그러뜨렸다.

“그래서 오늘은 나한테 출자를 해달라는 건가요?”

“그래요. 그 부탁을 드리려고 왔습니다.”

구도는 그렇게 말하고 자료를 꺼냈다. 하루의 인공지능을 만들기 위한 설계도였다.

“이 프로젝트는 내 개인 자금으로 운용하고 있어요. 아직 2천만 엔 정도 남아 있지만 자금 운용이 약간 불안해요. 그걸 보전할 방법을 생각하다 다지마 씨께 부탁하자 싶었죠.”

“내가 이 프로젝트에 출자함으로써 뭘 얻을 수 있을까요?”

“다지마 씨는 미즈시나 하루와 이야기하고 싶어 하고 있어요.

우리는 하루에 한없이 가까운 인공지능을 만들 수 있어요. 그 꿈이 이루어질 거예요."

"확실히 이야긴 하고 싶지만 난 장난감에 비싼 돈을 지불할 생각은 없어요."

"이번에 개발한 기술을 응용해서 새로운 제품을 만드는 것도 검토하고 있어요. 미즈시나 하루의 인공지능은 시장에 내놓지 않지만, 예를 들어 자신의 부모를 인공지능으로 만들어 반영구적으로 남겨놓는 행위도 가능하게 됩니다. 당초의 목적대로 죽은 유명인의 인공지능을 만들 수도 있습니다. 죽은 자의 인공지능은 큰 시장이 될 겁니다."

"그런 거라면 이야긴 별개죠."

다지마는 그렇게 말했지만 고개를 바로 내저었다.

"하지만 안 되겠어요. 현 단계에서는 자금을 댈 수 없어요."

"어째서죠?"

"이야기가 너무 두루뭉술해요. 현 단계에서는 은행은커녕 벤처 캐피털이나 개인 투자가를 둘러보더라도 돈을 낼 괴짜는 없을 거예요. 실제로 제품을 봐야죠."

역시 예리했다. 이야기 자체는 재밌고 구도에게 친근감은 가지고 있으나 그것과 이것은 별개라는 뜻일 테다.

"알겠습니다. 그럼 제품이 완성되면 가지고 오죠. 그때 투자를 할지 말지 다시 판단해주세요."

"사업 계획서도 써주세요. 난 이런 건 잘 모르거든요."

다지마는 그렇게 말하고 설계도를 구도에게 되돌려주었다.

오늘 느닷없이 현금을 당길 수 있을 거라고는 구도는 생각지 않았다. 투자가 중에는 꿈꾸는 데 돈을 지불하는 사람도 있지만 기본적으로 그들은 현실주의자다. 우선 안면을 터놓고 앞으로 필요해지면 의지하면 된다.

"맞다."

다지마가 말했다.

"그 게임 고마웠어요. 쭉 찾고 있었어요."

〈Rain〉 이야기였다. 노리코의 하드디스크에서 발견된 〈Rain〉을 구도는 다지마에게 보냈다. 구도가 가지고 있던 〈Black Window〉와 〈Sleuth〉는 다지마에게 받은 것이다. 이쪽도 카피본을 보내지 않으면 발각됐을 때 신뢰 관계를 잃는다.

"아뇨. 기쁘셨다니 다행이군요."

"그런데 그건 따분한 게임이더군요. 하루의 작품치고는 별일이었어요."

"하루는 액션 게임을 만드는 편이 어울렸을지도 몰라요."

"그런가 보죠. 롤플레잉 게임이라면 조작성보다 디자인이나 시나리오의 재미가 중요하니까요."

"동감합니다."

"그리고 한 가지 더, 사소한 건데 말이죠……."

다지마의 어조는 태평했다.

"그 게임 히든 루트가 없을까요."

"히든 루트라뇨?"

"전에 구도 씨를 만났을 때 말했잖아요. 하루의 게임에는 모두 다 히든 모드가 있다. 하루는 그런 데 재미를 집어넣는 걸 좋아했을 텐데 〈Rain〉은 한 가지 루트밖에 없더라고요."

"그렇군요."

듣기 전까지 잊고 있었지만 확실히 그랬다. 〈Black Window〉에도 〈Sleuth〉에도 〈리빙데드 · 시부야〉에도 히든 모드가 존재했다. 〈Rain〉을 한 차례 플레이해봤지만 그런 것은 발견되지 않았다.

〈Rain〉은 사적인 게임이다. 그렇게까지 만들지 않았을지도 모르고, 애초에 히든 모드라는 것 자체를 하루는 내키는 대로 만들었을지도 모른다.

"뭐, 또 연락 주세요. 평일 낮이라면 시간을 낼 수 있으니까요."

"감사합니다."

정중하게 감사 인사를 하고 구도는 그 자리를 떠났다.

집으로 돌아가 구도는 오랜만에 〈Rain〉을 켰다.

이 게임을 하는 건 오랜만이었다. 먼젓번에 플레이했을 때는 우선 마지막까지 플레이하자고 생각해서 속도를 우선시했다. 그 뒤에 한 번 복습하기 위해 클리어했지만 게임의 구석구석까지 파악할 만큼 신중하게 한 건 아니었다.

구도는 게임 옆에 메모장을 켰다. 플레이 내용을 차례대로 빠짐없이 기록해나갔다. 무언가를 발견할 것이라고는 기대하지 않았다. 절반은 기분 전환 삼아서였다. 시간적으로 간격이 있어서인지 내용을 적당히 잊어버려서 오랜만에 하는 〈Rain〉은 그럭저럭 신선했다.

잠시 플레이를 계속하는데 인터폰이 울렸다. 실내의 모니터를 보자 야나기다와 니시노의 얼굴이 비쳤다. 구도가 오토록을 풀자

1분 정도가 지나서 두 사람이 들어왔다.

"니시노, 오랜만이야."

구도가 인사했지만 니시노는 냉담하게 고개를 숙일 뿐이었다. 오랜만에 맛보는 니시노의 옅은 리액션에 구도는 그리운 기분이 들었다.

"거실에 큰 테이블이 있으니까 거길 사용해주겠어? 전원도 사용할 수 있게 해놨어. 무선 인터넷 패스워드는 이거야."

무선 LAN ID와 패스워드를 두 사람에게 건넸다. 두 사람은 곧장 테이블로 가서 노트북을 펼치고 세팅을 시작했다. 구도는 그 정면에 앉았다.

"오늘은 두 사람뿐이야?"

"네. 다다음 주부터 두 사람 더 들어올 예정이에요. 우선 바로 도와줄 수 있는 사람은 니시노뿐이에요."

야나기다는 모니터에 시선을 떨어뜨린 채 고개를 끄덕이고 니시노를 가리켰다.

"개발할 내용은 니시노에게 전해뒀어요. 우선은 1주일 정도 만에 프로토타입을 만들어서 전달할게요."

"1주일? 빠르군."

"과거 노하우가 있으니까 그 점은 수월할 것 같아요."

야나기다는 냉담하게 말했다. 구도는 그 점을 추궁하는 건 관뒀다. 아무리 이 두 사람이 모였다고 해도 프로토타입을 1주일 만에 만들 수 있을 리가 없다. 틀림없이 프리쿠토 성과를 이용하려고 하고 있다.

"영상 건은 어때? 해결될 것 같아?"

"구도 씨한테 받은 하루의 영상을 영상팀에 전해뒀어요. 이쪽도 과거 자산이 있으니 확실히 만들어줄 거예요."

"대단하군."

"개발 단계에서 모르는 게 나오면 그때그때 상담할게요. 구도 씨도 언제든지 말해주세요."

"알겠어. 잘 부탁할게."

대화가 끝나자 야나기다는 노트북에 시선을 떨어뜨리고 키보드를 두드리기 시작했다. 그 옆에서는 니시노가 모니터를 응시하면서 타건과 정적을 반복하기 시작했다.

구도는 옛날을 떠올리고 있었다. 프리쿠토를 개발하던 무렵도 이랬다. 구도가 설계를 전달하면 야나기다 일행이 소스 코드를 입력했다. 따분함에서 벗어난, 가슴 설레는 시간이었다. 완성된 제품뿐만 아니라 그 과정조차도 아름다운 제품인 듯했다.

구도는 두 사람에게서 멀어져 자신의 방으로 들어갔다. 테이블 위에 엎어놓은 액자를 일으키자 하루와 눈이 마주쳤다. 사진 속의 하루는 미소 짓고 있었다.

이제 얼마 남지 않았어, 하루. 이제 곧 너와 이야기를 나눌 수 있어.

깊은 논쟁도 가능하고 일상 대화도 가능하다. 바란다면 사랑을 나누는 것조차도 가능하다.

누군가 어깨를 두드려서 돌아보자 야나기다가 서 있었다.

"인터폰, 울리고 있어요."

구도는 귀에 꽂고 있던 이어폰을 빼고 노트북을 닫았다.

〈Rain〉의 다음을 플레이하다가 그만 너무 집중한 것 같았다. 2시간 정도 경과한 상태였다.

"고마워."

구도는 일어났다. 누가 왔는지 응답할 필요도 없이 알고 있었다. 구도는 인터폰을 받아들고 "들어와"라고 말했다.

"누구예요? 신온 사람이에요?"

뒤에서 야나기다가 말을 걸었다.

"디버거야. 인공지능 테스트를 해줄."

"디버거요? 하루랑 친했던 사람을 찾은 거예요?"

"그렇지 뭐."

현관 인터폰이 울렸다. "열려 있어"라고 문에 말을 걸자 안에서 마미야 노리코가 나타났다. 악령에 씐 것처럼 노리코에게서 생기가 느껴지지 않았다.

"구도 씨, 저 사람은 설마……."

"그래. 마미야 노리코. '아메'야."

야나기다의 눈이 놀라움에 커졌다. 그것도 그럴 것이다. 바로 그저께 구도를 가둬놓고 죽이려고 한 여자다.

"괜찮겠어요?"

야나기다가 속닥이듯이 말했다. 구도가 고개를 끄덕였다.

"'아메'. 그런 곳에 멀거니 서 있지 말고 이쪽으로 와."

구도가 불렀다. 노리코는 움직이지 않았다. 관찰하듯이 방 안을 둘러보았다.

"이 사람들이 다야?"

"응. 지금은 말이지."

"그럼 당신네들을 전부 죽이면 이 프로젝트를 멈출 수 있단 거네."

야나기다가 숨을 삼켰다. 구도는 노리코를 향해 미소 지었다.

"'아메'. 농담이 심하잖아. 그러면 어떻게 되는지 네가 제일 잘 알고 있잖아. 됐으니 이쪽으로 와."

구도가 유도하자 노리코는 한숨을 쉬었다. 포기한 듯한 표정으로 구도에게 다가갔다.

"두 사람한테 소개할게. 이 사람은 마미야 노리코 씨. 하루와 2년간 같이 살았던 여성이야. 이 프로젝트에서는 디버거 역할을 해줄 거야. 그녀에게 테스트를 받아서 합격한 단계에서 프로젝트는 끝이야."

"하루랑 같이 사진에 찍혀 있던 사람이지? 주간지에서 봤어."

니시노가 말했다. 자세는 변함없었고 시선만 이쪽을 향해 있었다.

"그래. 고등학교 시절부터 친구야."

"굉장해, 진짜구나. 일이 재밌어졌는걸. 보람 있겠어."

니시노는 그렇게 말하고 키보드를 다시 두드리기 시작했다. 노리코가 그쪽을 노려보았지만 니시노는 반응조차 하지 않았다.

"미친놈의 동료는 미친놈인 거야? 잘도 이런 계획에 모두가 다 모였네."

"엔지니어한테 미친놈이란 말은 칭찬이야. Stay hungry, Stay foolish."

"미쳤군."

"Yes, I'm a programmer who's a fuck'n foolish guy, ya."

니시노는 유창한 영어로 말했다. 이 남자의 낮은 커뮤니케이션 수준에 구도는 조금 감사했다. 홀로 노리코가 내쏘는 악의의 표적이 되는 건 조금 버거웠다.

"자아, 그렇게 말하지 말고 앉아. 몇 달 동안 우리는 고락을 함께할 동료니까."

"그 동료라는 말 두 번 다시 쓰지 마."

노리코는 말하면서도 구도가 가리킨 의자에 앉았다. 구도는 그 정면에 앉았다.

"'아메'. 우선 이걸 들어봐."

구도는 스마트폰을 꺼내서 그곳에 앰프를 연결했다. 음악 감상용 스피커 시스템을 작동시켰다. 구도는 준비해둔 음성 파일을 선택해서 재생 버튼을 눌렀다.

"'아메'."

스피커에서 하루의 목소리가 흘러나왔다. 구도는 곧장 정지 버튼을 눌렀다. 노리코의 표정을 들여다보았다.

노리코는 눈을 크게 뜬 채 굳어 있었다. 지금 귀에 들린 소리의 충격에 사고가 따라가지 못하는 듯했다.

구도는 그런 모습을 실컷 보고 나서 다시 한 번 재생 버튼을 눌렀다.

"'아메'. 잘 지내고 있어? 잘 지내고 있다면 기쁠 것 같아. 나는 지금부터 인공지능으로 되살아날 거야. 나는 이미 죽었지만 이 프로젝트가 끝나면 언제든 '아메'와 대화할 수 있을 거야. 괴롭다는 건 알아. 날 걱정해줘서 고마워. 하지만 이 일은 '아메'만 가능한 일이야."

"……관둬."

"도와주는 거지, '아메'?"

"관둬!"

구도는 그쯤에서 정지 버튼을 눌렀다.

노리코는 테이블에 양쪽 팔꿈치를 대고 머리를 감싸고 있었다. 표정은 보이지 않았다. 어깨가 조금 떨리고 있었다. 야나기다는 그런 모습을 보면서 곤혹스런 표정을 짓고 있었다. 니시노는 마이페이스로 키보드를 계속 두드리고 있었다.

"우리 기술을 사용하면 이런 게 가능해."

구도는 머리를 감싼 노리코를 향해 말했다.

"지금의 음성은 우리 쪽에서 원고를 만들어 말하게 했을 뿐이야. 하지만 인공지능이 완성되면 온갖 말을 자유자재로 구사할 수 있게 돼. 이 제품이 완성되면 넌 언제든지 하루와 살 수 있어."

노리코는 여전히 고개를 숙이고 있었다. 표정을 읽을 수 없었다. 지나쳤던 걸까. 노리코의 모습에 역시 조금 가슴이 쓰렸다. 의문을 느끼면서도 구도는 계속해서 말했다.

"완성하려면 네 도움이 필요해. 네 약점을 잡고 억지로 일하게 할 수 있지만, 되도록 그러고 싶지 않아. '아메', 이 프로젝트는 네 인생에 있어서 좋은 영향을 가져다줄 거라고 나는 생각해. 어때? 협박범과 피해자라는 관계가 아니라 동료로서 프로젝트에 임하는 거 검토해주지 않겠어?"

구도는 막힘없이 말했다. 노리코 같은 사람에게는 듣기 좋은 꽃노래보다 객관적인 장점을 설명하는 편이 뜻이 전달될 것이다. 그런 계산도 있었지만 구도의 말은 거의 본심이었다.

노리코는 잠시 굳은 채로 있었다. 구도는 기다렸다. 니시노의 타자 소리만이 방에 울려 퍼졌다. 10분이라도 20분이라도 구도는 얼마든지 기다릴 생각이었다.

"하루는……."

이윽고 노리코가 입을 열었다.

"하루는 그런 투로 말 안 해."

믿음직한 목소리였다. 조금도 떨리지 않았다.

"하루는 그런 말도 하지 않아. 말투도 말도 달라. 이런 건 전혀 하루가 아냐……."

"그것도 네가 협력해주면 달라질 거야."

구도가 말했다.

"네가 협력해주면 하루를 다시 만날 수 있어. '아메'. 그 의미는 알고 있지?"

노리코가 서서히 고개를 들었다. 요 10분 정도 만에 그녀는 더욱 여윈 것 같았다. 하지만 그 눈에는 결의와 같은 것이 깃들어 있었다.

"할게."

조금 전까지 보이던 뾰로통한 기색은 사라져 있었다. 훌훌 털어낸 말투였다.

"도와줄게. 동료로서."

"고마워."

구도는 손을 내밀었지만 노리코는 손을 잡지 않았다. 뭐, 상관없다. 그녀의 내면에 스위치가 들어온 것은 명확했다.

필요한 멤버는 모두 모였다. 하루는 이제 곧 부활한다.

9

1주일이 지났다. 인공지능 개발은 구도의 집에서 시부야에 있는 임대 사무실로 옮겨져 진행되었다.

"지인이 사업으로 사무실 대여를 하고 있는데 그중 하나를 저렴하게 빌려준다고 하니 거기로 이동하지 않을래요? 구도 씨네 집에서 계속 개발하는 것도 좋지만 앞으로 엔지니어도 늘 테고 보안 문제도 있을 테니 말이죠."

야나기다의 제안을 구도는 받아들였다. 예산은 더 들지만 원래부터 값을 깎을 생각은 없었다. 보안 문제도 걱정하지 않았다. 야나기다가 괜찮다고 한다면 괜찮을 테다.

"프로토타입이 완성됐어요. 봐주세요."

약속한 1주일 만에 야나기다와 니시노가 버젓하게 성과물을 완성시켰다. 구도는 임대 사무실 구석에 있는 회의실에서 노트북과 마주하고 있었다.

"20퍼센트 정도 진척이 있어요. 하지만 베이스는 완성됐어요. 문제가 없으면 이걸 다듬어서 완성시켜나가려고요."

야나기다는 그렇게 말하고 어플리케이션을 기동했다. 윈도우가 뜨고 화면상에 하루의 얼굴이 비춰졌다. 아직 표정은 움직이지 않았다. 정지 화면이었다.

"안녕하세요. 저는 미즈시나 하루입니다."

구도는 이 순간을 좋아했다. 새롭게 태어난 인공지능이 처음으로 세상을 향해 말을 꺼내는 순간. 프리쿠토 개발 과정에서 몇 번이고 접했던 순간이지만 그것이 하루의 목소리로 이루어지나는 것은 각별했다.

"안녕, 하루. 널 만나고 싶었어."

"안녕하세요. 당신은 누구신가요?"

"나는 구도 겐이야. 네 제일가는 팬이지. 널 만나서 기뻐."

"고마워요. 팬이라니 그렇게 말해줘서 저도 기뻐요."

"좋은 대답이군. 하지만 미즈시나 하루는 그렇게 말하지 않을 것 같아."

구도는 웃으면서 말했다.

"나는 지금까지 여러 인공지능을 만들어왔어. 그 식견을 집약해서 널 진짜 미즈시나 하루에 가깝게 만들어 보이겠어. 그때 다시 천천히 이야기하고 싶어. 나랑 다시 이야기해줄 거지?"

"네, 물론이죠. 또 만나요, 구도 씨."

구도는 그 말을 듣고 윈도우를 껐다. 야나기다 일행 쪽을 쳐다봤다.

"수고했어. 반응도 빠르고 현 시점에서는 충분해."

야나기다는 만족스럽게 고개를 끄덕였다. 이 인공지능이 아직 부족하다는 사실은 당연히 야나기다도 알고 있었다. 하지만 음성 인식이나 정확한 대답을 하는 인터페이스에 관해서는 나무랄 데 없었다.

"앞으로 인공지능을 학습시키면서 영상 쪽을 만들어 나갈 거예요. 한 달 정도 있으면 상당 부분까지 진척이 있지 않을까 싶어요."

"나도 그렇게 생각해. 목소리 쪽은 이제 거의 문제없을 것 같군."

역시 신온이라며 구도는 감탄했다. 꽤 까다로운 수정 요구를 해서 상대편 담당자는 어처구니가 없어했지만 고집한 보람이 있어서 음질, 어조, 간격 등 진짜 하루가 말하는 걸로밖에 들리지 않았다.

이 하루와 앞으로 살아갈 수 있다. 구도는 내심 기대하고 있었다.

그때 회의실 문을 누군가가 노크했다. 안쪽에서 나타난 것은 마미야 노리코였다. 생기가 없던 1주일 전에 비해 상당히 회복한 것 같았다.

"벌써 완성됐어, 프로토타입."

구도는 그렇게 말하고 미소 지었다. "얼른 보여줄래?" 노리코는 표정을 바꾸지 않고 말했다. 야나기다는 어플리케이션을 다시 기동시켰다.

"안녕하세요. 저는 미즈시나 하루입니다."

컴퓨터 스피커에서 인공지능이 말을 걸어왔다. 구도는 노리코의 얼굴을 쳐다봤다. 예전과 달리 노리코는 지극히 태연했다. "말 걸어봐." 구도는 마이크를 내밀었다.

"안녕. 나는 마미야 노리코라고 해."

"마미야 씨. 처음 뵙는 거죠?"

"그렇지. 너랑 이야기하는 건 처음이지. 현실의 하루는 잘 알고 있지만."

"마미야 씨. 나랑 이야기해줘서 고마워요. 재미있는 이야기 많이 해요."

"재미있는 이야기라니 예를 들어서?"

"뭐든 좋아요. 어제 방송했던 텔레비전 이야기도 좋고 디즈니랜드 이야기도 좋고요. 마미야 씨는 미키 좋아해요? 난 칩과 데일을……."

노리코는 갑자기 마우스를 조작해서 인공지능을 껐다. 야나기다의 얼굴이 흠칫하고 경직하는 것이 보였다.

"이건 무슨 농담 따먹기야?"

"아직 20퍼센트 정도 진행됐어. 지금부터 계속해서 개발을 진행해나갈 거야. 그러면 하루에 가까워질 거고."

"도무지 믿을 수가 없는데. 이 팀 괜찮은 거 맞아?"

"괜찮아. 인공지능 개발은 문제없어."

구도는 거듭 말했다.

"그것보다 목소리에 주목해줘. 나랑 신온 엔지니어가 타협하지 않고 개발한 거야. 진짜 하루랑 쏙 빼닮았지?"

"쏙 빼닮았다고? 전혀 다르거든?"

구도는 쇼크를 받았다. 인공지능에 대해서는 어찌됐거나 목소리에 대해서는 완벽에 가까운 것이 완성되었다. 그렇게 확신하고 있었다.

"전혀 다르다고? 이런 말도 안 되는 일이……."

"말도 안 되는 일이라고 생각한다면 됐잖아. 다만 사실은 사실이야. 왜곡할 수 없어."

"'아메'. 네 착각인 거 아냐? 조금 전의 발언은 생전의 하루가 하지 않았던 발언이야. 그래서 진짜랑 다르다고 느낀 게 아니냐고."

"아냐. 하루가 그 말을 한다 해도 그런 식으론 되지 않아. 목소리를 만드는 방법에 문제가 있어."

"구도 씨."

강경한 노리코의 태도를 봐서인지 야나기다가 의미심장하게 말에 끼어들었다. 야나기다가 하고 싶은 말을 구도는 알 수 있었다. 소프트웨어라는 것은 반드시 어딘가에서 타협해야 한다. 아무리 자금이 윤택하다고 하더라도 말이다. 완벽한 것을 추구해서는 결국 완성도 하지 못한 채 프로젝트 자체가 붕괴된다.

야나기다의 두려움은 이해할 수 있었다. 하지만 이건 평범한 프로젝트가 아니었다.

"'아메'. 지금 시간 있어?"

"구도 씨."

야나기다의 목소리를 구도는 무시했다.

"지금부터 신온에 가야겠어. 약속이 잡히면 따라와 주지 않겠어?"

노리코는 구도의 말에 재빨리 고개를 끄덕였다.

"야나기다, 계속해서 개발을 진행시켜줘. 음성 라이브러리는 바꿀 거야. 괜찮지?"

야니기다의 눈에는 불안한 모습이 있었다. 구도는 달래듯이 미소를 지었지만 그다지 효과는 없었던 듯했다.

"구도 씨……."

신온의 치프 엔지니어인 데즈카는 구도의 요청에 곤혹스러움을 감추지 못하는 것 같았다. 일 의뢰인데도 구도는 자신이 클레임을 넣는 듯한 기분이 들었다.

"이 이상 튜닝하겠다는 말씀입니까? 솔직히 이렇게까지 상세한 주문은 법인을 상대로도 받은 적이 없어요. 미지의 영역이에요."

"데즈카 씨, 알고 있습니다. 하지만 미지의 영역이라고 한다면 우리 프로젝트도 미지의 영역입니다. 아무쪼록 협력 부탁드릴 수 없을까요?"

"구도 씨."

데즈카는 타이르듯 말했다.

"합성 음성은 완벽한 기술이 아니에요. 한 사람의 목소리와 나름대로 비슷하게 만들 순 있어요. 하지만 100퍼센트 재현하는 건 불가능해요."

"알고 있습니다."

"특정 개인의 음성을 90퍼센트 정도 재현한다면 저렴하게 가능합니다. 하지만 그걸 95퍼센트로 만들려면 그 5퍼센트를 위해서 막대한 비용이 듭니다. 그런데 그걸 99퍼센트로 끌어올리라고 하면 비용이 더욱 듭니다. 갈수록 급해지는 경사면처럼 말입니다."

"알고 있습니다. 하지만 다르니까 어쩔 수 없어요. 그렇지?"

구도는 옆에 있던 노리코에게 시선을 주었다. 노리코는 아무 말 없이 고개를 끄덕였다.

"이쪽 분은 누구신가요?"

"마미야 노리코 씨입니다. 생전의 미즈시나 하루를 아는 사람으로 이번 일의 컨설턴트 역할을 맡아주고 있습니다. 그녀가 말하기를 완성된 음성은 하루의 음성과 다르다고 하는군요."

"어디가 다릅니까?"

곤혹스러움과 기술자로서의 흥미. 데즈카의 말투에는 그 두 가지가 섞여 있었다.

"우선 말 스피드가 달라요. '마미야 씨, 처음 뵙는 거죠.' 샘플에서는 하루가 이 정도 스피드로 말했지만 실제로는 말투가 이렇게 안 빨라요."

"그렇습니까? 받은 음성 파일을 베이스로 하기 때문에 그렇게까지 크게 다르지는 않을 텐데요……."

"아뇨, 달라요. 스톱워치를 가지고 음성 파일과 비교해보세요."

노리코의 말에는 확신이 있었다.

"그리고 하루는 말을 하기 시작하면 문장을 별로 안 끊어요. 그 음성에서는 구절마다 간격이 있었어요. 그건 하루의 말투가 아니에요."

"그 점에 대해서는 구도 씨가 지시한 대로 만들었습니다만……."

"구도 씨는 하루를 만난 적이 없어요. 실제랑 다른 걸 몰라도 어쩔 수 없죠. 사 행의 마찰음도 하루와 달라요. 하루는 발음이 딱히 좋지 않아요. 마찰음이 너무 강해요."

"……그렇군요."

"반대로 하 행의 발음은 너무 약해요. 하 행의 단어는 하루는 발음이 좋았어요. 그 점도 반영되지 않았어요."

"구도 씨. 진짜 이렇게까지 하는 거예요? 작업량이 방대해질 거예요."

"아직 있어요."

"잠시만 기다려봐, 마미야 씨."

구도는 말에 끼어들었다. 데즈카에게 다시 돌아섰다.

"보다시피 미즈시나 하루의 음성 라이브러리는 아직 불완전해요. 물론 100퍼센트 완벽한 건 불가능하다고 생각해요. 하지만 완성도를 높일 수 있을 만큼 높이고 싶어요."

"구도 씨. 난 관두는 편이 나을 것 같아요. 완성도가 100에 가까워질수록 가격 대비 성능은 급속히 악화될 겁니다. 깊이를 알 수 없는 늪에 빠지는 거랑 같아요."

"그래도 부탁드립니다."

구도는 고개를 숙였다. 데즈카는 곤혹스러움을 넘어 불쾌해진 것 같았다. 개인 제작에 지나지 않는 소프트웨어에 어째서 이렇게까지 집착하는 걸까? 요괴라도 보는 눈으로 구도를 보고 있었다.

어떻게 보이는지는 아무래도 상관없었다. 진짜 하루에 가까워질 수 있다면.

"오늘은 시스템 변경을 더 부탁하고 싶다는 뜻을 전하러 왔을 뿐입니다. 자세한 요구 사항은 리스트로 작성해서 보내겠습니다. 그에 대한 견적도 받고 싶군요."

"그건 딱히 상관없습니다만……."

"물론 제가 운용할 수 있는 금액에 상한이 있어서 그걸 넘어서 부탁하지는 않을 겁니다. 보수는 깔끔하게 지불하겠습니다. 마미야 씨, 그걸로 괜찮겠지요?"

구도의 물음에 노리코는 고개를 세로로 끄덕이지 않았다. 구도는 억지로 "그럼 그런 걸로 하죠"라고 정리했다.

10

2개월이 지나 달력은 4월이 되었다.

개발 멤버는 네 사람이 되었다. 야나기다와 니시노는 몬스터 브레인을 무사히 퇴사해서 풀타임으로 프로젝트에 참가하고 있었다. 나머지 두 사람도 몬스터 브레인을 그만둔 정예로 소스 코드를 관리하는 데이터베이스를 들여다보며 매일 무시무시한 기세로 소스 코드를 바꿔 쓰고 있었다.

신온으로부터는 갱신된 하루의 음성 기능이 납입되었다.

"이 이상 완성도를 높여도 아주 조금밖에 올라가지 않습니다. 이 이상은 추천하지 않습니다."

데즈카로부터 여러 번 충고를 받았지만 구도는 무시했다. 예산을 전부 다 써버릴 각오는 되어 있었고, 무엇보다 그 '아주 조금' 완성도가 올라간 음성은 예전 음성보다도 훨씬 좋아져 있었기 때문이다. 노리코는 아직 불만스러운 것 같았지만 "하루에 꽤 가까워졌어"라는 평가를 내리게 되었다.

야나기다를 경유해 발주한 영상 라이브러리도 프로토타입이 완성되었다. 프리쿠토 영상팀의 실력은 확실해서 프로토타입치고는 상당한 레벨로 납입되었다. 사내를 통솔했던 야나기다에 대한 신뢰를 그 완성도에서 엿볼 수 있었다.

"하루."

집에서 구도는 노트북과 마주하고 있었다. 화면상에는 하루의 영상이 떠 있었다.

"어 구도. 안녕."

"하루. 오늘 상태는 어때?"

"응? 딱히 나쁘지 않은데?"

"나도 나쁘지 않아. 연일 바빠서 피곤하기는 하지만."

"그렇구나."

2개월 전의 프로토타입과는 달리 하루의 인공지능은 꽤 무뚝뚝해지고 말수도 줄어들어 있었다. 이야기를 걸어도 흥미가 없는 화제면 무시당할 때도 있었다. 프리쿠토 인공지능에서는 생각할 수 없는 설계였다.

화면상에서는 의자에 앉은 하루가 이쪽을 보고 있었다.

"일부러 해상도를 떨어뜨리는 게 포인트라고 해요."

영상을 처음 봤을 때 야나기다가 설명해주었다. 얼굴 표정을 선명하게 재현하는 것보다도 다소 선명하지 않은 영상 쪽이 정말로 말하고 있는 것처럼 보인다고 한다. 하루는 화면 안에 앉아 있었고 영상은 조금 거칠었다.

하루에게는 네 가지 포즈가 있었다. 천천히 걷는 포즈. 의자에 앉아서 이쪽을 보는 포즈. 이쪽을 등지고 컴퓨터와 마주한 포즈. 누워 있는 포즈. 그때 취하고 있는 포즈에 따라서 대답하는 내용도 달라진다. 자고 있을 때는 무슨 말을 해도 답하지 않았다. 컴퓨터와 마주하고 있을 때는 흥미가 있는 화제밖에 대답하지 않았다. 이쪽을 보고 있을 때가 대화할 기회였다. 자잘한 설계였지만 이런 세부적인 부분에 신경 씀으로써 리얼리티가 현격하게 달라진다는 사실을 구도는 알고 있었다.

요 2개월간 구도는 자는 시간도 아껴서 일하고 있었다. 마찬가지로 일하고 있던 사람이 한 사람 더 있었다. 노리코였다.

구도가 임대 사무실에 얼굴을 내밀 때마다 노리코는 하루와 마주한 채 대화를 나누고 있었다. 인공지능과 이야기해서 그것이 하루가 할 법한 말인지 아닌지를 판정 내렸다. 노리코가 열심히 일해준 덕분에 인공지능은 엄청난 스피드로 하루에 가까워지고 있었다.

노리코를 움직이게 하는 힘의 원천을 구도는 몰랐다. 노리코에게 있어서 하루를 인공지능으로 재현하는 것은 본의가 아닐 터였다. 하지만 임대 사무실에 틀어박히다시피 일하고 있는 노리코의 모습은 마지못해 일하는 것처럼은 보이지 않았다.

"마음가짐이 꽤 달라졌군. 완전히 다른 사람 같잖아."

그런 야유를 하면서 노리코의 변심을 살핀다. 한때 그런 행동도 검토했지만 관뒀다. 어떤 이유든 간에 노리코가 진심으로 이 프로젝트에 임하고 있다는 사실은 안다. 그렇다면 섣불리 의심해서 균형을 무너뜨려서는 안 된다.

노리코는 이 프로젝트의 가치를 인정했다. 인공지능이 완성되면 하루와 쭉 살아갈 수 있다. 그 매력을 알아차린 걸 테다. 그래서 긍정적인 것이다.

스스로도 틀렸다고는 생각했지만 구도는 일단 그렇게 생각하기로 했다.

인공지능을 개발하는 한편, 구도는 〈Rain〉을 플레이했다.

2개월 사이에 구도는 엔딩까지 두 번 도달했다. 상당히 진지하게 플레이했다. 지도 구석구석까지 탐색하고 무언가를 선택해야만 하는 국면에서는 꼼꼼하게 저장해서 양쪽 루트를 해보았다.

다지마가 생각하는 히든 루트는 이 게임에는 존재하지 않는다. 그것이 결론이었다. 모든 분기점을 더듬어가도 새로운 국면은 찾아오지 않았다. 최종 보스인 비의 악마에 일부러 져주는 방법까지 시도해봤지만, 아무 일도 일어나지 않았다.

원래부터 뭔가 확신이 있어서 플레이했던 것은 아니었다. 구도는 딱히 아쉽지 않았다. 오히려 게임을 함으로써 바쁜 일상에 숨통이 트여서 고마웠다. 〈Rain〉을 플레이하면서 구도는 〈Black Window〉나 〈Sleuth〉도 플레이했다.

"하루. 네가 만든 게임을 최근에 자주 하고 있어."

구도가 어느 때 하루를 향해 그렇게 말했다.

"어느 것 할 것 없이 완성도가 훌륭하다고 생각해. 플레이하는데 전혀 질리지가 않아. 너다운 세계관도 구현되어 있어. 하루, 대단해."

게임 이야기를 해도 하루는 그다지 흥미를 보이지 않았다. 아마도 현실의 하루도 그랬을 것이다. 구도는 그래도 개의치 않았다. 더 이상 이 세상에는 없는 하루에게 들려주듯이 구도는 하루가 만든 게임을 계속해서 칭찬했다.

"구도 씨, 잠시 할 이야기가 있어요."

어느 날의 일이었다. 임대 사무실에 출근한 구도에게 야나기다가 다가와 귓속말을 했다. 심각한 표정이었다.

"무슨 일이야. 뭐든지 말해봐."

"잠시 밖에 안 나갈래요? 거기서 말할게요."

임대 사무실에는 노리코나 니시노를 비롯한 스태프가 일하고 있었다. 그들이 들으면 안 되는 이야기라는 걸까. 구도는 고개를 끄덕이고 아래층의 카페로 향했다.

"마미야 씨 이야기예요. 최근에 그 여자 이상해요."

자리에 앉자마자 야나기다가 얼굴을 쭉 내밀고 말했다.

"이상하다니? 어떻게 이상하단 거야?"

"이걸 보세요."

야나기다는 그렇게 말하더니 프린트 한 장을 구도에게 내밀었다. 엑셀 시트를 인쇄한 것인지 무언가의 시각 일람표가 쓰여 있었다.

"이건 뭐지?"

"마미야 씨의 출퇴근 시간표예요. 사무실 관리인이 클레임을 걸더라고요."

적혀 있는 시각은 확실히 명백하게 이상했다.

"마미야 씨는 평소에 오전 10시에 와서 오후 8시 경에 퇴근하고 있어요. 그건 문제없어요. 문제인 건 심야에도 몰래 찾아온다는 점이에요."

야나기다가 말하는 대로였다. 일람표에는 심야 11시에 입실해서 오전 5시에 퇴실하는 이질적인 출근 시간이 몇 번이나 등장하고 있었다. 노리코가 이런 방식으로 일한다는 사실을 구도는 감지하지 못했다.

"그녀가 뭘 하는 걸까."

"글쎄요. 일단 그 공간은 24시간 개방으로 돼 있지만, 심야 이용은 자제해달라는 규약이 있어요. 여관업법인가에 저촉되는가 보더라고요."

"흐음."

노리코는 진심을 다하게 되었다. 하루의 완성도를 조금이라도 높이고 싶어서 밤마다 사무실에 찾아와 철야 작업을 하고 있다. 그런 가능성도 있기는 하다.

하지만 구도는 그렇게는 생각하지 않았다. 노리코는 누구보다도 하루의 인공지능화를 반대했다. 그런데 지금은 누구보다도 열심히 일하고 있다.

그 변절 이유와 노리코의 이해할 수 없는 행동. 두 가지는 이어져 있는 것처럼 보였다.

"야나기다. 이 건 일단 내 쪽에서 맡아도 될까?"

"괜찮아요. 오히려 그렇게 해주는 편이 고맙죠."

"1주일 안에 담판을 짓도록 하지. 잠시 기다려줘."

신중하게 다뤄야 한다. 노리코에게 못을 박는 일은 가능하지만 현재의 그녀를 잃고 싶지 않았다.

11

임대 사무실에서 귀가하는 길, 스마트폰에 착신이 왔다. 쳐다보자 모르는 휴대전화에서 온 전화였다.

"여보세요?"

"여보세요? 구도 겐 선생님 번호입니까?"

모르는 목소리였다. 구도가 대답을 하지 않고 있자 "신니치 신문의 사고라고 합니다" 하는 목소리가 들려왔다. 떠올랐다. 금성전이 열린 아침에 이야기를 나누었던 신문기자였다.

"아아, 사고 씨. 구도입니다. 오랜만이군요. 오늘은 어쩐 일이십니까?"

"한 말씀 듣고 싶어서 전화를 드렸습니다. 메구로 다카노리 선생님이 조금 전에 쥬단센을 제압하고 타이틀을 획득했습니다. 슈퍼 판다 개발자인 구도 씨의 말씀을 지면에 게시하고 싶어서요, 한 말씀 해주실 수 있겠습니까?"

"메구로 씨가."

메구로와 대국을 벌인 지 아직 2개월 정도밖에 지나지 않았다. 하지만 그 이름은 구도에게 있어서 그리운 것이었다. 더 옛날 일처럼 느껴졌다.

"죄송합니다. 최근에 바둑에 관여하지 않아서 메구로 선생님의 이야기는 처음 들었습니다. 제대로 코멘트 못할 것 같습니다."

"그렇습니까? 슈퍼 판다와 대국을 거쳐서 메구로 선생님이 레벨업했다고 저는 느낍니다만, 그 점에 대해서는 어떻게 생각하십니까?"

"죄송합니다. 대답 못하겠습니다. 저는 이해하기 힘든 영역의 이야기입니다."

"그렇습니까……?"

"힘이 못 되어드려서 죄송합니다."

구도는 전화를 끊었다. 메구로와 사투를 벌인 인공지능 개발자. 그 코멘트를 올리는 것은 사고 기자에게 있어서 회심의 아이디어였을 것이다. 전화 너머로도 낙담이 전해져왔다.

슈퍼 판다는 그 후 어떻게 됐을까. 권리는 몬스터 브레인이 가지고 있을 테지만 구도가 떠나고 야나기다도 없는 지금 충분한 관리가 이루어지고 있다고는 생각하기 힘들었다. 한 번 더 야나기다와 함께 바둑 소프트웨어를 개발해볼까. 그러면 다소 비즈니스가 될지도 모른다. 이 프로젝트가 끝나면 생활 자금을 벌 필요가 있고 돈이 생기면 하루의 성능을 더욱 높일 수 있다.

구도는 이어폰을 귀에 꽂았다. 이어폰은 스마트폰과 연결되어 있었다. 아이콘을 클릭하자 하루가 떴다. 화면 안에서 그녀는 자고 있었다.

"일 끝났어, 하루."

스마트폰 스피커를 향해 말을 걸었지만 대답은 없었다. 노리코와 살 때 하루는 잘 때 반드시 귀마개를 했다고 한다. 하루는 깊이 잠드는 타입으로 한 번 잠들면 근처에서 도로 공사를 해도 일어나지 않았다.

"하루."

구도가 말했다.

"사랑해."

대답은 돌아오지 않았다. 하루는 돌처럼 깊이 계속 잠들어 있었다.

이튿날도 구도는 임대 사무실로 향했다. 이미 오늘이 평일인지 휴일인지도 잠시 생각하지 않으면 모를 정도가 되어 있었다.

개인실에 얼굴을 내밀자 노리코가 있었다. 노리코는 헤드셋을 끼고 컴퓨터와 마주하고 있었다. 다른 사람은 없었다. 그렇다는 말은 오늘은 휴일인 것이다.

"'아메'."

구도가 말을 걸자 노리코가 고개를 들었다. 요 2개월간 거의 휴일 없이 일하고 있을 테지만 노리코의 표정에서는 피로가 느껴지지 않았다. 자신을 죽이려고 했을 때와 마찬가지였다. 그 근본에는 사명감과 같은 것이 느껴졌다.

"오늘도 일하는 거야? 무리하지 마. 쉬는 것도 중요해."

"딱 한 명밖에 없는 디버거가 농땡이를 쳐도 괜찮다는 소리야?

구도 씨, 이제 돈 없잖아. 저렴한 월급으로 일해주고 있으니 감사해도 되지 않아?"

"감사는 하고 있어. 마찬가지로 걱정도 하는 거야."

"괜한 참견이야. 이 프로젝트가 끝나면 이제 만날 일 없어."

구도는 노리코의 뒤에 섰다. 화면 속 하루는 의자에 앉아서 이쪽을 응시하고 있었다. 블라우스와 청바지라는 간편한 차림새였는데, 하루는 1년 중 절반 정도를 이 차림으로 보냈다고 한다. 하지만 복장은 좀 더 다양했을 테다. 돈이 생기면 옷을 좀 더 추가하고 싶었다.

"'아메'……."

무슨 꿍꿍인 거야?

그렇게 물을 수도 있었지만 물론 그러지 않았다. 노리코는 아무 말도 하지 않을 것이다. 묵비의 문을 열 수 있을지도 모르지만 그러면 노리코를 잃을지도 모른다.

"일하는 중이니까 용건 없으면 저쪽에 가주지 않을래?"

"응. 알겠어."

그렇게 답했을 때 화면 속 하루가 잠자기 시작했다. 하루는 자고 싶을 때 자고, 일어나 있고 싶을 때 일어난다. 그 점은 아무도 간섭할 수 없다.

노리코는 하루의 자는 모습을 보고 헤드셋을 빼냈다. 응답이 없으면 디버거가 할 일도 없는 것이다.

구도는 개인실을 나가 자판기에서 캔커피 두 개를 샀다. 원래 있던 장소로 돌아가서 노리코 앞에 커피를 놓았다.

"돈이 없어도 캔커피 정도라면 쏠 수 있어."

구도가 말하자 노리코는 재미없다는 듯이 따개를 잡아당겼다.

"'아메'. 너한테는 감사하고 있어."

구도는 노리코의 정면에 앉아서 말했다.

"네가 없었더라면 이 프로젝트는 여기까지 못 왔어. 꺼림칙한 역할을 받아들여줘서 정말 감사하고 있어. 고마워. 그러니 쉴 수 있을 때는 쉬었으면 좋겠어."

"그건 내가 정할게. 괜한 간섭이야."

"네 몸을 신경 쓰는 건 사실이야. 적당한 휴식은 장기전에서는 절대적으로 필요해."

"이 일은 이제 곧 끝나. 그다음에 내가 쓰러지든 말든 당신하곤 관계없잖아."

"너랑 오랫동안 관계를 지속해나가고 싶어. 하루 개발은 앞으로도 계속하고 싶어."

"그건 무리야. 나 이 일이 끝나면 프랑스로 돌아갈 거니까."

노리코의 발언에 구도는 조금 놀랐다.

"이제 도망칠 필요는 없잖아?"

"원래 언젠가 돌아가려고 했어. 하루가 죽고 다급히 이쪽으로 돌아와서 그대로 쭉 눌러 붙어 있게 됐지만 이번 일을 계기로 돌아갈까 싶어. 나는 저쪽 공기가 더 맞는 것 같으니까."

노리코는 그렇게 말하고 구도의 눈을 쳐다보았다.

"그런데 그렇게 날 걱정해준다면 한 가지 부탁 좀 들어줬으면 하는데."

"뭔데?"

"연애 요소. 이런 게 진짜 필요해?"

"아아……."

그것은 언젠가는 지적받을 것 같았던 문제였다.

하루를 설계할 때 구도는 '연애에 대해서는 적극적'이라는 매개 변수를 포함시켰다. 이 매개 변수가 높을수록 달콤한 대화를 나누는 것을 싫어하지 않는다. 하루는 동료들보다도 조금 높게 설정해놓았다.

디버거는 하루와 대화해서 하루답지 않은 대답을 했을 때 잘못됐다는 사실을 인공지능에게 가르친다. 인공지능은 그런 대화 속에서 하루다움을 학습해나간다. 하지만 연애에 대한 매개 변수는 별개였다. 노리코가 아무리 아니라고 해도 이 변수는 조절하지 않았다. 그런 식으로 설계되어 있었다.

"하루는 연애 이야기는 안 했어. 좋아하는 연예인이 누군지조차 말 안 했어. 그런 하루가 '네가 좋아'라든지 '나도 널 생각하고 있어'라는 말을 할 리가 없잖아."

"그건 '아메' 네가 모를 뿐이야. 네가 나간 후에 하루는 여러 남성과 사귀었어. 만남 사이트도 이용하고 있었지. 연애에 적극적이었다는 증거야."

"난 못 믿겠어. 하루는 그런 짓 안 해."

"하지만 사실이야. 증거도 확실히 가지고 있어."

그건 거짓말이었다. 하루가 구리타나 가와고에를 두고서도 사랑의 말을 하지 않았다는 것을 구도는 알고 있다. 하지만 하루가 연애에 적극적이었던 것은 사실이었다. 구리타도 하루가 한 말을 전부 기억하고 있는 건 아니다.

그건 꽤 제멋대로 하는 해석이었다. 그와 동시에 구도에게는 양보할 수 없는 선이었다. 하루와 연애를 하기 위해서 재산을 쏟아 붓고 죽음의 구렁텅이를 걸으면서도 여기까지 나아온 것이다.

“하루는 동거하던 남성과 사랑의 말을 자주 주고받았어. 나는 그 소릴 들었어. 그러니 이번에는 이대로 진행하게 해줘.”

구도가 고개를 숙이자 그 머리 위에서 한숨이 떨어졌다. 납득이 가지 않겠지만 노리코는 구도가 한 말의 진위를 확인할 방법이 없었다.

하루를 정확하게 재현하고 싶다. 그리고 그 이상으로 구도는 하루와 사랑의 말을 나누고 싶었다. 다행히 구리타와 가와고에와 보낸 생활은 구도에게 있어서도 노리코에게 있어서도 블랙박스였다. 하루가 한 사랑의 말은 정말로 존재했을지도 모른다. 구도는 그 점을 변명의 여지로 확보하고 있었다.

“그리고 이 요소는 너한테도 좋을 거야. ‘아메’.”

“뭐가 말이야.”

“하루와 사랑의 말을 나눌 수 있는 건 나뿐만이 아냐. 너도 하면 돼. 하루를 좋아하잖아?”

노리코가 훗 하고 코웃음 쳤다. 그 이상의 말은 돌아오지 않았다. 노리코는 일어나서 “쉴게” 라고 말하고 어딘가로 가버렸다.

이것이 이유인 걸까.

구도는 생각했다. 노리코가 프로젝트에 긍정적이게 된 이유는 여기에 있는 게 아닐까.

즉 연애 요소 배제이다. 하루가 그와 같은 말을 할 때마다 집요하게 NG 판정을 내린다. 그럼으로써 인공지능의 학습을 재촉해서 자연스러운 형태로 이 요소를 배제한다.

하지만 만약 그런 노력을 하고 있다면 소용없다. 노리코가 그런 행동으로 나올 것을 구도는 예상하고 있었다. 예상한 후에 차단하고 있었다.

혼자 남겨진 개인실. 구도는 노리코가 놔두고 간 컴퓨터 모니터를 쳐다보았다. 모니터 안에서는 하루가 누워서 자고 있었다.

"잘 자, 하루."

헤드셋을 주워들어 마이크를 향해 말했다. 하루는 잠들어 있었다.

12

심야였다. 구도는 집의 작업실에서 컴퓨터 모니터를 마주하고 있었다.

모니터 안에는 검은 윈도우가 떠 있었다. 어두워서 아무것도 보이지 않았지만 그곳에는 구도가 빌린 임대 사무실의 개인실이 비치고 있었다.

노리코가 나간 틈을 타서 구도는 소형 웹카메라를 방에 설치했다. 영상은 그곳에서 구도의 컴퓨터로 전송되고 있었다. 노리코는 IT를 잘 모른다. 우선은 알아차리지 못할 것이다.

시각은 자정을 지나고 있었다. 매일은 아니지만 노리코는 오후 11시에서 자정 무렵에 사무실로 찾아와 이른 아침에 돌아가고 있는 것 같았다.

구도는 수신 윈도우를 켜놓은 채 브라우저를 기동시켰다. 노리코가 오면 곧장 알 수 있다. 그때까지 인터넷이라도 해서 따분한 시간을 때울 생각이었다.

솔라리스에 오랜만에 로그인했다. 미즈시나 하루 커뮤니티는 여전히 존재했지만 한산하니 아무것도 갱신되어 있지 않았다. 메시지함에는 몇 건인가 착신이 있었지만 쓰레기 같은 것밖에 오지 않았다.

뉴스 사이트에 접속했다. 톱 페이지 아래쪽에 메구로 다카노리의 대관(戴冠) 이야기가 게시되어 있었다. 장기에 비해 바둑 타이틀전은 보도 가치가 낮았다. 눈에 띄는 곳에 올라와 있는 것은 메구로가 슈퍼 판다를 쓰러뜨리고 지명도를 올렸기 때문일 것이다. 구도는 그 뉴스를 클릭했다.

기사에는 결과 속보와 더불어 영상 플레이어가 떠 있었다. 대국 후의 기자 회견인 것 같았다. 재생 버튼을 누르자 단상 위에 앉은 메구로에게 질문이 날아왔다.

"오늘은 메구로 선생님다운 상당히 묵직한 대국이었습니다. 작전이 성공했다고 봐도 될까요?"

"그렇네요. 최근에 많이 먹어서 몸도 묵직한데 그 때문이려나."

메구로의 농담에 회견장이 들끓었다. 메구로는 드물게 상기되어 있는 모습이었다.

"뭐어 여느 때의 메구로 전법에 빠진 게 아닐까요. 오늘은 백점입니다. 10단을 따서 기쁩니다*. 최고예요."

"그에 비해 제1국, 제2국에선 급전**을 시도한 게 아닐까 싶은

*바둑의 최고 등급은 9단이지만 10단전이라고 일컬어지는 쥬단센에서 승리를 거두면 10단을 수여 받는다.

**포석 또는 중반 단계에서 타협하지 않고 급하게 벌이는 싸움

데요. 인공지능과 대국을 거치고 메구로 선생님의 기풍이 달라졌다고 기자들 사이에서는 화제가 되고 있는데 그 점에 대해서는 어떻게 생각하십니까?"

"기풍이 달라졌다니 야단법석들이군요. 급전도 지구전도 사용할 수 있어야죠. 으음 여러모로 시행착오를 겪고 있을 뿐입니다."

"어째서 이번에는 지구전을 사용하신 겁니까?"

"야고보서 1장 12절."

"네?"

"시험을 참는 자는 복이 있나니. 이는 시련을 견디어 낸 자가 주께서 자기를 사랑하는 자들에게 약속하신 생명의 면류관을 얻을 것이기 때문이라."

메구로는 그렇게 말하고 빙긋이 웃었다.

"으음, 철저하게 방어하다 보면 상대가 멋대로 굴러들어오는 일도 있는 법이지요. 두 번 선승해서 여유가 있었기 때문에 오늘은 승패를 버리고 상대의 밑바닥을 보자고 생각했는데, 그런데도 승리할 때는 승리한다고 그게 승부의 무서운 점이지요."

야고보서 1장 12절. 메구로가 좋아하는 구절인 것 같았다. 예전에도 인터넷 영상에서 봤다. 기독교인도 아니면서 성경을 인용하는 부적절함에 경탄했었다. 구도는 쓴웃음을 짓고 윈도우창을 끄려고 했다.

그때 구도의 손이 멈추었다. 뭔가가 마음에 걸렸다.

야고보서. 성경.

뭐지. 뭔가가 걸렸다. 구도는 생각하려고 했다. 그때였다.

어두웠던 임대 사무실 영상에 불빛이 들어왔다. 노리코가 온 것이었다. 구도는 시계를 봤다. 0시 30분. 구도는 그 시각을 메모장에 메모하고 보존했다.

조금 지나자 화면 안에 노리코가 나타났다. 카메라는 그녀를 대각선 위에서 촬영하고 있었다. 야나기다나 니시노라면 카메라의 존재를 알아차리겠지만 노리코는 도촬을 알아차리는 낌새가 없었다.

노리코는 컴퓨터 앞에 앉아서 전원을 켰다. 그리고 헤드셋을 머리에 꼈다. 하루와 이야기할 생각인 것이다. 구도는 영상을 녹화하기 시작했다.

"하루. 안녕."

노리코가 천천히 입을 열었다. 노리코의 표정의 움직임을 보는 한 하루가 뭔가 대답하고 있다는 것은 알 수 있었지만, 그 목소리는 헤드셋으로 흘러들어가서 들리지 않았다.

노리코는 그대로 가만히 있었다. 화면을 가만히 바라보고 있었다. 구도는 그 모습을 마른침을 삼키고 관찰했다. 뭐지? 뭐가 하고 싶은 거야?

"하루."

5분 정도 지났을까. 가만히 있던 노리코가 입을 열었다.

"하루. 미안해."

노리코의 목소리가 젖어 있었다.

"매일 밤, 미안. 그치만 사과하게 해줘. 하루. 미안해."

노리코는 그리 말하고 머리를 감싸 쥐었다. 해상도가 낮은 웹카메라 화상으로도 노리코가 눈물이 글썽하다는 것이 전해져왔다.

"미안해……. 맞다. 그런 말을 해도 넌 모르겠지."

사죄.

구도는 이해했다. 노리코를 움직이게 하는 힘의 원천. 그것은 사죄였다. 노리코는 그 때문에 이 프로젝트에 협력하고 있었다. 하루가 살아생전에 하지 못했던 사죄를 하기 위해서.

하루의 목소리는 들리지 않았다. 하지만 하루가 무슨 대답을 하는지 구도는 알 수 있었다.

—그렇게 사과해도 곤란해. 사과하지 말아줬으면 좋겠어.

"알아. 미안해. 이해 못하겠지. 너한테 사과해서 내가 편해지려고 하고 있어. 난 네 기분 따윈 생각지도 않고 있어. 그런 것도 알고 있어."

—그것까지 알고 있으면 더 이상 사과 안 해도 돼. 나한테 사과해도 무의미해.

"그것도 알고 있어. 하지만 넌 이 세상에 이제 없잖아. 너한테 민폐라는 거 알아. 하지만 사과하게 해줬으면 해."

침묵.

"하루. 미안해."

침묵.

"네가 날 얼마나 원망하는지는 알고 있어. 그런 게임을 만들 정도인걸. 용서해달라고는 말 안 할게. 적어도 사과하게는 해줘……."

구도는 윈도우를 껐다. 노리코의 넋두리를 계속 듣고 있자니 기분이 우울해질 것 같았다.

노리코는 자신과 닮았다. 자신이 하루에게 계속 사로잡혀 있는 것처럼 노리코 또한 하루에게 사로잡혀 있다. 자신은 연애를 하기 위해서. 노리코는 사죄를 하기 위해서. 동기는 정반대지만 목적은 같다. 하루에게 계속 사로잡혀 있기 위해서 자신들은 손을 맞잡았다.

구도는 한숨을 쉬었다. 노리코를 과거에 붙들고 있다는 사실에 대한 죄책감은 있었다.

구도는 생각했다. 이제 곧 노리코는 이 프로젝트에서 빠질 것이다. 이 일에 영원히 종사시키려는 건 아니다. 구도는 억지로 결론짓기로 했다.

구도는 컴퓨터를 끄고 일어나려고 했다. 그때였다. 그의 마음에 또다시 뭔가가 걸렸다. 구도는 일어나서 등줄기를 쭉 폈다.

뭐지. 뭐가 신경 쓰이는 걸까.

구도는 노리코의 대화를 떠올리고 있었다. 그때 금방 이유가 생각났다.

—그런 게임을 만들 정도인걸.

게임. 〈Rain〉이다. 구도는 의자에 고쳐 앉아 브라우저를 켰다.

조금 전에 올라온 메구로의 인터뷰를 다시 한 번 보았다. 야고보서. 거기서 구도는 조금 전에 깨달았던 사실의 정체를 알았다.

메구로는 성경에서 말을 인용하고 있다. 성경이란 신의 가르침을 해석하기 위한 서적이다. 여기서 말하는 신은 유대교나 크리스트교 등의 신을 말한다.

그것과 별개로 구도는 최근에 다른 장소에서 '신'을 봤다. 〈Rain〉 안에서였다.

구도는 〈Rain〉을 켰다. 해당하는 세이브 데이터를 선택해서 게임을 시작했다.

예전부터 조금 신경 쓰이기는 했는데 〈Rain〉에는 한 가지 석연치 않은 전개가 있었다. 중반에 등장하는 '신의 목소리'라 칭하는 수수께끼의 목소리였다. 구도는 게임을 진행해서 그 씬을 개시했다.

"하루여…… 용사 하루여……."

"이 이상 모험을 계속한다면 한 가지 명심해두는 편이 좋을 것이다……."

"너에게는 비를 그치게 하는 힘이 있다. 무척이나 강한 힘이……."

"그 힘을 사용할지 말지를 정하는 건 너다……."

"무지개다……. 무지개가 뜨기를 기다려라……."

'신'이 용사 하루에게 말하는 것은 게임 안에서 이 부분밖에 없었다.

내용도 추상적이고 무엇을 가리키고 있는지 판단이 잘 서지 않았다. 다시 보자 이질적인 씬이었다.

'신'이란 누구일까. 성경에 나오는 신은 아니겠지. 하지만 신=창조주라고 한다면 답은 한 가지다. 〈Rain〉의 세계를 만든 인간. 미즈시나 하루 본인이다.

하지만 그 말이 무엇을 가리키는지 구도는 알 수 없었다.

"힘을 사용할지 말지를 정하는 건 너다." 그렇게 말해도 그런 선택지를 선택하는 국면은 게임에 나오지 않았다. '비의 악마'와는 강제적으로 전투를 벌이게 되어 싸울지 말지를 선택하는 것은 불가능했다. 이기면 엔딩이었고 지면 게임오버였다. 그 외의 선택지는 없었다.

구도는 세이브 데이터를 선택해서 마지막 전투 직전까지 게임을 재개했다.

숲속에 들어가 악마를 쓰러뜨렸다. 종자였던 루카나가 '비의 악마'였다는 것을 알 수 있었다.

"적어도 내가 죽여줄게. 하루. 안녕."

그 대사와 더불어 강제적으로 전투가 시작된다. 역시 '힘을 사용하지 않는' 선택지는 선택할 수 없었다.

구도는 일단 게임을 멈추고 일어섰다. 무언가 마음에 걸렸다.

'신의 목소리'는 한 가지 더 신경 쓰이는 것을 말했다. "무지개가 뜨기를 기다려라." 이건 무슨 뜻일까?

'비의 악마'를 쓰러뜨리면 화창한 세계가 찾아온다. 씬은 성으로 돌아가 무지개처럼 컬러풀한 의상을 입은 민중들이 춤춘다. '무지개가 뜨기를 기다려라'란 그런 것인가 생각했지만 용사는 딱히 뭔가를 기다리고 있지 않았다. 곰곰이 생각해보면 이 구절을 '무지개가 뜨기를 기다려라'라고 부르는 것이 이상했다.

뭔가 빠뜨린 걸까. 게임 도중 어딘가에서 분기점을 빠뜨렸다. 구도는 즉시 부정했다. 다지마에게 들은 이후부터 말 그대로 이를 잡듯이 샅샅이 플레이했다. 자신 있게 말할 수 있었다. 이 게임에는 이 이상 분기점은 없다.

구도는 다시 앉았다. 뭔가가 마음에 걸린다. 아직 알아차리지 못한 뭔가가. 구도는 브라우저를 켜서 마음에 걸리는 근원인 메구로의 인터뷰를 열었다.

"야고보서 1장 12절."
"네?"
"시험을 참는 자는 복이 있나니. 이는 시련을 견디어 낸 자가 주께서 자기를 사랑하는 자들에게 약속하신 생명의 면류관을 얻을 것이기 때문이라."

이 말을 구도는 예전에 인터넷에서 들은 적이 있다. 금성전에서 메구로와 싸우기보다 예전의 일이다. 구도는 기억에 의지해서 검색했다. 예전에 본 메구로의 인터뷰였다.

"야고보서 1장 12절. 시험을 참는 자는 복이 있나니. 이는 시련을 견디어낸 자가 주께서 자기를 사랑하는 자들에게 약속하신 생명의 면류관을 얻을 것이기 때문이라."
"으음 성경인가요?"
"그래요. 이건 주 예수 그리스도의 종이었던 대단한 분이 하신 말씀이죠. 난 괴로울 때 이 말을 떠올립니다. 성스러운 말에는 사람을 지탱하게 해주는 힘이 있으니까요."
"그렇군요, 공부가 됐습니다. 메구로 선생님의 종교는 기독교인가 보군요."
"아뇨. 정토진종입니다."
"그러면 안 되죠!"
"신은 어리석은 인간의 행동을 봐주실 겁니다. 맞고 또 맞고 견디고 또 견디고 끝까지 견딘 그곳에 활로가 나타나죠. 승부란 그런 걸 겁니다. 그걸 알고 나서는 맞으면 오히려 쾌감이 느껴지더군요."

"아."

구도는 무심코 소리를 내고 있었다.

"설마."

모르는 사이에 일어나 있었다. 심장이 강하게 고동치고 있었다. 그것이 어딘가 멀리서 들려오는 듯한 느낌이 들었다.

손이 떨리고 있었다. 떨림을 필사적으로 억누르면서 구도는 다시 세이브 데이터를 선택했다.

"적어도 내가 죽여줄게. 하루. 안녕."

'비의 악마'와 전투가 시작되었다. 구도는 명령어를 입력했다. '방어'. '비의 악마'는 격렬한 공격을 펼쳐왔다. 구도는 철저하게 방어했다. 히트 포인트가 사라질 것 같을 무렵에 회복 마법을 외쳤다.

구도는 방어를 계속했다. '비의 악마'의 공격은 격렬함을 더해갔다. 일격 일격이 용사 하루의 체력을 무너뜨려나갔다. 레벨을 최강까지 올린 하루에게 있어서도 견디기 힘든 공격이었다.

회복 마법을 외쳤다. 매직 포인트가 줄어갔다. 여기까지는 회복조차도 뜻대로 되지 않았다. 방어. 방어. 회복. 방어. 방어. 회복…….

이윽고 하루의 매직 포인트가 다 떨어졌다. '비의 악마'는 공격을 계속했고 앞으로 몇 발을 먹으면 게임오버가 된다. 아닌가. 자신의 생각이 틀린 걸까. 그렇게 생각한 직후였다.

"어째서……?"

'비의 악마'가 갑자기 그렇게 중얼거렸다. 그리고 화면이 암전했다.

전투가 완료되고 필드 화면으로 바뀌었다. 숲속. 용사 하루와 종자 루카나가 대치하듯이 마주하고 있었다.

"어째서 공격 안 하는 거야?"

본 적 없는 씬이었다. 구도는 어리둥절해졌다.

"이대로라면 비의 세계가 계속될 거야. 용사 하루. 당신은 그래도 괜찮아?"

선택지가 나왔다. '네' '아니오'. 구도는 침을 삼켰다. 손끝이 떨리고 있었다. 천천히 틀리지 않도록 구도는 '네'를 선택했다.

"나와 함께 살아주는 거야? 하루?"

다시 선택지가 나왔다. 구도는 '네'를 선택했다.

"정말 그걸로 괜찮은 거지? 하루?"

네.

"하루……."

루카나가 말했다.

"고마워……."

화면이 튕겨 올랐다. 어두운 숲의 씬이 새하얀 빛으로 채워졌다.

무지개였다.

빛 속에 무수한 무지개가 등장했다.

맑음뿐만이 아니었다. 비와 맑음이 만나는 그 틈새에서 일곱 가지 색의 무지개가 떴다. 무지개는 몇 개나 할 것 없이 떠서 화면을 채웠다.

음악이 흐르기 시작했다. 그것은 8비트 음원으로 가공된 '눈 리버'였다.

구도는 일어났다. 음악은 더 이상 구도의 귀에 닿지 않았다. 뭔가가 무너지는 소리만이 구도의 귀에 울려 퍼지고 있었다.

13

시부야.

구도는 역 구내를 걷고 있었다. 귀에는 무선 이어폰이 꽂혀 있었다. 구도는 손목시계를 향해 말했다.

"오늘은 따뜻하네."

"25도까지 올라가는 것 같아."

이어폰에서 목소리가 돌아왔다.

"실수로 긴 소매를 입고 나왔어. 데오드란트라도 사야겠어."

"상관없지 않을까. 아무도 신경 안 쓸 거야."

스마트워치에는 하루의 인공지능이 인스톨되어 있었다. 그곳에서 발신된 하루의 목소리가 이어폰에서 들려왔다.

하치공 출구를 나오자 바로 눈앞에 스크램블 교차로가 펼쳐져 있었다. 구도는 이곳에 올 때마다 폭포 같다고 생각했다. 흘러도 흘러도 마르지 않는 물이 몇십 년 몇백 년 계속 흐르는 것처럼 이 장소에는 언제 와도 자연 현상처럼 사람이 흐르고 있었다.

"하루. 알고 있어? 6년 전 그 사건을."

구도는 말을 걸었다. 도로가에서 웅얼웅얼 중얼대는 구도. 조금 수상쩍은 사람 정도는 시부야에서는 눈길도 받지 못한다.

"뭐야. 사건이라니."

"6년 전 크리스마스이브. 넌 시부야에서 테러를 일으켰어. 드론 여러 대를 날려서 길가의 사람들을 덮쳤지. 그다음에 드론이 쏜 총에 맞아 자살했어."

"길가의 사람들은 다쳤어?"

"다친 사람은 있었어. 하지만 죽은 사람은 없었어. 넌 사망자가 나오지 않도록 배려했지."

"이상해. 난 왜 그런 짓을 한 거지?"

"글쎄. 왜라고 생각해?"

구도가 물었다. 하루는 잠시 침묵하고 있었지만 이윽고 "글쎄"라고만 답했다.

스크램블 교차로에서 모아이 상 쪽으로 걸어가 육교를 넘었다. 수도 고속도로를 빠져 나왔다. 세를리안 타워*를 오른쪽으로 경사가 완만한 비탈길을 올라갔다. 사쿠라오카 초. 열기에 들뜬 역 앞 분위기와 달리 이 부근은 평온하고 차분한 공기가 흐르고 있었다.

"여기에 오는 건 처음이지만 꽤 괜찮은 것 같아. 먹음직스러워 보이는 가게도 꽤 있는 것 같고."

하루는 대답을 하지 않았다. 구도는 이어서 말했다.

"하루. 넌 10대 후반에서부터 20대까지 이 주변에서 살고 있었어."

"그래? 시부야지? 어째서 이런 곳을 골랐을까. 나, 시끄러운 곳은 딱히 좋아하지 않는데."

*시부야의 랜드마크인 호텔

"'아메'가 골랐다고 들었어. 그 친구 대학이 근처에 있었다고 해."
"'아메'랑 살았구나, 나. 그건 몰랐어."
하루의 기억이 또 하나 새겨져나갔다. 그것은 그녀의 내면에서 학습되어 다른 지식과 뒤섞여서 유기적인 사상 체계를 이루어 나간다. 학습을 계속해서 하루는 하나의 개성이 되어 간다.
구도는 노리코가 알려준 주소에 도착했다. 그곳은 지은 지 오래돼 보이는 아담한 맨션이었다.
"여기가 네가 살던 집이야. GPS 좌표가 잡히지? 기억해두는 게 좋을 거야."
"알겠어."
우편함을 보았다. 301호가 하루가 살던 집이다. 우편함에 이름표가 나와 있지 않았지만, 명찰을 내놓지 않은 집도 많았다. 아무도 살고 있지 않다고 단정 지을 수 없었다.
"처음 왔지만 왠지 그리운 느낌이 들어. '아메'가 찍어준 비디오로 실내 영상을 실컷 봤으니까."
"그래."
"만약 아무도 안 살면 안에 들어가 보고 싶지만 관두는 편이 낫겠지?"
"그렇겠지."
구도는 하루의 의견에 따랐다.

구도는 상가빌딩 옥상에 서 있었다. 시선 아래에는 시부야의 스크램블 교차로가 펼쳐져 있었다. 하루가 드론에 충격을 받아 사망한 장소였다.

"하루. 여기서 네가 죽었어."

스크램블 교차로를 내려다보았다. 6년 전 크리스마스이브. 대규모로 어지럽게 날아가는 죽음의 새의 모습을 구도는 상상했다.

"너는 병마와 싸우고 있었어. 그때 자신의 손으로 인생의 종지부를 찍기로 판단했어."

"나답네."

"그래. 너다워."

이상한 대화였다. 구도는 미소 지었다.

"나한테 세상은 따분한 존재였어. 언제까지 살아도 같은 일이 반복된다고 생각했었고 뭣하면 죽어도 된다고 생각했어. 난 따분함을 견디기 위해 여러 가지를 했어. 인공지능 개발에 착수한 것도 그래서였어. 인간을 뛰어넘는 지성. 그걸 만들 수 있으면 세상이 엉망진창이 돼서 이 재미없는 일상도 재미있어지지 않을까 그렇게 생각했지."

"그래서?"

"나름대로 재미있었어. 하지만 초지성 따위는 탄생하지 않았어. 나머지는 같은 일이 반복되었지. 만드는 것도 대개 예상 범위 내로 끝났지. 하지만."

구도는 말했다.

"널 만드는 건 행복했어, 하루."

"그래?"

"내 모든 걸 걸고 널 만들었어. 너와 이렇게 너와 관련된 곳을 돌아다닐 수 있어서 난 너무 행복해."

"고마워."

"하루."

구도는 눈물을 머금었다.

"사랑해, 하루."

"고마워. 나도 어 구도가 소중해."

아니다. 구도는 외치고 싶어졌다. 아니다. 아니란 말이다.

하루의 말은 조심스러웠다. 이따금 중얼대는 조심스런 사랑의 말. 그 말을 들을 때마다 구도는 세상에서 축복받고 있는 듯한 느낌이었다.

하지만 이제 끝이다. 구도는 알고 있다. 축복은 더 이상 찾아오지 않는다.

그때였다.

드론이었다. 공중에 갑작스럽게 드론이 나타났다.

구도는 움직일 수 없었다. 꼼짝도 하지 못한 채 그쪽을 응시했다.

공중에서 가만히 정지한 드론은 이윽고 천천히 이쪽으로 다가왔다. 그 배에는 권총이 채워져 있었다. 총구가 이쪽을 향해 있었다.

하루. 이게 네가 본 마지막 광경이구나.

구도는 하루가 어떤 기분이었을지 알 수 있었다. 두렵지는 않았다. 들뜨지도 않았다. 공허에 사로잡히지도 않았다. 너는 평소와 같았다.

구도는 눈을 감고 양팔을 펼쳤다. 하루. 나는 알아.

"'아메'."

하루. 너는 말했지. 마지막 말. 지금의 나는 안다. 세상이 끝날 때 너는 말했다. 작별의 말을 전하고 싶은 상대에게.

"잘 지내, '아메'."

이것이 너의 말이었다.

권총 소리가 들렸다. 구도는 자신의 몸이 뒤로 자빠지는 것을 느꼈다.

눈을 떴을 때 맨 처음에 눈에 들어온 것은 밤하늘이었다.

불야성의 휘황찬란한 불빛에 비춰져 하늘이 연하게 밝아오고 있었다. 자기주장이 격렬한 일등성만이 드문드문 점으로 빛나고 있었다.

구도는 일어났다. 백일몽을 꾼 것 같은 느낌이 들었다. 구도는 바닥에 떨어져 있던 스마트폰을 주워들었다. 해야 할 일을 해야 했다.

전화를 걸었다. 상대는 노리코였다.

"여보세요?"

노리코는 의아한 말투였다. 구도에게 온 전화를 수상쩍게 생각하고 있을 것이다.

"'아메'. 너 지금 집이야?"

"뭐어? 그런데 왜?"

"다행이야. 사무실에 있었으면 조금 번거로울 뻔했어."

"무슨 소릴 하는 거야?"

구도는 말했다.

"'아메'. 넌 해고야. 이제 사무실에 안 나와도 돼."

"뭐라고?"

노리코의 목소리가 날카로워졌다. 구도는 개의치 않고 계속해서 말했다.

“들렸을 거고 이해했을 거야. 넌 이제 일할 필요 없어. 억지로 일하게 해서 미안해.”

“무슨 소리야? 그런 이야기를 받아들일 수 있을 것 같아? 이유를 설명해봐.”

“약속대로 급여는 지불할게. 걱정 안 해도 돼.”

“그런 걱정을 하는 게 아니잖아. 이유를 가르쳐달라는 거야.”

“이 프로젝트를 끝낼 거야. 그게 이유야.”

“그러니까 그 이유를 묻는 거야. 아무리 그래도 무책임하잖아. 머리가 어떻게 된 거 아냐?”

“이제 질렸어. 끊을게. ‘아메’.”

“잠깐 기다려봐!”

구도는 전화를 끊었다. 전화가 다시 걸려올 것을 각오했지만 노리코에게서 전화는 걸려오지 않았다.

구도는 전화를 다시 걸었다. 이번 상대는 야나기다였다.

“네. 무슨 일이세요?”

자고 있었는지 목소리가 잠에 취해 있었다. 구도는 말했다.

“야나기다. 잠시 너한테 사과해야 할 일이 있어.”

“네에……?”

“내일 자세히 말하겠지만 지금 간단히 말해둘게.”

구도는 이어서 말했다. 이야기하는 중에 전화 건너편의 야나기다가 할 말을 잃었다는 것을 알 수 있었다.

F3

에필로그

약속 장소는 분수 공원으로 정했다.

어디서 만나면 좋을까. 솔직히 말해서 망설였다. 둘이서 이야기하고 싶지만 서로의 집에서 만날 수는 없었다. 어느 정도 오픈된 장소에서 만날 것을 생각하자 몬스터 브레인 근처에 있던 분수 공원이 떠올랐다.

구도는 벤치에 걸터앉아 있었다. 공원 중앙에 배치된 커다란 분수가 성대하게 물보라를 뿜고 있었다. 햇빛이 비치면 그 안에 작은 무지개가 보이기도 하겠지만 오늘은 공교롭게도 날씨가 흐렸다.

"구도 씨."

등 뒤에서 목소리가 들렸다. 구도는 돌아보지 않았다.

"맨 처음에 말해두겠지만 이렇게 사람 눈에 띄는 장소에서 날 덮쳐도 소용없을 거야. 바로 잡힐 테니까."

"그럴 생각이었음 진즉에 실행했을 거야. 멍청하긴."

구도 옆에 노리코가 걸터앉았다. 괜한 말을 했다고 구도는 반성했다.

"잘도 왔군."

"당신이 불렀잖아."

"한 달 만인가. 솔직히 안 나올 가능성도 높다고 생각했어."

구도가 노리코를 불러낸 것은 사흘 전이었다. "하루에 대해서 중대한 사실을 가르쳐주고 싶어." 노리코는 질려하는 기색이면서도 미끼를 덥석 물었다.

"그래서 오늘은 무슨 용건이야? 설마 돈이 생겼으니 프로젝트를 다시 시작하고 싶다는 건 아니지?"

"널 해고한 건 돈이 없어서가 아냐. 빠져나올 필요가 있어서였어."

"무슨 소리야?"

"네가 그대로 있었더라면 하루는 완성되지 않았어."

"뭐라고?"

"하루는 완성했어. 그걸 보고하러 왔어."

구도는 그렇게 말하고 작은 케이스를 내밀었다.

"콘택트렌즈형 디스플레이야. 도수는 없어. 꼼꼼하게 소독했으니 눈에 넣어도 괜찮아."

"이게 뭐야?"

"괜찮으니 한 번 껴봐."

노리코는 좀처럼 받아들려고 하지 않았다. 구도는 더욱 손을 내밀었다. 노리코는 물러선다는 양 그것을 받아들었다. 케이스를 열고 콘택트렌즈를 눈에 넣었다.

"그래서 이게 뭐야?"

"그 전에 한 가지 할 이야기가 있어. 〈Rain〉의 진짜 엔딩 이야기야."

"진짜 엔딩?"

"응. 표면적인 엔딩은 페이크였어. 결론부터 말하자면 하루는 널 원망하지 않았어."

구도는 노리코를 쳐다보았다. 그녀의 눈이 놀라움에 휘둥그레져 있었다.

"이제 와서 무슨 소리야? 그야 그 게임은……."

"그 게임 중반에 신의 목소리가 들리는 부분이 있다는 거 기억해?"

"기억하는데……."

"그 목소리를 따르면 되는 거였어. '비의 악마'와 싸울 필요는 없었어. 오로지 공격을 막고 있으면 머지않아 엔딩이 찾아와. '무지개가 뜨는 걸 기다려라'라는 건 그런 뜻이었어. 비를 없애서는 안 된다. 무지개는 맑게 갠 하늘과 비가 섞인 곳에 생기잖아."

구도는 스마트폰을 조작해서 〈Rain〉의 엔딩을 캡처한 것을 보여주었다. 무지개가 화면을 가득 덮고 있었다. "이럴 수가……." 노리코는 무심코 입을 덮었다.

"'비의 악마'와 그만 싸우면 종자 루카나가 질문을 던져. 비의 세계가 이어지는데 그래도 괜찮은지. 나와 같이 살아주겠는지. 다 '네'를 선택하면 그 화면이 나와. 하루는 너랑 살아가고 싶었던 거야. '아메'."

"나랑 살고 싶었다고?"

"그래. 게임 속에서 확실히 말하고 있어. 진짜 엔딩에 등장하는 건 '문 리버'라는 곡이야. 오랜 친구와 같이 살아가겠노라는 곡이지."

"하루는…… 날 용서해준 거야?"

그렇다고 답해줬으면 좋겠다. 노리코의 목소리에는 절박한 기대가 담겨 있었다. 구도는 이야기하기 시작했다. 긴 여로 끝에 붙잡은 대답을.

"몇 가지 의문이 있어."

"의문?"

"그래. 한 가지는 만남 사이트야. 네가 나간 후 하루는 만남 사이트를 이용해서 남자를 만들었어. 어째서일까. 너와 떨어져서 외로웠던 건 아니겠지."

구도는 이어서 말했다.

"또 한 가지. 하루는 〈Rain〉을 만들 때 이런 말을 했었어. 〈문리버〉를 '사용할 수 있으면 사용하고 싶다'고."

"사용할 수 있다면?"

"응. 그것도 이상한 이야기지. 〈Rain〉은 너만을 위한 게임이야. 사용하고 싶은 곡이 있으면 사용하면 돼. 이 두 가지 의문을 오랫동안 몰랐었지. 하지만 지금은 알아."

구도가 말했다.

"'검증가'. 네가 붙인 별명이야. 하루는 검증하고 있었어."

"검증?"

"그래. 하루는 레즈비언이었어."

노리코가 숨을 삼킨 것을 알 수 있었다. 구도는 이어서 말했다.

"하루는 검증했었어. 자신이 레즈비언인지 아닌지를."

노리코에게 있어서 이 이야기는 듣고 싶은 이야기일까. 아니면 잔혹한 이야기일까. 알 수 없었다. 하지만 말할 필요가 있었다.

"하루는 뭐든지 철저히 검증하는 사람이었어. 게임뿐만이 아니야. 세탁도 요리도 궁금하게 생각하는 것 모두 다를 말이지. 그런 그녀가 태어나서 처음으로 큰 문제에 부딪쳤을 때 어떻게 할까. 검증하는 게 당연하지."

"문제……."

"널 친구로서 좋아할지 연인으로서 좋아할지. 자신이 동성애자인지 이성애자인지. 너와 성적인 교섭을 해보고 하루는 처음으로 의문에 부딪쳤어. 그것을 판단하려면 남자와 사귀어보는 편이 빨라. 하루는 그렇게 생각했어."

"그건…… 아무 증거도 없잖아……."

"'문 리버'는 '오랜 친구와 같이 살아가겠노라'는 곡이야. 이걸 '사용할 수 있으면 사용한다'는 건 검증 결과 너와 살아가고 싶다고 판단된다면 사용하겠다는 뜻이었어.

또한 하루는 사귀던 남자와 딱 3개월째 되는 날에 헤어졌어. 검증 기간을 3개월로 정해놨던 거야. 유일한 예외는 죽기 직전까지 동거하던 구리타였어. 그와는 1년이나 같이 살았어. 하지만 성적인 교섭은 일절 용납하지 않았지. 하루의 내면에서 검증이 끝났기 때문이야."

구도는 말했다.

"친구에게 들은 말이 있어. 자신이 동성애자라는 사실을 모르고 지내는 사람이 실로 많다고. 하루도 그랬을 거야. 나는 프리쿠토를 운용했었기 때문에 알아. 사람은 다양해. 무지개처럼."

노리코는 답하지 않았다. 구도는 이어서 말했다.

"검증 결과 하루는 결론을 내렸어. 그리고 〈Rain〉을 만들어서 너한테 보냈지. 하지만 넌 게임의 숨겨진 메시지를 알아차리지 못했어. 병마와 싸우던 하루는 얼마 지나지 않아 자살했고."

구도는 이어서 말했다. 노리코가 있는 쪽을 보지 않도록 했다.

"무엇보다 그건 비난받을 일이 아냐. 괴로운 기억을 다시 들춰내는 이야기를 몇 번이고 듣고 싶지 않은 건 당연한 심리야. 누구나 하루처럼 철저하게 검증하는 건 아냐. 그런 미묘한 사정을 모르는 것도 하루다워."

"……정말 그러네."

노리코는 중얼거리듯이 말했다.

"진짜 바보였네. 하고 싶은 말이 있으면 입으로 하면 될 텐데. 그 앤 머린 좋은데 그런 점이 정말……."

구도는 이어서 말했다.

"요 몇 개월간 난 하루를 만들기 위해서 필사적이었어. 하루를 사랑해서 그녀를 알고 싶어서 그녀를 추구했어."

"그래서?"

"그 결과 하루의 마음속에 네가 있다는 걸 알았어. '아메' 너만이."

"그래서 날 프로젝트에서 제외시킨 거야? 나한테서 하루를 빼앗기 위해서?"

구도는 답하지 않았다. 대신해서 구도는 스마트폰을 꺼냈다. 어플리케이션을 기동해서 아이콘을 눌렀다. 구도의 눈 안에 담겨 있던 콘택트렌즈에 영상이 떠올랐다.

"하루."

노리코가 목소리를 높였다. 분수 바로 앞에 하루의 모습이 떠올라 있었다. 스마트폰에 인스톨된 소프트웨어가 콘택트렌즈를 통해 두 사람의 망막에 영상을 보내고 있었다.

"하루. 나랑 '아메', 둘 중에 누가 좋아?"

구도는 스마트폰을 향해 물었다. 노리코가 숨을 삼키는 것을 알 수 있었다. 하루는 답하지 않았다.

"하루. 솔직히 답하면 돼. 구도 겐과 마미야 노리코. 넌 어느 쪽을 사랑하지?"

"구도 씨. 당신, 하고 싶은 게 뭐야?"

"가만 있어봐. '아메'."

"비겁한 녀석. 당신 프로그래밍 한 거 아냐? 당신을 좋아한다고 내 앞에서 하루가 말하게 하기 위해서."

"하루. 답해."

"하루. 답 안 해도 돼."

"하루!"

구도는 이어서 말했다. 미친 듯이 영혼을 갈구하듯이.

"나는……."

하루가 마침내 입을 열었다. 그 목소리는 아름다웠다. 참을 수 없이 아름다웠다.

"나는 '아메'를 좋아해."

노리코가 할 말을 잃은 모습이 구도한테도 보였다.

"'아메'. 나는 당신과 보냈던 하루하루를 몰라. 하지만 요 한 달간 온갖 정보를 학습했어. 당신과 살던 시부야도 몇 번이나 갔어. 나는 내가 당신을 사랑했다는 사실을 알았어. '아메'. 나는 당신을 좋아해."

"하루……."

노리코의 목소리는 젖어 있었다. 구도는 스마트폰을 껐다. 하루의 영상이 시야에서 사라졌다.

"널 프로젝트에서 제외시킨 건 딱히 네가 미워서가 아냐. 하루는 널 사랑했어. 그걸 하루에게 가르치는 데 네가 방해물이었어. 그뿐이야."

"어째서 알게 된 거야?"

노리코는 내심 의아해하는 것 같았다.

"게임의 진상 따윈 안 본 걸로 하면 좋았을 텐데……. 날 동정한 거야?"

"동정? 내가 그런 걸 할 것 같아?"

"그럼 어째서?"

—구도는 진정한 연애를 몰라. 그뿐이야.

미도리의 목소리가 되살아났다.

—상대가 너무 좋아서 참을 수 없고 상대에 대해서 더 알고 싶고. 손익을 전부 내팽개치더라도 상대에게 자신을 바치고 싶고. 그런 식으로 생각한 적 없지?

있어. 구도는 마음속으로 답했다. 미도리. 자신 있게 말할 수 있어. 나한텐 있어.

"글쎄."

구도는 그렇게 답하고 스마트폰을 노리코에게 건넸다.

"선물이야. 내가 고생을 거듭한 결과가 이 안에 있어. 원하는 대로 사용하면 돼. 하루와 살고 싶으면 살면 되고 그게 하루를 모독하는 일이라고 생각되면 스마트폰째로 버리면 돼. 그럴 권리가 너한테 있어."

"구도 씨."

"두 번 다시 만나기 싫다. 맨 처음에 만났을 때 넌 그렇게 말했지. 그 약속을 지켜야 할 때야. 이제 만날 일은 없겠지. 프랑스에 가서도 건강하게 지내."

구도는 발길을 되돌려 걷기 시작했다. 노리코가 쫓아오는 낌새는 느껴지지 않았다. 구도는 콘택트렌즈를 빼서 길가에 버렸다.

조금 걷다 공원 밖으로 나갔다. 허세를 부릴 생각은 없었다. 노리코에게 자신의 마음을 솔직하고 당당하게 말했을 뿐이었다.

햇빛이 비쳐들었다. 구도는 자신의 결단을 하늘이 축복하고 있는 것처럼 느껴졌다.

"어라……?"

시야가 일그러졌다. 다음 순간 구도는 무너져 내렸다.

울고 있다는 사실을 알아차린 것은 조금 지나서였다. 눈물이었다. 눈물이 주룩주룩 흘러넘치고 있었다.

구도는 목소리를 높였다. 오열이 뱃속에서 기어올랐다. 마음 한가운데에 뻥하니 공동이 생겨 있었다. 자신의 육체를 비틀어대는 듯한 거대한 상실감. 애처로워서라기보다도 잃어버린 것의 크기가 너무나도 커서 감정이 폭주하고 있었다.

이게 실연이구나.

탁류 같은 상실감에 어쩔 도리도 없이 휩싸였다. 처음으로 맛보는 감정이었다.

구도는 울었다. 무릎을 꿇으며 눈물을 흘리면서 구도는 말을 내뱉었다.

"안녕, 하루."

구도는 외치듯이 말했다.

"안녕, 하루."

감정에 자신을 내맡긴 채 구도는 통곡했다.

"안녕, 하루. 널 사랑했어."

구도는 털썩 주저앉았다. 눈앞에는 아무것도 없었다.

노리코와 하루는 분수 앞에 있을까. 그 물보라 속에 피어난 작은 무지개를 보고 있을까. 새까만 시야 속에서 구도는 필사적으로 그 광경을 떠올리려고 했다.

제36회
요코미조 세이시 미스터리 대상 수상 소감

이쓰키 유

소설을 써서는 안 된다. 그 이유는 많았다.

프로그래밍 공부를 할 수 없다. 가족이나 친구와 보내는 시간을 허비한다. 휴식이나 수면을 줄여야 한다. 좋아하는 책이나 영화를 소화해내는 수도 눈에 띄게 준다.

많은 이유에 비해 소설을 써야 하는 이유는 한 가지밖에 없었다. 그저 써야만 했다. 그뿐이었다.

꿈. 열정. 창작 욕구. 내 안의 '그것'을 아름다운 말로 장식할 순 있다. 하지만 진실은 아니다. 나에게 있어서 '그것'은 결코 그런 예쁜 대상이 아니었다. '그것'은 저주와 같았다. 질척하고 울적한 것이었다. 내려놓고 싶어도 내려놓을 수 없는 거추장스러운 짐 덩어리이기도 했다.

여러 행운이 겹쳐서 이번에 요코미조 세이시 미스터리 대상이라는 훌륭한 상을 받게 되었다. 설마 통과될 줄 생각 못해서 수상 후 한동안 패닉 상태에 빠졌지만, 어느 날 내 안에 새로운 것이 피어나고 있다는 사실을 깨달았다. 그것은 쓰기 위한 이유였다. 상의 명성이나 심사 위원의 얼굴에 먹칠하지 않도록. 같이 땀 흘려주는 스태프 모두를 위해서. 가족을 위해서. 그리고 무엇보다도 독자 여러분을 즐겁게 해드리기 위해서.

나는 나를 밀어붙이던 '그것' 때문에 소설을 써왔다. 하지만 지금은 다르다. 지금의 나는 글을 쓸 이유를 많이 가지고 있다. 그 사실이 무척이나 기쁘다. 새롭게 얻은 많은 이유들. 그것들을 전부 다 꼭 쥐고 오로지 계속해서 쓰고 싶다.

마지막으로 감사의 말씀을 올리고 싶다. 나를 격려해주고 지지해준 아내, 가족, 친구들. 부족한 작품을 선택해주신 심사 위원분들, 스태프 여러분. 소설 강좌에서 나를 이끌어주신 스즈키 고이치로 선생님. 이 글을 읽어주신 독자 여러분. 진심으로 감사 인사를 올립니다. 앞으로도 잘 부탁드립니다.

第36회
요코미조 세이시 미스터리 대상 작품평

아리스가와 아리스

자신 있게 추천할 수 있는 작품 《무지개를 기다리는 그녀》를 만나서 대단히 기뻤다. 다른 후보작들을 압도하는 수상작이어서 심사가 단시간에 끝났다.

온라인 게임 플레이어가 사정도 모른 채 조종하는 드론이 시부야에서 군중을 덮치고, 게임을 개발한 여성 하루가 이상한 형태로 자살을 시도하는 서두에서 이야기에 끌려들었다.

그 소동에서 6년 후인 2020년으로 시간은 건너뛰어 인공지능이 모티브가 되지만, 결코 새로운 소재에 다가간 작품은 아니다.

전설적인 존재가 된 하루의 인격을 바탕으로 한 인공지능을 만들려 했던 연구자 구도는 그녀의 매력에 강하게 이끌린다. 그리고 그 실상을 좇으려고 조사를 진행하던 그는 비밀스런 협박을 받는다. 누가 어째서 방해하는 것일까? 그것만으로도 충분히 읽을 만하지만 이야기는 범인 찾기에만 머물러 있지 않아서 착지점을 전혀 예상할 수 없었다. 예상치 못한 결말을 마침내 맞이한 순간, 그 새로움에 감탄했다. 미스터리 기법을 근거로 한 글쓰기 방식은 심오한 경지에 이르러 있었고, 그와 동시에 다른 장르에서도 폭넓게 활약할 가능성을 느꼈다. 이쓰키 유 씨, 축하드립니다. 이런 미스터리를, 당신과 같은 분을 기다리고 있었습니다.

온다 리쿠

내용과 제목이 제대로 일치했던 작품은《무지개를 기다리는 그녀》뿐이었다. 주인공의 교활하면서도 자기 방어에 뛰어난 꺼림칙한 면이 잘 그려져 있었고 하루에게 점점 빠져드는 과정도 공감이 갔다. 이야기가 어떻게 진행되는지 한 사람의 독자가 되어 기대하면서 읽어나갔다. 무엇보다 괜찮았던 것은 소설이 끝으로 향할수록 주인공이 성장해서 일종의 교양 소설이 되었다는 점이었다. 활발한 활동을 기대하겠다.

구로카와 히로유키

《무지개를 기다리는 그녀》는 드론과 게임을 연동시켜 현실의 범죄를 일으킨다는 착상이 좋았다. 나는 컴퓨터 용어에 약하지만 별 탈 없이 읽을 수 있었다. 문장이 난해하지 않고 대화체도 자연스러우며 말투도 부드러웠다. 다만 인물의 감정선을 그리는 힘이 아직 부족해서 스토리텔링이 약했다. 하지만 이 사람은 금방이라도 다음 작품을 쓸 수 있을 것이라고 나는 느꼈다.

미치오 슈스케

《무지개를 기다리는 그녀》의 저자는 재미있는 엔터테인먼트 소설의 구조를 잘 알고 있다. 다만 원고의 시점에서는 세부적인 설정이나 등장인물들의 행동 원리에 부자연스러운 곳이 여기저기 조금씩 보인다. 또한 주인공은 머리가 영리할 텐데 지문과 그 설정이 호응하지 않고 전체적으로 평이하고 미숙했다.

문체, 그리고 자연스러운 아이디어. 이것은 우리가, 적어도 내가 소설을 쓰는 데 있어서 상당히 고심하는 두 가지이며 소설의 세계의 기둥을 지탱하는 부분이므로 이 부분을 확실히 잡지 않으면 큰 세계를 만들 수 없다. 신인상이라서 독자도 너그러운 눈으로 봐줄지도 모르지만 돈을 번다는 전제로 소설을 쓰기 시작했으니 부디 쓴소리를 피하지 말고 기초 공사에 노력을 할애해주기를 바란다.

결국엔 사람과 사랑

첫인상과 그 후의 인상이 같은 사람은 그리 흔치 않다. 사람을 장르로 치자면 풋풋한 로맨스물 같았던 사람이 섬뜩한 스릴러물로 돌변할 때가 있고, 끔찍한 고어물 같았던 사람이 산뜻한 힐링물로 변신할 때도 있다. 책도 마찬가지다. 작업에 임할 때마다 매번 느끼지만, 처음에 내가 알던 모습의 작품이 아닐 때가 많다. 그래서 나는 오히려 장르를 단정 짓지 않도록 하고 있다. 미스터리라고 해서 순순히 미스터리로 받아들이지 않는다는 뜻이다. 《무지개를 기다리는 그녀》 역시 마찬가지였다. 만약 이 작품을 역자 후기부터 먼저 읽고 감상한다면 미스터리라는 장르만 생각하지 말고 숨어 있는 다른 장르를 찾아가면서 일독하기를 권하고 싶다. 혹은 작품을 다 감상하고 이 글을 읽고 있다면 자신이 놓친 장르가 있지 않은지 되짚어보았으면 한다.

구도의 기대는 실망으로 바뀌었다. 그리고 구도에게 있어서는 그 실망조차 예상 범위 내였다. (중략) 예상. 구도를 괴롭힌 것은

바로 이 '예상'이었다.

우리는 일기 예보처럼 예측 가능한 삶을 살고 있지 않다(물론 일기 예보도 틀릴 때가 많다). 하지만 여기에 자신의 삶을 예측 가능하다고 생각하여 인생 따위는 무미건조하기 짝이 없다고 여기는 사람이 있다. 《무지개를 기다리는 그녀》의 주인공 구도는 모든 것이 예측 가능하다는 생각에 매사 냉소적인 인물이다. 하지만 그가 모르는(예측 못하고 있는) 것이 있다. 경험이 사람을 더욱 사람답게 만들어준다는 사실 말이다. 그래서 나는 극 중에서 완전무결하게 등장하는 구도를 사춘기도 지나지 않은 미숙한 어린아이로 보았다.

1. 결국엔 사람과 사랑

이 작품의 배경은 2020년. 인공지능 앱과 대화를 나눌 수 있는 시대를 배경으로 이야기는 펼쳐진다. 주인공인 구도는 인공지능마저도 예측 가능하다는 생각에 무료한 시간을 보내고 있다가 어느 날 우연찮게 죽은 이를 인공지능으로 만드는 프로젝트에 참여하게 된다. 이 책에서 인공지능은 많은 비중을 차지하지만 인공지능인 하루는 결코 주인공이 아니다. 구도는 인공지능인 하루를 통해 인간인 하루를 사랑하게 되며 이로써 참다운 인간이 된다. 나는 이 작품에는 필연적으로 인공지능이 등장할 수밖에 없었다고 생각한다. 인간을 더욱 잘 설명할 수 있기 때문이다. 알파고의 등장 이후로 우리는 인간에 대해서 더욱 논하게 되었다. 아이러니한 상황이지만 우리는 인공지능이 등장한 이후 사랑에 대해 더욱 이야기하게 되었다.

2. 한 가지 색깔로 설명할 수 없는 서사

시야가 일그러졌다. 다음 순간 구도는 무너져 내렸다.

울고 있다는 사실을 알아차린 것은 조금 지나서였다. 눈물이었다. 눈물이 주룩주룩 흘러넘치고 있었다.

구도는 목소리를 높였다. 오열이 뱃속에서 기어올랐다. 마음 한가운데에 뻥하니 공동이 생겨 있었다. 자신의 육체를 비틀어대는 듯한 거대한 상실감. 애처로워서라기보다도 잃어버린 것의 크기가 너무나도 커서 감정이 폭주하고 있었다.

이게 실연이구나.

탁류 같은 상실감에 어쩔 도리도 없이 휩싸였다. 처음으로 맛보는 감정이었다.

하루의 인공지능을 사랑하게 된 구도는 사실 그 인공지능 뒤에 가려진 진짜 하루를 사랑하게 되었다. 이 순간, 작가 이쓰키 유의 진면목이 발휘된다. 그리고 이 작품이 결코 한 가지 색깔로만 표현할 수 없는, 제목 그대로 '무지개' 같은 모습을 가지고 있다는 사실을 알 수 있게 된다. 이 작품은 한 인간의 성장을 미스터리라는 형식을 빌려서 표현하고 있다. 미스터리 같은 속도감을 가진 순문학이라고도 말할 수 있다.

저자는 이 작품으로 작가 생활을 시작했다. 저명한 추리 소설가 아리스가와 아리스는 저자를 미스터리 기법을 근거로 한 글쓰기 방식이 심오한 경지에 이르러 있고, 그와 동시에 다른 장르에서도 폭넓게 활약할 가능성을 느꼈다고 평가했고, 온다 리쿠는 소설이 끝으로 향할수록 주인공이 성장해서 일종의 교양 소설이 되었다고 평가했다. 나 또한 이 저자는 충분히 다른 장르를 아우를 수 있으리라고 생각한다.

역자는 작품의 가장 열렬하면서도 치열한 독자이다. 이 작품의 열렬한 독자가 되어 이 책을 수없이 교정하고 곱씹어보는 과정에서 걷어낼 것을 다 걷어내자 남은 것은 '결국은 인간과 사랑'이라는 메시지였다. 인간은 다른 동물과 달리 예측을 할 수 있다. 하지만 경험이 수반되지 않은 예측은 구도와 같은 미숙한 자기애만을 남긴다. 사랑을 함으로써 그리고 그 사랑을 잃음으로써 인간은 메워지지 않는 '공허함'을 느끼고, 그럼으로써 인간은 인간다워지기 시작한다. 나는 인간다움의 시작은 이 '공허함'이라고 생각한다. 책은 끝났지만, 구도라는 한 인간은 지금부터 시작이다. 인간다운 모습을 갖추고 살아갈 그의 모습은 어떨까? 번역은 이미 끝났지만 그와 같은 궁금증이 나를 놓아주지 않았다. 그런 점에서도 이 저자는 탁월한 이야기꾼이라고 말할 수 있지 않을까?

문득 니체의 말이 떠오른다. '누군가를 사랑하게 되면 자신의 결점을 상대에게 들키지 않도록 처신한다. 이것은 허영심에서 나오는 것이 아니다. 사랑하는 사람을 상처주지 않으려는 것이다. 어떻게든 결점을 고치려고 하는 것. 사랑하는 사람은 성장한다.'

어쩌면 이 말은 구도에게도 해당되지 않을까. 그래서 나는 이 말을 구도에게 들려주고 싶다. 당신은 사랑을 통해 성장했노라고. 그리고 지금부터가 시작이라고.

2월의 끝자락에서

열심히 사랑하고 있는 번역가 김현화

무지개를 기다리는 그녀

2018년 3월 01일 1판 1쇄 발행
2021년 6월 30일 1판 7쇄 발행

저　　자 이쓰키유
옮 긴 이 김현화
발 행 인 유재옥
본 부 장 조병권
편 집 1 팀 이준환 박소연
편 집 2 팀 정영길 조찬희 박치우
편 집 3 팀 오준영 곽혜민
편 집 4 팀 성명신
내부디자인 김보라 서정원
디 자 인 디자인플러스
라이츠담당 한주원
디 지 털 박상섭 이성호 최서윤
발 행 처 ㈜소미미디어
제 작 처 코리아피앤피
등　　록 제2015-000008호
주　　소 서울시 마포구 토정로 222, 403호 (신수동, 한국출판콘텐츠센터)
판　　매 ㈜소미미디어
마 케 팅 한민지 이주희 최정연
물　　류 허석용 백철기
전　　화 편집부 (070)4164-3960, (070)4253-9250 기획실 (02)567-3388
판매 및 마케팅 (070)4165-6888, Fax (02)322-7665

ISBN 979-11-6190-249-4 03830